凤栖碧梧枝

吴修利◎著

中国出版集团公司
華文出版社

图书在版编目（CIP）数据

凤栖碧梧枝/ 吴修利著. —北京：华文出版社, 2022.1
ISBN 978-7-5075-5598-1

Ⅰ. ①凤… Ⅱ. ①吴… Ⅲ. ①长篇小说 - 中国 - 当代
Ⅳ. ①I247.5

中国版本图书馆CIP数据核字（2022）第009830号

凤栖碧梧枝

著　　者：吴修利
责任编辑：景洋子
出版发行：华文出版社
地　　址：北京市西城区广外大街305号8区2号楼
邮政编码：100055
网　　址：www.hwcbs.com.cn
电　　话：编辑部010-58336252　发行部010-58336202
总编室010-58336239
经　　销：新华书店
印　　刷：济南普林达印务有限公司
开　　本：880×1230　1/32
印　　张：13.125
字　　数：318千字
版　　次：2022年1月第1版
印　　次：2022年2月第1次印刷
标准书号：ISBN 978-7-5075-5598-1
定　　价：60.00元

目　录
CONTENTS

第一章　穿越现代

暑假期，北大学生靖瑶相约同学旅游终南山。两人兴趣盎然爬山涉水不觉进入茂密的森林里，在山中转悠了一天，一来爬山锻炼身体，二来幻想找到神仙的仙迹。结果很失望，不但没有看到神仙的影子，人倒累得人困马乏，饥饿辘辘的。傍晚时分，当美丽的晚霞在无垠的天空匆忙一掠时，转眼间，天空突如其来的是乌云滚滚，雷声阵阵，闪电轰鸣。一瞬那间，大风卷起，夹着狂风暴雨。倾间，雨水像断了线的珠子，渐渐地连成了线，地上的水越来越多，汇成了一条条小溪，天与地仿佛连成了雨雾世界，放眼望去，一片雨茫茫，一片雾茫茫。两人不知所措，顿时迷失了路，情不自禁抱头痛哭，全身被淋得像落汤鸡一样，可狂风暴雨丝毫不怜惜她们身体反而更加猛烈的肆虐，像两片在水上飘零的枯叶，随时有被吞没的可能。在这人烟稀少的地方，靖瑶的肠子都悔青了，世上没有后悔药卖。生长在大城市里的女孩子，那见过此情景，刚才还为美丽晚霞喝彩的姑娘，而今，伤心欲绝，眼神绝望，不知是感觉身体冰冷还是后怕，反正吓得身子瑟瑟发抖，小脸惨白。7月的天空，明明刚才晴空万里，碧云蓝天，晚霞满天，怎么瞬间变了脸似的，看来我们低估了天气可能要困在这里了！怎么办啊？手机没有信号，俩人哭得一塌糊涂。不一会儿，大雨渐渐转为细雨不停下着，给俩人带来寻找出路的生机。但天色渐晚，又冷又饿的靖瑶绝望了，放眼往四周空寂的地方东张西望时，但见，前面不远处地方，有户农家房屋，窗前有微星灯光闪烁，仿佛在远处呼唤她们。靖瑶眼眸闪过一丝希望之光但很迷惑，刚才，明明经过此处是森林灌木，哪来的房子啊！再揉眼定睛一看，的确有户人家，不觉惊喜道："碧春，咱们有救了，快看，远处有户人家呢！"两人破涕而笑，欢呼雀跃，努力地互相搀扶着向前走去，在山中辗转费了不少周折力气，终于，找到这户人家，名为云天涧的小旅馆。一位和蔼可亲的唐红婆婆接待了她们，不仅为俩位姑娘升火烤干衣服，还催促她俩喝一大碗黑乎乎去风寒的姜糖水。随后，婆婆忙着煮饭去了。靖瑶瞥见住的房间十分简陋窄小，仅搁两个床位和一张小桌子，连个卫生间没有！而且，房间散发出一阵阵霉味。靖瑶患过敏性鼻炎，加之淋了生雨。顿时，她的鼻子呼吸有些不通畅起来，急忙用纸巾捂着流出来鼻涕，鼻子呼呼的出气，仿佛鼻涕流不完似的。碧春无奈地望着靖瑶难受的表情，生怕她改变主意！知道靖瑶家境很好！要是在山下两人肯定会挑选最好的酒店。但是，天色已晚，大家都身心疲惫不堪的，好不容易才找到旅馆。虽心疼好友身体状况却无法前行！碧春回眸一笑，劝靖瑶道："瑶瑶妹，这山中只有这家小旅馆，今晚，咱们克服困难暂住一晚吧！明天下山去一切都会好的。"靖瑶的鼻子渐渐地适应了环境，不怎么流鼻涕了，心情也轻松起来！眸光往窗外望去内心思忖，所幸今日遇到好心的婆婆哦！如果再下山，一是天还下着雨走在崎岖小道上不安全，二是俩人白天走路多了现在脚腿太疼，而且累得要死！需要地方躺下休息，很是赞同。想到这里，不禁笑吟吟道："碧春，行，听你的！看婆婆有什么好吃的东西端上桌子来。"碧春轻松起来，俩人正谈笑间。忽见唐红推门而进，她哪像八十岁的老人啊！腰板硬朗，和蔼可亲的，手上端着托盘，盘中一碗冒着热气腾腾的两个大白馒头，两小碗米粥，二小盘可口的咸菜和花生米，两个咸鸭蛋。笑容满面端出摆放在小桌子上，热情洋溢地招呼道：

“二位姑娘，将就吃吧！你们别嫌弃这个地方。我呢，其实不是开旅馆的，怕山中人迷路。所以，上山做做好事呗！我家在山脚下城里，住不惯儿女们给的大房子，加之老伴去世早，所以搬到这里住！一晃就是二十年了！”唐婆婆不在城里享清福，跑到这个地方来受苦帮助迷路的人。靖瑶很感动，随手掏出一叠大钞递给她。“婆婆，我要好好谢您收留了我们！给您1000元钱吧！明天我找人把房子维修维修一下，你老人家住在里面不安全，我不放心。”唐红慈祥地笑道：“好孩子，我们此生有缘，你的心意我领了，放心吧！没事的。至于钱，我只收你100元就够了，还有，明早的早饭钱不用给付了，你们也疲惫不堪的，早点休息吧！有什么事尽管叫我，婆婆就住在隔壁房间里！”她话说完，把剩下的900元现金坚持塞回靖瑶手里。转身再提一壶热开水一个洗脸盆进来，随手关门离开。靖瑶和碧春没了矜持，狼吞虎咽吃完饭洗漱后靖瑶给母亲雅贵通话，因山中信号不好，时有时断的。不容易接通了母亲的电话，报了个平安，发了微信地理位置后，手机信号就连接不上，反正明天要下山去，靖瑶宽慰自己。靖瑶和碧春两人各自躺在自己的小床上休息，不知不觉酣然入睡。外面还飘着绵长细雨，破旧的房屋因年久失修，再之最近雨水不断，房屋严重受损，屋顶上一根小木柱瞬间倒了下来，正好击中了靖瑶的头部。靖瑶恍惚间，似乎在黑暗巨大的旋涡里旋转着，天昏地暗的，她拚命挣扎呐喊却无济于事，她的身体变得飘逸起来，脑海里泛起一个念头，难道我死了，难道是灵魂出窍！“徒儿.你真是灵魂出窍呢。”洪亮的声音在她耳畔响起，房屋顶端一束光彩夺目金光照耀下来，亮如白昼，仿佛，一束阳光温暖和煦但无法仰望。尔后，房间弥漫一团白雾缭绕，满天星辰中缓缓飘下来一位仙风道骨，白发白胡须白衣衫手里拿着白色拂尘的老神仙，笑容满面地来到她的跟前，面如童颜的神仙！靖瑶惊愕不已，真的是神仙下凡吗！电视电影小说里都是这样描绘神仙的，不像做梦呢？如此真实清晰啊！她想起身跪拜，全身却动弹不得。她好奇地眨着好看大眼睛，迷惑不解的凝望神仙求解答案，老神仙像看穿她的心思似的，笑呵呵道："你的名字叫靖瑶？"他怎么知道我名字啊！靖瑶表情更加奇怪，含笑点头称是。老神仙凝重道："你本是我五百年前爱徒，今生有缘与你相见，现授予你咒语和武功，变身术，心通大法等。随你的神识暂寄附到别人身上，变成你想要的模样，实现你最美好愿望！切记，天机不可泄露，在凡间不可乱用法术，多做好事善事！"不等靖瑶开口说话，只见，慈眉善目的老神仙用白色拂尘朝她身上扫拂一下。霎时，神仙不见踪影。靖瑶半信半疑，云里雾里。刹那间，自己全身完全不受控制地颤栗不止，强烈的剧痛像刀子般在割身上的肉，一刀一刀的让每一寸肌肤难受得痛不欲生，冷汗涔涔。约过了五分钟左右，头顶仿佛有阳光般温暖照耀下来，浑身上下顿感疼痛消失，清凉无比，力量无穷，脱胎换骨。不由她多想，斗大的如莲花般白云飘了下来，她双脚踏上去，轻快地腾云驾雾，行走在蔚蓝的天空里，心旷神怡好不自在，眸光朝下一望，哇！终南山的全景尽收眼底，美不胜收！群山无边无际，峰峦雄伟，怪石嶙峋，景色宜人，白云涛涛，终年雾气云绕终南山，仿佛置于仙境！她还想逗留多玩会儿，白云却催促她，只好依依不舍飘走了。等她来不及细看，靖瑶的神识感应在凤州市何川区偏僻地方降临，与一名叫浅悠悠年轻女子身体融合为一体，靖瑶平时喜爱看神话书籍，玄学鬼怪穿越故事的，还研究世界十大未解之谜！第一反应是，难道我真的穿越了。看城市现况是现代人啊！怎么没有穿越到古代地方去？如果穿越到古代多好玩的，当皇后多好！不仅受皇帝千般宠爱不说，高高在上，受万人膜拜，享尽世间荣华富贵。现在可好了，由于学了神仙的法术，靖瑶心念之间就知道浅悠悠家境贫困，靖瑶的家庭很富有的，而且浅悠悠岁数比自己大了整整8岁，她三十岁自己才22岁呢！而且自己的身高也发生明显变化，以前身材高挑现在长的矮小。她急得眼泪掉了下来，运用心通大法与神仙对话。“老神仙啊！您是不是搞错情况了！根本不是我想要的模样，我想重新穿越回去，变回自己。本想穿越到古代当皇后娘娘的，过把当瘾，您倒好，让我变成浅悠悠这副穷酸模样，与我想象的人物不相吻合啊！”老神仙捋了捋长长白胡须，乐哈哈笑道:“呵呵，徒儿啊！是你自己不守规矩的，在穿越的路途中，叮嘱你不可贪玩不可贪恋路边风景，你偏不听白云的劝告耽搁了些路程，倒怪本仙的不是，你自己不仅把身高也缩短了！而且，只能回到现代了，也许是你的宿命，你悠着点吧！”说完，他轻叹一声转身不见踪影。“喂，老神仙，我的师父大人啊！您怎么能诓我？干嘛让我飞到这个人生地不熟地方！呜呜，一点不好玩，我要变回去！呜呜，我一位堂堂北大学生，靖瑶，天之娇女，何沦为这样子，呜呜！……”靖瑶只好硬着头皮咬紧牙关，接受现实。其实，浅悠悠除了家境贫困人长得稍矮外，比自己漂亮几分，光是那头乌黑油亮的长发，犹如黑色的瀑布悬垂至柳腰上，好像一道美丽无比的风景，更是让人赏心悦目，引来多少人羡慕妒忌回眸，也不知倾倒了人世间多少男子。下次再找老神仙商量，穿越回去吧！

第二章　还毛遂自荐呢

何川区区委办公室里，蔡波背靠在皮椅上，如痴如醉地接听电话，那柔柔声音清脆悦耳动听。“蔡波啊！你要给老同学说老实话，听你口气，区里真的有一名扶贫选派干部任期一年的名额？”浅悠悠心里很清楚，蔡波，这位同学神通广大，青年才俊，很受领导的赏识，现任区委办公室主任兼书记卓耀的第一秘书长，有着翻手为云覆手为雨的本领。蔡波对浅悠悠一直倾慕多年，见她主动打电话来询问，受庞若惊，巴不得把知道的所有情况告诉她，彰显他的地位很不一般。“嗯嗯，悠悠，是的，有这么回事，不过……”“不过什么？给同学说嘛！别拖拖拉拉的，不喜欢说半句留半句的人。”浅悠悠不等他说完这句话，神态显得有些不耐烦，抬眸催促道。蔡波在重量级领导身边工作多年，他知道工作上要保密，要看轻重环节。但，在心爱的女子面前有些恍然动摇了。缓缓道：“是的，区里有一个名额来作，还没有落实下去呢？悠悠，你近段时间怎么啦！总是和我聊有关扶贫工作的话题。能不能聊其它的嘛！比如，说说我们在高中的趣事。再说与你工作风马牛不相及啊！”浅悠悠快言快语，蹙眉道：“也就是说，现在人员没有定下来？干脆点，你把名额分配到财政局来，我想去凤凰镇扶贫，带领贫困户脱贫奔小康！”“啊！你在说什么！别人躲避都来不及！哪个穷乡镇你也敢去！”蔡波惊诧不已，蓦地从座位上站起来出了一身冷汗。此时，他拿着手机的手颤抖起来，他很清楚她的性格，说一不二的，做事风风火火。浅悠悠接过话撇嘴不悦道：“怎么，看不起老同学的能力，什么穷乡镇，这地方，是全区出了名的农业大镇，著名的 A4 级风景区呢！”蔡波深吸一口气，耐心地劝道：“其实你很优秀，完全具备条件，符合要求，甚至超越的好，可委屈了你。上面和基层是两码事呢！到基层工作真的很苦很累的，你不知道，乡镇的党委书记镇长经常给我诉苦，巴不得调到局里谋一个职位。基层工作人员，别人称作什么来作，“万金油”，“泥脚杆”。你一个女孩家，细皮嫩肉的……”浅悠悠不麻烦地打断他的话，很霸道：“老同学，我有我的想法，别说这么难听看不起女人的话，就等你一句话，我下了决心，风雨无阻，这个忙不帮也得帮！”说完她急急地挂断了电话。这头，蔡波的电话还嘟嘟地响着，他脸色阴沉自言自语，溥嘴上扬，用双手使劲撸了一把自己的头发。冷眸道：“唉！真搞不懂她的想法，这是哪跟哪啊！还毛遂自荐呢？”不过说归说，他稍理了理自己的情绪，迈步朝区委书记卓耀的办公室走去，内心忖思道：“谁叫我喜欢她呢！暗恋多年，是该表现表现了！”

……

几天后的清晨，区财政局大院里，到处都是春光明媚的景象。柳树抽出了细细的柳丝，上面缀结了淡黄色的嫩叶，小鸟们在百年黄葛树上欢歌。财政局局长办公室里，李平没有心情赏窗外的美景，正愁眉不展，用手反背着手来回地踱着方步，时而紧锁眉头，时而焦躁不安。思忖道：“是不是区委组织部搞错了哦！财政局里安排人到镇上去搞扶贫工作！这是天大的笑话，也是第一次听见。我们都是些搞财务工作的人，只懂财政业务！哪懂扶贫工作啊！而且能胜任的副局只有老王，老张，浅悠悠。可老王，老张都是年过半旬了，难不成要派浅悠悠去。他的心脏猛地抽动，她能答应吗？几个月前被区选调到丰苏省经济发达特区，全国有名的 500 强优美大型企业集团公司，学习交流一年，她回来后从办公室主任升职副局，这么红的人，这么优秀干部，前景远大。何况人太年轻了，不符合逻辑思维，可怎么办才好？连续打电话问了老组织部长晓利好几次了，确认是在本局里推荐上去一名，但具体没落实在人头上。还说尽快落实下去，后天人必须到镇上报到呢！真是的，我推荐谁啊！谁能去！难道让他们三人做剪刀石头布。他试探过老王老张，在办公室里，他俩的眼泪滴答往下流，老张哭泣道："李局啊！我家的情况你不是不知道，老伴卧病在床多年，去基层扶贫谁来扶贫我家啊……"老王也哭丧着脸："李局，你是知道我身体状况的，患病三高多年，现在所有的毛病都出来了。"李平冷笑道："老王，你以前在基层工作，是喝老白干（白酒）喝多了……行了，都出去忙吧！"老张老王顿时眉开眼笑离开。这不怪他们，生怕现在职位不保，如果到基层锻炼回来，升上去很难！只有改非领导职务。你们俩人的心思难道我不知道吗，都说自己情况特殊，这也可以理解，可是，谁来理解我？李平目送两人离开背影，急得如热锅上蚂蚁，不禁长叹道："还是男人呢，有道是男儿有泪不轻弹，他妈的，眼泪真的不值钱吗？在我面前哭得泪流成河的。看来得把目光锁定在十多号人的科级干部中去搜索，但到底选谁去啊！"他的脑海里把科级名字一个个筛选了一遍又一遍，最后，他又轻轻地叹息摇头……

第三章　八成是脑壳进水了

“笃笃笃——”三声的敲门声响起，“请进！”李平重新坐回皮椅上，挺直腰杆，皱眉低头看文件，他人到中年，身体富态，但不改多年养成领导威严神情习惯。敲门进来的是浅悠悠，前天，她接到蔡波打来电话的消息，情景再现脑海里。“名额已经分到局里了。”蔡波眼神忧郁，郑重劝道：“悠悠啊！扶贫工作，可不是闹着玩的，现在，你后悔还来得及！以后，恐怕没退路了，说严重点，是政治问题！不能临阵逃脱，我好担心你……”接听电话的浅悠悠冷声道：“老同学，谢了！”“她人就是这样，话没说到一半，电话又挂了。”蔡波喜欢听到她轻言细语声音，像吃了蜂蜜糖一样甜到心底，心情愉悦，开心快乐！哪怕多听几秒钟也行！另边的蔡波只好依依不舍地放下手机，蹙眉叹息，又去忙碌他的工作了。浅悠悠耐心等了一天，没见局长李平召见她的动静，忖思可能不会让她去的。昨天，听到别人在议论老王，老张的事情。知道他俩不可能去的，非我莫属呢！这不，她主动一大早去敲门呢！浅悠悠笑吟吟进了办公室。礼貌道：“李局，早上好！”李平眼里忽地闪过一道亮光，但很快黯淡下去。抬头欢笑道：“悠悠啊！有事吗？”浅悠悠犹豫几分，给局长说话不敢直来直去，不比同学蔡波随便。需要绕一大圈子才行，不好意思垂眸道：“李局，近二天，听说老张老王去基层扶贫，但被他俩拒绝了，有这么回事？”浅悠悠的话音刚落，有些后悔了。瞥见，李平的身子微微在颤动，但表面上看不出来他内心惊慌。这两人心里装不进话，分明在掴自己耳光，就连最赏识的浅悠悠也提起，真的是“哪壶不开提哪壶。”他脸色沉了沉，不悦道：“悠悠，这对局里是个笑话，要是传出去，我也脸上无光，你说咱怎么办才好！他俩的具体情况，你不是不知道啊！”浅悠悠赞同点头，“李局，你说得有理，我知道你着急，多话了。”李平瞧见浅悠悠一脸歉然，诚挚眼神，他的怒气顿消。毕竟是年轻人嘛，何况她没有恶意。他轻声叹息，理解道：“科级干部里面再筛选一下，实在不行的话，我如实上报，我想组织部会理解我难处的，本来分这个名额到局里就不合理，应该分到对口单位。比如：农委，扶贫办。非得逼牯牛下个儿；非要公鸡下蛋出崽呢。”李平情绪激动起来。浅悠悠探试道：“李局，千万不可啊！这是违背组织上的意愿，弄不好笑话我们的财政局，几十号人选不出人才来。”“话非如此，局里最好的人选就是你了，难道叫你去？你敢去吗？”李平脱口而出。“是的，李局，我敢去！”浅悠悠回答很干脆！“你——行吗！”李平正喝茶水，差点喷了出来，幸好及时克制住情绪，他神情好诧异，他又仔细打量浅悠悠一番，站在面前是位个头矮小身体瘦弱的小姑娘。他使劲地摇摇头，想起在他怀里撒娇的女儿，再优秀终归女流之辈。他的语气沉缓下来，还是再劝说牛高马大的老王吧！考虑片刻，道：“刚才，我在和你开玩笑的，推荐的事，还是让老王去吧！再去做他思想工作。岁数虽大点可工作经验丰富，意志力强，曾经在基层干过。”浅悠悠知道他心思重重，信不过自己，自己终归女流之辈，他对自己有成见，听到李平把话挑明，她也开门见山。道：“李局，我是认真的，请相信我的能力。我决定去，年轻人就是需要锻炼，天天在温室里长不成大树，何况老王身体体弱多病，上有老下有小的，文件上面也有年龄限定，你是行不通的，搞不好要被批评……”李平听得眉头舒缓，懂事的浅悠悠总是这样贴心，替自己处处作想，感动不已。“那行，既然你说得如此铿锵有力的，头头是道，我相信你，你会干得更加出色的。今天批准你，你把手上业务移交出来，后天到镇上报到吧！”“好的，李局。”浅悠悠刚要转身离去。“等等，后天我派单位的公车送你到镇上，我局里的人不能让别人瞧不起，是你帮我解决一大难题！”他内心清楚浅悠悠家里的经济状况，现在还租房住呢？“不用，李局。”浅悠悠欣然离去。身后传来李平关怀声音。“以后有什么困难尽管找我……”

浅悠悠在办公室呆了一天，整理好移交资料，也听到各大科室大家对她的议论声。特别是女生声音更大而且肆无忌惮，不相信她会再回来，她一走，副局位置就会立马被安排上。“浅悠悠，是不是脑子进水了！”“我看八成是脑壳进水了，放着嘴边肥肉不吃，去吃竹片片，真是个大傻瓜！”“连副局长不当，那是好多人梦寐以求的位置啊！居然自遂毛荐到那个穷乡镇。枉费区领导对她悉心栽培，是不是一年前，到丰台市优美大型企业集团公司，学习交流工作经验，工作经验没有学到，人倒学习回来就变傻了，早知道区领导就不让她去！”

“……”

讥讽嘲笑声，难听的话，一阵阵传进浅悠悠耳朵里。大家哄笑成一团，浅悠悠置之不理，交接移交完后也是晚上。靖瑶的神识对浅悠悠佩服道：“你这个倔强性格我倒很喜欢！”

第四章　思念的人儿，你在哪里

浅悠悠回到简易的出租屋里，整理完行李装躺在床上睡觉。难入眠，是的，白天的议论声又响耳畔，想起到丰台市的情景，独在异乡，萍水相逢，感恩吴胜利夫妇阳光般给予无比关爱。吴胜利是世界 500 强优美大型企业集团公司总裁，她给赫赫有名的吴胜利当助理，让大家羡慕妒忌不已，足足一年的挂职锻炼，让浅悠悠的视野拓宽无垠，受益匪浅。同时与吴胜利夫妻结下深厚情谊，吴胜利非常赏识浅悠悠才华。特别是总裁夫人玉兰初与浅悠悠相见时，俩人惊诧不已，两人的相貌长得太相像了。当听到她是何川区凤凰镇的人，更是对浅悠悠嘘寒问暖的，热情非凡，主动收浅悠悠为干女，浅悠悠内心忖思，也许俩人思儿寂寞吧！他们膝下唯一儿子，也在国外发展，这一年多，浅悠悠除了努力学习工作外，吴胜利夫妻经常邀请她到家中参加晚宴之类的活动。稍有空就陪玉兰夫人散步聊天，上街购物美容健身等。临别时，天空不作美，下着倾盆大雨，却割舍吴胜利一家人对浅悠悠一片真心实意，浓浓情怀。却无法阻碍吴胜利再忙也送行到机场。临别时，吴胜利沧桑眼眸里，流露出依依不舍的泪光。“悠悠，很抱歉，你干妈风湿病又复发了，没给你告别。你这一去，何时再回来看望我们二老？”浅悠悠好看的双眸垂下，明眸皓齿，肤如凝脂的模样让吴胜利喜爱无比，早就视她为亲生女了。浅悠悠避开吴胜利爱怜的目光，满脸的期盼，把妩媚的脸转向窗外,尽量控制自己的情绪,不让眼眶里的泪水流出来。“干爸，其实，我也舍不得您们，看望您和干妈可能要等一段时间……”

望着窗外下着的淅沥细雨，好几天没给干妈打电话了，把今天的事情告诉二老吧！她迅速拔了电话号码过去。一幢富豪别墅里，玉兰独自一人，正在家里黯然神伤看浅悠悠的照片，那是和自己在海边散步的自拍合影照,眼珠子定定的瞧着,太像她丢失的女儿了！如果真是日夜思念的女儿，她是又喜又怕的，她会愧疚无比。玉兰的手机铃声响起，瞥见是浅悠悠打来的电话，欣喜无比接听起来。“悠悠，你最近好吗？工作忙吧！”“干妈，我很好！工作上的事，正想告诉你，我明天就到凤凰镇报到扶贫去了。”玉兰吃惊不小，担忧道:“你去扶贫？那里条件很艰苦的，孩子，你是怎么想的哇！”浅悠悠想到了自己小时候的经历，不就是穷吗？想到了梧桐村现在还处于贫困村，前程当然重要，担任副局职务的确令人羡慕，与其坐在办公室里悠闲喝茶，不如轰轰烈烈干出一片蓝天碧云的天空！村里最尊重的人是浅悠悠的婆婆王媛。一定要把她的精神传承下去，是她从小一手培养浅悠悠成才，不枉费对她付出的一片心血。浅悠悠想到这里，把心事所想全倾吐为快！“干妈，我本是农村出来的穷孩子，咱不怕劳累辛苦，从小的愿望就是让大家吃好穿好，不能再受穷了，你不知道梧桐村，现在还是那么穷，没有什么大企业，大家一年四季出去打零工没有多少收入，辛辛苦苦一年没剩几个钱回来。我要让这里的世界充满爱！有衣穿有饭吃有住处有人关爱……”玉兰更加内心愧疚加重，女儿啊！让你受苦了。既然她决定的事情，自己不好再插嘴，赞赏道：“以后女儿遇到什么困难，尽管找干妈帮你解决，我深信，我家的悠悠能力胆识就是与众不同，我第一个双手赞成支持你。”浅悠悠听到此话，内心略感宽慰。笑吟吟道：“知我者，干妈矣。”“好了，你早点上床休息，明天要去镇上报到上班呢！”玉兰不停地催促着，看向墙上的钟表，时针指向凌晨十二点正，装着连连打哈欠表情，急急地挂断了电话。浅悠悠放下手机，重新躺在床上睡觉，辗转反侧。蓦地想起什么，又从床上爬起来。糟糕，忘记一件事，一件很重要的事。她起身迅速拉开衣柜，从衣柜里，轻轻的拉开抽屉，打开用红纱巾层层包裹。一个做工粗糙的泥娃娃，呈现在她的眼帘中，一直当宝贝般地珍藏着它。她自言言语，深情的凝望着它，爱不释手抚摸着泥娃娃。“宝贝，我差点忘带你走了。”浅悠悠睹物思情，扑漱漱泪珠如泉，往事如昔，历历在目，挥之不去。整整十八年了，思念人儿，你在哪里？

第五章　童年如黄连

思念人儿的身影浮现眼前，浅悠悠思绪万千。

浅悠悠出生在凤凰镇梧桐村，哪里是生她养育她的故土。哪里有美丽动人的情山圣水传说；哪里有民风淳朴的风情；哪里有牵肠挂肚的亲人，这些都像一幅幅美丽的画卷般地展现在眼前，如此变得真实生动。沐之曦，你在哪里？浅悠悠低低的叫出了他的名字，随着他的影子越来越清晰，心思越来越加重。她的铬心刻骨想念更加强烈，无时无刻不在！他是浅悠悠儿时玩伴，青梅竹马，两小无猜。从小在一个大院子里一起长大，同饮河边清清水。他是沐剑旭家中唯一的独苗男丁，上面有三个姐姐，自然被父母视为掌上明珠并宠溺上天，家中一切大小家务事都沾不上边。他的父母亲，常挂在嘴边口头禅:“我儿这么小，身体正长高呢？不能让他做重活！”沐之曦上头三个姐姐天天做家务任劳任怨的，特别喜欢他。

浅悠悠与他恰好相反，小时候，几乎是泡在苦水里长大的女孩。上头有二个哥哥，虽是独女，但，浅东家从不娇惯女孩子。所以，浅悠悠每天洗衣煮饭挑水喂猪样样能干。反倒是两个哥哥浅远程浅远锋时常欺负她。经常在浅东面前告浅悠悠的状，黑白颠倒。农村那种重男轻女固襟的封建思想很严重，认为生男孩越多越好。浅东明知自己两个儿子不对，只要他们告状，不管三七二十一，浅悠悠都要遭到浅东的打骂。浅悠悠大沐之曦三岁，早该读书的年龄了，可她的父亲，迟迟不肯开口，眼看年复一年，浅悠悠内心很是焦虑不安。

自从沐之曦上学读书后，这种想读书的愿望更加强烈。每天清晨，她爬上高高的山巅上，呆呆地遥望沐之曦背着书包上学的渐渐远去背影，直到他的背影彻底消失。到春晖乡中心学校读书，不过三里路程，甚至，学校上课的拉铃声叮当地响彻耳畔。浅悠悠听到这熟悉的铃声，满脸露出羡慕之神情，眼眶里泪水哗啦啦直流，好一会儿，才伤心地俯身，割满整整一大背筐猪草回家。

每到寂静夜晚，浅悠悠睡觉喜欢做美梦，希望在梦乡里做最开心的事，那就是上学读书情景，在偌大宽敞明亮无比的教室里。她的身子端正地坐着，双手捧着书本，幸福地微笑着，聚精会神认真的听老师讲课……

“赔钱货，该起床了，凌晨 5 点钟了，还不快点给我们全家煮早饭喂猪割草！”啪的一声巴掌落下，浅东掴了她一记耳光，在浅悠悠娇嫩的脸上，留下红色五指印，小脸顿时红肿了起来。浅悠悠顿时从美梦中惊醒，满面泪水，立即起床捂着脸，默默无言把角落里的一个尿桶提到猪圈里毛厕倒尿，洗刷尿桶后，重新提回搁在房间的角落里。然后，去了灶房洗手，烧火煮饭。由于家穷，这间房只有两个床位。王嫒和浅悠悠祖孙女俩睡一张床，浅东和陈凤夫妻俩还有两个儿子睡一张床上。所以，这一巴掌声响，传来浅东的怒吼声，在房间里回荡很响亮，把床上王嫒也惊醒了，她不禁恼怒道：“浅东，你太过分了，就不好好说话吗？非要动辄打骂。”浅东又重新回到温暖被窝里躺下，急忙伸出脑袋，解释道：“妈，我最看不惯她在睡觉梦呓时露出的笑脸。”王嫒立即起床了，她心疼孙女，她要帮帮可怜的孙女做事，还不到 10 岁的孩子啊。随手拿起床前一把小梳子，她边梳头边含泪，深深的摇头叹息。唠叨道：“浅东，你这是小瞧她了，咱家的悠悠做梦笑，她是因为梦见读书了。”王媛最懂孙女的心思！忧色一现，怒气未消，又说道："浅东，好久才让她上学？村里人都议论纷纷，说我们家重男轻女思想很严重！"浅东本是村里的小横横，平时大家都怕他，听到王媛这么一说。不禁咬牙道："谁说的？老子去揍他一顿，多管闲事，咱家穷没钱！"王媛回想起女儿浅芳芳给自己汇来一笔一年的500元生活费，刚取出钱准备拿一部分替浅悠悠交学费，就被浅东花言巧语骗去打牌输得一干二净，还倒欠别人一千元的帐。一千元是浅芳芳在城里大机关上班的3个月工资了。不禁愠怒道："你成天不务正业的，何时才收心？""妈，我不是想发大财吗？还不是为了这个家。"浅东又在解释他的理由。王媛冷笑道"为家，我们一大家子人还挤在一个屋里睡觉！你做了什么贡献，发你个铲铲财！"王媛说完生气地转身进了灶房，浅悠悠委屈地投进婆婆的怀里，小声地泣啜着，王媛心中一阵疼惜，目光凝望着她的小脸。不禁大声的怒骂道："不争气的浅东，把我孙女当出气筒了。"续而长长一声叹息，含泪道："悠悠，你的脸怎么啦！让婆婆瞅瞅……"

陈凤常年多病体弱，听到王媛惊叫声，她马上从床上起身准备下床，作为母亲还是心疼女儿的，想看浅悠悠脸上的伤势。浅东猛地朝她后背一脚踢去，两眼发红，凶巴巴道："赶紧给跟老子躺下，婆娘家少管闲事，不然看我怎么收拾你！"陈凤立马缩回被窝里吓得不敢动，身子瑟瑟发抖！抚摸着隐隐发疼的后背，眼泪止不住往下流。

第六章　真的好想读书

时间又在浅悠悠满怀期待，焦虑不安中度过，转眼间，又过了半年。清早，浅悠悠服侍浅东喝粥，浅家的规矩包括王嫒在内，女人不得上桌子和男人一起吃饭！等男人吃完饭后才能上桌吃剩饭菜。浅悠悠毕恭毕敬地侍候着父亲，给他盛饭趁父亲高兴时大胆地提出自己的想法。小心翼翼道："爸爸，我想和沐之曦一起读书？"浅东无情地断然拒绝，一脸不高兴："文化学这么多干吗？女娃家终究要嫁人，外人一个。"浅悠悠内心难过，反驳道："咱家二姑姑不也读书了吗？现在工作多年了。"

浅东一听这话，更加火冒三丈："不要提你二姑姑，我就是不让你读书！"旁边王嫒急忙放下手中活儿，也帮浅悠悠说话，"浅东，悠悠今年 10 岁了，早到读书年龄了。"浅东霍地起身站了起来，"妈，别提这个，你看二姐以前读书把咱们家读穷了，现在工作了也不见她给你一分钱？"

王嫒生气道："浅东，人要讲良心，你自己没有出息，还怪你二姐。她哪里对你不好，你家里吃的用的穿的，还有浅远程浅远锋读书费用都是她省吃俭用给的，她自己连一件新衣服都舍不得买来穿。她每次回家，因为浅悠悠上学的事，与你争吵，你就这么记恨她吗？要不是看在孙女面子上，我早就去浅芳芳浅明亮那里住了。"浅东听了这话，听到母亲愠怒说要走，急得不行，要知道母亲是家中的财神爷呢？得罪不起，只有她在家，他们才给生活费，才买补品！如果母亲到城里去住，他打牌就没了赌资，也没有生活来源！忙陪上笑脸道：“妈，你老人家千万别多想，你在家多好，帮衬我们做家务事，地里农活实在是太多，我和陈凤每天都忙不完活儿。”饭后的浅东瞧了一眼，已到院子里扫地的浅悠悠纤瘦小的身影，他鼻子里长长呼出一个个烟圈，冷漠道：“话说浅悠悠吧！如果让她再上学，可能别人会笑话的，何况，她读沐之曦那班可能跟不上，现在，沐之曦读小学二年级了。”王媛焦急万分：“学校只有一个班，咱办？如果到镇上去读书，要住校还要交生活费，咱们家穷，实在开销不起啊！”“妈，你想法是对头的。如果，她不读书多么好，不用考虑这个问题。还可以节省一笔钱下来，以后，好给你两个孙儿浅远程浅远锋修新房子娶孙媳妇。”浅东盘算着未来，一脸得意洋洋表情。“你，这是我亲生儿子说的人话吗？你太不像话了，你给我站着。”王媛气的恼羞成怒，拿起一根竹竿追打儿子浅东。浅悠悠见状，急忙夺下婆婆的竹竿，抱着她身子哭喊道：“婆婆，您别打爸爸。爸爸啊！我真的好想读书！我上沐之曦二年级班，我会努力学习的。现在我都能写好多字……”浅东冷冷地打断她的话：“浅悠悠，我知道你人聪明，可家里穷，两个哥哥要上学，实在是供不起你上学，以后再说吧！”说着他急步往外走，王媛伤心难过，呼天号地跌倒在地，一把眼泪一把鼻涕数落起来：“真是造孽啊！生出你这个不争气的儿子来，我以后无颜在九泉之下见你父亲了。”“你，又出去打牌输钱了，你去哪里？准备吃午饭了。”这时候，陈凤刚从地里扛着锄头回家，看在眼里，急忙想阻拦浅东。“你这傻婆娘，成天只知道吃，快给老子滚开。”浅东挥拳恐吓陈凤，陈凤惊慌躲向一边，陈凤软弱得流泪不止。浅东摔手出门，得意地扬长而去，一路上，想着牌桌子新来人称九妹美艳的面容，不禁想入非非。高声唱道：“九妹，九妹，漂亮的九妹。

"……"

浅悠悠说的是真话，依她现在自学成材的水平，上小学二年级不成问题的。因为有沐之曦的帮助，他天天晚上辅导浅悠悠读书识字，教做算术作业，他还偷偷用零花钱买书送给浅悠悠学习文化知识。这天晚上，浅悠悠又悄悄来到隔壁沐之曦家里。"悠悠你来啦！"沐之曦的母亲周祥很热情，递给她一个大苹果，再递给沐之曦一个大苹果。"孩子们，你们学习辛苦了。"浅悠悠开心极了，从小到大，哪里吃过这香甜的大苹果。"谢谢！周阿姨。"周祥慈爱的目光注视着她，"这大苹果，还是你叔，沐剑旭出去做生意赚了点钱，买回来的水果。可怜的孩子，你快吃吧！"浅悠悠接过苹果，望着又大又红又圆又香的苹果，垂涎欲滴，她使劲地闻了又闻还是舍不得吃，犹豫半天，拿回去给婆婆和母亲吃吧！她把大苹果悄悄的藏在衣篼里。沐之曦见此情景，知道她的心思，立即，拿把水果刀麻利地把自己的那个大苹果。切成两半后，高兴地递给她："悠悠姐，这是我给你的，我吃不完，你吃吧！你尝尝我这个苹果味道如何？城里的苹果可好吃了！"浅悠悠望望周祥慈祥的目光和沐之曦鼓励神情。愉快道："之曦弟弟，那我就不客气了！"浅悠悠说着大口大口地吃了起来，她真是吃在肚子里却暖在心窝里。沐之曦一直都在关心她读书的事，满脸担忧道："妈妈，你要不借点钱给悠悠姐家？我下学期就上三年级了，我担心悠悠姐跟不上学习。"周祥摇摇头叹气："我不知道浅东封建思想这么严重，我家三个女儿都在上学，浅东的面子观念很强。如果借钱给他又怕受不了。那天，我找你老师想想万策之计。""那谢谢周阿姨。"浅悠悠感激地点头，开心极了。周祥含笑道："你俩好好复习功课！"说完，她转身借故离开。沐之曦翻开语文课本，欢喜道："悠悠姐，今天老师教我们的课题是《长大以后我们做什么》。"浅悠悠柔柔笑道："之曦弟弟，长大以后，你想当老师医生还是？"她望着沐之曦水汪汪的大眼睛，那双眼忽闪忽闪的，炯炯有神呢，正歪着个小脑袋问东问西，看他那模样甚是可爱。她打心眼的喜欢这个小弟弟。“悠悠姐，我不想当老师也不想当医生，长大了想当大画家，把家乡的美丽山水描绘下来！”“你呢？”“我嘛！”浅悠悠浮想联翩，对美好未来充满憧憬，那张娃娃圆脸更加好看清新可人。“我想当大作家！像丹麦作家，诗人，安徒生那样写童话故事。以前，我最喜欢你讲的《卖火柴的小女孩》、《丑小鸭》和《红鞋》等。我也要用手中的笔，把自己对家乡热爱还有美景描述下来！让全世界的人都知道，我们这里叫梧桐村。”沐之曦点头非常赞同：“悠悠姐，你的志向远大，会成功的，我们加油！要像大作家那样写出妙笔生花文章才行。好吧！我们击掌为盟，你当作家我当画家！”浅悠悠举起手沐之曦也举起手，两个小孩的小手掌心紧紧地贴在一起。浅悠悠蹙眉紧皱道：“遭糕，咱们又分神了，继续读书学习吧……”

第七章　感动父亲

梅花苦自寒香来，浅悠悠终于盼星星盼月亮等到这天。冬至，浅东因为在庄稼地里劳作，淋了生雨，略感风寒，咳嗽不止。在床上卧床不起。每天，天不亮，浅悠悠和王媛一起爬到后山，凤凰山上采撷草药。浅悠悠亲自给父亲煎药喂药汤，洗脸洗脚，按摩刮痧，忙前忙后，转眼又过了几天。翌日，浅悠悠大清早回来，浅东见女儿用左手拿白瓷小勺子喂自己药水，右手端着碗在颤抖。碗里的药汁也沾了少许出来。点滴的药水，把浅东的衣领打湿了。浅悠悠惊慌地用干毛巾给父亲擦干净。嘴里不停地道谦："爸，真对不起，我不小心。"说着说着，她的额头不断地冒出小汗珠来，脸色惨白真不好看。浅东见状，不高兴朝浅悠悠怒吼道："你是不是不愿意服侍你老子了，故意敷衍了事。你那只右手生来是干啥子的，快点把你右手伸过来？"如果给父亲解释说自己右手摔伤会被扣上偷懒的帽子，何况父亲正生着病，浅悠悠强忍着右手的伤痛，紧咬银牙。低头回父亲的话。"爸，我错了，下次……我下次一定改正，还是用左手喂你吧！"她吓得身子瑟瑟发抖，右手尽力往后藏着。"你今天要造反不成，敢把老子的衣服打湿，是不是服侍你老子几天就不耐烦了。去，自己把棍子拿过来，今天不打死你才怪！"浅悠悠，他早就看不惯她了，内心藏着一个不为人知的秘密。多年前，她是母亲王媛在院坝房前，捡回的娃！所以，浅悠悠，在他眼里不过是捡来的一条狗。有次他赌资输完钱后想发财，悄悄把襁褓中的婴儿浅悠悠转手卖给别人，正在发生交易时被王媛及时赶到，要死要活凶相强悍，吓得买家落荒而逃，浅东也吓得几天不敢回家，打消念头不敢乱想了。浅悠悠成天往隔壁沐之曦家跑。沐之曦的父亲沐剑旭很有经济头脑，长年在城里做生意，生意越做越大，而且好日子越过越好！浅东嫉妒得两眼发红。两家平时没有多少来往，沐剑旭最看不起他，看他眼神满是鄙视目光，回家碰面连说话都懒得理他，高高在上的。加之，浅东家鸡鸭鹅，经常跑去沐剑旭家的稻田里吃稻谷，两家人也吵架了几次，矛盾也多起来，两家的大男人仇恨逐渐加深，女人们没什么，孩子们更没有什么，照旧一起玩耍呢？所以，浅东一生气就仿佛看到沐剑旭居高临下的眼神，浅悠悠就是他的出气筒，他瞪圆双眼。“你不去拿棍来，难道让你老子去拿，老子这几天身体欠佳呢？”瞄一眼，见浅悠悠迟迟不肯动身，他更来气了。正在厨房里忙禄的王媛听到浅东怒吼声，知道他又要打浅悠悠的手掌心，急忙上前把孙女拉在自己跟前，泪眼婆娑：“浅东，你不分青红皂白要打她的右手？让我告诉你实话吧！刚才，她在回家的路上，不小心在山上摔了一跤，她是怕你担心不敢说出来啊！她是因为你才受伤的。”说着说着，王媛卷起浅悠悠地衣袖。浅东把脸侧过去，冷笑道：“小皮伤，值得你大惊小怪的。”王媛生气道：“什么大惊小怪的，这几天里，为你采药，身上全摔的伤。”她把浅悠悠拉到浅东跟前。唠叨着哭泣起来，“你说说，这么多年了，你何时对女儿好过啊！”浅东只好瞥了一眼她身上的伤，不看则已，一看他惊讶不已，内心震撼万分，是的，全身都是伤痕累累，青紫淤血纵横，大小不一。为他才摔伤的么。相比之下，自己两个亲生儿子床前不来问候一声，他们只知道一天在外玩耍。再说，是条狗也要有恻隐之心，不再想沐剑旭的漠视目光了。他立马从床上坐了起来。细瞧女儿右手也擦伤了好大几块皮，已经红肿得老高。他迅速接过女儿的药碗一饮而尽，态度变得温和起来，皱眉道："你这女娃就是倔强，你为什么不早点，告诉爸的事情经过！"浅悠悠自从懂事以来，从没有见过父亲对自己笑过，感动万分，受宠般。低眸道："爸，我错了，我看你正在生病啊！"这时候，一旁边的王媛幽幽的抹泪道："悠悠，你没有错，错在你父亲身上。浅东，你看看你女儿对你有多么的好，多么的孝顺你……"

王媛唠叨不停，此时的浅东不觉得心烦，反倒愧疚不已，泪流满面，声音低了下来。"妈，我的病，今天好多了，你婆孙俩，不需要再服侍我。"他再话锋一转，"悠悠，等沐之曦开学后，你就和他一起去上学吧，至于你学习成绩是否跟上，今后，就看你的造化了，从明天起，爸就戒烟戒酒不打牌。"浅悠悠喜极而泣："爸，是不是让我读书了！"浅东使劲地点了点头。终于梦想成真，浅悠悠高兴得跳了起来，双手环抱着王媛的脖子，朝她脸亲了一口。噙着眼泪："婆婆，我终于可以读书了！"这声音仿佛响彻九霄云外，风儿欢快地笑了，把好消息悄悄地传递给宇宙大地的每个角落。王媛心疼道："悠悠，还不是你的孝顺感动了你的父亲。你身上手臂上还有伤呢？快过来，婆婆用泥草药给你敷上，包你后天伤口痊愈。""谢谢婆婆！"浅悠悠发疯了一样跑到沐之曦家中，把好消息告诉了他，沐之曦替她高兴起来。晚上，浅悠悠美美地睡了一觉，做了一个美梦，在甜甜的梦呓中，和沐之曦一起高高兴兴背着书包上学读书。王媛睡在孙女旁边，听到她的梦呓声，不禁感慨万千，爱怜地给她擦了擦眼角涌出来的泪水。自言自语道；悠悠，我的好孙女，我没有看错你，今后，你会有出息而且有大作为的。"

浅悠悠终于接到学校读书的通知书了！沐之曦一路陪着她到学校，今天是明媚的春天，大地万紫千红，春暖花开。周祥给她好姐妹校长周菊说浅悠悠的具体情况后，班主任于凤当场出题考试了浅悠悠，当看到浅悠悠的试卷后，满脸惊讶不已神情，一口应允下来，不禁称赞道："真是匪夷所思！浅悠悠的确是个读书好苗子，我破例收下她了。"刚开始，浅悠悠进班时，很多同学都瞧不起她，议论纷纷，一是在年龄上，我们才7岁，她就10岁了。其次是她家穷。浅悠悠最终用自己的勤奋学习和聪明才智，热心帮助人态度，终于，赢得同学们的好感。被大家一致推选为班长，学校的少先队大队长，沐之曦呢？一直是班上的学习委员。

浅悠悠的房屋坐落在山环水抱之间，后靠高山巍然屹立，正值夏季6至7月份，满山遍地的梧桐花开，装饰着大山的美丽。前面有条低洼不平的山路，四周是饶沃的田地，低处有一条弯弯曲曲环绕的小河。这一条小河波光粼粼，缓缓向东流去。小河上面铺了几块大石板，俩人一起上下学必经之路。浅悠悠在后来走上工作岗位后，回忆儿时情景中写道："我们经常在清澈透明水花里嬉戏，与小河里的乌龟螃蟹鱼虾一起栖息，与白云蓝天相偎依，与太阳月亮把酒吟诗般场景，越来越清晰，到处留下我们的欢声笑语身影……"

第八章　做小家家

沐之曦像跟屁虫一样跟在她的后面，小嘴甜得腻人，不停地喊着：“悠悠姐，你要去哪里？我要和你一起去？”

“走，咱们去后山上玩耍。”浅悠悠狡黠眨眼。“悠悠姐，你又在糊弄我，叫我帮你割猪草，不过你得答应我们去拜梧桐夫妻树。”浅悠悠用手轻轻地拍拍他的肩膀，笑道：“瞧你这个个头，长不高的原因就是因为缺少劳动锻炼，我们哪有天天去拜树的道理。今天，可以比赛爬树，谁赢了就看沐叔买回的故事书。”沐之曦噘嘴道：“悠悠姐，每次，爬树比赛都是我输，但我心甘情愿为你服务，你喜欢看书就让你看吧！”浅悠悠很渴望看到那些故事书，听到这话内心很开心：“之曦弟弟，谢谢你一直以来对我帮助，咱们一起做完事情后，你绘画，我看书。”沐之曦高兴拍手赞成：“悠悠姐，你真好！”

又一个周末，沐之曦拉着浅悠悠的手：“走，咱们玩泥巴去。”他所说的泥巴就是小河上面有块肥沃的土地，土质生长得很特别，很耐看。挖土越挖越深时，里面的泥土呈现乳白色，甚至有点稠粘手，很适合他俩做各式各样玩具玩耍。特别是他的小手很灵巧，揉捏一会儿就能做出很多玩具造型来。奇思妙想，无师自通，捏了飞机、船、房子、泥娃娃。特别是泥娃娃，揉捏得栩栩如生。“悠悠姐，这个男娃送给你，代表沐之曦。我留女娃代表悠悠姐……”童年的乐趣，让浅悠悠暂时忘掉忧愁和烦恼，天天开心快乐似神仙。浅悠悠从小就喜欢河里乌龟，所以不准沐之曦下河捕捉乌龟伤害它们，他也应允了。王嫒见浅悠悠很爱玩泥巴，一点没有责怪她的意思，只唠叨提醒道："浅悠悠，你要好好读书，给婆婆争气，下次别玩得一身脏兮兮，你看你衣服，简直不像女娃家的模样，花脸花嘴的，像家里的那只小花猫。"她的眼神里满是柔美之情，满是慈爱目光，她用满是皱纹的手，撸起衣袖替她擦了擦脸上的泥土，浅悠悠撒娇般一头扑到王嫒怀里，认真地听她讲故事，讲这块土地时而很敬畏时而很有情怀。此刻的王嫒眼神里满是忧伤，眼眶里噙满泪水。"悠悠，这块土叫观音土，婆婆在很小时候，这里曾经闹过饥荒，我们吃完嫩草又吃完山上的树皮，最后才吃观音土，可吃了观音土后，我腹胀不已，两脚浮肿不能行走，寸步难行，差点死去。是你爷爷的妈妈也就是曾祖祖，用了农村土特方子才救回我的命。悠悠啊，现在我们家庭条件比以前好多了，更应该珍惜粮食啊！"锄禾日当午，汗滴禾下土。谁知盘中餐，粒粒皆辛苦。"过世多年婆婆的话语依然，萦绕在浅悠悠耳边，回荡在心间。

又是一个夏日炎炎的傍晚，整个天空闷热得像在农村里的大蒸笼里蒸着一样，到处弥漫着热气，脚踩在地面上还是那么滚烫无比。浅悠悠皱着眉，热气扑面而来，剥着玉米棒子，浅悠悠感觉全身衣衫瞬间湿透。她闷闷不乐道："之曦弟弟，今天天气好闷热！"沐之曦在旁边帮忙剥玉米棒子，抬眼看看天边乌云滚滚而来，是啊！怎么空气中热气还没有退下去，可能要下倾盆大雨了，他嘴里嘀咕着。站起身，使劲拉起她的手："悠悠姐，走，咱们到河边凉快去。"浅悠悠犹豫不决，看了院坝晒着的玉米。"要下大雨呢？""不怕，咱们玩耍一会儿回来。"他再使劲地拉浅悠悠小手往外走，经不住沐之曦的诱惑话语。是的，到了河边就会很凉快！立即放下手中活和他一路飞奔，来到小河边，到了这块土地，俩人忘情地玩着泥巴。河边的凉风阵阵吹过，俩人心情舒畅，沐之曦忽然突发奇想歪着小脑袋，很认真地对浅悠悠说："悠悠姐，我们来玩个大游戏，像大人一样拜拜天地。你当我的新娘子好不好。"浅悠悠毕竟比他大几岁，脸顿时感觉火辣辣滚烫无比。"之曦弟弟，我们曾经拜过夫妻树，在这里拜，人多，万一被大人们瞧见不得了，要被打骂的。""悠悠姐，我看你白皙的小脸蛋羞红得更好看了，你好漂亮啊！"这时更加希望和浅悠悠拜堂的决心，他情不自禁拉起她的手开始拜堂，沐之曦有模有样地学着大人的音调："一拜天地，二拜高堂，夫妻对拜。"这声音慢慢地激起浅悠悠内心涟漪，心中的碧波在层层荡漾。俩人刚欢天喜地拜完堂，玩完小家家。就被浅悠悠的大哥浅远程远远瞧见，虽然不知道他俩在说什么，但他俩的动作姿势，心里明白几分，浅远程 20 岁，已经是成年人，他怎么不懂男女之事呢？本来是寻找妹妹回去，催促她回去，赶快收拾晒坝里的玉米。平时，沐之曦的三个姐姐也不和浅远程玩耍，浅远程暗恋他的二姐沐文倩多年，沐文倩就是不理他。曾经催促沐之曦去帮忙说好话撮合，这小子就是不买他的帐。此刻，浅远程把平时积攒的怨气怒火全都发泄在他身上，浅悠悠惊呆地看着大哥像头发怒红了眼的壮牛，向他咆哮着冲来，大声吼道："老子早就看不惯你，这个奶声奶气小白脸，沐之曦，你敢欺负我的妹妹，看我今天怎么收拾你！"说着朝沐之曦身体就是一阵拳打脚踢。浅悠悠哭喊着："大哥，快快住手。"她扑在沐之曦身上，也挨了哥哥几拳头。

这时候，天空越来越黑，天上的电闪雷鸣。倾间，倾盆大雨铺天盖地而来，河里洪水忽然增多，水流猛烈地向上涌快速向前翻滚。浅远程神情紧张一不小心，脚猛地一滑，重重摔倒在河里。他的右腿落在一块坚硬无比的大石头缝里，拼命抱着大石头，幸好没被洪水冲走，沐之曦急忙跑回家搬救兵。浅悠悠急得像热锅上的蚂蚁，努力想去拉大哥的手，可够不着，急忙找来一根长竹竿去救他，可失败了。"大哥，你要撑住啊，爸妈很快来救你了。"然而，看见大哥那痛苦万分和对她仇恨无比的冷眸表情，让她后悔不已，铭记在心。浅远程那撕心裂肺的叫喊声早已被雷电声淹没。当大人们闻讯赶来时，雨渐渐停了。沐剑旭浅东众人立即下河，大家费了好大的劲才把浅远程抱了起来，浅东急忙背起浅远程往乡村医生陈彬家中跑去，母亲陈凤一路呜呜哭个不停，紧跟着。沐剑旭也抱起虚弱的儿子沐之曦往家里跑。留下孤单形影的浅悠悠，她的衣服全被雨水淋湿透，因被刚才的场面所惊吓，害怕极了，她吓得身子瑟瑟发抖，直到现在才敢伤心的放声大哭了起来……

不知何时，王媛静悄悄地来到她身边，背起了她，轻声地呼唤："悠悠，我们回家吧！""好，婆婆……"她正说着话，忽觉得眼前双眸一黑什么都不知道了。

第九章　惹祸

当浅悠悠缓缓醒来时，咽喉的疼头昏脑涨的感觉让她软软无力，时而周身滚烫无比，时而冷得寒颤发抖。“悠悠啊！你终于醒过来了，婆婆好担心你。”王媛满脸微笑着端着一碗热气腾腾草药汤正进门来，她笑吟吟地来到床前。“婆婆，我错了。”浅悠悠说话很虚弱，想要挣扎起来。王媛急步上前摸摸她的额头，关切地说：“悠悠，你正感冒发烧呢！别动，婆婆来喂你药汤水。”浅悠悠在她慈爱的目光注视下，喝下了药汤水，渐渐地浅悠悠脸色变得红润起来。夜色朦胧，已到后半夜了。这时候，浅悠悠听到开门说话声，父母亲回家了，浅东背着浅远程走进里屋，父母陪浅远程说会话，见浅远程昏昏沉沉睡去，就不再打扰他。夫妻两人来到王媛房间，浅悠悠急忙朝婆婆怀里靠去，紧张地抱着王媛，声音小得连自己听不到，“婆婆，我好害怕”，王媛安慰浅悠悠，“别怕，有你婆婆在这里，谁敢动你！”浅悠悠死死拉着婆婆温暖的手，吓得身子瑟瑟发抖，眼眸时时细心地观察着父亲的脸色变化。王媛瞥见浅东正阴沉着脸，情不自禁地用身子护着浅悠悠。“浅远程，我的大孙儿没事吧！”“妈，还好，右腿是保住了，摔伤骨折。陈彬医生说，以后会落下终生残疾的。”“唉！可怜的孙儿，我等会儿再给浅远程敷上草药泥，康复快点。”王媛伤悲说话声越来越小，陈凤也在旁边低声哭泣。浅东此时脖子上的青筋突出变大变粗。浅悠悠仿佛闻到那空气里弥漫火药般的味道。浅东瞥见浅悠悠在胆怯望着他，顿时暴跳如雷起来，寒芒闪烁瞬间爆发："都是浅悠悠你这死娃子，本来家里穷就没钱，你一个女娃家平时在外野，我没管你，今天惹这么大祸事，把你大哥浅远程害成这样子，看我今天老子不收拾你的话，我就不叫浅东，把我的名字倒过来写！"他越说越激动，像捉小鸡似的用力把浅悠悠从王媛怀里使劲拽过去，气愤地举起粗糙的双手，重重地毫不留情地落在浅悠悠脸上身上。浅悠悠顿时感到全身疼痛无比，尤其是脸上火辣辣的痛。她哭喊道："爸，我错了，我不该……"一股热热的液体东西从她口中涌了出来，连喷几口鲜红的血出来，接着大口大口地喘着气。"啊！浅东，你真要打死她吗？你心好狠！居然对自己的女儿下手这么重，你看看她的嘴角流血了。"王媛惊叫着扑了上来，用身体紧紧护着浅悠悠，泪流满面心疼着，拿毛巾帕子在她嘴角揩拭着，那滴滴热泪滴在了浅悠悠的脸上。浅东见母亲生这么大气，这才住了手，但嘴不饶人。"妈，我看还是让浅悠悠辍学算了，女娃子长大迟早要嫁人的，书读多了没用的，还不是外人一个。"王媛勃然变色道："不行，她一定要读书，我的孙女这么聪慧，我就是卖锅卖铁也要供她读书，你看看咱们堂屋里墙上全是贴满她的奖状，全村人谁不羡慕你浅东？你看看你那两个宝贝儿子成天只知道游手好闲的，以后咱家全靠她。我的孙女将来会前程无量的。"浅东情绪不满道："妈，现在你大孙儿浅远程还躺在床上，你不去关心他，反而关心一个外人，反正我不拿钱供她读书了，家穷供不起她。"王媛不耐烦地打断他的说话，"浅东，你给我住嘴，你何时管过她，你还不是照旧打牌输钱，你大哥浅明亮听说你要供悠悠读书了，亲自回家出钱给我们修了另二间房，现在一间是你住，另间是大孙子浅远程二孙子浅远锋住。二姐浅芳芳还替你还了打牌欠的帐。要不是你大哥二姐扶持我们，可能我们死了好几次了，你再这样下去，我和悠悠搬出去进城到你大哥二姐家住了。以后我就是卖血也要供她读书的！这女娃子将来一定比浅远程浅远锋更有出息，你们夫妻俩将来要享她的清福！”浅东性格虽然暴躁点，但对王嫒很孝顺。只好无趣地退回自己的房间去，临走时扔下一句话：“你管好啦！我不会管的！”另一旁边陈凤不想离开，她想留下安慰女儿一番，瞧见浅东恶狠狠的投来眼神，吼道：“给我进屋去，你最好少管闲事。”她只好含泪卑微地随浅东进了东屋。浅悠悠泪流满面，一脸歉意道：“婆婆，对不起，是我不对。等我长大有出息了，一定好好孝敬您老人家！”“好孙女，知错就改！”王嫒的眼神变得柔和起来，像一缕温暖的阳光照进浅悠悠心田。“悠悠啊！以后你做事情要记住，做一件事必须要彻头彻尾做完做好，不能做一半就跑了。比如，说今天的事，如果继续剥玉米棒子，不受周边环境景物所动摇，就不会发生这事的。你出生在农村，农村人面朝黄土背朝天，成天辛苦劳作，可还是穷，要想改变环境只有跳出农门。我在《鲤鱼跳龙门》的故事曾经给你讲过；还有我们熟知的花木兰，为了代替父亲上战场女扮男装，在战场上英勇作战，像男人一样建功立业……”

浅悠悠痛哭得鼻涕满面，一塌糊涂。“婆婆，我错了，哥哥的腿残了都是我想偷懒造成的……”王嫒用温暖的大手抚摸着她的乌黑长发，“悠悠啊！这不是你的错，你以后的路很长，一定要记住，今晚婆婆给你讲的话。”浅悠悠懂事地点了点头，王嫒满意地点头含笑，“你去睡觉吧！我去去浅远程房间！”靖瑶的神识目送王嫒离去，急得眼泪掉了下来，运用心通大法与神仙对话。“老神仙啊！我不想变成浅悠悠，她太苦了！我想现在穿越回去，变回自己。”老神仙捋了捋长长白胡须，乐哈哈笑道：“这苦算什么，没有苦那有甜呢？”说完，老神仙消失得无影无踪的。靖瑶跺脚泪奔！没有办法回去了，只好安静地呆在浅悠悠身体里。浅悠悠想起王嫒的话，这一夜，没有璀璨星光，却看到了远方的希望之光！

这件事发生后，浅东不断地找沐剑旭家的麻烦，要求巨额赔偿。经过镇村两委会多次协调后，沐剑旭赔偿一大笔钱给浅东才了结此事，从此，两家人不再往来。浅悠悠和沐之曦却偷偷私下交好。

第十章　长大娶你为妻

翌夏，7 月梧桐花正开的季节，趁大家外出去做农活儿空隙，沐之曦串门上前，神情凝重告诉浅悠悠：“悠悠姐，我有要事和你说说。”浅悠悠感到从未有过的恐惧笼罩着心绪，马上相约在屋背后大山梧桐树下见面，不一会儿浅悠悠背着背萝先去山上摘桑叶，稍后他悄悄地跟上来，俩人一会儿把桑叶装满大背篓。浅悠悠舒心地笑了：“今晚上，可爱的猪猪们可以饱餐一顿了！”瞥见他一路上默默无声不说话，当两人来到千年的梧桐树下，这两棵树长得很奇特，互相环抱着，交缠着。浅悠悠听婆婆讲过，这是一对夫妻树，她曾经和沐之曦也拜过，树上挂满了祈福的红丝带，红布带。俩人先把背篼隐藏好，迅速爬上梧桐树桠顶端上。外面的人，即便经过这地方，也无法看见树上有人在上面。而树上的人可以把下面经过的人，看得清清楚楚。梧桐树高大挺拔，树叶繁密，翠绿的大叶子把阳光遮住了，它那淡淡的花香中夹杂着的丝丝香甜味道。沁人心脾。抬头望去，只见它白中带粉，粉中带紫，一团团，一簇簇，非常美丽。浅悠悠看着看着入了迷。你看梧桐树的花开得好好看，好漂亮哦！这时，沐之曦终于忍不住哭出声来，而且哭得一场悲恸。“悠悠姐，以后，我们很难见面了，明天一早要搬到县城里住，父母要做大生意，房子也卖给社里复垦了。”听到这话，从小和他一起玩大的浅悠悠惊呆了，完全不接受残酷现实。她那好看双眸，涌出的泪水，像断了线的珍珠一样，不断地滴答往下掉，打湿了她的衣角，点点滴滴泪珠滴在梧桐花瓣上。沐之曦心疼地用小手揩拭着她的眼角泪水，眼泪汪汪地说道："悠悠姐，我以后一定来找你。悠悠姐，我长大了一定要娶你为妻，让你当我新娘。"浅悠悠点了点头抽泣着。"之曦弟弟，你们进城后住哪里？我以后来找你……"沐之曦哭泣道："听妈妈说在何川区前进小学旁边开超市，我们租房在二楼住。"

浅悠悠抬起泪眼，眼里闪现一丝希望，"之曦弟弟，我以后来找你……""悠悠姐，我真舍不得离开你……"俩人说了好多好多的心里话，伤心欲绝抱头痛哭了很久。

当夜幕降临，漆黑不见五指，天上的星星眨巴着眼。今晚上真奇怪，大人们都不出来寻找小娃娃们，也许他们各自都怀揣着心事吧！俩人悄悄回了家后。浅悠悠惊讶发现沐之曦家灯光辉煌，热闹非凡。浅家却漆黑一片，家里所有人早早入睡了，浅悠悠来到猪圈里把桑叶喂给几头肥猪后，烧水洗澡，简单地喝点粥躺下休息，这一夜浅悠悠难入眠。捱到天亮，偷偷爬起来看隔壁的沐之曦，果然沐之曦家不同于往日，几乎全村的老老少少都来看热闹，几乎拥挤不通。

大家眼里满是羡慕的眼神，纷纷议论起来。"真有本事啊！到城里做大生意发大财了。"沐之曦的父母亲忙碌着，张罗着，大声的吆喝着，那种趾高气扬的神情。让人真的很嫉妒！"各位乡亲们，以后到城里来玩。"周祥边说边给前来朝贺的乡亲热情地递糖果，让村民们忌恨得要死，大家都穷怕了，见不得别人发财。大门口前停着一辆大货卡车，装着搬的家具和日常用品，沐之曦一直呆呆看着浅悠悠房子，多想她出来见一面，他的眼眸里尽是不舍神色和涌出泪花。浅悠悠想借口向前去帮忙随便宽慰他，瞅见自己父亲浅东正偷偷躲在窗前往外看，见浅悠悠走向前去，他示意向她摆摆手，眼里充满愤怒之光，浅悠悠哭着止步不前。家里其他人还在床上呼呼睡大觉呢？浅悠悠目送车子远去，依依不舍泪水又夺眶而出，眼泪哗地流了出来，趁浅东转身离开的时候，她疯狂地去追远去的车子，站在凤凰高山上，她竭力地哭喊道："之曦弟弟，等等我，等等我……"最后，浅悠悠踉跄哭倒在地。其实，沐之曦坐上车后一直往回望，伤心地掉着眼泪，直到看不见浅悠悠家的房子为止，这一晚，浅悠悠把泥娃娃偷偷放在被窝里拿出来呆呆地看，一看就是几个时辰。这一晚，父亲浅东第一次喝酒喝得酩酊大醉，嘴里说些浅悠悠听不懂的胡话。浅悠悠更加倍努力学习，为的是考上区里的重点中学，她的成绩一直遥遥领先。一直以来，城里的姑姑和叔叔资助她读书，还有身后的坚强后盾力量，那就是王媛，执着坚持下来。使浅悠悠成绩一直直线上升，老天不负有心人，不负大家众望，如愿考上城里重点高中，浅悠悠在这几年里，利用周末节假日空闲时间到处寻找沐之曦，她翻遍了城里的每个角落还是没找到他。直到考上外地大学读书至今，十八年了，悠浅悠无时无刻不在魂牵梦萦。渐渐地，浅悠悠泛起困意，明天要去凤凰镇报到呢！她又重新把泥娃娃放回行李箱里。

第十一章　咄咄逼人

东边天际露出鱼肚白，浅悠悠正行色匆匆穿梭于车水马龙之间，她快步来到何口路公交车站，着急地等了一会儿车后，上了一辆开往凤凰镇公共汽车，瞥见车内依稀坐着几个人，她选了前三排位置，靠左倚窗而坐。

透过玻璃车窗，朦朦胧胧间的何川区都市城市，依旧繁华无比，五颜六色的霓虹灯，把这座宜居城市装扮得格外美丽。客车上的旅客陆续鱼贯而入，悄声坐下。浅悠悠内心思忖，也许大家起得早的缘故吧！还在回味着懒在被窝里香甜感觉。目光往车内四周迅速扫视，还有 5 个座位空着呢？看来车子还要等会儿乘客，巴不得自己车装满人，甚至偷偷超载的事时有发生。果不其然，售票员站在车门口为揽生意，用高音使劲扯着嗓子喊道："到新市场哦，到汉口镇哦，到凤凰镇哦。"车上的师傅全神贯注启动发动机，车底下车轮发出轰轰鸣叫声，实在是很刺耳，但表明车子准备启程行驶。

陈秀珍和夏桐花到荷花市场，摆地摊卖蔬菜，被城管追来追去的，生意不好。因孙女急着要上学，只好到汉口镇碰碰运气了。"师傅，等等我们。"一阵阵焦急的呼喊声从远处传来，浅悠悠透过车窗望去，远处，对面公路上有两个人模糊身影，一高一矮朝车子方向跑来，并使劲地挥动双手，两人要乘这班客车。

她立即从座位上站了起来，朝司机大声地喊道："师傅，别忙开走，前面两个人要来坐车。”“真的，人在哪里？”中年女售票员黄菊花顿时像发现新大陆似的，高兴万分。现在生意不好做，谁不想生意兴隆？她顿生好感地瞥了一眼坐在前排的女子，这位年轻的女子是谁？看得出，倒是个热心肠人。因天色太早，车内的人模糊看不清她的模样，背影倒是娇小玲珑的，声如莺啼，她一定长得很美吧！“这两个人已经跑过来了，你看嘛！”黄菊花急忙顺着她的纤纤玉手指的方向看去，果然有两个人朝这边方向跑来。顿时眉开眼笑招呼中年男司机封勇别忙着把车开走。封勇与黄菊花配合得很默契，车子瞬间停了下来，大约过了三四分钟时间，陈秀珍和夏桐花终于上了车，车子飞快地向前驶进。

浅悠悠细细地打量起来，好像是婆孙女关系。这一老一少的模样着实让人心酸，一看就是来自农村。老人七十来岁，衣着朴素，头发苍白，沧桑的脸上皱纹纵横，脸上挂满汗珠，顺着脸颊不停地往下流淌。神情疲惫不堪，背上还背着个大背篼，兜里装着一些新鲜蔬果，小女孩小脸苍白，身体单薄瘦弱，衣着不合体的一件旧体恤衫长袖，神情惊慌，胆怯躲在婆婆身后，一只小手紧紧地箍着婆婆的手，不愿放开。浅悠悠起身，跨步上前帮老人的把背篼搁下，招呼她俩快快坐在座位上，老人朝浅悠悠投去感激目光。内心思忖道：“这位姑娘倒是很热心肠啊！”黄菊花此时却高兴不起来，刚才热情似火的她，瞬时变脸。此时，判若两人。脸色阴沉难看，找茬道：“老太婆，你的背篼太占位置了，你搁在这个过道上，好影响大家的进出，背篼搁在前面司机右边空位边上，你去看好自己的东西，在那地方坐着吧！”陈秀珍默不作声，心里暗道：“咱家穷，矮人低一等嘛！”低头顺从地把背篼挪到那个位置挨着边坐下。黄菊花见状，心中略宽慰些，自己计算好了，多腾个位置出来，多增加自己的一份收入嘛！瞥见背篼里的蔬菜，心中有了盘算。她继续说道：“老太婆，你俩到哪里下车？篼里蔬菜果，我要算钱算运车费！”陈秀珍急忙回应道：“我到汉口镇下车，只赶两个站，孙女到凤凰镇下车，你只收我俩的车费钱，不收菜的运费，好不好！”黄菊花鄙视道：“你坐得起车，就得扯票，这是规矩。”陈秀珍继续恳求：“我没有这么多钱，刚才卖出去点菜，除去路费钱我没钱。”她望了眼篼里新鲜蔬果。“要不这样，我叫陈秀珍，卖完东西后，再补给你，你先把电话号码抄给我。”黄菊花嘿嘿冷笑：“这老太婆真会编故事！好扯哦！我黄菊花买车多年，那号人我没见过，在我面前骗吃骗喝的人多得很，我是一个说一不二的人。不管你老太婆怎样说，钱一分没有少！如果你觉得贵，舍不得拿出来，那就请你俩下车，去赶下一班车好了。”夏桐花站在后边听到这话，急忙跑到婆婆身边。伸出手用力拉着她衣角，神色焦虑，声音却小得似蚊子嗡嗡叫：“婆婆，如果我再下车赶车的话，上课恐怕要迟到了。”“桐花，你就是不听婆婆的话，叫你不用陪婆婆到城里卖蔬菜，你就是不听，你看现在路费钱都没有了。”“婆婆，你感冒咳嗽生病这么久了，还没有康复过来，不放心您才跟来的啊！”夏桐花很委屈，说着说着眼泪簌簌流，哭了起来。陈秀珍见状低头安慰孙女，不知如何是好，咬咬牙，从衣服夹层里摸出零碎钱，双手颤抖地递给黄菊花，抬头泪眼看着她，“这次能不能不收这菜钱啊？要不，下次赶你车一定多给点。”说完，她剧烈地咳嗽起来，急促地喘气，胸脯也随着咳嗽剧烈地起伏起来。黄菊花斜睨了老人一眼：“老太婆，我是贷款买车，欠账到现在还没有还清，生意时好时坏的。如果大家都哭兮兮给我讲价钱，我全家老少喝西北风去啊？要吃饭穿衣的哪样不用钱！这里不是慈善机构。封勇，你快停车。”一旁的封勇早已不耐烦，大清早的，天没亮说没有钱的，而且是个哭丧着脸的，多不吉利，听到她一声命下，立即呼应，他猛踩一个急刹车，忽地停了下来。这时车厢里其他人议论纷纷，指责陈秀珍：“这个老太婆真不要脸，为这点钱和售票员斤斤计较，还吵架！”“今天坐车真倒霉啊！哭哭啼啼的，你说现在啥人都有啊！”“老赖皮……”说得陈秀珍和夏桐花羞红脸，低头不敢面对大家。恨不得脚下有个地洞，躲藏起来，忐忑不安，如果下车，夏桐花肯定迟到，不光被老师罚站同学也耻笑。不下，还是要被赶下去，此时此景所有的过程全映入浅悠悠眼帘。她坐在那里早已看不下去，瞥见真的要赶婆孙女俩下车，众人都在嘲笑讥讽，特别是一个小女孩，对她经后成长多少心灵有影响有阴影的，想起自己小时候的经历。不禁心中恼怒，难道这些人没有一点同情心吗？浅悠悠按捺坐不住了，霍地站了起来。“黄大姐，我来替她俩付车费。”说着手里的 50 元大钞迅速递给黄菊花。这时，车厢里的人顿时鸦雀无声，大家拭目以待，看来一场好戏开始了，乘客们惊奇地把视线齐刷刷地集中在这个年轻女子身上，只见她满脸愠怒。“黄大姐，你做得太咄咄逼人了，今天做得太过头。若钱不够，我再付就是！”靖瑶身上带的钱包也穿越过来，好几千元的现钞呢！

第十二章　无巧不成书

黄菊花迅速接过钞票，用手使劲地拈了一翻，果然是真金白银真钞票啊！望着眼前这个如花似玉的年轻女子，衣着一般但气质不同凡响，心里嘀咕着应该是从城里头来的，估计这个女子不好惹，何况给了钱，看在钱的份上！满脸陪笑："美女，你今天尽说我的不是，看在钱的面子上吧，黄菊花一概不与你计较，不会多收你的钱，收你 50 元（车费 35 元，有 5 元蔬果运费。）补你 10 元。"浅悠悠接过余钱，内心在想，这个黄菊花说话反倒打我一钉耙，多收点钱是小事情，今天非得好好教训她一番。神情凛然冷笑道："黄大姐，你看婆婆还坐在那里，又不是没座位，你不应该让她坐在发动机上面，很不安全的。"说着朝两人招手："婆婆夏桐花快坐到我后排来，明明有两个空位置。你们为何不坐啊！"一老一少欢天喜地过来坐下，陈秀珍在后排连连赞叹，长舒了一大口气，她不光给婆孙俩付车费，替说好话，还帮她俩出了一口恶气，陈秀珍满脸感激之色，攀谈起来。"闺女，你真是一位大好人啊！你叫什么名字？你的家住哪里？我陈秀珍以后好还你钱。""陈婆婆，是小钱，不用你还，我名字叫浅悠悠，今天是到凤凰镇政府去报到上班的，我老家就住在梧桐村。"陈秀珍惊喜万分："好闺女，真是无巧不成书，相遇太巧合，我也是梧桐村人。"浅悠悠笑了，露出一排小贝壳般洁白牙齿，"陈婆婆，这世界真小，遇到同村人确实巧。""啊！

你就是村里考出去的状元。”陈秀珍惊讶得嘴巴张得老大，再一次合不拢来形开成了 O 型嘴。浅悠悠听到夸奖，顿时不好意思起来，谦虚地说：“陈婆婆，你别这样说我，只不过普通人罢了！”陈秀珍又续道：“王媛姐对人很好，我们是好姐妹，我们两家相隔不远。桐花，这就是经常给你提起的了不起大人物，快向姐问好！”浅悠悠转身把目光停留在夏桐花脸上，夏桐花见浅悠悠详端瞧她，赶紧害羞低头，双眸垂下的长长睫毛，像两把小扇子不停地扇动着，好看极了。陈秀珍见夏桐花坐在那里没动，双手激动不停地搓手。她用手摸摸夏桐花的头，叹息道：“这孩子怕生人，快叫悠悠姐。”夏桐花性格内向，不爱说话，但听到心目中偶像出现在眼前，是那么真实清晰，再不说话就不好意思了。费了好半天才怯怯叫了声：“悠悠姐好！”说完又低眸望着自己脚上穿的发白运动鞋，如果此刻脚下有个地洞的话，她也许下去躲藏起来了。陈秀珍见状，叹息道：“这孩子甚是可怜，10 年前的一个夏天，当凤凰山上梧桐树花开时，满山遍地都是，一簇簇花团无不在展示自己的花枝招展。夏桐花这时候出生了，我因为受王媛的影响，对梧桐花也情有独钟，取名由此而来。她的母亲桔儿，是贵州大山里出来的，有点弱智商，在工地上与我儿夏宇相识。那时她才 19 岁，夏宇我儿老实本份，不知她家住何方，她也不说出原由。那时候能娶个媳妇回家，简直是祖上有德，坟上冒青烟。我很疼爱她，家中的一切活儿都不让她做。后来她怀孕了，怀上夏桐花后，夏宇回家专程服侍她。但她嫌我家贫穷，生下夏桐花没几天就跑了，不知去向。我们找了好几年都没有得到她的消息。后来，夏宇过于思念桔儿，在建筑工地上做活儿分神，出了工伤事故死了，现在只留下我们孤苦伶仃婆孙女俩。说着说着，陈秀珍的眼泪夺眶而出，夏桐花也在她肩膀上哭个不停。浅悠悠戚然：“陈婆婆，真对不起，我触动你的伤心事了？桐花在哪里读书？”

陈秀珍用手揩了揩眼角："好闺女，没有事，桐花在凤凰镇读小学。快升初中了。"

浅悠悠扬起眉头："学习成绩如何？"陈秀珍高兴道："不错啊！"

浅悠悠还想继续问下去。坐在前面的黄菊花把脸庞转过来，不耐烦提醒道："老太婆，汉口镇到了。"陈秀珍急忙起身，背起背篼。叮嘱浅悠悠，"好闺女，麻烦你，帮我照顾一下桐花，到凤凰镇下车。还剩下点菜，没卖完，这个镇的人，特别喜欢吃绿色蔬菜，我下车去试试运气。""你放心吧！陈婆婆，我会照顾好桐花的。"浅悠悠笑脸回眸，给了陈秀珍满意的答复。"婆婆，那你早点回家。"夏桐花也小声说话了，抬起泪眼，依依不舍地望着她蹒跚下车，直到消失在夏桐花的视线里。浅悠悠笑吟吟道："桐花，你别再往那边看了，你婆婆已经下车许久，等她卖菜完了，回家给你买好吃的东西。"

夏桐花把头抬了起来，目光里充满感激之情看向她，感觉眼前这个小姐姐很亲切，像亲人般似的。夏桐花不再像先前那样腼腆，低声道："谢谢悠悠姐关心。"

浅悠悠："桐花小妹，你喜欢读书吗？"

夏桐花使劲地点点头："悠悠姐，我特别喜欢读书。"

浅悠悠很赞赏："认真学习的态度，很像我小时候的样子呢！那你一定要好好读书，你看你婆婆含辛茹苦把你抚养大，确实不容易。你只有努力读书才能有出息，以后才能孝顺你婆婆。"

夏桐花笑了笑："姐，我一定会努力读书，长大了有了工作，会对婆婆孝顺的。"她的双眸忽地如天上的小星星闪闪发光，浅悠悠注视着夏桐花眼睛，深深的知道，那是希望之光。

浅悠悠："桐花，你以后无论遇到什么困难，到凤凰镇政府来找我，这是我的电话号码。"

"谢谢姐姐！"夏桐花接过递过来的字条，小脑袋使劲地点了点头。她把字条小心翼翼地搁在书包里的夹层里，随手把书包里语文书拿了出来，低眸认真地看起书来，嘴角微微上扬。这时，车窗外一缕缕明媚阳光照射在夏桐花脸上，渐渐地夏桐花的脸色红润起来。浅悠悠心里想，这个小妹妹真爱学习！她不再打扰桐花学习，这副模样好像她小时候认真复习功课的样子啊！

客车不知不觉开到了凤凰镇车站，当浅悠悠拉着夏桐花下车时，背后传来一阵阵黄菊花讥笑声：“这姑娘，装好人大傻瓜一个！”浅悠悠淡淡一笑，不与理之，浅悠悠与夏桐花告别，“到学校好好读书”“悠悠姐，我知道了。”夏桐花高兴地朝学校跑去，还不时地转头朝浅悠悠挥手告别。

浅悠悠背着行李装向凤凰镇政府方向走去。当她脚踏上这片热土，思绪万千。蓝天白云下，那熟悉的乡音响彻耳畔，所有疲惫和烦恼被故乡新鲜空气，吹散得无影无踪。街上的一草一木一事一物就在眼前。她内心起伏连绵，今天应该是赶场天吧！凤凰镇单号隔天赶场的规矩仍没改变，比以前的街道更加整洁明亮，商铺商品摆放有序。瞧见人头攒动，车来水往，还有人们的脸上洋溢着幸福笑容，让她感到无比的亲切。凤凰镇政府她曾经去过，那曾是最荣耀的时刻。在凤凰镇初中毕业时，因为她优异成绩考上区重点高中后，成为镇村乃至全区的特大新闻。“学霸状元啊！梧桐树上飞出金凤凰啦！”大家议论纷纷。就连镇上的党委书记亲自邀请浅悠悠全家参会。在镇政府三楼会议室给予颁奖，让社会上爱心人士也参与其中，给予资金上奖励，校长班主任还有部分同学也在场，父亲浅东在众多人的羡慕目光下，发表长篇如何“培养”孩子方面作了热情洋溢的讲话。把自己包装成慈父的假象，文章当然是浅悠悠帮写的，尽管父亲念得拗口丝毫没减轻大家对他的狂热崇拜。他的胸脯挺得笔直，让他多年虚荣心得到极大的满足。浅悠悠只是一直微笑地望着旁边茹苦含辛婆婆，此刻的王嫒幸福而自豪地流泪，她的头抬得高高的，扬眉吐气，眼里满满盛着对孙女的赞许目光，一路辛苦走来，陪伴她成长的王嫒终于看到了希望和丰收成果。

第十三章　不屑一顾

浅悠悠到了凤凰镇政府办公大楼前，瞧见整栋办公大楼还是没有变，这是一幢普通不过的旧楼房，细看建筑的风格有些陈旧，大概修建于 90 年代吧，大楼四周里外干净整洁明亮。有五层楼，那最醒目的是一面鲜艳的五星红旗，在顶楼随风飘扬。大门口悬挂的哪几块工作牌引人注目，进去办公感到自己的工作职业所在和无比的荣光。

镇组织委员若柳一大早就到镇政府门口等候多时，昨天下午，接到区委组织部的通知，说财政局有位副局选派女干部扶贫驻镇的文件，按照她以往的逻辑思维，必定是上面有领导专车护送。这可是自己好好表现的机会啊！ 50 多岁的人了，还不努力上调局行的话只有等退休。左等右等不见轿车开来，她有些不耐烦！难道浅悠悠还要大牌不成，她算好时间应该早到了。这时候，瞥见一位瘦小姑娘背着行李装东张西望。若柳的眼眸神情很失望，蹙眉微皱，难不成就是她？上前一步。礼貌道："请问你是浅悠悠？"浅悠悠目光落在温婉的美女姐姐身上，那细细的声音和风姿绰约身影给浅悠悠留下深刻印象。大致猜想到，接待她的人到了。"你好！我就是浅悠悠。""我叫若柳是镇组织委员，在这里等候你多时了。"浅悠悠内心感动。"你好！若柳委员，真过意不去让你久等了。"若柳内心忖思，既然人到了工作职责做到了，但表面文章必须做足，那些客套话用不着在她面前讲，要说只能说给领导听的。领导高兴了说不准就提拔了。直接进入主题，开始安排她的工作吧！“浅悠悠，安排你在底楼党政办公室上班，主要负责接听电话以及处理后勤事务等。”哪知浅悠悠就喜欢她开门见山的话，隐约感受到若柳对自己的失望，这个她是理解的。如果接受局长李平或老同学蔡波送她到凤凰镇上的建议，情况就大不一样了。她轻眉淡写微笑道：“谢谢若柳委员！”浅悠悠是位很随和的人，一会儿功夫，她和若柳很快熟悉，俩人有说有笑的。不知不觉来到靠右边底楼政府办公室，里面坐着一位精神饱满约 50 岁左右的中年男子，没等若柳开口介绍，这位男子立即站了起来，微笑着把右手伸了出来，“你好，浅悠悠，我叫吕毅。”瞧见浅悠悠的诧异不解神情。吕毅欢笑解释道：“我们是同村人啊！那时候谁不知晓，你是读书状元！你当时很出名的，昨天若柳委员给我讲，明天有位新同志到镇报到呢？我一听这名字好熟悉，果然是你浅悠悠啊！欢迎你来到办公室上班。”不等浅悠悠回话。若柳委员含笑着接过话茬：“浅悠悠，这位是党政办办公室主任吕毅！”浅悠悠顿生好感，放下行李包，额首低眉道：“吕主任，你好！以后我多多向吕主任请教学习。”“浅局长，我们都是本村人，用不着那么客气的。”“吕主任，你以后还是叫我悠悠吧！”浅悠悠觉得吕毅工作务实，对自己诚挚，她与吕毅聊得甚欢，渐渐地说起工作上的事来。这时候，若柳委员手机铃声忽然响起，若柳委员接听了电话后，长长深呼吸下，总算有借口离开，假意满脸歉意：“吕主任，浅悠悠，你俩先忙吧！我上楼去办公室，有件事需要处理。悠悠，你以后有什么困难多与我联系哈。”说完匆忙离去。

“吕毅，你上班时间在干吗？离岗在这里聊天吗？不在自己的办公室里却跑来这里？让我亲自找你！龙鹏呢？这是上面刚来的文件，依我意思用不着拿给你看，这是我干爸的意思，你立马写出一个工作计划方案出来。”说完她把文件摔在吕毅面前，叶如梦进门就冲吕毅劈头劈脑一顿批评，站在一旁边的浅悠悠惊讶瞧见进来这位年轻女子，身材高挑婀娜多姿，长得花容月貌的，但说话的语调真的难听极了，眼神冷傲，旁若无人样子。吕毅看到叶如梦的神情，立即变得毕恭毕敬，他急忙接过文件，仔细看一下，小心翼翼回答道：“叶委员，这是急件，我马上写工作方案拿去给陈书记审阅。”叶如梦鼻子冷哼两下，她转过身，瞟都没瞟一眼，站在一旁边伫立的浅悠悠，是的，刚才听到若柳讲浅悠悠的笑话故事，听后她满脸嘲笑的表情，“扶贫，自己不就是一个扶贫户吗！”俩人哄笑一团。所以，她懒得看浅悠悠一眼，一个连领导没有陪同的人，连自己一辆小车没有的人，能在官场混得好吗？笑话，不过是充数的罢了。“到了这里，自己放规矩点！”看来是说给浅悠悠听的，叶如梦冷冷丢下一句话，头不抬转身径直上楼去了。

吕毅见叶如梦冷傲背影，内心忖思道，叶如梦，你总是喜欢安排人不做事情的家伙，本来是你的分内之事，却总是踩着别人劳动果实上去的小人。看见浅悠悠迷惑不解表情，他非常小心谨慎，不好意思解释道：“浅悠悠，我本想给你介绍分管领导叶如梦委员的，刚才的情景你也看到了，她的态度就是这样子。她是去年从其他乡镇调过来选任镇委员。她干爸是镇党委书记陈远全，亲舅舅叶灿是凤州市副市长，我们都不敢惹她，以后你要躲她远远的。”浅悠悠心存感激之情，朝吕毅点点头。“吕主任，初来乍到，我明白了。”不一会又进来约摸20多岁男青年，手上拿着一摞红色的笔记本手册。“这是龙鹏，这是新来的浅悠悠。”两位年轻人互相微笑点点头，算是认识了。“吕主任，刚才你吩咐的事我办好了，这是你要的扶贫手册，镇上扶贫办只有10本了，都给我们了，听扶贫办的人说明天要安排人手到区里再领些回来。”吕毅高兴说道：“年轻人就是办事快，龙鹏，好好在办公室守着，赶快把桌子上的几个通知电话出了。我先带悠悠上楼去认识办公室同志，然后熟悉业务！”“好的，吕主任，悠悠姐，你们去忙吧！”龙鹏忙碌起来。吕毅边上楼边和浅悠悠介绍办公室情况，“浅悠悠，我们党政办共有三间办公室，有5人组成。三楼上有两间办公室，一间是我的，另一间是凡霞凤珠。你和龙鹏在底楼办公，他工作了二年多，让他带你熟悉业务。我先教你一些基本常识，你现在的工作业务是学习接听电话，起到上传下达作用以及处理办公室后勤事务等等。”浅悠悠点点头，在吕毅办公室里坐下，当吕毅讲一些工作要点和具体操作程序。浅悠悠点点滴滴铭记心间，很快熟练地掌握其中技巧，一一领会。其实依浅悠悠以前的工作经验并不难倒她，反而给吕毅在工作中提出些疑问和解答的方法。吕毅佩服得五体投地，“悠悠，你真不愧是上面下来的人，啧啧，曾经是副局长大人，能力水平当然了不得！你在镇办公室当一般工作人员真的是委屈你了。”浅悠悠谦逊道：“哪里，只当了副局几天，现在在基层工作不一样，要学习的地方很多，吕主任才是我学习的好榜样。”在吕毅看来一位年轻的副局居然下来扶贫肯定得罪过领导，内心很同情她，见浅悠悠夸奖自己，开心得哈哈大笑起来。“悠悠啊，我看你小嘴真甜！”说完他埋头伏案工作，他的眼光一直盯在电脑上看资料。“我马上要做个工作方案给领导，你看……”浅悠悠心领神会知趣地站起身，回道：“吕主任你去忙吧！我去办公室了。”吕毅赞赏望着浅悠悠远去的倩影，欣喜道：“悠悠确实是个人才！”随即，吕毅进了陈书记办公室汇报工作。

第十四章　真的是你

浅悠悠急步下楼，刚到底楼走廊上。“悠悠！果真是你！一个美妙惊喜的声音传过来，浅悠悠以为是幻觉。听到这磁性般悠扬的声音，心弦拨动情海，如此心动吸引人，她情不自禁的转身，循声寻去，只见大门口大院，一位伟岸高大帅气的青年男子，正从小车里钻出来，他一手提着崭新公文包，一手朝浅悠悠招手示意，英姿飒爽地朝她越走越近，浅悠悠的神情瞬间呆楞，这个俊男似曾相识，记忆里影子若隐若现，但朦朦胧胧的，像隔着层层细纱，她的脑海里努力地翻滚着寻觅着……一会儿，俊男如风般站在她面前，“悠悠，你真不认识我吗？我是沐之曦啊！我们小时候的邻居，你忘了……”“沐之曦”浅悠悠听到这个名字猛地一惊，浑身颤抖起来，记忆的洪水闸门瞬间打开，一倾万里，心海掀起层层波涛。“沐之曦？嗯！你就是小时候那个顽皮捣蛋的之曦弟弟啊！十八年未见，差点认不出你了。”浅悠悠欣喜若狂说道，眸光有些痴迷，望着眼前这位身材高大俊朗青年，瞬间出现在她的眼前，难道是场梦。但见他热情地伸出一双厚实大手，紧紧握住她那双白嫩柔软小手。靖瑶读大学时的精力几乎用在学习上，所以，目前没有男朋友，脸上不禁一阵发热发烫起来，喜道：“没有想到浅悠悠的青梅竹马恋人又高又酷又帅的，看来我来这个地方来对了。”“之曦，我以为是在做梦，直到你握住我的手才觉得是真实的！”沐之曦用手再次使劲握了握她的小手，喜笑颜开道：“这下相信了吧！真的是我呢！你的之曦弟弟！昨天，区里有位领导给我讲，说明天有位新同志到镇报到呢？她名字叫浅悠悠，我一听这名字好熟悉，你就是我日夜思念人儿！昨夜，让我兴奋了一夜。果真是你！悠悠，多年不见你，都出落成一朵美丽梧桐花了！”梧桐花，他还记得梧桐花，浅悠悠的心脏突突跳了一下，立马抽回了小手，微微扬起好看的樱桃小嘴，那肤如凝脂，明杏腮桃脸颊笑得很灿烂很甜蜜，如痴如醉倾诉着：“之曦，我以为这辈子再已见不到你。”沐之曦声音低沉下来：“我也有相同的感觉，悠悠，这些年来，你让我好找你，变得比以前更好看了。”“之曦，我都快认不出你了，这些年你在哪里？”浅悠悠清澈眼眸盛满秋水，她深深地吸口气，深情地叫着他的名字，尽管她的声音小得不再小声，但沐之曦听到她那深情地呼唤，甚至能听到她急促的呼吸气息。沐之曦好想立刻把她拥入怀中，好想安安静静与她倾诉着彼此相思之苦。但现在所处的环境不能。“悠悠，说来话长，今天晚上是我们组值班，我给你细细述说，好吗？”浅悠悠高兴地含笑点点头。“现在是上班时间，我同意，甚好！”这时候她的思维顿时活跃起来：“之曦弟弟，你现在怎么长得这么高啊？”沐之曦努力地克制着自己的激动情绪，故意笑着调侃道：“自从离开你后，我没受你折磨就长高了。”浅悠悠脸瞬间绯红一片，有些歉意表情，道：“之曦弟弟，以前，总叫你帮忙干活，对不起！”沐之曦道：“我是与你开玩笑的，我长高的原因，读书时特别喜欢打篮球还是篮球冠军呢。”浅悠悠宽慰起来，又兴奋道：“想不到，你也在这里上班？”沐之曦眉眼飞扬：“是的，我调在这里工作有1年时间了。”浅悠悠还想再说下去时。

第十五章　老女人，离他远点

“之曦哥哥。”只见叶如梦突然下楼来，风样般地来到沐之曦面前，娇滴滴地冲着他喊道，很亲昵地接过他的手提包。“沐镇长，马上要开会了，我泡好你喜欢喝的茶水。之曦哥哥，今晚上，我和干爸要到你家吃晚饭，周阿姨安排你，吩咐多切点新鲜的卤菜回去。”沐之曦皱眉沉下脸：“今晚上不行，我要值班。”“之曦哥哥，干爸已经安排黄宝山副镇长帮你代班了！”沐之曦无奈地叹气，陈远全是镇上党委书记，而自己是镇长，党委副书记，必须要听从他的指挥，有句话说得好，一切行动听指挥，要搞好一级领导班子团结。他心中烦躁，生气冲叶如梦吼道：“叶委员，你做得太过分了。”叶如梦得意忘形：“之曦哥哥，咱们上楼去。”沐之曦看了看浅悠悠茫然表情，忙解释道：“悠悠，你别误会，这是叶如梦委员，干妹妹，因为她的母亲叶子阿姨，曾救过家母的命。所以，叶如梦对我很随便的。”

叶如梦瞥见沐之曦对浅悠悠如此温情，如此体贴的说话，对自己从未没有这样温柔过，内心忖思道，好你个妩媚狐狸精，本事真大。浅悠悠，你在上面混不下去了，来镇上这么快勾引上自己的心上人，不禁炉火中烧。朝浅悠悠鄙视道：“之曦哥哥，就是这个老女人想巴结你吗？刚才我们见过面！”沐之曦生气道：“叶如梦，人家是区上派下来的扶贫驻镇领导，你知道在说什么？语气总是这么刻薄，对人要有礼貌，她这么年轻漂亮的，老什么老，人家只大你几岁而已。”

叶如梦心里更不服气，浅悠悠，你这个贱女人，才来镇上这么快就取得沐之曦的好感，真是狐狸精啊！你等着我，让我以后好好收拾你！叶如梦撅起小嘴：“我管她是什么，现在来到凤凰镇地盘上，就要受我们管制。”沐之曦不悦道：“叶如梦，我再说一遍，请你尊重她！”叶如梦气得快头炸了，几乎疯狂了，沐之曦一直在帮贱女人说好话，不服气撅起小嘴道：“她这么年轻漂亮？哪我呢！比她整整小 5 岁，她当然是老女人啦，而且衣着打扮太土气人又长得矮小，又穷酸，她是嫁不出去的老女人。”沐之曦气愤地从叶如梦手中夺过公文包，他的眼眸深沉下来，神情凛然，冷若冰霜，冲她怒吼道：“叶如梦，你听着，再说她的坏话，别怪我不客气，别叫我之曦哥哥，我喜欢的是浅悠悠，不是你叶如梦！”叶如梦顿时呆愣了，伤心欲绝僵立，站在那里一动不动，泪水夺眶而出。沐之曦懒得理她，这些都是她自找的。沐之曦转身朝浅悠悠笑笑：“实在是对不起，我们有空再聊，我马上要开会了。”说完，他用深邃的双眼凝视她，略停顿会儿，转身急匆匆上楼，浅悠悠目送沐之曦伟岸的身影，心潮澎湃。叶如梦见此情景，把刚才所有的情绪爆发出来，只见她朝地上吐了好几口唾沫，对浅悠悠恨道：“老女人，离他远点，你与他根本不般配。”浅悠悠是看在她干爸和沐之曦面子上，一直没有发火生气，现在，见她真像农村村野妇哪样泼皮。蹙眉紧皱道：“叶委员，我这样称呼你，尽管你口口声声丑化我，我都认了，我的确没有你年轻，身高没有你长得高，但是，我有尊严，有姓名。你是领导，不应该没有修养！”叶如梦得意忘形指向她的鼻子：“我对你就是没有修养，你能把我怎样！就是一个字，贱！”浅悠悠万万没有想到，叶如梦如此蛮横不讲理，想用法术制服她，让她尝尝被自己收拾的厉害。这时，老神仙传来心通法术声音：“徒儿，不得无理，不可乱用。”她止住了念想，师父啊！我心里想什么你都知道，真想揍她一顿。真想上前去扇她几个耳光，但还是忍了下来，只有把双手握拳攥着。

老神仙又传来心通法术声音：“徒儿，不理她就是，她伤害不到你的。”叶如梦见浅悠悠默默不作声了，以为她害怕自己了，她鄙夷地扫一眼，浅悠悠难过的表情，她的脸上露出胜利者的微笑，忘记刚才自己被沐之曦一顿怒吼批评的情景。不是马上开会了吗？我的之曦哥哥还在楼上等我呢！她想着想着，开心的急步上楼。

第十六章　聊八卦

浅悠悠摇头叹息，走进办公室，瞧见龙鹏正坐在那里接听电话忙碌不停，彼此没再说话，各自忙自己的手头工作。她翻阅着吕毅给的有关档案资料，低眸认真地看了起来，时不时在纸上做了笔记。时光在飞快地流逝，不觉不知到了中午下班时间，龙鹏抬起头来，关心道："悠悠姐，吃饭了，你可以先去食堂吃饭！我等值班的人来接班随后来。"浅悠悠用赞赏眼光打量龙鹏，虽然比她年纪小，但为人比较谦和懂事。"龙鹏，没有关系，你先去吃饭。"俩人正相互谦让时。吕毅跨进门来，哈哈大笑："你俩吃饭都这么客客气气哦！"只见吕毅身子倾向前，满面笑容地把一串钥匙搁到办公桌子上："悠悠，楼上有女生住宿楼，你住在四楼 408 房间，说来你的运气真好，房间刚好有一间空房。悠悠，你认识沐之曦吧！他认为浅悠悠曾当过副局，有几分交情的。沐镇长特意吩咐交代安排，他今天上午在区里开了会才回来，接着召开镇一级班子会，现在他又下村开扶贫会去了。"哦，刚才叶如梦喊沐镇长，浅悠悠神情恍惚，没听清楚。他真的当上镇长？怪不得刚才看见他回来，哦，她瞬间明白了。吕毅看她神情有点发呆。他的十足精神又来了，眼神顿时变得神秘明亮起来，开始说起他的八卦来，而且津津有味，那神态精神抖擞，脑袋也情不自禁在晃动，甚至有少许唾沫飞到龙鹏和浅悠悠脸上，吓得两位年轻人后退几步。"要说沐镇长啊！全区乃至全市赫赫有名的年轻镇长，27 岁嘞！前程无量啊！论相貌人才家庭条件都是顶端的。多年来，追求他的美貌女子不计其数，硬是把他家踏破门槛。这些美女加起来起码一个团，不对，起码一个师呢，就连平时孤傲无比，高高在上，貌美如花的镇花叶如梦苦苦追求了他多年未果。”

龙鹏：“我才不喜欢叶如梦呢？性格像乡间村妇，谁娶谁倒霉，母老虎一个。”

吕毅吹了吹杯子泡的开水茶叶：“话说如此，叶如梦因为沐镇长才调到这里上班，本来有条件调到区政府办公室的。可见对沐镇长是多么痴情。可沐镇长对她置若罔闻，只把她当成亲妹妹看待。真是应了那句“落花有意随流水，流水无心恋落花。”

龙鹏：“要是我有一个漂亮女人倒贴追我，此生知足了。”

吕毅呷了一口茶：“人家完全是钻石版王老五，超级高富帅，你何德何能。”

龙鹏：“万千江水，只取一瓢水，宫廷三千只爱一人。”

吕毅：“你娃真有才情诗意呢！关键是他心目中的追求对象是什么模样。唉！我家爱人生的是儿子，如果是生姑娘就好了，不知道谁家的姑娘有这么好的福气！”

龙鹏：“这么多女人天天围着他转，发信息打电话。他对女人好像一点不感兴趣，显得好冷淡。说不准镇长大人是不是那个生理方面有问题哦！”吕毅又饮了一口茶水，打趣道：“你这浑小子，别胡说八道哈！”龙鹏想开溜，补充了一句。吕毅说完深深地望了在一旁沉默不言的浅悠悠一眼，意味深长道：“悠悠啊！今天，感觉镇长对你很特别很热情，真是太阳从西边升起来了，来个 360 度态度的大转弯，难得啊！”浅悠悠知道他要说什么？立马堵他嘴，满足他的好奇心：“吕主任，我们是本村本社的，从小又是一起玩大的邻居。”“哦，怪不得，蛮有道理的。”吕毅继而想到什么，他兴奋地拍了拍大腿，“不对哦！你们应该叫做青梅竹马……”他正想再说下去。龙鹏急忙给浅悠悠递递眼色，又指了指他的肚子。浅悠悠瞬间明白，她抢先补充说了一句：“吕主任，我想上趟洗手间。”“我也要上洗手间！”龙鹏也随声附和着。“都去吧！”俩人趁机溜了出去，听不到吕毅长篇大幅的唠叨了。吕毅细细品茶茗香等他俩出来。浅悠悠如厕出来后，瞧见有人在办公室接班，三人才欢天喜地往食堂走去。食堂的饭菜真香，浅悠悠却成了大家引人注目话题焦点。

甲：“听说是新来的吧！职务曾是副局，该不会是犯了错的才到这里来！”

乙：“是啊！愿意来的才是白痴呢？基层有什么锻炼的。”

丙：“一张圆圆的洋娃娃脸，皮肤好白，真好看！”

丁：“就你好色迷，美中不足，个头有点矮。”

……

第十七章　风区长的未来儿媳

大家吃过午饭后，回到办公室里。吕毅笑吟吟道："悠悠，就按你改进的方案出通知，这个方法好又快，工作效率高，经镇党委政府研究决定明天上午 9 点有个扶贫工作大会，你俩马上出通知，另外龙鹏也帮忙做！今天下午 3 点钟，三楼会议室一级班子有个扶贫攻坚研讨会，你们先到会议室把后勤工作做好，4 点 30 分钟五楼会议室又有个会。"吕毅安排完工作上楼休息去了。整个下午，俩人在办公室里忙碌着。许久，龙鹏抬起头，说着话："悠悠姐，今天是我们组值班哦！沐镇长刚才发来的信息，安排你到我们党政办公室值班组，吕毅叫我传电子文档表到机关群里。""好，明白。"浅悠悠点点头。这时，她手机铃声响起，拿起接听，传来若柳委员柔柔的声音："悠悠，今天好吧！"好啊！谢谢若柳委员的关心！"风云是你的男朋友哇？风区长未来儿媳？啧啧，以后请你多多关照哦！"唉！又是这个风云，多管我闲事，浅悠悠极力压抑自己情绪："若柳委员，你说啥子哦！我们只是大学同学关系，不是你想象的那样子！"若柳也觉得在理，如果真是区长未来的儿媳话，今天肯定风云亲自送她来报到的，说不定是浅悠悠想攀附关系。让风云打电话给她，风云托不起人情，只好乱编一通是男朋友，男朋友这个名称啊，也怪风云，怎么可以随便乱戴男朋友的帽子。但，绝不是我们想象的那种男女情爱关系！试探后的若柳委员，得到了明确答案后心就释然了，刚才不是在嘲笑浅悠悠吗？但她表面依然笑语盈盈地说道：“哦！浅悠悠，我是没有乱想啊！早就想到这是不可能的事，那我打搅你了。”若柳说完挂了电话，她的鼻子冷哼一声，一个农村家庭出来的，还想攀高枝！痴心妄想。

“浅悠悠，你还有事瞒着叔啊！”不一会儿，吕毅如风般地进了办公室。

浅悠悠惊讶抬头道：“吕主任，什么事？”“你是风云的女朋友？”浅悠悠及时打断吕毅说话，他和别人不一样，除了喜欢聊八卦外。但对人率真耿直。浅悠悠嘴角上扬，脸上轻描淡写：“我和风云不过是大学的同学而已。”吕毅听了似乎有道理，同学嘛！往往乱开玩笑，也许若柳委员听到风云公子二字有点激动紧张听错呢！吕毅歉意冲她一笑，笑得很不自然。“哦！原来是同学！”

龙鹏：“亲爱的吕主任，今天你累不累啊！喜欢去打听别人的八卦。”

吕毅：“去去，我不是关心悠悠吗？”

三楼会议室里，一级班子正在召开扶贫攻坚研讨会。陈远全书记主持工作，当若柳汇报了，今天区下派扶贫驻镇干部浅悠悠报到上班的情况时，沐之曦蹙眉紧皱打断若柳说话，批评道：“党政办为何不通知浅悠悠来参加今天的会议？她是上面派来的人，论职务别人是副处级干部有资格参会的，若柳，你为何安排她去守办公室太屈才了。”若柳低头扫一眼叶如梦沉默不语。叶如梦冷笑道：“是我安排的，我不管她以前做什么的，既然到我镇上就什么不是，必须听我们安排，莫非把她供起啊！不上班怎么下去扶贫啊！”大家点头赞同。沐之曦见叶如梦蛮不讲理脸色更加阴沉。刚要说什么。“好了，我们现在还是讨论扶贫攻坚的事吧！”陈远全代表权威性表态。话锋一转，道：“我也同意叶委员的意见，年轻人嘛！应该到岗位上锻炼，过去的成绩不代表现在的，上面不过是走形式而已，副处级干部大家在座的都是，有什么大惊小怪的。沐镇长啊！你用不着操心，浅悠悠是上面派来的人，那我们就安排她到梧桐贫困村去扶贫。分管领导黄镇长麻烦你安排镇扶贫办分 5 户贫困户给她就是，把叶如梦那两户黄金贵和陈秀珍重新调整出来给浅悠悠，再安排听话的两户给叶如梦！”“什么？”沐之曦惊诧不已，蓦地从座位上站起来，大家也同时错愕不已。要知道这两户基本情况都清楚，路途崎岖遥远不说。黄金贵是出了名的懒汉又喜欢刁难人，家里的清洁卫生就是大难题，叶如梦为此事与他大吵大闹过。她是黄金贵的帮扶干部，曾经因为这事被区扶贫办督查通报过。陈秀珍因为儿子抚恤金赔偿的事，屡次上访天天哭诉，还有她和邻居不和睦之事，叶如梦也被上级部门批评过。“这么优秀的人，都做不好！何况你初来乍到的浅悠悠！”“可能百个浅悠悠都不行！”大家议论纷纷起来，哄笑一团。叶如梦冷睨沐之曦，现在她要的就是这个效果，浅悠悠，你不识好歹，哼，想和我抢沐之曦！你还是嫩了点，真不知天高地厚的东西！沐之曦眼眸寒光闪烁：“既然你们安排了，我不再争执，浅悠悠，我相信她的工作能力！她会做得更好的，我支持她！”他知道大部分的人都站在陈远全那边，再争执是无用的。

第十八章 胡思乱想

浅悠悠吃过晚饭后，吕毅和龙鹏先到楼上男宿舍洗脸漱口去了，准备接浅悠悠的班，好让她回宿舍休息，男值班室的床在低楼，凡霞呢！根本不搭理浅悠悠，她吃过晚饭不见踪影。凤珠也不知去向，据说两位上楼休息去了。寂静的大楼，灯光煌辉。浅悠悠坐在办公室里埋头认真看书，学习扶贫资料，时间一分一秒在她的指缝间流逝。不觉不知的，浅悠悠看着看着神色有些疲惫，她的目光透过门窗，外面的天空暗了下来，望着大院里的那棵参天茂盛的黄葛树，鸟儿也归巢了吧！但没有看到沐之曦回来身影，她内心百感交集，现在好期盼看到他，好想与他诉说分别后的衷肠。其实，她知道今晚上叶如梦和他正在共进晚餐。失落感却上心头，她上午在电话簿里找到他的电话号码偷偷保存了。“悠悠啊，今天你也忙累了，快到楼上休息吧！”吕毅和龙鹏进了办公室，里间有他俩睡觉休息的床，为方便接听办公室的电话。吕毅很关心浅悠悠的，他发自内心地欣赏她，人聪明能干懂事。“谢谢吕主任，我上楼了。”“你的住宿楼在楼上四楼 408 房间，要洗漱到五楼上有卫生间有洗衣机。”吕毅又重复道。浅悠悠含笑冲他点点头，转身急步上楼，身后继续传来吕毅关切声音。“悠悠啊，有什么困难给我打电话哈。”

浅悠悠拉着行李箱兴冲冲地到了四楼，用钥匙打开了 408 房间，搁下行李箱，她环视这间小屋，大约 30 多平方米，干净明儿，通风透光，真是应了那句话，麻雀虽小，但肝胆俱全。里面的东西应有尽有，有床，床铺上的枕头枕套被子全是崭新的；有空调有电视机有饮水机有小衣柜，那电视机旁的桌子上，有个水晶透明玻璃花瓶，里面装了半瓶干净的自来水，插了一束新鲜的百合花，发出一阵阵诱人清幽芬芳花香味道。哇，还有大堆零食，水果，方便面也有。浅悠悠不禁感慨万千，啧啧，这镇的条件还不错，插电壶烧了开水，嘴馋又泡了方便面吃了起来，吃完后，她把换洗衣服拿出来，急忙跑到五楼，见五楼走廊空无一人，离卫生间旁边有台崭新洗衣机，卫生间里安有热水器，她拧开热水器开关。一天的疲劳被温水沐浴后，顿感惬意清爽无比，全身上下舒服极了。也随手把脏衣服洗了拿到楼顶晾起，她奇怪地惊叹！居然有晾衣服的新竹竿和衣架子。尔后，浅悠悠回到寝室屹立窗前，夜色弥漫茫茫黑夜，遥望夜空，点点的繁星好似颗颗明珠，镶嵌在天幕下，闪闪地发着光。淘气的小星星在蓝幽幽的夜空划出一道金色的弧光，像织女抛出一道金线。浅悠悠多想与他诉说分别后的思念；多想诉说曾一起看梧桐花开；曾一起看日出日落，曾一起数着夜空中的星星。今夜如此之美。她没有勇气给他打电话，因为，沐之曦现在是领导了。毕竟有等级区分，毕竟有人注意他俩的一举一动。浅悠悠发出感叹，我现在不过是，机关里一般工作人员罢了，或许叶如梦最适合他，能给他滔滔锦绣前程。而她，浅悠悠，现在什么都给不了他。她不由得自责起来，浅悠悠啊浅悠悠，别自作多情了，小时候和他不过是小孩子玩游戏过家家。你何必当真。想着想着，浅悠悠的眼泪无声地滴在衣角上，双眼模糊起来，困倦极致，上床揭开新被子倒头就睡。因为她睡得太沉了，其实，浅悠悠哪里知道，衣柜床上用品小吃鲜花等，都是沐之曦白天委托清洁工凌阿姨买来布置的。而且，都是他自己出钱添置的，刚才，浅悠悠在临睡前，无意中把手机调成静音，刚才，风云给她打了十多个电话未接听，风云本想打电话责骂浅悠悠，今天才知道她到了凤凰镇上班报到，还是父亲风海阳告诉他的，父亲倒没有说什么，而母亲吴雪却突然生气，高贵优雅气质神态却有几分轻蔑。“风儿，我不喜欢她，家穷人野，居然不好好在大机关里呆着，去什么穷乡镇扶贫，能有什么出息，我觉得阿美很适合你的，也讨我喜欢，不光她会说话身材也长得好，高高大大的。更重要的是，无论她的相貌家庭经济条件和你很相配。听说她父母亲回国成立一家大公司呢。要建立全国几百个连锁店！你不是有家公司吗？以后她可以当你的贤内助。”风云急忙解释道：“妈，我喜欢的是浅悠悠。”吴雪很清楚儿子的性格，不禁冷笑道：“风儿，只要她肯点头同意，马上调回来到局机关上班，我就同意你们的婚事！”风云喜道：“谢谢妈妈！”风云高兴地跑到书房给她打电话，可浅悠悠一直没有接他电话，气得他当场想摔坏自己的手机，好想甩浅悠悠几个耳光，好解气。

第十九章　谁叫你夹菜的

花开二枝，何川区城市夜城，灯光辉煌，沐之曦急匆匆地开车往父母住处赶。“之曦，你还不回家，陈书记和如梦都到家了，就等你开饭？”周祥妈妈已经打了第二次电话催促。“妈，快到了，我正在开车呢！”“儿子注意安全！”周祥叮咛着。平时他和父母没有一起住，分开住，各忙各，沐之曦周末回家看望他们。他在何川区买了一套小户型房，父母亲的别墅在郊区。这套豪华别墅坐落在著名的AA级白云风景区山脚下，这是何川区新开发的别墅林。驶进别墅区，有两个门卫立正举手示意招呼，“沐镇长，回家了。”当他把车靠在偌大的车库里，然后用钥匙打开门进屋。“之曦，你终于回家了？你看如梦他们等候你多时了！”“妈，我不是回来了吗？”沐之曦身心疲惫。此时，叶如梦独自正坐在高贵无比的红木椅上，嘴里正嗑着瓜子，双眸正欣赏着偌大房间里的豪华装修。这里好比皇宫，装修得金碧辉煌。光说这些摆设的高级家具少说花上好几百万元。水晶吊灯是国外进口的，二套正宗泡茶沙壶玉壶少说上万元。伫立三层大厨柜里摆满琳琅满目名烟名茶名酒；进口新鲜水果和可口的小吃装满一个大厨柜；各种古色古香器物书画等恐怕价值连城，家中有两个女保姆，一个专门负责早餐，一个专门负责中晚餐，别墅后院的后花园，有专门负责打理花圃卉的花工。园中有花卉绿植，四季盛开的花卉，万紫千红，争奇斗艳，小桥流水潺潺。还有大游泳池呢？是大家饭后娱乐休闲散步的地方，别墅起码有 1000 多平方米。叶如梦家境很富裕，母亲叶子是区里医院内科名专家，院长。但相比沐之曦家来，简直是天壤之别，小巫见大巫。叶如梦做梦都想做这家的女主人。看见林之曦进屋，立马飞奔过来。热情递双拖鞋过去，嘴里甜甜喊道："之曦哥哥，你回来了，饿了吧！"沐之曦没搭理她，径自拿双拖鞋穿上，目光越过她瞅见一隅，陈远全和父亲正品茗茶聊得正欢呢？沐剑旭见儿子走过来，抬腕看着名表眉头紧锁，责怪道："之曦，你看看时间，八点钟了，大家饿着肚子等你呢。"沐之曦道："爸，陈书记现在扶贫工作很忙的，今天又下村才回来。"陈远全道："就是，现在扶贫工作就是忙，之曦镇长对工作历来很敬业。""那要靠陈老兄多多教导我家曦儿才是，走，大家吃饭去。"大家坐在豪华无比宽大的圆桌子上，这是一张由玉石，宝石镶嵌的桌子，具有多种功能的。不一会儿，桌子上摆满丰盛无比晚餐，菜品品种繁多，眼花缭乱。大家欢声笑语，沐剑旭与陈远全频频碰酒杯。佳肴美食让人垂涎欲滴，叶如梦坐在沐之曦身边大快朵颐，瞅见他没怎么动筷子，她不停地给他夹菜。"之曦哥哥，这么好吃的美味佳肴，你怎么不动筷子啊！"沐之曦生气地直皱眉道："谁叫你夹菜的，这些都不是我喜欢吃的，你给我拈什么菜。"叶如梦被碰了一鼻子灰，顿时脸色也不好看。周祥见状出面打圆场："如梦，你要记住，之曦喜欢吃麻辣烫的东西，油腻的东西他不喜欢。他很洁癖最不喜欢别人给他夹菜。"叶如梦不高兴地嘟嘴低头嗯了一声，

沐之曦把头转向周祥，俊脸笑容满面："妈，今天我看到浅悠悠了。"

周祥一脸惊喜："这么多年没看到她，怪想她的，这孩子以前好可怜。"

沐之曦续道："妈，她现在过得很好很优秀，从财政局里被选

派到我镇当一年扶贫干部，曾当过副局呢！”

周祥赞许道：“悠悠小小年纪就发展得这么好！真不错呢？”

沐之曦道：“妈，哪天有空，我想邀请她到我家，做我喜欢吃的麻辣豆腐，还有溥葱饼。”叶如梦现在才明白，原来沐之曦认识浅悠悠，怪不得下午开会帮她说话。她生怕周祥对浅悠悠顿生好感！她冷笑打断母子俩的对话，幸灾乐祸道：“之曦哥哥，恐怕你没有约她到你家的资格了。”

“什么没有资格？这话什么意思。”沐之曦迷惑不解：叶如梦恨恨道：“听说这个老女人是风云的女朋友，也就是说风区长的未来儿媳妇！”

周祥理解道：“这有什么，请她吃顿饭怎么了，与她身份有关吗？这孩子从小我就打心眼喜欢她！”

沐剑旭接过话茬：“她是区里区长未来儿媳妇，你敢惹，到时吃着篼着走。浅悠悠他父亲在十多年前我就见识过了，那时浅东是个见钱眼开的市侩小人物，他这辈子好像没有见过钱似的。至于他的女儿也许好不到哪里去！”沐之曦气愤地霍地站起身，放下手中的筷子：“爸，你太不了解悠悠了，别在外人面前诋毁她！”沐剑旭怒吼道：“什么外人？陈远全和叶子是我多年的好朋友，叶如梦是你叶子阿姨的女儿，我早视她为儿媳妇，难道是外人吗？你倒好，给老子干起来了，我只打个比方！除了浅东是个贪财人，王媛婆婆就是个大好人。”

沐之曦心情坏到极点，离开餐桌，转身朝门口走去，道：“爸妈，陈书记，我回镇上去了。明天有个扶贫工作会，回去得准备。”沐剑旭怒火冲冠：“你这小子，只要我说浅家不是，你就给我抬杠子，要不是你小时候。”

“剑旭啊！你喝醉了，曦儿忙，让他去忙吧！”周祥及时打断他的话，朝他频频递眼色示意，温柔地说道。沐剑旭很爱妻子，典型中国妻管炎，瞬间止住话。叶如梦瞥见沐之曦要走，急忙大呼。“之曦哥哥，你等等我！”沐之曦霸气高冷回眸，摇头摆手拒绝，摔门而出。叶如梦立即回头对陈远全道：“干爸，我先走一步。”

“梦儿，你也别丢下我。”陈远全气急败坏地追了出去。

……

第二十章　情未了

沐之曦开车回到镇上，已至深夜，回到宿舍里，遥望对面那扇窗棂，还亮着灯光，他不敢去打搅她休息。他的心情很复杂，很难受，当听到心爱的人有了男朋友的消息，简直是晴天霹雳，泪如雨下，十八年了，他无时无刻不在想念着她，她的一笑一颦早在他心中生根发芽，年复一年的苦苦等待，却是这样的结果，他徘徊好几次，来到浅悠悠门前欲敲门，却无功返回。“未来的区长儿媳妇，谁敢惹啊！”想起吕毅那满脸羡慕神情，也罢，只要她幸福就行，沐之曦叹息一声，辗转反侧和衣而睡。但很难入睡，他的双眸越来越深沉下去，终于，他鼓起勇气上前轻轻地敲门，“悠悠，你快开门啊！”浅悠悠被外面的急促敲门声惊醒，翻身急忙起床披衣穿好，贴着门紧张地问：“谁？”“我是沐之曦。”浅悠悠悬着的心放了下来，欣喜地拉开门，但见沐之曦闪身进屋，反手把门关上后，他却呆立在哪里，双眸深情地凝望着她，心情因为过于紧张，双手颤栗起来。毕竟十八年来第二次细细看她，在朦胧的灯光下，浅悠悠像一株盛开的美丽花朵，身上散放出馨香味，让沐之曦神魂颠倒，眼眸痴痴望着她，浅悠悠被看得羞红了脸，回想小时候他们很随便牵手拥抱的，现在彼此长大了，正是风华正茂青春萌动，她的心脏也像小鹿般地怦怦跳个不停。单独在一起有些拘束啊！浅悠悠先开口：“之曦，你不错，当镇长了。”“悠悠，你也很优秀，咱们终于见面了！”浅悠悠眸子里满是泪花，道：“是啊！十八年了，今天我看到你好激动！”“我也是，悠悠，以后，只有我们两人在一起的时候，你叫我之曦，我叫你悠悠好不好，不要叫什么镇长。”浅悠悠笑吟吟道：“以后，只有我们两人在一起时，你叫我姐姐，我叫你弟弟好不好。”沐之曦正色道：“我喊你悠悠，你不准叫我弟弟，总之，反正不允许。”“哈哈。”两人开心地笑了，气氛融洽起来。浅悠悠又话锋一转：“这么晚了还来找我，你不是和叶如梦在一起，在你家里吃饭吗？”“悠悠，你吃醋了吧！”沐之曦好看的剑眉舒展开来，深邃眼神。浅悠悠撇嘴道：“我才不吃你的醋呢！再说我这里根本没有醋。”两位年轻人又哈哈地笑了起来，沐之曦星辰闪烁：“悠悠，我吃完晚饭回来的，怕打搅你的休息，犹豫半天才敲门。”浅悠悠听了脸上有了一丝笑容，眼神柔情似水，双眸像深潭。“之曦，我等你好久了，等着等着我睡着了。”“是吗？对不起！”沐之曦的眼里满是疼惜，看看桌子上的方便面，急忙走过来烧开水煮方便面。“悠悠，我肚子饿了，还没有吃晚饭呢。”浅悠悠柔柔道：“之曦，你回家没吃饭么。”沐之曦边忙碌边答应道：“父母的意思我懂，我只当叶如梦是我妹妹，我答应你回来的，所以我又跑回来了。”浅悠悠瞥见水壶的水烧开了，拿出两盒方便面。“之曦你先休息会儿，我来煮方便面给你吃。”沐之曦：“你先休息，我来煮，你肚子饿了吧！”浅悠悠顺从的点点头，道：“嗯。”俩人坐下来边吃边聊。浅悠悠缓缓道：“你不知道，你离开那个清晨，我追你车子跑了好几里路，眼泪都哭干了，还生了场大病。后来我考进城里读书，为什么没有找到你？”“父母亲在城里做了1年的生意，有了一定的资本，后来父亲结交一位山西煤炭大老板，全家搬到山西给这位老板打工，几年后，父亲单独当了老板，赚了个盆满钵满，回何川区城里搞房地产开发办公司等企业。我在山西读书时考取了军校，毕业后在部队，前后在部队服役时间是10年，后转业在异地民政局当科长，副局长职务，去年才调回凤凰镇当镇长。”沐之曦简要地叙述。浅悠悠听完，道：“明白了，你不错。怪不得，我一直找不到你。”沐之曦：“悠悠，自从和你分别后，我随父母天涯海角的走，一直随波逐浪，这几年我到处打听你消息，音讯全无，我常常思念你，在梦中念你的名字，总在那如梦细碎中度过，回忆我们坐在百年梧桐树上，明月披着白色溥纱裙，柔情似水，满天星辰照耀我们，微风拂过，任凭紫色的粉色的白色的梧桐花飘落下来，你那仙女般飘逸和银铃般的笑声，好几次我在梦中惊醒，每一次我都沉浸在美好之中不愿醒来。”浅悠悠听得热泪盈眶，激动万分，情不自禁地拉起沐之曦滚烫双手。“这是真的吗？之曦？”此时此景，俩人都泪流满面，抱头痛哭。许久，俩人逐渐心情平静下来，沐之曦温柔地为她拭去脸上泪珠，用热水帕帮她洗过脸，然后把她双手紧握着。沐之曦用目光小心翼翼地探试道：“悠悠，你是不是有男朋友了？是风云吗？”这个风云到处宣传我和他的事情，她急得眼泪在眼眶里直打转。浅悠悠摇摇头解释道：“之曦，你别听他瞎说，我们只是同学关系！他曾经有恩于我。”“好，我相信你。”“我看得出来，叶如梦喜欢你。”“悠悠，我心中只有你的位置占着，你放心好了。叶如梦，我只当她是我妹妹……”

叶如梦瞥见沐之曦离开，知道他回去找浅悠悠。她也悄悄地跟踪开车回到镇上，一直偷偷在门外听俩人的对话。直到沐之曦离开，原来沐之曦对浅悠悠一往情深。原来他们是青梅竹马！诉说小时候过家家的故事！浅悠悠，不要怪我，对你无情无义，是你夺走我的心上人！叶如梦加深对浅悠悠的恨，那种恨是恨之入骨。叶如梦回到自己住宿，拿起手机把今晚的一切告诉了风云，风云听着听着脸都变黑了。

第二十一章　你如果敢那样，我和你断绝同学关系

清晨，阳光明媚风和日丽。当一缕缕阳光穿透厚厚的窗帘照耀进来时，房间里顿时弥漫着春天的特有气息，浅悠悠的闹钟，早上6点钟准时闹了起来。像哭闹婴儿般地不厌其烦在耳边地闹着，哭吵着。浅悠悠蹙眉紧皱好想继续睡懒觉！毕竟春天好休眠啊！昨夜和沐之曦聊得太晚了。听到铃声还想躺着。伸手拔掉床头充电器，打开手机看看，刷屏自己也吓了一跳。十多个未接电话都是风云打来的。她蹙眉紧皱，急忙回拨过去。手机只响了六秒就传来风云的怒吼声："说，为什么不接我电话？昨晚在哪里了？你是不是和沐之曦在一起？"浅悠悠听到风云的一连串劈头盖脸的责问，内心惊讶不已，他怎么知道得这么清楚？她疲惫地伸着懒腰打着哈欠，回过神。解释道："风云同学，你以前说话不是这样子的，说话语气能不能委婉些，能不能小声点。昨晚手机没有电了，确实在充电。我承认，昨晚是和沐之曦在聊天。你是怎么知道的？"风云冷哼道："是叶如梦告诉我的情况。""你怎么认识她？"风云内心忖思，我怎么不认识她，曾经还相过亲呢！是陈远全亲自做媒。只是我不喜欢叶如梦，有缘无份罢了，好你一个浅悠悠！你的心中只有沐之曦，而我的心中只有你。他但不敢说出实情，撒谎道："她的母亲叶子，是何川区蓝天医院的院长，有名的专家，有谁不知晓她的名

字，当然她的女儿也认识呀！”浅悠悠认为有道理点点头，不再说话。风云冷哼续道：“怎么了，你还没有回答我的话呢！是害怕了吗？叶如梦昨晚给我打电话报告你情况，还嘲笑我去床上捉奸，所幸的是，我昨晚在外省出差，不然我真的来了！”浅悠悠听了这话，不禁气得浑身上下颤栗。昨晚，叶如梦难道跟踪沐之曦回镇了，她真不是东西啊！心眼太坏了，她心机居然这么深。以后要防范她才是。浅悠悠解释道：“风云，我们没有做什么不规矩的事来。清者自清浊者自浊，正大光明的事，也不是你想象那样不堪之事。再说我和沐之曦都是未婚男女，我们有权力决定自己的幸福，谁也无法干涉我们的事。”风云缓了缓声音低了下来，“悠悠，你到现在还不明白我的心思吗？有谁比我对你更好，你自己好好想想吧！”浅悠悠也满怀感激道：“我知道你对我的好！同学，我一直把你当恩人，当我家中的哥哥！沐之曦和你不一样，我和他感情……”风云一听此话，声音又高了起来，脸色阴沉。“你不要提沐之曦这混蛋，把他时时挂在嘴边。”他想起和浅悠悠在大学四年的同窗生活情景，来自农村的浅悠悠总是被同学鄙视，但她读书很努力。风云喜欢读书，常常在书店里逛，浅悠悠也是。风云家境条件很优越，又是官二代人又长得俊朗身材高大，他喜欢打篮球，是学校的篮球冠军，自然是班上学校最耀眼明星。是女生们崇拜追捧，众星捧月的对象。他傲慢不逊，唯独浅悠悠对他很冷漠。她像乡村的野菊花清新善良美丽，傲然盛开。慢慢地风云注意上了她！喜欢她爱上了她，尽心尽力地帮助浅悠悠学习成长，浅悠悠也当上班级学习委员。浅悠悠利用寒暑假期打工挣学费都是他帮忙联系。浅悠悠选择考上公务员也要感谢他，是他耐心细致地辅导浅悠悠才有今天成果。他苦苦地等她追她好几年，浅悠悠对他总是若离若无。他以为是浅悠悠是姑娘家害羞呗，结果事情出乎意料，原来她心中只有沐之曦。而且俩人昨晚在干什么呢！难道是三岁小孩吗？谁都懂！这次选派扶贫干部到凤凰镇挂职上班。浅悠悠偷偷背着风云填的志愿申请，他现在才知道！风云更是火冒三丈。风云想着想着冷笑了几声：“原来你和他早就预谋好的，是不是你们早就在一起了。”“风云，我说的话是真的，我们十多年都没有见过面了，昨天才看到沐之曦。”浅悠悠耐心地解释着。风云带着霸气十足语调，及时打断：“浅悠悠，你给我听仔细点明白点，今生你是我风云所爱的人，你是我的人。由不得你耍性子。当初你在最困难的时候，是谁伸出援助的手帮助你，那时候的沐之曦，他又在哪里？”浅悠悠见他说沐之曦的不是，气愤回道：“我和你只是同学关系，你的恩情我以后会回报。”风云得意地哈哈大笑起来，容不得她半点反驳的余地：“浅悠悠，你是我未婚妻，我要整个全区整个世界都知道。我只要今生与你携手相陪，相拥一生足矣！你嫁给我就是你对我最好的回报。”“你，你这是强盗逻辑思维，我挂了！马上要上楼去布置会场，我要迟到了。”“别挂电话，过几天我出差回来亲自回镇上一趟。我看大家怎么看你，你如何给大家解释。”“你如果敢那样，我和你断绝同学关系！”浅悠悠的心沉了下去，不等他说完，浅悠悠生气地啪的一声，挂断风云的电话，风云顿时暴跳如雷起来，直接把手机摔在地上。

第二十二章　陪你布置会场

浅悠悠伤心得泪流满面，风云，为何变成这个模样，强势，霸道！这时候，手机震动一声响，沐之曦微信头像在跳跃，映入浅悠悠眼帘，微信对话也深情款款。“早安！悠悠，现在 7 点钟了，起床没有？记得在食堂吃早餐，不吃早饭的习惯很不好。我看到吕毅和龙鹏他们到了。今早，我陪你布置会场。”“知道了，沐镇长！谢谢你的提醒！”浅悠悠急忙回复微信，搁下手机。幸亏他提醒！等会儿 9 点钟要召开机关村六职干部大会。主要内容是扶贫专题大会啊！浅悠悠头脑的念头一闪现，立即迅速起床，拉开窗帘，呼吸着清新的空气里掺和着温暖的阳光和花草味道，令人沁人心脾。

窗外，百年黄葛树，至今，依然屹立着，经历了多少春夏秋冬，风里来雨里去，花开花落，枝叶繁茂，还是当小孩子时就有黄葛树，再仔细看那树梢上，站立了一群叽叽喳喳不知名小雀儿，那小模样可爱极了，把刚才的不快一扫而尽。此刻，浅悠悠无心赏景，匆匆地洗漱穿衣完毕，随便吃点桌子上的小吃，胡乱填饱肚子，飞快往五楼会议室跑去。

果然，吕毅正忙碌着，旁边龙鹏凡霞凤珠也在旁边帮忙，浅悠悠面露惭愧神情：“吕主任，你们早，我来迟了。”吕毅冲浅悠悠笑了笑，抬腕看手表时间：“悠悠，没事，现在才 7 点 15 分钟，你快到那边，先把开水烧起好沏茶。”“好！”浅悠悠顺着吕毅手指的地方，急忙朝烧开水方向奔去。抬眸见吕毅和龙鹏在挂横幅，浅悠悠提出建议："吕主任，下次开会用不着挂标语，可以做个屏幕坐标，省事，提前准备好，也用不着大家早起来忙乎！""悠悠，你这个建议很好！下次我一定采纳，真不愧是从大机关下来的人。"吕毅转身赞扬道。忽地迎面瞥见沐之曦也从外面进来了。"啊！沐镇长你来得真早，离开会时间还早呢？我们还在布置现场呢！"

吕毅惊讶不已，他的嘴巴张成O字形，身子也晃动了几下，差点从凳子上摔下来，忘了自己忙着悬挂会议标语呢！"吕主任，不碍事，你们去忙吧！我要认真学习扶贫资料呢！"浅悠悠闻声抬起头，正与沐之曦四目相交，那深邃如漆的灼灼目光让浅悠悠痴迷不已。只见他上衣穿件棕色皮夹上衣，里面配了件棕色衬衣，修长的大腿穿条笔直黑色长裤，腰上系条黑色皮带，皮鞋也是黑色，胡子头发显然才修剪过，越发显得玉树临风，精神抖擞。此时，沐之曦也在细细地端详她，上身着银白蕾丝长袖，外罩一件短粉色的紧身小西装，黑色长纱裙子，脚上穿着一双中高式长靴子，黑色长发如瀑布般的垂直腰际，白玉般精致五官，更加勾勒出婀娜多姿小巧玲珑的身材，那神态仪态万千，美丽动人，像是从诗画里走出的水灵灵美人儿，沐之曦忘乎所以看着。视线久久停留在浅悠悠身上，不愿移开。

在一旁的年轻女孩凡霞见吕毅夸奖浅悠悠，嘟起嘴巴显然不高兴了，牢骚满腹。又故意说给沐之曦听："浅悠悠，快点把开水壶烧起，开了好提来泡茶，活儿快做完你才姗姗来迟，你知道不？我们7点钟就到了，你住在镇上，为什么不早点起床！分明是偷懒，这明明是吕毅故意偏心嘛！"

"是啊！懒人就是偷懒，别自以为自己很了不起！"这时，叶如梦进门，接过凡霞的话说道。双眸含情脉脉注视沐之曦，瞥见他正目不转睛凝视浅悠悠，视线久久停留在她的身上，舍不得把眼光移开，连眼皮也不抬看她一眼，心顿生妒忌，冷嘲热讽道。说完狠狠地瞄了浅悠悠一眼，自言自语道："老女人，还装嫩，上班时间还穿得这么妖艳干嘛呢？"

"叶如梦，凡霞，就你俩话多。浅悠悠昨天才来上班报到，不熟悉情况应该理解才是，大家都是办公室同志，应该要搞好团结啊！"沐之曦脸色沉了沉，批评起她们来。他不是不知道叶如梦的性格，没事找茬！那好看双眸顿时寒气逼人，生气地大声叱喝她们，好看的浓剑眉紧皱在一起，知道她俩是站在一条线上的。叶如梦和凡霞不服气低眉不再说话！另一边的浅悠悠向沐之曦投去感激的目光。他朝浅悠悠点头颔首后，连坐姿都刚正不阿，矜贵优雅，坐在一旁低头认真地看着写着开会学习材料来。

叶如梦迅速朝凡霞递眼色，凡霞心领神会朝浅悠悠走过去，来到她身边，装着十分热情样子。"悠悠姐，辛苦了，你递一杯茶水给我，我端过去摆在前面的主席台上。"浅悠悠淡淡一笑转身递给了她一杯滚烫茶水，凡霞冷笑着接过茶杯，正当她准备松手泼向浅悠悠的身上时，说时迟那时快，浅悠悠却敏捷地往后退，手腕用力三成朝凡霞一推一反手。"啊！好疼。"凡霞哭喊起来，只见一杯滚烫的茶水在凡霞手腕上顺着身体往下流，黑黑的皮肤上红了一片。"凡霞，你怎么不小心啊！还打倒了茶水。"浅悠悠在旁边装着什么不知道，急忙递纸大声提醒道。其实，她早就看穿她俩的阴谋，老神仙传她的武术不是吃素的，何况她平时练功打跆拳，内心暗喜。呀呀，今天把练的功夫全用上了，效果真不错的。靖瑶的神识对浅悠悠说话，只是浅悠悠什么也看不见听不到。喂，浅悠悠真服你，我没有用武功你就搞定她！我说那个凡霞真是活该！害人害已啊！那边的沐之曦瞥见这一情景，情不自禁地笑了。因为听到凡霞这么热情招呼浅悠悠，他忍不住好奇地抬眸，刚好遇见，见此情况，深邃漆黑的眼眸朝浅悠悠投去佩服的目光，浅悠悠回眸一笑，胜利者的表情。真是偷鸡不成蚀把米，叶如梦气愤凡霞没把事办好反丢了丑，装出领导关心下属的样子，冲她吼道："大姑娘家衣服打湿了，如何开会啊！走，我们赶快下去用电吹机吹干。"沐之曦见凡霞和叶如梦如此狼狈离去的身影，心中一阵好笑。浅悠悠摆好纸杯冲好茶水，大家忙碌完毕一切准备就绪，陆陆续续进来一群人，静悄悄有序地在指定的座位上落座。

第二十三章　召开精准扶贫培训会

开会的时间到了，浅悠悠在自己的位置上坐下。心情不禁激动紧张起来，一级班子全部成员坐在主席台上，台下中间两排是二级班子机关干部，三排往后就是一般机关干部，先后顺序坐，左右两列是村（居）六职干部座位。在她的建议下，吕毅应允下来。昨天下午她匠心独运别出心裁，做了单位座牌和各位干部座位的名字标示表。重新建立了各种类别的群，如 QQ 群微信群得到了大家广泛推广应用。大家也学着举一反三延伸下去。不管出通知或者工作上经验交流，大家方便多了。

今天参会的人很多，但会场里的浅悠悠还是那么的引人注目，如耀眼的璀璨明珠，光彩照人。也许她才来大家陌生吧！沐之曦在台上的视线总停留在浅悠悠身上，舍不得移开。那回眸视线频率之高，引起坐在沐之曦旁边的叶如梦强烈不满，她的双手几乎捏出水来。她目光锐利，狠狠地瞪着浅悠悠。此时的浅悠悠无法挡住众人的齐刷刷目光，像一束明亮的火炬，在她身上聚集着，照射着。虽然，她上班好几年，也有开会经验。但这种大场面，还是第一次遇到过，她怯怯低下头，顿时感觉自己的脸发热发烫起来，心速加快，心跳得咚咚地直响……

台上的陈远全书记简单介绍道“同志们，在开会之前，我先给大家介绍位区选派驻镇干部，她的名字叫浅悠悠，是何川区财政局选派到我们镇上帮助扶贫的，她曾担任过办公室主任，副局长。到过世界五百强的经济发达特区锻炼过，是位十分优秀难得的干部人才。浅悠悠的家也是凤凰镇梧桐村的人，大家鼓掌欢迎浅悠悠同志的到来！”顿时一片热烈掌声在会场里久久响起，浅悠悠瞟了一眼坐在台上的叶如梦，她没有鼓掌。浅悠悠满面通红地站了起来，怀着激动的心情向大家深深鞠躬。环视四周，忽地感受到沐之曦投过来鼓励她的目光，心情沉静下来。“感谢大家，新来乍到，以后请你们多多关照。”台上的陈远全用赞许的目光招手示意她坐下……

浅悠悠认真地听沐之曦讲话。主要的内容就是关于扶贫工作方面的，他精神饱满，侃侃而谈，铿锵有力。实际在给他们上一堂培训精准扶贫的课，大体内容如下：“同志们！我们镇是南边的农业大镇，是全区最穷的镇，而梧桐村是全镇最穷最偏远的村，也是我们重点帮扶扶贫的重点贫困村。全镇未脱贫户 50 户，已脱贫 402 户，是全区最多的脱贫户，今年必须脱贫一批。特别是梧桐村，全村有 2000 多人，未脱贫户就 20 户，已脱贫户有 40 户，而未脱贫户占全镇的贫困户百分之九十，这是我们当前面临最大困难挑战。请问梧桐村总支书记到会了吗？一位年近半百精神抖擞的男子，站了起来。响亮的声音在会议室里回荡。“报告沐镇长，吴康到！”沐之曦满意地点头，正色道：“吴老革命，你我都是退役军人，今年的扶贫工作任务有没有信心完成？”吴老革命皱眉道：“镇长啊！我干农村工作从部队当兵退伍回来，二十几岁就干起，现在都 50 多岁的人了，人称老革命，这是我第一次遇到的困难，梧桐村在镇上区上都是榜上有名。你不是不晓得目前情况，一个字穷啊！”台下的气氛顿时活跃起来，大家议论纷纷。有叹气的，有失望的，有遥遥无期的，有期盼的。唉，压力好大哦！沐之曦见状扫视台下的众人，他的目光凌厉，正气凛然。声音洪亮：“大家就讨论在此，我们继续开会，等会后再讨论不迟，大家扪心自问，他们因为穷，难道我们没有一点责任吗？他们因为弱势群体，就让他们自生自灭吗？中国五千年滔滔文明大国，古代讲究礼仪之邦，什么是天下为公，就是兼爱，爱无差别等级，不分厚薄亲疏不分。现代，习总书记“不忘初心、牢记使命就是我们的宗旨所在。”台下的人被他的强大气场所震撼。静得鸦雀无声，掉到地上的线针响都能听到。浅悠悠听得信心百倍，热血沸腾。她情不自禁地抬头望一眼台上的沐之曦。沐之曦的眼眸正好与她凝视，他的目光瞬间柔和起来。继续讲道：“首先给大家讲讲精准扶贫意义。习近平总书记指出：“扶贫要实事求是、因地制宜、分类指导、精准扶贫。”所谓精准扶贫，就是要进一步强化农村低收入人口的动态管理和完善精准识别机制，针对新一轮建档立卡农村低收入户主要致贫原因，因户因人施策，把扶贫工作由“大水漫灌”变成“精准滴灌”，确保扶贫政策和资源真正惠及低收入群体。新中国成立以来，党和国家的扶贫工作从未间断，而且投入力度都是有增无减，持续的扶贫攻坚使农村基础设施逐步完善，农民生活水平逐渐提高。但是大水漫灌的扶贫不能彻底解决现有的贫困问题，扶贫仍留有死角，唯有习近平总书记提出的精准扶贫。二、精准扶贫有助于消除贫困全面建成小康社会。唯有习近平总书记提出的精准扶贫，方可挖穷根、治穷病，我们凤凰镇因为贫穷，产生一个贫困村，我们必须摘掉这个贫困帽子。同志们，我们的工作面临着当前的困难，摆在我们面前是座屹立不动的大山，我们凤凰镇之所以经济在全区倒数第一，是因为穷，同志们！想要摘掉贫穷帽子必须要发展致富，绿水青山就是金山银山，我们的工作任重道远……

浅悠悠简直不敢相信自己的眼睛，原来那个小个子沐之曦居然这么健谈，压堂，大家都认真记录笔记来，当他讲完后赢得台下一片掌声喝彩。

最后，镇党委书记陈远全强调：“同志们，我在这里工作快 10

年了，快满 60 岁的人了，这不怪台下的你们不努力，怪我没有带好头，没有当好班长。我很自责，我很赞同沐镇长的意见，他去年才从外区局里调回来的，年轻有为前程远大，同志们，我们扶贫必须要有责任心必须要有担当必须要有信心，必须大势所趋，今年我们必须干出名堂来。”话音刚落，台下又是一片掌声喝彩。

浅悠悠很诧异，这个陈远全平易近人，而他的干女儿，为什么这么骄横呢？接着分管农业兼扶贫工作的副镇长黄宝山也接着安排扶贫工作，再接下来扶贫办的工作人员讲具体工作的实际操作业务。

最后，陈远全布置安排当前的工作。大会开得很热烈圆满，不知不觉开到下午 1 点多钟，散会后，大家纷纷离开会场。

第二十四章　我给你带好吃的来了

叶如梦睨了一眼浅悠悠，见她起身。立即朝前，嘴角上翘，冷笑一声，马上安排浅悠悠做事情，不让她下去吃饭，让她饿着肚子好了！以此，报复刚才不愉快心情。“浅悠悠，现在会散了，你快去收拾残局，做好你的后勤工作！”“好的，如梦委员。”浅悠悠应允下来，没有争辨，觉得份内事情，应该做的工作，就让叶如梦达到目的窃喜吧！

浅悠悠透过窗户，看到叶如梦等人一溜烟跑去食堂吃饭，她淡淡一笑，搬椅子，清理桌子上垃圾，关掉音响空调灯光，收集座牌放在口袋里搁好。当她把最后这活儿干完，准备离开时。沐之曦身形挺拔，满面春风，如明媚阳光般的笑容，那张精致的脸如此动人心魄。他手里提着饭盒，欢快地说道：“悠悠，你看，我给你带好吃的来了，你饿没有？”只见他把饭盒打开，香喷喷诱人可口的菜香味道扑鼻而来。浅悠悠的食欲被勾起，肚子早就饥肠辘辘，早唱空城计了。倒杯子里凉开水边洗手边说道：“谢谢沐镇长，让你跑路，我真不好意思”“悠悠，你还这么客气干嘛！我愿意为你效劳，甚至一辈子甘愿。私下，我要你叫我儿时的小名，之曦，好吗？”见浅悠悠垂下漂亮的眼睫毛应允地点点头，他盯着她好看的脸，用纸巾帮她揩额上汗珠，疼惜说道：“悠悠，你好老实，其实可以大家一起干活的！”他停顿一下，眼眸里盛满柔情之光，那里浩瀚的星空就像是宇宙。“我知道你早上没有吃早餐的坏习惯。”沐之曦夹了一大块瘦肉放进浅悠悠嘴里。“谢谢沐镇长，这菜炒得真好吃！”她秋风扫落叶，很快把美食吞进肚子里。“悠悠，好吃你就多吃点”沐之曦又夹了一大块肉在她碗里，浅悠悠皱着眉头。“我喜欢吃瘦肉不喜欢吃肥的。”“那你先把瘦肉吃了我吃剩下的肥肉好不好”沐之曦急忙体贴道。浅悠悠点头吃了起来，真把肥肉夹在他碗里，沐之曦津津有味地吃了起来。浅悠悠脸色绯红，“沐镇长，你不嫌脏。”沐之曦笑了起来，“快吃饭吧！”浅悠悠顿时精神抖擞，拿起筷子开心地吃了起来。浅悠悠续道:“这菜炒得真好吃！沐镇长，还是我自已来吧！别人瞧见不好意思。”沐之曦笑了笑:“怕什么，男女生正在谈恋爱呢！”浅悠悠:“谢谢你！哇，沐镇长，没想到你这个“小不点”讲话水平这么厉害。”沐之曦得意地笑了:“那当然，在部队锻炼了十年呢？”他俩时而谈工作上的事，时而摆小时候的故事。俩人心有灵犀。“沐镇长，你给我讲讲扶贫工作帮扶方面的事……”

那空旷的会议室里，时时传来他俩的欢声笑语。此时，悄悄躲在会议室某个角落里的叶如梦，看到了他俩在一起有笑有说亲昵的情景，还亲眼见到沐之曦吃浅悠悠剩下的肥肉。他不是有洁癖吗？原来，真的是沐之曦忽悠她，世上的人就是这样的，越得不到爱非要得到。“之曦，你迟早都是我的人，浅悠悠，你给我对着干，我让你后悔！”。她轻声说着又使劲地紧握拳头。叶如梦最近瞧见沐之曦工作繁忙，很关心他的身体。特意吩咐食堂给他精心准备炖的老鸭子汤，在食堂里久等未见他，只好咐吩食堂的老厨师把老鸭子汤冷却，搁到冰箱里，叮嘱食堂的人见到沐镇长给他热汤。尔后，叶如梦想起浅悠悠来，那个小贱人还没有下来吃饭，一定饿得喊爹喊娘吧！她得意地勾起嘴角，邪魅地微笑。我倒要看看她现在如何。等她饭菜饱足后，她拔腿往楼上会议室跑去，谁知看到的是另一番，却是沐之曦和浅悠悠俩人恩爱的情景图面……

叶如梦使劲地跺脚，伤心地哭着悻悻离开了。吕毅恰好遇见，他急忙躲进一个角落里藏着，听到叶如梦渐渐远去的脚步声，才回到办公室，他叹气摇摇头，不理解现在的年轻人，这是怎么了，他一头雾水，叶如梦喜欢沐之曦啊！沐之曦喜欢浅悠悠，前者不能等量代换，后者两情相悦，但是，沐之曦和浅悠悠的爱情阻力太大了。吕毅在食堂里没看到浅悠悠下来吃饭，分析她可能还在会议室里忙着呢？真是个傻丫头啊！他是来催促浅悠悠去吃饭的，好喜八卦的他，此刻只轻叹一声进了办公室，沐之曦和浅悠悠是他敬重的人，说他俩干嘛。吕毅自言自语道。还是喝茶轻松自在，最喜这杯啊！拿茶壶泡茶饮茶，忙乎着。

浅悠悠和沐之曦刚吃完饭，交通办周主任打电话来问沐镇长好久去区里开会？沐之曦眼眸里盛满歉意："悠悠，我马上去区里交通局协调关系办点事情，你先去寝室里休息一会再上班吧"沐之曦好看眼眸满是星辰之光，浅悠悠心中暖流涌动。温情脉脉地说道："沐镇长开车慢点，注意安全！""我知道了悠悠，你也早点回去休息吧！"沐之曦不舍地转身离去，浅悠悠望着他远去的笔挺背影，联想浮翩，垂下长长睫毛，沉思起来。

第二十五章　心酸

夕阳堕西下，晚霞把蔚蓝的天空染得五彩缤纷。浅悠悠下班吃过晚饭后，到金龙湖湖边悠闲转二圈，湖面宁静，像一面镜子倒映着火红的晚霞。真的好美。如果与沐之曦携手散步那该是多么美好的事！她的脑海里浮现出沐之曦的影子来。

天色渐晚，浅悠悠回到宿舍里洗漱一番后，穿着一套粉色睡衣，坐在台灯下认真学习翻阅扶贫方面的资料，不停地消化今天的会议精神。

她看完资料困倦不已，身体大大咧咧舒舒服服，躺在床上呈八字型，嘟嘟嘟声手机铃声响起，风云开了微信视频，邀请浅悠悠点开，浅悠悠不耐烦地点了视频，一张俊朗精致的面容映入浅悠悠的眼帘，曾经敬重的对象此刻让人厌恶，浅悠悠蹙眉紧皱。“你这是什么态度？脸色给谁看。”风云顿时火冒三丈，传来风云冷冰冰质问的声音。见她默不作声，又缓缓道：“昨晚，打你这么多电话，你在哪里？开微信视频也不开，浅悠悠，我没有多少耐心。不听我话，跑这么远到农村乡镇上班。今天早上，我老妈发话了，一年后必须调到组织部上班，当个一般的工作人员吧！总比这里强，做个贤妻良母，为我生儿育女，女人嘛！好好在家呆着。”浅悠悠无法忍受他暴戾的脾气，生气道：“我读书读了这么多年，有理想有抱负。如果过平淡的日子，不是我想要的生活！我读书有何用。”“女人本来是嫁人的，嫁个好人家金龟婿此生你就足矣！”浅悠悠突然想起父亲小时候也是对自己这样说话，这样的神情，不禁恼怒道：“凭什么！”风云冷笑道：“你问得好，凭你是我未来老婆。我要公开咱俩的关系，免得别人钻空子。你那个小时候玩伴也在你单位上班，没想到这个浑小子竟是沐之曦。浅悠悠，你别去破坏他和叶如梦的感情。”“这一定是叶如梦告的状吧！风云，我们只是同学关系，根本没承诺你什么。”浅悠悠气愤地反驳道。“你爸和你大哥早就默许我们关系了！”浅悠悠想起大哥浅远程来，内心一阵酸痛，那个一拐一瘸身影永远是她心中的痛。一直以来害怕见大哥。父母住在大哥家里几年了带孙子元宝其乐融融的。浅悠悠除了自己留一点生活费必要的开支外，全寄给远方的父母补贴生活费，减轻了大哥补贴家用负担。大哥是浅悠悠的软肋，平生最害怕有人提起大哥，居然用大哥来压她，浅悠悠浑身颤抖不已，口齿伶俐道：“风云，你为何这么霸道，非要安排我的人生轨迹吗？就因为你老爸是区长，有权有势。可我偏不这样依靠你，我要靠自己努力奋斗！”风云冷嘲热讽道：“悠悠，你的想法太天真太单纯了，这不是学校，就凭你，你的那点能力？在千万人群中到处都是！若不是我时时帮助你，你哪有今天？不要忘根本。”“风总，我会记住你恩情的，多存几年工资报答你！”“就你那点可怜的工资，一辈子都还不完，我要的是你人！”浅悠悠不甘示弱，工资虽少，但我很珍惜。“是啊！风总，你青年才俊，能干啊！你现在好风光，不到三年时间创办一家公司。我怎和风总相比，可能靠你父亲关系吧！”风云听到浅悠悠这样说话的措辞，更是火上加油：“浅悠悠，你能不能对我温柔点，我如果没有认真努力工作，靠的是自己打拼起来的。再说我在异地创业，这是我自己努力奋斗的结果，根本没靠谁所得，父亲清正廉政！懒得理你！”浅悠悠听到风云说清正廉政几个字，懊悔道：“对不起，风云，是我一时气急说的。本来你爸是清官啊！”风云还在气头上，“浅悠悠，你真是个神经病！”风云生气的啪地关机了。浅悠悠的眼泪像断了线珍珠，不停地往下掉，这是我认识的风云吗？以前对我很好，我独在异地读书时，在最艰难的日子里，是他帮助我支持我，无论学习上生活上，鼓励我积极向上，那段同学友情难忘。自从我参加工作以来，他忽然性情大变，一直反对我做这做那的，他希望我做家中的小女人，为他服务到家，做温柔体贴保姆般的妻子，可我天生不喜女儿家针线活，不喜在厨房待着。平时喜欢吟诗作画抚琴歌唱，属于花木兰类型的人。风云，你为何伤我，我们是好朋友。风云，你是我恩人，为何变成这样子！我该怎样你才能理解！今夜注定难入眠，辗转反侧，浅悠悠痛哭流涕把床上枕巾打湿一片。

第二十六章　妒忌

翌日，浅悠悠手机“嘟嘟嘟”的铃声响起，定时间的爱你就虐闹钟，不断在浅悠悠耳边响着，催促她快快起床。浅悠悠模糊睁眼，显得吃力而难受，恍惚来到镜前梳头洗漱，望着镜中的自己，不禁大吃一惊，双眸红肿憔悴而无神采，怪自己昨晚太过于伤心造成的。她匆匆吃点糕点，勉强填饱肚子。急急地下楼，来到底楼办公室上班，办公室里的墙上挂了口时钟表，正在滴答地走着，浅悠悠抬头看时钟，时针刚好指向早上 7 点 30 分钟。她又迅速地环视办公室每件物品，心里琢磨着，怎样才能把清洁卫生搞好，怎样才能把办公室里的杂物整理规范，这个办公室的空间不大，面积约 30 平方米，里面的陈设很简单。一张大办公桌占了三分之一的位置，侧面两排安了两把老式长椅，一台饮水机，靠门口处有两个旧式柜子里搁点杂物，旁边有一个报架，夹着书刊和市区报刊，一台传真机，浅悠悠先把物件调整一下。再擦洗桌子、椅子、窗子，最后扫地拖地打扫完毕，浅悠悠感到眼前一派焕然一新景象。这时，陆陆续续进来一大群人，约二十来个人，为首进来的是吕毅，房间本来就窄小，此时更加拥挤不通了，后面的人还站在门外。吕毅高兴地用大嗓子说道：“啧啧啧，办公室有个女孩子就是好！爱清洁卫生。”“就是啊！没想到这个女孩子长得白白净净的，爱干净不说人也勤快。”大家你夸一句，我赞一句，说得浅悠悠在众人的面前有点不好意思起来，一张俏丽的娃娃圆脸泛起红晕，那一张张陌生的脸孔，在她面前不停地晃动。热心的吕毅不厌其烦介绍："扶贫办张娟、马军、浅蓝。文化站长周兵、黄蕊。安全办吴健；城建办老罗、紫萱；计生办程凤……"浅悠悠微笑着不停地向他们点头问好握手，小脑袋认真努力地记住每个陌生人的面孔，像电脑似的快速保存下来。乡镇干部朴实真诚，不隐藏自己的情绪，有啥说啥。很快，浅悠悠融入大家的活跃气氛之中，大家像星星围绕着美丽的月亮一样。年长的美女姐姐程凤关心浅悠悠的婚事来，看神情很好奇，如果真的是风区长的儿媳妇怎么来这个地方啊！"浅悠悠，听说你是风海阳区长未来儿媳妇？"浅悠悠一抹微笑，好看的嘴角上扬。回答很爽快，直言不讳地说道："美女姐姐，实话告诉你吧！我不是的，纯碎误传。不过，他的儿子风云是我大学同班同学，同窗好友而已，我现在还没有男朋友呢？"当浅悠悠说完这话，这个消息让在场所有人很意外。有的不相信浅悠悠说的话，有的在长叹惋惜，她们惊叹浅悠悠的姣容美丽和与生俱有的高贵气质，于是，大家绞尽脑汁想着，介绍她们的亲戚朋友的儿子……

忽然，叶如梦在门口的大声吼叫声响起，仿佛空中响起炸雷，两眼冷漠锋锐。"大家还不去上班？围着一团成何体统！该干嘛就去干嘛。"大家听到她的狮子怒吼，胆子小的赶紧吓得离开了。胆子大的留下看热闹，不约而同地自觉让出一条道路来。这时紫萱顺着看叶如梦的余光往墙上时钟看去，时间才 8 点 40 分钟，她忍不住说道："叶委员，现在没到上班时间哒，不要批评我们。"浅悠悠听紫萱的声音好熟悉，忍不住仔细地打量她，天啊！怎么与碧春这么相像，几乎长得一模一样的，难道她也穿越了！不过岁数比碧春稍大些，约 30 岁左右吧！"紫萱，你好意思说，上班时间就得回办公室里去，不能串聊，工作纪律有规定。"叶如梦打断紫萱话，瞟一眼紫萱，扭着腰身径直走进办公室来。目光斜睨浅悠悠，瞧见紫萱身子没动，吕毅身子等也没动，看到大家还是没有离开这里的意思。叶如梦的火气一下子窜了上来，她把这两天憋闷肚子里所有气全撒在浅悠悠身上，用不着调的高音嗓子，打破热闹局面，刻薄入骨词让大家都颤巍巍得发抖："好你个浅悠悠，上班时间诱惑大家不好好上班，在你办公室聚众闲聊。"

浅悠悠淡定地说道："叶委员，你误解了，他们可能觉得我是新来的同志，想来认识吧！所以，大家凑凑热闹聊聊天，你放心！下次不会这样了。"叶如梦见浅悠悠客客气气的。她立马转移话题，"浅悠悠，你妖言惑众，明明风云就是你男朋友，偏说不是，隐瞒大家，你不安好心，是不是还想勾引别的男人。"浅悠悠知道什么是神速含义了，有人早就给她汇报了自己刚才说的话。"叶委员，你别乱说，你是领导，"勾引"二字千万别滥用这个词语，有损于你现在的高大光辉形象。"这时有人笑出声来，人群中一阵骚动，叶如梦故意干咳几声，见回周又安静下来。冷笑道："浅悠悠，你眼睛这么浮肿，想必是昨晚过得不愉快吧！风云如果在，肯定给你小脸几个巴掌吧！"浅悠悠冷静说道："我心坦荡，何来巴掌！"叶如梦自讨没趣，开始挑战浅悠悠底线："大家夸你长的漂亮，我认为你长得又矮又丑，你内心外表丑陋之极。"接着，她鄙夷地朝刚拖过地的干净地板上，大口朝地上吐了几口唾沫，高跟鞋在上面踩了几脚。大家对她此举甚是惊讶不已，很是不解，叶如梦做得太过了。这时，本来昨晚未入眠，心情烦燥，浅悠悠被激怒起来，不甘示弱，横眉相对，满面通红，双手握紧拳头。"请问，叶委员！我哪里得罪你了，你不要总是居高临下的，有本事就体现在干工作上！"靖瑶的神识想帮浅悠悠，想用法术掴叶如梦几记耳光！老神仙却在远方悠悠隔音传话。"徒儿不可轻举妄动啊！凡人之事凡人解决！"靖瑶的神识只好忍住，看叶如梦继续表演。叶如梦冷冷相对道："浅悠悠，你最好离沐之曦远远的，我不欢迎你这个狐狸精？

今天给你小 K 式，再继续下去，让你吃着莞着走。”叶如梦让浅悠悠生气发怒，挑衅浅悠悠，让她难堪！此时空气似乎凝固，气氛显得十分紧张，似乎箭在弦上待发，混在人群中的凡霞故意大声道：“这个狐狸精在勾引沐镇长，叶委员才是镇长的真正女朋友。”叶如梦高兴的向凡霞投去满意目光，这个凡霞真懂事，有进步了。这种场面，很虽然分为二派：一派倒戈向浅悠悠。吕毅、紫萱、扶贫办等多数人没有说话，他们心中暗中为浅悠悠捏一把汗。紫萱悄悄地给沐之曦发了信息，沐镇长，快来啊！叶如梦在欺负浅悠悠，现在在底楼办公室里吵架，很危险，快来救她！但没有沐之曦的微信回复，紫萱内心担心着浅悠悠，心里不停地祈告，沐镇长，你快来办公室啊！另一派大队人马纷纷倒戈向叶如梦，他们正在煽风点火，巴不得有好戏看呢！人群中一阵阵骚动，议论纷纷，什么难听的话都有。“风区长的儿子怎么能看上她！`”“勾引沐之曦？肯定是这么回事？”“浅悠悠真不要脸啊！脚踏两只船！”浅悠悠的脸越来越红，好想上前去扇几扇叶如梦的耳光。叶如梦得意地正欲开口，千钧一发时刻。

第二十七章　马上开个扶贫短会

洪亮冷凛的声音响起，打断了叶如梦的思路，打破了此时的尴尬局面。“如梦委员，昨天，你不是说有发票要我签字吗？现在正好我有空！”沐之曦高大挺拔的身影，忽然出现在办公室门口，让大家感到很意外。但叶如梦听到沐之曦称呼她，瞬间判若两人，冷艳的脸上顿时笑盈浅浅，态度骤然变得热情起来。她转身回眸对视沐之曦，含情脉脉如潺潺流水的小溪。声音悦耳动听起来。“之曦哥哥，沐镇长，你不提醒我倒忘了。我这就上楼去，把发票拿到你办公室签字。”她离开时狠狠地瞪了几眼浅悠悠，几分傲气道：“浅悠悠，你听着，是之曦哥哥喊我呢！”说完，她扭着高挑窈窕身姿，兴奋地跑上楼。沐之曦眼眸子停留在浅悠悠的脸上约十多秒钟后，见浅悠悠的眼圈黑黑的，知道她昨晚一定受了委屈，眼眸里忽地闪出一丝痛惜的光芒，他的眼眸深沉下来，神情凛然。

他跨步上楼时，身后扔下一句话。“大家都回办公室上班吧！吕主任，你上楼去通知驻村的全体成员，分管领导叶如梦，下午下班后，大家开个短会，讨论昨天的会议精神，关于如何脱贫的具体方案，我要听听三个办公室主任的发言，请他们注意发言时间，只限定5分钟。”“好，沐镇长，我马上通知大家。”吕毅也立即离开，大家自讨没趣的陆续散去。紫萱没走，她的办公室刚好与浅悠悠门对门。她悄悄拉过浅悠悠，低声在她耳畔真诚说道：“悠悠，刚才是我发信息给沐镇长的。平时，她总仗着干老子耍威风，加之仗着自己有硬后台，作威作虎的，大家不敢惹她，今天是你替大家出了口气，好开心！不过你要提防着她，她的小心眼心机很多！”浅悠悠心怀感激之情，心无波澜。“谢谢你！紫萱姐姐。”这时，办公室电话响起，浅悠悠回眸道：“紫萱姐姐，我接电话了，今天小龙有事出去还没有回来。”紫萱微笑点头也转身走进城建办公室，坐下忙碌着。浅悠悠急步向前，拿起电话机话筒：“您好，我是凤凰镇政府办公室工作人员，我是浅悠悠，请问您是？”

“……”

整个下午，浅悠悠在办公室里忙着，吕毅下楼来，手上多个茶杯，他端起呷了一口茶水，在浅悠悠对面椅子上坐下。浅悠悠起身，“吕主任，我重新给你冲一杯热茶水吧！”吕毅又深深地呷了一口茶水。把茶杯递给了她，浅悠悠把茶杯倒满开水，搁在吕毅面前，吕毅的脸笑成了一朵花，眯眼闻着茶香，笑哈哈说道：“不愧是好茶啊！沐镇长，才送我的真龙茶。浅悠悠，你还有哪些不懂的地方？”浅悠悠：“吕主任，我觉得文件的格式和文字功底专门术语我需要好好学习。”吕毅耐心细致，娓娓而谈。“这不难，好比读拼音，拼音声母和韵母，翘舌音，平舌音。”他不时在旁边给浅悠悠指点一二，把他几十年所学业务和工作经验全部倾情相赠。见浅悠悠一学就会，冰雪聪明，谦虚懂事，不时向她投去赞许的目光，并不住颔首点头，时间一晃而过，流逝于指缝间。值班的同志进来接班了，吕毅看了看时间，微笑道：“悠悠，我们该去三楼开会了。”“好的，吕主任。”俩人有说有笑到了三楼会议室，刚好，沐之曦也从自己的办公室里出来，他双眸深邃饱满温情，瞥见浅悠悠面露欣喜之色，眼神又恢复了昔日的风采动人，他的心情也像浪花一样欢腾。吕毅和浅悠悠步伐紧随他进了小会议室，浅悠悠随便在二排坐下。党政办、规建办、扶贫办全体成员也相续到齐，浅悠悠抬眸微笑起身为他们沏茶水。大家内心赞叹浅悠悠真的做得好！一个副局处级干部如此谦和。叶如梦走进会议室，朝着沐之曦坐的位置方向走来，沐之曦像看穿她的心思。急忙向浅悠悠和吕毅招手示意，又像是故意说给叶如梦听：“浅悠悠，你过来在我右手边坐下，吕毅主任坐我左手边，今天的会议记录，由浅悠悠做笔记，吕主任在旁边给她指导。”浅悠悠见言之有理，点头顺从过去坐了下来，叶如梦不这么想，沐之曦分明是不让自己坐他旁边，按级别自己才有资格，故意让自己难堪。都怪浅悠悠，她的脸色青紫，气鼓鼓地看着她，恨不得把她吞进肚子里，撕个碎片。她眼神鄙夷，嘴角勾起：“浅悠悠就是生得笨！”“现在开会了，叶委员，我讲完后，你再讲。”沐之曦的双眸凌厉瞪着她，目光如炬，叶如梦吓得垂下双眸，一脸不悦之色。接着，沐之曦瞥见浅悠悠翻开笔记本拿起笔认真地写起来。很满意地收回视线，干咳了二声，清清响亮的喉咙讲起话来。“同志们，今天召集大家下班后开个短会，耽误了大家的休息时间，实在是对不起。我只讲半个小时就散会，本来是昨天下午开这个会的，因有事耽误了。重温精准扶贫工作培训会是十分的重要。昨晚上，党政办的浅悠悠在Q群里公布了大家驻村情况。所以，召开这个短会是十分必要的，梧桐村是全区有名的贫困村，今年的任务艰巨，我们必须要脱贫一批出去，如何脱贫不返贫，全靠在座各位了，我今天把三个部门得力干将召集在一起。现在，请吕毅主任讲话。吕毅端起茶杯呷了一口茶水：“大家都知道梧桐村是贫困村，谁都不愿意驻这个村，啃这个硬骨头，开车都要一个小时才到，还有很多面对的困难。我在想，要想脱贫，必须发展产业，在养殖业种植业上，下真功夫……”吕毅口若悬河地讲了起来，等他讲完。沐之曦继续点将，“城建办吴兰主任请讲。”吴兰站了起来，温温柔柔的声音：“我也赞成吕主任意见，年轻人都出去打工了，村里大多数是老弱病残无劳动力在家，如何发展啊！”吴兰和浅悠悠年龄相仿，但她已经是6岁孩子母亲。扶贫办张彬主任站了起来："我赞成二位同志以上的看法，我觉得应该拿出一个可行的方案来。"

……

"现在三位主任都发言完了。有请叶如梦委员。"叶如梦微笑看向沐之曦："刚才听了以上三位主任发表意见，赞同，作为驻村片领导，觉得有责任有担当，我建议明天下村开大会，把所有贫困户召集起来一起开。"

……

等叶如梦讲完后，沐之曦含笑点头，表情严肃认真地说道："我也赞成大家的意见！吕主任，请马上给凤凰村两委群发信息，通知明天所有贫困户来参会。"吕毅点头，"好的，沐镇长，我马上在微信里发信息。"沐之曦："综合大家意见我作个补充，要发展产业，要让他们真正脱贫，必须要扶贫扶志鼓励他们，正确引导他们走上致富之路。而具备前提条件，就是修路，要想富必须要修路，我在上面争取更多项目资金，多争取些老板来投资。明天三个办公室留一位同志值班外，我着重说党政办，由龙鹏负责在办公室值班，其余都到梧桐村开会，明早8点钟在镇政府大院准时出发，大家不准迟到，有事必须向我请假，不另行通知。没车的可以搭办公室里其他同志的车。浅悠悠，吕毅，坐我的车！好，今天的会就开到这里，辛苦大家了！请党政办的所有同志全部留下来，等会儿叶如梦委员给大家讲。"浅悠悠记录着笔记，感到扶贫工作沉甸甸的，她的心情郁闷。

第二十八章　让你吃一辈子

沐之曦见其它部门的人散去，他今天是给足了叶如梦的面子。现在，就只剩党政办人了。沐之曦脸色沉了沉，目光锐利，朝叶如梦看去，批评道：“叶委员，浅悠悠是新来的同志，我们以后要多多帮助她。你作为一位领导，今天不该和浅悠悠在广庭大众之下发生争吵，你平时的素质哪去了，我们都是干部，平时要注意自己的形象。更不应该这样大吵大闹，大家要搞好团结！”叶如梦呆愣了，沐之曦居然当作大家的面批评她，她的脸色顿时阴沉下来，没有反驳沐之曦，相反，内心更恨浅悠悠了，冷睨沐之曦，只见他说完略停顿一下，向浅悠悠深深瞧了一眼，像是说给浅悠悠听的。“等会儿，吕主任有事情向大家说说，我去办公室看文件，会散后，我请大家一起去吃串串香。”说完，他转身迅速离开了，回到办公室里，他的办公室就在斜对面。吕毅立即兴致勃勃地讲话：“首先向大家宣布工作岗位职责分工，请履行好自己的工作岗位。我们办公室工作人员共有5人组成，吕毅、凡霞、龙鹏、凤珠、浅悠悠。一是分工如下：

吕毅负责党政办全面工作，凤珠负责收发文，保密。龙鹏负责应急，后勤。浅悠悠负责收发文，后勤，凡霞负责收发文，保密，后勤。二是：关于驻村工作，我们办公室重新安排调整，驻贫困梧桐村，分管驻片领导是叶如梦委员，大家知道的，明天除小龙留在办公室值班外，其余全部下村……”

正当吕毅滔滔不绝讲话时，叶如梦的高音贝打断了他的讲话，斜睨浅悠悠。“吕毅，我刚才又在想，真的后悔，她不适合驻贫困村！不允许她和我驻一个村，一点驻村工作经验没有，怕她拖我后腿。”其实，她内心打着小算盘呢！如果当初不怂恿支持她去贫困村，沐之曦不会到梧桐村驻村，本想好好收拾她，现在又和沐之曦经常见面了，呀！她的肠子都悔青了。吕毅听了叶如梦一番话，觉得自己有理由！向叶如梦解释道："浅悠悠是上面派下来的扶贫干部，是上面派来的钦差大臣，大小是一个官，当然要去贫困村锻炼锻炼，她年轻聪慧学东西很快的，不会拖咱们的后腿！”叶如梦听了更来气，当即冲浅悠悠吼道："别以为有人帮你撑腰，你就了不起。你听着，来镇上，你不过是一个普通不过的工作人员，把你自己的位置要摆正。”浅悠悠被她的强势所震怒，她努力地克制自己情绪，冲她淡淡一笑，口齿伶俐道："叶委员，你说话说得过早了吧！怎么知道我能力不行呢？”叶如梦更加气愤，“那咱们走着瞧，看你有能力还是我有能力。”浅悠悠又冲她淡淡一笑："叶委员，刚才，沐镇长说我们要搞好团结，你干嘛又凶又生气啊！生气就是生自己的气，伤自己的身，你知道不。”“你……我才不生你的气呢！驻梧桐村驻村工作队中的一员，是你荣光！”浅悠悠不紧不慢的态度差点让她晕过去，看来今天第一次遇到对手了。吕毅却在一旁边，心里乐开了花，好你个浅悠悠伶牙俐齿，真是一物降一物，叶如梦，你平时嚣张惯了，是该有人收拾你了。叶如梦，你万万没有想到啊！吕毅见好就收，他如果再不出面打圆场，恐怕叶如梦面子上过不去。瞥见凡霞、龙鹏、凤珠等皱眉，神情不悦表情。急忙劝道："叶委员，刚才，沐镇长不是说去镇上吃串串香吗？你忘记了！你过去喊他一路，我们去吃串串香。”这句话说到她的心坎上，提醒了叶如梦，她像想起什么？区报社恒红记者要她关于写贫困村扶贫方面故事，她还没有上传给恒红呢？“你们先去，我到办公室就来。”说完她急匆匆离开，叶如梦在办公室里，她正努力地和恒红沟通，要是让沐之曦知道自己在写扶贫方面的故事发表，一定会喜欢上她的。“恒红，你不是说要，发表我那篇文章吗？怎么又不行了。”恒红冷冷道：“叶委员，你写的素材太普通不过了，文章的表现深刻力度不大，真实性不强。所以内容不生动，不精彩。何况文字功底基础差，写得太一般了，我如何给你刊登！”“恒红，那你帮我改改吧！”叶如梦请求道。恒红和她是同学，只好帮她出主意，毕竟是同学嘛！说出实情。“叶委员，我太忙了，不是我能修改成的，主要的内容是缺乏真实性太夸张。”“那怎么办？我迫切想在报刊上发表出来呢！老同学帮帮我！”恒红平时看不起，这位高高在上的叶如梦，外表漂亮实际草包一个。“办法还是有的，你镇不是新来的下派干部浅悠悠，你喊她帮你忙！她很有才华，经常在各类报刊上发表文章，在我们的文艺圈里很有名气！”叶如梦惊讶不已，浅悠悠，我倒小瞧你了。对头，让她每周为自己写一篇信息文章来，这是借东风啊！“老同学，那我试试看吧！你怎么知道她到我凤凰镇？”恒红：“你忘记我哥和她在一个单位上班，都是财政局的。”叶如梦恍然大悟，浅悠悠，我看你如何写得出来，写好了发表，是我功劳，写得不好，是你水平能力问题，还得受我批评，真是一箭双雕呢！这次我看谁来帮你！叶如梦满意放下电话冷笑道。这边几位年轻人听说去吃串串香开心不得了。浅悠悠笑吟吟道：“吕主任，我们不是要去吃串串香吗？我肚子饿了，我最喜欢吃串串香了。”正好被刚出办公室的沐之曦听到，其实，他小时候就知道浅悠悠喜欢吃辣椒，他好看眉头上扬，看来我预订的串串香适合她口味！下午，三月温馨的阳光渐渐褪去，凉意阵阵风从窗户吹进来，浅悠悠着一条粉色连衣裙，忍不住浑身上下打个寒战，她起身理了理裙子，又喝了口热水，准备加衣了，想起粉色外套还在底楼办公室里，她急步下楼去拿衣服，等浅悠悠穿好外套出来时。沐之曦和吕毅已经到了底楼，他深邃的明眸，偷看浅悠悠一眼，只见，浅悠悠穿上粉色外套，更显肤白貌美，气质非凡，他的心浪像波涛荡漾起来。

他忽然跨向前，悄悄在浅悠悠耳边低语。“悠悠，我知道你喜欢吃串串香，我就让你吃一辈子！”浅悠悠面红耳赤地低头，白皙的脸上飞起两朵红霞晕。瞥见此情景，沐之曦眸子更加星辰灿烂。“街上新开张的念念不忘串串香，味道好极了，我下午已经预定好了，晚上 7 点钟准时就餐。”他抬抬手腕看看手表，转头冲大家道：“时间快到，咱们从发吧！”吕毅拍手大笑道：“除我这个快退休的老头外，你们都是些朝气蓬勃，前途无量的年轻人，区里鼎鼎有名富二代公子请客，吃得心安理所当然。”沐之曦正色道：“吕主任，这是我自己的工资请的客哈，别扯远了。”吕毅笑呵呵道：“知道你不愿意沾你老子的光！”沐之曦眸子沉了沉，“吕主任，我送你哪几袋新茶，味道如何！”“哈哈！沐镇长，茶香味道真不错的！谢谢了！”浅悠悠瞧见沐之曦用手拍了几下吕毅的肩膀。高兴说：“那就好！那就好！”后面跟着龙鹏，凡霞，凤珠，最后面跟来是叶如梦，她刚出办公室又想不通，昨天上午开会干爸在会上，介绍浅悠悠时为何赞赏她呢？给陈远全打电话责问几句，陈远全叫她顾全大局，他是看在风海阳区长的面子上，区长的未来儿媳妇谁敢惹！叶如梦一脸的不悦。“干爸，你怕啥，他们没有结婚！”打完电话，瞥见浅悠悠和沐之曦并肩走在前面有说有笑的，不禁妒火中烧。

第二十九章　那你小心点

大家兴高采烈走在街上。浅悠悠笑着惊叹道："这几年乡镇的变化真大，你看二级公路两旁楼房鳞次栉比，车来车往。"沐之曦含笑点头接过她的话茬，"是啊！我去年从科州区调来，着力改造凤凰镇街上危房，今年全部改造完毕，镇农村和城镇人口就有8万之多，人口稠密。有A4级美丽的梧桐村风景区，特别吸引外地游客。"吕毅也随声附和点头称是。不知不觉大家走进餐店，这家就是镇上有名的念念不忘餐馆，人来人往，生意爆好。一位年轻美貌女老板香香笑脸相迎，热情招呼，把大家领进一雅间里面就坐，仅有的一雅间，可见，她是很重视这批客人的，而且暗地倾慕沐之曦很久，她的视线时时盯着这张精致的脸庞。浅悠悠环视四周，来的大多数是年轻人，整个店面面积约100多平方米，外面只能摆放3张桌子，里面的架子上摆放串串香的品种不计其数，满目琅琳。沐之曦冷冰冰避开香香花痴般炽热目光，温和眼神朝浅悠悠说道："喜欢吃什么尽管点，"他忙着给浅悠悠拿碗筷冲茶，又把浅悠悠坐椅子的地方，仔仔细细用餐纸抹了抹才放心让她坐下，让女人们羡慕不已。吕毅赞叹道："沐镇长，我从没有见你对女孩子这么好过！"沐之曦眼眸里盛满笑意。"我俩从小一起长大的，自然亲些，随便些。"浅悠悠百感交集不敢提往事。这时候叶如梦过来挨着沐之曦坐下，她柔情蜜意赶紧跟他冲茶。看见沐之曦起身走进洗手间空隙。

叶如梦妒火难平，趁浅悠悠没防备，悄悄地把一杯热开水茶，往桌子脚下向浅悠悠裙子泼去，同时又把浅悠悠桌子上纸茶杯打翻在地，茶水顺着浅悠悠方向往她身上流去。“啊！”浅悠悠情不自禁惊叫了一声，站了起来，使劲把裙子往上提抖了抖水。裙子还是湿了一大片，紧贴着大腿，浅悠悠的面容绯红起来。霎时，在场人全都目瞪口呆，不知怎么办才好！“怎么了！”沐之曦刚从洗手间回到桌子前，眸子沉了沉，神情非常地紧张，狠狠瞄了一眼叶如梦，看是不是叶如梦在搞鬼，叶如梦装腔作势地关心道：“悠悠啊！你怎么自己不小心把茶水打翻了，你看看你的裙子打湿了，多难看。”说完，叶如梦若无其事地在低头玩手机呢？吕毅在旁边只是重重地看了叶如梦一眼，不敢作声。浅悠悠此时知道是叶如梦在捣鬼，但是，没有当场揭她的底。她不想大家不欢而散，她嘴角上扬，淡定自如，脱下外套围在腰间。淡定道：“沐镇长，我没事的，是我自己不小心的。”沐之曦体贴道：“那你自己小心点！”这时，香香赶紧过来拿干净的毛巾帕子帮浅悠悠擦拭着，沐之曦沉默没有说话，转身不见踪影，约 5 分钟左右回来，只见他手上多了个吹风机，递到浅悠悠手上。道：“赶快到卫生间里把裙子吹干，千万不要感冒！”浅悠悠内心一阵激动，心海层层波涛翻滚，接过电吹风机。点头道：“谢谢沐镇长！”叶如梦见此情景气急败坏，又一个新阴谋在她脑海形成，她急忙给风云发了信息，加油添醋的细说一番。浅悠悠转身到卫生间，不一会儿，整理好衣裙出来，心情大好，向大家点点头，为打破尴尬局面。开心地笑道：“今晚上是沐镇长请客，不如我请大家。我初来乍到，请同志们多多在工作上帮助我，各位帅哥美女们，今晚上我们尽情地品尝，想吃什么，自己点哈！”瞥见沐之曦笑笑没有回驳浅悠悠的话，他早就到收银台预交了几百元的定金。他现在征求大家一致意见，选了一锅微麻辣的锅汤，饮料，啤酒上桌，大家争先恐后地起身端盘子挑选菜品，火锅里汤沸腾起来，一股扑面而来的香味在引诱大家的胃口。浅悠悠咽了咽喉咙里清口水，拈起菜大吃特吃起来。凤州市是全国有名火炉城，本地的人，都酷爱吃火锅，串串香都是年轻人的钟爱，天冷更是喜欢，让外地人感到不可思议。浅悠悠先把那一串串鲜肉，冻带鱼，耗儿鱼，鸭肠，毛肚，统统倒在锅里，等大家吃得差不多，再将一盘盘鲜嫩菜，倒进锅里，这些五味俱全的美食全都装进了大家的肚子里。席间，沐之曦不停给浅悠悠夹菜，都是她最喜欢吃的菜，那深情的眼神从未移开过浅悠悠的漂亮脸蛋。浅悠悠的酒量大得惊人，大家连喝了十几瓶啤酒，看着浅悠悠被酒精染过的红扑扑好看脸蛋，沐之曦显得格外兴奋。“明天是周未了，叫大家加班，辛苦大家了，来，喝酒。”席间大家频频高举杯，觥筹交错。“来，大家为新来的浅悠悠接风干杯！”“干杯！”一杯杯啤酒下肚，大家的话语多了起来，陌生的距离缩短……大家高兴无比吃着，喝着，干杯，真是开心极了，直到深夜才散席，浅悠悠醉的歪歪倒倒跑到吧台去付款时，香香告诉她，沐镇长付过款了，微醉的沐之曦瞥见浅悠悠有点呆愣。哈哈大笑道：“悠悠，今天是我请客啊！你别争了！”“谢谢你！沐镇长。”浅悠悠低头微醉，眼神朦胧，合上那对长长眼睫毛，让沐之曦看得心跳不已。“沐镇长，谢谢你，下次我请大家吃串串香。”吕毅摇晃着身子：“那我先谢浅悠悠哦！”“好。”浅悠悠爽快地答应，见夜色已晚，大家陆续回家。沐之曦走路送浅悠悠到宿舍门口，“悠悠，我不放心一个女孩子单独回去。”浅悠悠神情感激万分，头也晕沉沉的，只冲他笑笑。“晚安，沐镇长，明天见。”

浅悠悠用钥匙打开进门立马把门关上，沐之曦本想扶浅悠悠进去，又感觉男女有别不方便，瞥见浅悠悠忽地把门关上，很担心她在里面的安全，一直听到里面的她，洗漱上床关灯声，才放心离去。叶如梦并没有离开，偷偷跟踪沐之曦和浅悠悠俩人，一直躲在某个角落偷看，听着俩人亲密无间的举动，她朝地上唾了一口痰，狠狠用脚踩上，身影也消失在夜幕下里。

第三十章　下村参加扶贫工作大会

翌晨，浅悠悠一行人准时从凤凰镇政府出发，大家上了各自安排的小车。浅悠悠和吕毅坐上沐之曦的小车，凤珠凡霞上了叶如梦的小车，扶贫办和城建办的同志各坐一辆小车。车子浩浩荡荡地向梧桐村驶去，好多年没有回村，浅悠悠的心情跌宕起伏，看到车窗外山路蜿蜒陡峭，车子在曲折险峻山腰盘旋，晨曦初照，而山像含羞的少女，若隐若现，一丛丛一朵朵的满山野花开满坡。沐之曦开车平稳，说话最多的是吕毅和他，一路上俩人都在讨论扶贫工作上的事情，浅悠悠沉默不语认真地听着，到了梧桐村。大家来到村办公室会议室，村办公室位于公路机耕道旁边，前有清澈见底的河流，后靠重峦叠嶂的高峰，映入眼帘是山清水秀之画面。村办公室人员正忙碌着，打表签到册和一些宣传扶贫政策的资料，见他们这一行人的到来，特别是见到沐之曦镇长亲自来到，村两委干部更是热情非凡，他们急忙倒茶端水应酬。开会时间到了，大会议室在三楼，沐之曦叶如梦坐在主席台上，村支书和村长也在旁边陪坐着。大会由村总支书吴康主持，他清了清洪亮的嗓子，对着话筒，看看台下贫困户陆续进来乱哄哄的群众。“请大家安静一下，开会了。今天参会人员有社代表，社长，群众代表，党员，贫困户，全村加上镇干部有近 100 人参会。先介绍一下我村的基本情况，梧桐村总面积 11.2 平方公里，耕地面积约 7000 亩，森林面积 6000 余亩，我村以农旅结合为主导产业，品种有茶叶、猕猴桃、柑橘、柚子、李子、花椒等。辖23个村民小组，总人口4742人，1529户；其中外出务工人口1648人，下设红箭滩、花旗3个党支部8个党小组，现有党员124名，流动党员35名；村便民服务中心共有8名工作人员。建卡贫困户：60户140人。其中：未脱贫户就20户，已脱贫户有40户。（其中男性54人、女性46人，死亡1人，就业：44人，在读：21人，学龄前儿童：1人，务农：20人，无劳动力：11人，丧失劳动力：2人）……

现有请我们的镇党委副书记沐之曦镇长给大家讲话，大家热烈欢迎。”台下一片掌声，坐在台上的沐之曦朗朗有声，耐心简明扼要讲了为什么要帮扶贫困户意义和目的。并郑重地宣读习近平书记的讲话内容。今年必须脱贫一批，特别是梧桐村，他口若悬河的口才让大家听得很入神。脱贫攻坚十大工程是：产业脱贫工程，就业脱贫工程，易地扶贫搬迁工程，生态保护脱贫工程，智力扶贫工程，社保兜底脱贫工程，健康脱贫工程，基础设施建设扶贫工程，金融扶贫工程，社会扶贫工程。脱贫攻坚“两个确保”目标是：到2020年，确保我国现行标准下农村贫困人口实现脱贫，确保贫困县全部摘帽，解决区域性整体贫困。

精准扶贫精准脱贫中要解决好哪四个关键：解决好“扶持谁”“谁来扶”“怎么扶”“如何退”的问题。

“各位乡亲们，梧桐村为什么叫贫困村，简单地说，我们家底穷，人居家庭收入低不达标。我们的老百姓和村无集体经济收入。习主席要求我们在2020年必须全部脱完，摘掉脱贫帽子。今年是2019年，形势严峻，困难多多，未脱贫户有20户，已脱贫户有40户。今明两年必须全部脱贫出去。以后不能再出现贫困户。我们要富必须要增产增收！利用我们的优势条件，梧桐村是有名的风景区，千年梧桐树（夫妻树）有着美丽动人的故事传说。保护好生态环境，实现青山绿水，就是我们金山银山靠山保证。我具体全面负责落实，驻村片领导叶如梦主抓，驻镇的下派干部浅悠悠具体主管。我们镇的主力军得力干将10多个镇干部调进梧桐村驻村。

一是：我们今年就是要好好发展生态观光农业，品种繁多，如茶叶、猕猴桃、柑橘、柚子、李子、花椒等。二是：农村基础建设方面我们着力打造。在三年内各社的通组公路全部修通，做到大家出行方便，我相信今后的扶贫村叫富裕村。”

浅悠悠专心致志地听着，把重要内容记在笔记本上。

第三十一章　浅悠悠，你是我帮扶干部啊

忽然，台下贫困户黄金贵站起身带头捣乱起哄了。“沐镇长你也是我村出去的人，你老汉沐剑旭这么有钱，为什么不回来给我们捐款修路？你吹得这么凶，是不是在忽悠我们了，能不能实现是个未知数。”台下人群顿时哄笑起来，场面乱成一团。沐之曦面不改色，神色镇定：“黄金贵大哥，我小时候就认识你。我今天说的是实话，心动不如行动，我会说服我父亲回来投资的，请代我向你父亲问好！关于你孩子上学读书难的问题，我会记在心里，3 天之内给你准确的答复。”黄金贵见沐之曦热情打着招呼说笑着，时刻关心自己的娃读书困难问题，坐下低头便不再说话为难他。浅悠悠的目光停留在黄金贵身上，她从小认识黄金贵，是村里出了名的懒汉，今年才 50 多岁，什么事都不想做，家中有位体弱多病 70 多岁的老父亲，妻子银花是他在车站骗回来的弱智姑娘，他们俩没扯结婚证书，银花生下儿子三个月后就跑了，现在不知跑到何方。随后，一个年轻的帅小伙站了起来：“沐镇长，我叫春涛，今天爷爷生病了没有来开会，我替他开会，我才从学校毕业回来的大学生，现在没有找到合适工作，我听了你的讲话，深受感动，我想创业可是没有资金，我不想我家戴上贫困户这个帽子。”浅悠悠看了春涛这家的基本情况。春涛年龄比浅悠悠小 8 岁，但他的讲话给浅悠悠留下深刻印象，只见他个子适中，炯炯有神的大眼睛闪耀着聪明睿智的光芒。浅悠

悠认识春涛的爷爷婆婆，离她家近。沐之曦很赞许春涛的说法，点头向他示意坐下。沐之曦："春涛是位有志气青年，又是村里的大学生，我很支持你创业，春涛，你先去学学一门技术再说，具体事宜会后再议。"这时候刘兵从座位上站了起来，傻傻地冲着大家傻笑，台下又是一片哄然大笑。有人在小声议论，傻子刘兵，今天她妈没有来。浅悠悠又看了看表上刘兵的基本情况，刘兵单身汉，50多岁。旁边有人在小声说话："傻子刘兵能干啥？弱智，认钱都困难，不晓得那张是百元，那张是五十元。"吴康使劲敲了下桌子，两眼瞪着，满脸愠怒看着刘兵，刘兵吓得又坐了下去。大家又继续听着沐之曦镇长讲话："乡亲们，我今天给大家念念你们的帮扶干部是哪些名字？"当念到浅悠悠名字时，浅悠悠立即站了起来，面向大家微笑点点头。

坐在后面陈秀珍在台下大声说话起来，"浅悠悠，你是我帮扶干部啊！原来你在这里！真是好人啊！"她进城卖完菜刚回村来开会。顿时，台下一片议论声。"这不是浅东的女儿浅悠悠吗？原来不是在城里工作？怎么又调回来了？""浅悠悠，我们认识你！"浅悠悠笑容满面朝他们直点头，用心地记住他们家的情况。

黄金贵，刘兵，春涛，陈秀珍，刘贵。这五户是浅悠悠扶贫对象，他们或多或少听说过浅悠悠，大家都不约而同地把视线往浅悠悠身上看，有惊讶有羡慕眼神。春涛的眼神很特别，好像对浅悠悠特别崇拜似的。沐之曦讲话完后，叶如梦接着讲，内容是把这次驻村驻社帮扶干部再具体化。这时候台下贫困户黄金贵又站起身带头捣乱起哄了。"叶如梦！你是我帮扶干部干嘛换成她人，难不成你怕我了，我就是不满意你！"叶如梦怒吼道："黄金贵，我就是不想帮扶你，你就是个扶不起来的阿斗！"黄金贵得意地笑道："哈哈，你就是怕我呢？我也不需要谁来帮扶我，让我自生自灭好了！"台下又是一片哄然大笑，吴康霎时站起身来使劲地敲打桌子。怒吼道："大家安静，黄金贵，你龟儿子真的不像话！会散后老子再收拾你，现在叶委员正在讲话不要打茬！"黄金贵蛮不讲理挽着袖子撇嘴道："吴康，我才不怕你！来，咱们打一架，"台下又是一片哄然大笑。不等吴康开口，沐之曦站了起来朝黄金贵方向走去，他的眸子寒气闪烁，声音威武，气势压人。"黄金贵，请你坐下认真听讲，会后对哪个不满意可以单独和我交流，别捣乱起哄了！你人心都是肉做的，换位思考如果你坐上我这个位置在讲话，我在下面捣乱起哄你怎么想！我们是诚心帮助你们劳动致富，如果我们不管你们，你们将何去何从！难道你们一辈子受穷，还让下一代继续这样吗？比如：娃娃们上不起学，单身汉一辈子打光棍，大家吃不起饭！"黄金贵也被沐之曦强大气场震撼住了，他又吓得坐下低头脸红。众人纷纷指责骂他起来"是啊！今天镇长亲自给我们培训，摘掉贫困帽子用心良苦！""他们这群帮扶干部还不是为了咱们，别惹他们生气！""只有政府管我们，比儿女都亲啊！""黄金贵太不像话了！"片刻会场安静下来，叶如梦又接着讲话……

吴康再次总结强调沐镇长和叶如梦委员扶贫工作的重要性后。讲村财务管理上访问题以及当前春耕生产等工作。今天浅悠悠在台下格外认真地做笔记，时而又给台上的领导拍照，浅悠悠今天穿的一件粉红色毛衣，一条休闲长裤，青春亮丽。时时吸引沐之曦的视线，叶如梦今天大部分时间侧面含情脉脉盯着沐之曦的精致面容。偶尔会用不满的眼神斜睨浅悠悠几眼。

大会一直开到中午 12 点钟才散会，会散后，吴康招呼大家吃中午饭，沐之曦带头推辞了，说统一回镇食堂去吃饭。下午要到区上开扶贫会，大家又疲惫不堪回去简单地吃过午饭后，浅悠悠准备到宿舍里休息，手机电话铃声响了，她拿起手机接听！传来风云急躁的声音。

第三十二章　毕竟同学这份情谊在

“昨晚上，沐之曦那小子是不是请你吃串串香？”浅悠悠淡淡道：“不是，是请大家吃饭！包括叶如梦也参加了的。”浅悠悠知道一定是叶如梦告状了，所以，重申了叶如梦的名字。风云声音稍缓和下来，有气无力地道：“悠悠，我出差回来生病了，能不能进城来看看我。”浅悠悠冷漠道：“你不过是，患了小毛病感冒之类的，这么远来看你，再说不是正在上班吗？你自己保重。”真是一点疼惜之心没有也不解风情，要是换作其他女人，早就屁颠跑来了。我风云是何等人物，家世如此显赫，身后美女一大片，而她对自己不理不睬的，亏我这么爱着她，想着想着很生气，风云的声调又高了起来。“浅悠悠，你有良心没有？今天不是周末吗？我们同窗四年，就是同学份上也应该来看看我，何况以前帮你不少忙，我住院生病了，需要你来陪伴我，安慰我。浅悠悠，今天晚上你必须到我这里来看望我！”浅悠悠疑惑不安，听风云说话的口气，难道他真的生病了。浅悠悠的心很软，风云的几句话很有理，毕竟同学这份情谊仍在，想起曾经对她的帮助。“风云，你在那个医院，哪间病房，我下班后到。”“我在何川区蓝天医院住院部 8 楼 18 号房间。”这边的风云欣喜无比，果然浅悠悠好骗，好好惩罚她，一个不知好歹的女人！昨晚叶如梦发信息给他还拍了照，有浅悠悠和沐之曦坐在一起吃饭的照片，更生气的是有沐之曦送她回宿舍照片，他的眸子寒气闪烁，醋味浓浓。浅悠悠是个重情义的人，下午上班一直忐忑不安，下班后，坐了二个小时的车，终于到了蓝天大医院。浅悠悠气喘吁吁赶到医院病房，没有找到风云踪影，又着急问护士，护士说根本没有这个人。浅悠悠走出蓝天医院大门口，拨响了风云的手机。气恼地质问道："风云，你到底在哪里？我人到了医院没有看到你，你是不是在骗我！""悠悠，证明你心中有我，哈哈哈！我还在外地出差呢！"风云得意忘形地说道。此时他的心情特别爽快！就是要报复浅悠悠。此刻他正在高级酒店的床上躺着，沉浸在温柔之乡里，一个妖艳性感女人正紧贴着他，俩人像肉虫一样缠绕在一起。

"风云，你太无聊了！变得我不认识你的模样！为什么要报复我！现在你开心吗？"浅悠悠哭泣着猛地挂断电话，眼泪夺眶而出。风云本想报复浅悠悠，听到浅悠悠哭泣声心情极坏。微醉的风云此时对眼前这个女人没了兴趣，起身用脚猛地往她身体踢去，朝她怒吼一声，"嫌你身上脏，马上给我滚蛋，消失！"这个女人是乙方为了签到这份重要合同献上来的美女，吓得她立马穿上衣服夺门而出……"悠悠，你怎么在这里哭鼻子！"沐之曦挺拔身体靠了上来，扶起蹲在地上的浅悠悠。下午在区里开会，会散后，他急匆匆去这家医院看望生病的朋友，刚从医院出来。远远地瞥见很像浅悠悠，瘦小身影在前面蹲着，肩膀抽动着，一定受委屈了，他大步跨上前去，定眸一看果然是浅悠悠，疼惜把她扶了起来，浅悠悠伤心道："之曦，我被风云骗了！"沐之曦焦虑不安，把她拥入怀里。"悠悠，风云骗你？怎么回事，快说啊！"浅悠悠的心情平静下来，一五一十说了整个过程。沐之曦安慰道："以后不要和他打交道，对人不真诚！你俩还是同学呢！还有你不仔细分析他的话还是有破绽的，他公司明明在外地，怎会在何川区蓝天医院里住院呢？即便在医院里住院也有父母相陪，怎会没有人陪？显然他还在外地出差！……"沐之曦分析头头是道！浅悠悠频频点头很后悔自己太冲动不经过大脑，白折腾一番，要不是遇上他，今晚租车回去又花去不少钱！真舍不得花钱啊！自从到凤凰镇后她退了房租费，节省一大笔房租钱呢！节省的钱可以给父母买二套衣服一双鞋子了。沐之曦瞧见浅悠悠没伤心难道了，不禁长长吁了口气，心情放松下来！“你没有吃晚饭吧！我带你去吃新开的云天火锅！”“饭后，我送你回镇上，今天下午，我开这个扶贫会很重要，回镇上今晚加班整理资料！”浅悠悠的脸上乐开了花，“好啊！又吃火锅！”

……

第三十三章　送你回老家

翌晨，浅悠悠正在酣睡之中。电话铃声响起，是母亲陈凤熟悉的声音："悠悠，我们回老家了！"浅悠悠欣喜万分："妈妈，你好久回来的。"陈凤高兴地回答："我们昨晚回家的。"浅悠悠："你和爸爸在家吗？"陈凤："不是的，还有你大哥大嫂和元宝都回老家了。今天我也请了你叔叔姑姑回来。"浅悠悠听到大哥二字阴影作祟，内心激动不安："妈，我今天要下村呢？要不改天回来？"陈凤："悠悠，今天不是周末吗？我知道你在躲你大哥！但有些事情还是要面对的。"浅悠悠听到母亲一语道破自己的心思，惊讶不已！她稍稍停顿沉默一会，"妈，那我给沐之曦请假回家。"母亲惊呼："我是不是听错了，沐之曦，哪个沐之曦？难道是小时候，咱们隔壁院子的沐之曦！"这边的浅悠悠点头赞同道："妈，就是他！当镇长了。"陈凤语重心长，心事重重。"孩子，今天回家一趟吧！我和你爸都想你，咱们几年没有见面了！""妈，我回家来看您们！""那我挂了！"陈凤高兴地搁下电话。浅悠悠的手机铃声又响起，看来电显示，是沐之曦打来的电话号码。她接听起来"悠悠，昨晚上你睡好觉没有？"传来沐之曦热情似火的声音，浅悠悠开心地笑了笑："谢谢你！沐镇长，今天下村做扶贫工作可能去不了，我父母亲刚回家，我想给你请假。""没事，本来是周末，我顺路送你回老家吧！""那谢谢你！"一路上，浅悠悠心里很矛盾，她根本不想和大哥见面的，想起他的右腿一拐一瘸的身影，她的内心就憋屈难受。一路上沐之曦开着车，侧面瞄浅悠悠神情黯然，双眸饱含忧色，忍不住说道："悠悠，你怎么了？""沐镇长，我大哥，浅远程回来了！"沐之曦听到浅远程名字，把小车忽地一个猛急刹，车吱的一声停下，他面色愧疚，用温暖的右手握住浅悠悠白嫩的小手，道："浅远程回家了，一定要找你麻烦。悠悠，我对不起你，让你回家受委屈！"浅悠悠的眼睛里布满雾气。"沐镇长，不怪你！""悠悠，你能不能私下叫我？之曦！"浅悠悠笑了，露出一排好看的洁白贝齿。瞥见沐之曦双眸饱含深情道："你心情好我才开心，现在我开车送宝贝回家了……"浅悠悠听到他深切地倾诉，内心如涌泉般地涌上心头，暖洋洋的。"沐镇长，车子到家了，快停下。""悠悠，还没到你家门口呢！到你家起码有二百米长的距离！你叫我在这里停车？何况是拐弯处，这里太危险了。"浅悠悠不好意思道："对不起，沐镇长。"沐之曦请求道："今天我能不能见见你家里人？"沐之曦的车子停了下来，浅悠悠立即打开车门下了车，朝沐之曦招手告别。"沐镇长，我不想让他们看到你，如果有合适机会，我会约你和我大哥见面。""那好嘛！沐之曦随时听从美女的召唤！"浅悠悠调皮地朝他吐了吐舌头，沐之曦也同样的方式回她，心情愉快地驾车飞奔而去。

故乡啊！我终于回到你的怀抱。浅悠悠想起余光中诗歌《乡愁》中的诗句："小时候，乡愁是一枚小小的邮票，我在这头，母亲在那头。"是啊！这里是生我养我地方，这里是我生命的根。房屋后山上的两棵令人敬畏的千年梧桐树，屋前的那块做泥娃娃的田地，依旧还在？小河里的水干涸没有？河里还有小鱼小虾没有？还有我最敬重的婆婆，您永远是孙女的牵挂。我的婆婆啊！我回来啊！会到山头来看您的，谢谢您多年护佑我！

走到乡村小道上，呼吸着新鲜空气，聆听大山里鸟儿叽叽喳喳地欢叫声。那熟悉老屋不知不觉在眼前，门前站着两位老人正翘首期盼，微风拂过，吹起他们花白发，随风飘扬的头发，很像浅悠悠小时候放风筝的情景，母亲就是放风筝的那根丝线。一个约 4 岁的小男孩顽皮在母亲身边跑来跑去，绕来绕去。浅悠悠百感交集，像打了鸡血一样兴奋地大声喊道："爸妈，我回来了。"父亲浅东微笑地接过她的包和买的衣服鞋子水果营养品之类礼包，走进卧室搁放。母亲陈凤高兴得合不上嘴巴。"元宝，快喊三姑姑。"元宝瞬间停了下来，满脸稚气眼神，小嘴巴甜得腻人不停地喊着。"三姑姑好！三姑姑好！三姑姑好！"浅悠悠开心地拉着元宝小手说道："妈，大哥的宝贝儿子元宝真聪明！元宝比视频里还长得乖些。"陈凤脸上洋溢出无比自豪的表情。"是啊！我家的孙子长得帅也很聪明。"浅悠悠深深地知道，元宝是父母亲一手带大的，这份感情自然难也割舍。"你大哥大嫂还在里面做菜呢？"陈凤打断了浅悠悠思维。厨房里立即传来大嫂雨花热情声音："悠悠，你回来了，快进屋帮忙，等会儿叔叔姑姑要回来吃午饭呢。"浅悠悠先进屋，舀瓢水在桶里把元宝小手清洗干净后。连忙清洗碗筷抹桌子，把一碗碗香味扑鼻的菜端上桌，屋里顿时弥漫着色香味绝佳诱人的味道，就等着叔叔姑姑来开席。浅悠悠的思绪在回忆，镜头在拉长。

第三十四章　饭桌子上，不要提风云

浅悠悠和叔叔姑姑的关系自然更亲，对他们很尊重，他俩是浅悠悠从小努力学习奋斗目标，他们知书达礼，举止高雅，擅长处理复杂的社会关系，浅悠悠从小得到他们的资助和精神鼓励。他们在大城市里机关工作，过着优越生活，婆婆在世时，叔叔姑姑曾经多次接她到大城市生活，婆婆总是找借口说农村空气清新，在城里住不习惯，其实婆婆舍不得故土，舍不得扔下浅悠悠。浅悠悠今天回来的消息是陈凤给他们打的电话。家中大小事情，全凭叔叔姑姑拿主意，权衡利弊。“啊！菜做得好香啊！”这是姑姑浅芳芳的美妙声音。叔叔姑姑进门了，浅悠悠欢天喜地迎了上去。“叔叔姑姑好！”“瞧瞧我家浅悠悠，比以前长得更漂亮了！”浅芳芳高兴的夸奖道。“浅芳芳，你说得对极了。”浅明亮叔叔朝她赞许点头，浅悠悠连忙端来一盆温水，请叔叔姑姑洗手洗脸。浅芳芳浅明亮等众人围着桌子吃饭，浅芳芳吩咐道：“悠悠，你坐在叔叔和我中间吃饭。”浅悠悠顺从坐了过去。大家开心地吃着聊着，浅悠悠大声地朝陈凤嚷嚷：“妈妈，这些都是我喜欢吃的菜。”“孩子，你喜欢就多吃吧。”慈祥的陈凤微笑着夹了块干滑肉放到浅悠悠碗里，浅东舀了一碗鸡汤搁在浅悠悠跟前，浅芳芳和浅明亮又疼又爱忙着给她夹菜，浅悠悠心花怒放道：“爸妈叔叔姑姑，你们别这样把我宠着，我的肚子快撑破了。”大家听了哈哈大笑起来。浅远程和雨花在旁边没有多说话，俩人的目光一直停留在元宝身上，时时吼着淘气元宝快到桌子上吃饭。浅悠悠见元宝活泼乱跳得可爱模样，甚是喜欢。“大哥，元宝好像你小时候模样啊！”浅远程高兴地点头，“悠悠，元宝的性格像你，长大以后向你学习，我们兄妹中数你最有出息，有一份令人羡慕的正式工作，公务员嘛！你看，我和你二哥因为从小不爱学习，没有多少文化！现在只有做下气力活儿赚钱。”浅悠悠极力想缓和兄妹之间的间隙。笑呵呵道：“大哥你别谦恭，我哪点工资怎比上你老总！你和二哥现在混得很不错呢？自己开家大公司当老总！哦！对了！今天没看到二哥全家回来呢？”浅远程愁眉苦脸道：“唉，妹妹，我这次回来的目的，正想和你商量这事呢？我和你二哥在外地做生意很不景气，正愁闷不堪。我俩办的公司快破产了，现在你二哥还在外想办法，纵横商场力挽狂澜，所以他没有回来。”浅悠悠皱眉续道：“大哥，我能帮你什么？我只关那点工资！”“悠悠，我们想在何川区开家公司发展。一来离家近，二来想你帮忙，找风云借点钱，找他爸关系贷款，我相信会风生水起，大展宏图！”浅远程忽地脑海，一道光亮闪烁，抛出了自己的底牌。浅悠悠不禁低头皱眉，避开他提出的话题。“大哥，自从我参加工作以来，一小部分给爸妈做生活费，大部分的钱也打给你们做生意了？我现在没多少积蓄，你们公司是怎么经营的？怎么说没就没了呢？”“这不是找你想办法吗？”大哥不悦的表情显露在他的脸上。浅悠悠听到风云二字，她的心沉了下去，最近，风云凶神恶煞的模样让浅悠悠心悸，特别是在最近发生的事，浅悠悠连躲他不及那敢与他见面！还求他！求他帮忙，躲得远远的还差不多呢！她不禁左右为难起来，食欲没有了，放下筷子，皱眉道：“大哥，我和他不过是同学关系，这个忙恐怕我帮不上你哦！”“妹妹，你只要动动嘴巴就行！把我们意思给他说说就能成功！再说他和你不是一般关系，是恋人关系啊！这个你不担心，反正风云迟早是我家的小舅子，他多次提起亲事，说要娶你过门呢？一直等你说嫁给他的那一句话！”浅悠悠蹙眉紧皱，心情沉重。再三解释道：“大哥，我不喜欢风云，更不想嫁给他！”这时候，雨花脸色难看起来，不愉快的高频音调直接打断了他俩的对话，“悠悠，你大哥二哥两家人现在生活无着落了，本靠你这个当公务员妹妹扶持一把。你却推三阻四！风云家庭这么好的条件，是金龟婿！是官二代！这是你浅悠悠前世修来的好福气，是你家老祖坟在冒青烟。你知道吗？你背后多少女人羡慕你，妒忌你，你还不知足啊！哪像你残废的哥哥这么无用，当初是我瞎了眼。”雨花说着说着号啕大哭起来，哭得梨花带雨的，因为都是亲人，平时口齿伶俐的浅悠悠，显然束手无策。许久，回过神来，不悦道：“你们不要在饭桌子上提风云好不好！”

第三十五章　亲情难违

浅东看到雨花儿媳妇在哭，心情很不开心，顿时拉下了脸，要知道媳妇才是浅家人，何况浅悠悠不过是路边捡到的养女，但面子上勉强撑住。“悠悠，你不要见怪！你大嫂是典型的农村人，没有文化，但她也是为咱家好。”浅悠悠想想也是，大嫂一向泼辣，人长得漂亮，大哥一直宠溺她，爸妈对她唯唯诺诺。现在又生了个宝贝儿子，自然是家中皇后地位。“你看看你雨花，我的大侄儿媳妇啊！你又在哭什么？今天，浅悠悠回家就是好事喜事！她回来帮哥嫂解决问题的，你说是不是。”浅明亮的脚朝浅悠悠脚背使劲地踩了踩，浅悠悠心领神会叔叔的话语。她深深地叹气，也罢，现在只有走一步算一步了，她不忍心伤害他们，因为都是亲人，一家人呢！“我给风云说一声，帮忙就是，哥嫂你们别担心。”浅悠悠只好装作笑颜答应下来。“你们看看，咱家的浅悠悠真乖好懂事，为哥嫂分忧，来！为大家再次相逢干杯。”浅芳芳姑姑说着起身举杯，她的话起了圆滑作用有很大效果。以前，父亲在浅芳芳浅明亮面前总是很卑微，今天和他们坐在一起，女儿浅悠悠的争气让他挺直了腰。不比以前小时候对浅悠悠凶巴巴的，岁月像一把锋利的刀剑，把浅东的心磨成了柔软的绸缎，他的声音变得温和起来：“悠悠啊！我听村里的村民讲，你驻我们梧桐村了。唉！你真傻！下来扶什么贫啊！我们村情况大家都知道，又穷又偏僻。”浅悠悠解释道：“爸，我们村是最穷的村而且还是贫困村不假,但可以改变它的现况。”“如何改变，前挨不着店，后挨不着村。”浅东听到此话来了，顿时兴趣盎然,夹了块肥锅肉放进嘴里,质嫩爽口的感觉让浅东很开心。“爸爸，这次镇党委政府有很大的动作，村很有希望很有前途，驻村干部是3个部门的人，不光有驻村的分管领导，还有沐之曦镇长亲自带队挂帅呢！由此可见对梧桐村重视的程度！”当她说出沐之曦三字瞬间后悔了，偷偷观察大哥的脸色，他的脸越变越阴沉，浅东也瞬间变色。“悠悠,你刚才说什么？我没有听清楚！再说一遍！”“是沐之曦！这个浑小子，有什么能耐，敢驻我村，吃豹子胆了！”浅远程倒听得很清楚咬牙补充道。“爸，哥，事情都过去这么久了，难道你们还记恨他，当时你们的赔偿款要得太高，差点让他家倾家荡产了！”浅悠悠趁着酒劲，向他们道出了她的心里话，壮着胆子顶了几句回去。“浅悠悠,如果是你腿残了,一样会恨他！你知道吗？这些年的痛苦，我是怎么熬过来的吗？上学读书，找工作，创业，找对象都遭白眼，唾弃。你知道吗？幸好遇到你大嫂。”浅远程面色铁青，生气地回答她。然后用一双大眼睛狠狠地瞪着她。那两道寒光射向浅悠悠，浅悠悠见了低头自责起来，心如刀割，这些年不想和大哥见面的原因如此。“对不起，大哥，我喝醉酒了，我以后会好好补偿你的。”浅东在旁边说了狠话:“悠悠，今天是你不对，你哥的腿残还不是因为你造成的，以前的事我不再追究！我是一家之主，必须听我的，嫁给风云吧！一来解决你大哥二哥的事情，二来光宗耀祖！”浅悠悠面露凄苦之色，“爸，我不愿意嫁给他，和他我会幸福吗？他在外面有许多女人。”“这没有什么,他是生意人,男人嘛！要应酬不过是在外逢场作戏而已。”“爸，我喜欢沐之曦，可以找他想办法啊！”浅悠悠终于抛出了自己的心思。浅东吼道:“你现在翅膀长硬了是不是！”浅悠悠一脸的委屈，“我自己有自己的主张！”“我管你什么主张,不许与他往来,如果你再执迷不悟的话,我浅东与你一刀两断。”浅东想到以前沐剑旭对他的鄙视目光，他的态度如硬石头坚硬。“对，我也支持爸的决定，他家再有钱咱不沾光。”浅远程的脸变得可怕起来，让浅悠悠不寒而栗。她把求救的目光投向母亲，陈凤只是在旁边低头默默流泪。在亲情面前，浅悠悠的爱情堡垒彻底瓦解，她眼泪婆娑。难道为了他们的所谓利益就要嫁给自己不喜欢的人！早知道她不会回来的！此刻的紧张空气让浅悠悠窒息缓不过气来，旁边的浅芳芳看情况不妙。马上解围道："大哥你就少说几句吧！”浅明亮也劝道:“是啊！大哥你何必呢，这样逼悠悠不是办法，婚姻开不得玩笑啊！”浅东阴沉着脸没说话转身朝外走去，瞥见浅东离开。浅芳芳续道:“悠悠，你来洗个冷水脸，收拾好后，我和你叔到后山头去看你婆婆呢，你也和我们一起去吧！”浅悠悠忽然觉得姑姑好像婆婆的模样，接过她递过来的毛巾洗脸帕，洗后她脑子清醒许多，朝姑姑点点头。随后他们到了王媛坟前，浅悠悠跪地使劲地磕头，不禁嚎啕大哭起来，“婆婆，我们来看您老人家来了。”

第三十六章　美丽的光环

往事如梦，那个慈祥的婆婆笑容又浮现眼前。浅悠悠泪如雨下，浅芳芳和浅明亮也在旁边流泪。王嫒坟头离那两棵千年梧桐树不远。听说是两棵夫妻树，还真有故事呢！小时就听到婆婆讲过，是她生前誓死拼命保护它们，背一床被子睡在树下不吃不喝的，守了几天几夜，硬是不让农业开发商砍伐，王嫒见其他小的梧桐树被砍伐，山里生长有许多草药名材全都没有了，如爬山龙，治腰疼腿疼，柴胡，葛根，灵芝，车前子，五皮分等等几十种药材。整个山坡变了样，除了这两棵大树外，全都变得光秃秃，大山也流泪了，没有昔日的美丽动人的光彩。上天也陪着王嫒哭得撕心裂肺，天昏地暗。王嫒披头散发，还神志不清在山坡上唱起歌来，整个山村山岗都在回响着鬼哭嚎叫声音，大家听得毛骨悚然。这些梧桐树的年轮最低也有几十年，以前是浅悠悠的公公和婆婆一步一脚印，亲手一棵棵种植在贫瘠山坡上……后来浅东心疼母亲，也上山和开发商对抗着，王嫒曾经不收一分一文用大山里的草药治好乡亲们的病，大家感恩图报，见此情景纷纷退钱给开发商，把开发商赶出大山。浅悠悠工作后，有点余钱在网上购梧桐树苗，委托村里老社长吴全社长在山坡上栽培，浅悠悠此时望着成片茁壮的小树，很纳闷，我没有寄这么多树回来啊！山上怎么这么多树了，估计明年有些树能开梧桐花了。“浅悠悠，明年准备把你公公浅道的坟迁过来与你婆婆合棺，到时候我要和你爸商议！”浅明亮目光望向远方的大山，泪流满面，你婆婆以前出生成分不好，命苦，下嫁给你公公，生活过得虽清苦，但俩人相亲相爱很幸福的，灾荒年代你公公为给我们节省一口饭吃，偷偷吃梧桐叶子吃门前黄泥巴观音土，后来被活活饿死了，那年你婆婆才 40 岁，她含辛茹苦把我们三兄妹养大，她有文化，有见识，十分重视文化教育方面，要不是你婆婆，你叔叔那有今天的小日子！”浅明亮今天把婆婆所有秘密向浅悠悠公开，浅悠悠赞许道：“怪不得婆婆与众不同，原来出身家庭好，受过高等教育，说话做事高贵优雅，落落大方。”浅悠悠对婆婆更加的敬重，频频点头，时间在指缝里悄悄溜走，田园里蛙鸣一片，起风了，枝叶茂盛的梧桐树，树上挂满很多红布条，都是来祈福婚姻幸福美满挂上的，此时被大风吹得哗哗作响。“天黑了，我们快回去吧！”浅芳芳催促道。大家又回到浅东家，浅明亮对浅东微笑道：“大哥，我们要回城里了。”浅东现在的心情好多了，再三盛情劝道：“浅明亮，浅芳芳你们住宿一晚走，悠悠也难得在家！”不管浅东怎么挽留，他目的明确，是想他俩留下来劝说侄女，好嫁给风云。但见，浅明亮和浅芳芳仍坚持着回去，也不再理他们了，径自跑到自己房间看电视生闷气。浅悠悠拿出土特产送给他们，这是她在外地学习时，专门为他们买来孝敬的。临走时，浅芳芳在她耳边悄悄道：“悠悠，你无论做什么事，我和你叔叔都支持你的决定，你和沐之曦的事，我们是知道的。孩子，现在是新社会，自己拿主意，不要苦了自己！”浅悠悠含泪点头。浅东瞧见他们离开后，立即从房间里走了出来，说话尖酸刻薄，太难听了。“他们不就是仗着自己是个公务员，平时有几个小钱，你叔你姑，当了一辈子小科长而已，有什么了不起。”浅悠悠不再说话，不想搭理这个蛮不讲理的父亲。径直走向自己那间卧室，熟悉的房间，充满了昔日温馨气息，那是她和婆婆曾经住过的地方，心中百感交集。打开充电的手机，微信上，看到有沐之曦发来的一条短信息，悠悠，明天一早，我来接你，到村办公室统一集合下村，我带你熟悉贫困户家庭情况。浅悠悠立即回了信息过去，语言冷淡：“不用麻烦沐镇长来亲自接我，我家离村办公室这里不远，走路只需 20 分钟就到。”“那好吧！”那边的沐之曦，很失望的搁下手机，他一直在焦急等待浅悠悠回信息，见到浅悠悠信息立马秒间回她。此时，这边的浅悠悠心情极坏，使劲努力地咬着嘴唇，不让眼泪流下来，不再去想他。这时一个微信信息打断了她的思路！“你好！悠悠领导，打搅你了，我是春涛。”是春涛回的微信信息，浅悠悠昨天加的春涛微信。浅悠悠微笑回复：“春涛，晚上好！叫我悠悠姐吧！”春涛和浅悠悠两人聊了很久。浅悠悠：“春涛，你愿意到优美大型企业集团公司，吴胜利总裁那里去不，他下面有个大型农业企业农丰公司，主要是生产菌类。”春涛：“姐姐，我愿意去学习技术。”他的爽快和执着，浅悠悠特别欣赏这个小伙子。”“春涛，你得准备准备，我给吴总联系好就给你打电话。”随后，浅悠悠给吴胜利打电话对方没有接，便在微信上留言也没回她，可能是干爸很忙吧！浅悠悠内心思忖。今晚上沐之曦又发了好几条微信信息给浅悠悠没有回他。浅悠悠躺在床上左思右想后，给风云回了一个笑的表情过去，“你在干嘛呢！”“呵呵！今天浅悠悠是太阳从西边出来了？还这么主动。”浅悠悠笑道：“你是我同学！干嘛说主动二字。”“浅悠悠同志，你性格我不是不知道，得了吧！说吧！有什么事求我。”浅悠悠费了好大劲，才缓缓道：“风云，帮帮我大哥！他在何川区开家公司想贷款！”“可以帮助你大哥开公司，并且还帮他联系业务让他发财！”浅悠悠没有想到他如此爽快，但他后半句让浅悠悠惊心动魄。“浅悠悠，我的前提条件要求不高，必须先订婚再结婚，明年再选日子完婚。”“你好卑鄙，趁人之危！”“你用词不恰当，什么叫卑鄙？你说说，浅悠悠，我等你八年了，从现在起，你必须做好二件事，第一：好好学习厨艺，讨我爸妈欢心。第二：学会如何服侍好未来丈夫如何讨他喜欢，让他天天开心，不惹他生气，以后生儿育女，传宗接代是你的任务，你今年 30 岁了，以后生娃都是高龄产妇。”浅悠悠简直没法听下去，气得拿手机的手颤抖起来，啪地一声把手机摔向床一边。这晚注定很多人失眠，浅悠悠，她的父母，她的哥嫂都在床上辗转反侧，难入眠，这一夜浅悠悠又梦见可敬可亲的婆婆，她慈祥地笑着向她走来，婆婆的全身笼罩着一团美丽的光环，让浅悠悠心温暖起来，她扑向王媛的怀抱。哭喊道：“婆婆，我该怎么办。”王媛微笑着没有说话，只是轻轻地拍她后背。浅东和陈凤担忧女儿的婚姻幸福，更担忧大儿子浅远程一家人的生活着落，还有小孙子元宝以后的前程呢？只有浅远程和雨花在开心地笑着，夫妻两人正在盘算风云成了小舅后如何发笔横财呢！

第三十七章　为何不懂我的心

天刚亮，天空下着毛毛细雨。连绵起伏的山黛朦朦胧胧若隐若现，像美丽的缥缈仙女。浅悠悠起床，在坝子屋檐下，面向东方深深吸了一口新鲜空气，开始锻炼身体，《云水禅心》乐曲随着音乐节奏响起，让浅悠悠平心静气，那流水潺潺天籁一般的绝妙之音，漫卷漫舒，营造出空灵悠远的意境，仿佛天地万物全部溶在了这一份亦真亦幻的意境之中，浅悠悠如痴如醉打拳，身形行云流水……练完一段八段锦拳后，再练站桩功法。靖瑶的神识笑吟吟道："我这个浅悠悠肉身还行，会练打八段锦拳呢！"浅悠悠练功结束，尔后稍作休息。"悠悠，快来吃荷包蛋，吃完再去上班吧！"陈凤笑盈盈过来了，浅悠悠接过母亲端来的热气腾腾荷包蛋，暖在心间，边吃边道："还是母亲好！知道我喜欢吃荷包蛋，谢谢你，我亲爱的妈妈！"陈凤慈爱地望着女儿吃相，虽然不是亲生的却甚是亲生，这么多年的母女情深，何况她很孝顺自己，眼里有一颗晶莹的泪珠往下滴，幽幽道："悠悠啊！这些年来苦了你了，以前你爸重男轻女思想严重，你别放在心上！"浅悠悠听了陈凤的话。笑道："妈妈，我不苦的，也不会放在心上，因为我们是一家人啊！"陈凤放下心叹息道："你和风云的婚事，你爸出于无奈，你两个哥哥太不争气了！现在只能靠你拯救这个家！"浅悠悠不悦道："妈妈，我会想办法的，你放心，别瞎操心这事。"陈凤摇摇头又长叹一声没再说话，接过浅悠悠吃完的空碗，她又忙着进厨房准备早饭！浅悠悠想和大家告别。父亲元宝他们还没有起床呢！她只好告别母亲，拎包出门，远远瞥见在离家门口百米处，停着一辆白色小轿车，待她走近车前，沐之曦急忙从小车里伸出脑袋，“悠悠，快点上车，他们快到村办公室了，别让他们等着我们！我怕打搅你，一直在外面等你，大概有半个时辰了。”浅悠悠内心暖流涌动，她怎能不知道他的心思呢！想起昨天父亲大哥对他冷漠的态度，心情不爽。浅悠悠转而冷冰冰道：“不是说，你不要来接我吗？”她说完把脸扭向一边，不情意坐上了副驾驶室。不看沐之曦，低首垂着眼帘，长长的眼睫毛，像把小扇子一样，一动一动地扇着，肤若凝脂好看的脸。沐之曦看她看得很入神，心波荡漾，他情不自禁用纤长的手指轻轻地在浅悠悠脸上抚摸，解释道：“悠悠，你生气的模样也美，我怕你辛苦劳累，所以来接你！”浅悠悠苦笑道：“沐镇长，我不累，你多虑了！”沐之曦又笑道：“好好，下次不接你就是，你别生气嘛！你别伤心，皮肤又白又嫩的会起皱的。”浅悠悠生气道：“你别逗我。”沐之曦神情凝重起来，深沉道：“昨晚上，我给你发了好几条微信，为何不回？你回家是不是又因为我，受委屈了，快给我说说……”浅悠悠把沐之曦的手使劲拿开，若无其事道：“沐镇长，我昨晚忙没看微信！我也没有受委屈，我过得很好！”沐之曦完全不相信她说的话，情不自禁把身子朝浅悠悠靠近，眼眸珠子紧盯着浅悠悠好看的脸，他的温暖气息扑鼻而来，“悠悠，我不信你，分明是你的眼睛出卖了你，对吗？”浅悠悠被沐之曦身上男子特有的体香味几乎窒息，喘不过气来，她强忍自己像小鹿般的心跳，眼泪几乎涌了出来，不想再拖累他，影响他的大好前程，浅悠悠知道风云的性格，怕他对沐之曦不利。“沐镇长，从现在起，我们只谈工作不谈感情，好吗？”说完，她再一次把脸扭向一边，强迫自己装着看车窗外风景，只是不想让眼泪流出来而已！沐之曦听到这话，知道她难受，他也同样难受，内心冰冷，涌起一股股暗流，起伏不定，但表面寂静，丝毫看不出他变化的心情。他揄揶笑道："悠悠，谈工作谈感情我们一并进行好不好。"看见浅悠悠面无表情，一脸冷色，背对着他不回应他。他知道浅悠悠在故意躲他，不想惹她生气了，等她心情平静了再说吧！他顿时心情郁闷，脸色阴沉下来，内心忖思痛苦道，悠悠啊！你真像一本天书。你为什么不接受我的感情，为什么不懂我的感受呢？无论我们俩遇到什么困难，可以一起面对啊！想着想着他用脚猛地加速踩油门，转眼间，不到 4 分钟时间，沐之曦开到了村办公室门口停下，俩人立即从车上下来，到了村办公室。

第三十八章　机耕道太难走了

果然，正如沐之曦所说的一样，镇上扶贫干部人员全部到齐。叶如梦瞥见沐之曦和浅悠悠两人同时从车上下来，她的心肺快气炸了，她迎了上去朝浅悠悠一阵暴吼："浅悠悠，你太不像话了！这么多人等你！你到底有脸没脸！"沐之曦的神情凝重起来，急忙用自己的身体把浅悠悠挡在身后，立在叶如梦面前好像一堵坚固无比的墙，他的眸子寒气闪烁，声音如雷！"叶委员，对不起！让你久等了，是我耽误了时间，并向大家道歉！"叶如梦从未见过沐之曦如此凶狠过，气势压人也吓着三分，声音低了下来。内心一百个不愿意但无奈，这不是帮浅悠悠开脱吗？既然沐之曦开口了，给他一个好印象，还他一个人情！转眼间，叶如梦从怒脸变为笑脸，她笑吟吟道："沐镇长，我误会你了，其实我也才到，你安排工作吧！"沐之曦点点头朝前面走去。浅悠悠心生惭愧，内心感激沐之曦，情不自禁偷偷地望着他。只见他站在前列，面对着大家，修长的身姿英气逼人。他看看手腕上戴的手表时钟，表情严肃道："现在是早上 7 点钟，安排大家下村下社入户分组走访贫困户，今天情况是这样的，我们镇村扶贫干部人员总共是 24 人，共分为 5 组，今天所有贫困户 60 户，必须全部走完。走在农户院坝里，大家一定要注意自身安全，有的老百姓家里喂了狗。被咬伤了要打防疫针还要耽误自己的工作时间！总之，麻烦事！我们拿着表册，了解各家各户的家庭基本情况，了解家庭收入情况，外出打工情况，那些人经济困难等汇总上来我们再开会研判，是否还有漏户的困难户。公布第一组的人员：沐之曦，浅悠悠，紫萱，吕毅，吴康，扶贫专于英。第二组的人员：叶如梦委员，龙鹏，凤珠，凡霞，村主任吕刚，第三组的人员……

叶如梦的两眸如秋水般地明亮，她的目光一直在凝视着沐之曦，当听到人员分工情况，她的音呗高了起来。“沐镇长，你分工太不合理，按职务我们应该一起入户走访，我抗议重新安排分工。”沐之曦冷冷道：“叶委员，你要听从我的安排决定。我知道你对浅悠悠不满意，她才来不熟悉村里情况，我要带带她才行！”叶如梦此刻巴不得抽浅悠悠地皮，喝她的血，有沐之曦在她不敢太放肆，她狠狠地瞪了浅悠悠一眼，用手指着浅悠悠鼻子道：“沐镇长，按级别区分，浅悠悠不够资格的，我必须和她马上对换过来。”沐之曦冷冰冰打断她的话。“叶如梦委员，请你不要无理取闹，这是工作，你必须服从安排！”沐之曦转身微笑着对浅悠悠道：“我们组的全部过来上我车吧！浅悠悠，先走访熟悉你那五户，路线我熟悉，刘贵，黄金贵，刘兵，陈秀珍，春涛。再走我那五户吧！”叶如梦在旁边听得直咬牙跺脚，朝浅悠悠的远去背影吐了一口唾沫。心里恨恨地道，浅悠悠，你别高兴得太早了。

因为天空飘着毛毛细雨，泥路面很干滑，沐之曦的小车在机耕道上艰难运行着，忽左忽右前进，不一会儿，吕毅，吴康下车，在农户家找些稻谷干草，铺在路面上，他俩在车子两旁左右推着小车。“嗨，嗨”吆喝着喊着号子走。浅悠悠和紫萱坐在车上心惊胆颤，于英开着摩托车紧跟着他们后面，也艰难地行驶着。沐之曦开车开得大汗淋淋，衣服全湿透了，他紧蹙双眉，对吴康说道：“吴老革命，这条路得马上修，黄泥巴路太难走了，想着想着，我的心就疼，要想富老百姓就要修路，群众出行很不方便！”“沐镇长，这个道理咱懂，我们村没有集体资金，百姓穷，那有钱修路，这条路起码要一百多万。”吴康边推车边喘气。“吴老革命，多做老百姓工作，群众集资五万元，其余的资金我争取上面项目。”吴康气喘吁吁道：“沐镇长，村里这样的机耕道太多了，很多群众不愿意出钱，还有的不愿意调整土地呢？土地纠纷太多了，特别是懒汉黄金贵多次阻挡修路。”“吴老革命，等会儿我们去黄金贵家做做他的思想工作吧！”吴康含笑点头。沐之曦又续道：“吴老革命，你先在村里各社摸底调查，统计上来报到镇交通部门，慢慢解决，到时候我请交通局的领导下来看看！”吴康很是高兴，做事一向很爽快他连连点头。“好好，谢谢沐镇长。”沐之曦道：“明天，村出通知，召开社长，社代表，群众代表，党员大会。你们先召开会议动员工作吧！后期工作我们跟上！”吴康：“沐镇长，你在使劲加把劲儿，过了这段路就会好些了。”沐之曦猛地加快开车速度，终于安全到达前面的柏油公路上。

第三十九章　走访刘贵家

沐之曦把车子停靠在安全地方，大家从车上下来，来到了坝上社刘贵家中。浅悠悠看到房屋是土瓦房结构，屋内屋外干净整洁，想起两天前在村会议室见过他，她对刘贵有印象。扶贫专干于英在介绍他家基本情况，刘贵，单身汉，身高中等个子，身体健康状况很好的，今年59岁12月出生，因言语二级残疾，于2013年12月因残致贫，2015年底脱贫，是低保脱贫户。刘贵的父母很早去世，但他人聪明勤快，是文盲，不识字。有个大哥叫刘兴，就住在隔壁。平时和他沟通主要是刘兴大哥来完成，于英正说着话。吴康瞥见隔壁刘兴进门来，打断了于英说话！他冲刘兴笑了笑，俩人顿时开起玩笑来，相互对骂着。“老刘，你家儿子儿媳才走，天就下雨了。儿媳妇在家时，大太阳火辣辣的，瞧你这烧火棍烧得好旺。”刘兴听了这话好开心似的，裂开大嘴露出一排黄牙道：“你这吴老革命，骚老头，你儿媳回家，还不是天天出大太阳！”俩人又心领神会地哈哈大笑起来。刘贵好像懂他俩的语言，虽然他说不出话来，人倒机灵聪明，他似乎听懂这语言的含义，也乐得叽叽歪歪地笑起来。刘贵微笑着端凳子给大家坐，紫萱姐姐也在低眉含笑，这边的沐之曦也瞧一眼浅悠悠也笑了。浅悠悠不知道他们为什么要笑，觉得好奇吧。过了好一会儿，吴康和刘兴止住笑，吴康进入主题谈正事。“老刘，这是沐镇长，吕主任，这是新来的帮扶干部浅悠悠。还有紫萱，村帮扶专干于英。”老刘先恭敬朝沐之曦微笑点头道:“你好！沐镇长！你经常来看望我们，很辛苦吧！”沐之曦向前握住刘兴的手微笑道:“这次我们是来走访慰问的，刘贵近况如何！有困难吗？”刘兴感动道：“谢谢沐镇长的关心，我们都过得好嘞！”他冲浅悠悠笑笑，兴奋地说：“浅悠悠，你父母浅东陈凤我认识，没有想到生出你这么优秀的女儿来，你在村里很出名谁都知道你的名字。你从小读书很努力用功，高榜中的金科状元呢？”浅悠悠很有礼貌回应道：“刘叔，那是过去事了，以后我要麻烦你的。”刘兴道：“不客气，浅悠悠。”吕毅道：“老刘，这是端午节的慰问金 50 元，你帮你弟弟刘兵代签字领钱吧！”“好！”刘兴在表上签过字，接过吕毅递过来的现金给了刘贵，刘贵乐呵呵把钱揣进了裤兜里。浅悠悠在旁边拍照说道：“沐镇长，我提点建议，以后扶贫户所有享受的资金，都不发放现金而是打卡发放最好。”“浅悠悠，你真不愧是区财政局出来的人。”沐之曦含笑点头，表示赞同。继续道：“城建办紫萱，浅悠悠你们俩去看看刘贵的屋后房顶漏雨不？”沐之曦看到紫萱，浅悠悠离去的背影很高兴。不一会儿，紫萱浅悠悠又折身返回来，紫萱道：“沐镇长，我们看了屋顶和屋后，房子应该不漏雨。”浅悠悠补充道：“沐镇长，我提点建议，刘贵的房屋屋顶应该维修！”沐之曦满意地点点头。于英给刘贵做了手势，让他把包拿来，刘贵敏捷地递给浅悠悠建卡贫困户专用提包，里面装有他的全部资料。如户口本、身份证、医保卡，抚贫手册等等。浅悠悠打开包拿出扶贫手册，认真地把走访记录情况写在手册上。于英道：“沐镇长，悠悠姐，刘贵做事很勤快，他今年发展 30 只鸡，40 只鸭子。”沐之曦：“没打算喂猪？”刘兴看一眼弟弟向他做手势。刘贵摇摇头又稀里哗啦地说了一通不懂的语言。刘兴道：“沐镇长，弟弟说不愿意喂猪，今年种了三亩稻谷。二亩花椒地，事多太忙。”这时，沐之曦目光深邃地望一眼浅悠悠。“浅悠悠，你觉得刘贵不喂猪行不？”浅悠悠的脸上忧伤不快早已消失，让沐之曦很欣慰。浅悠悠一脸赞同道：“沐镇长，作为我才接触扶贫这块工作，还没有实际工作经验，我同意刘贵的意见！”沐之曦微笑着点点头，他站起身带大家看了刘贵屋前房后，空坝圈养几十只鸡，再看室内外卫生是否干净，床上是否摆放干净的被子。接着他在水缸里用水瓢舀了水，仔细看了看水质情况。刘兴有些担心道：“沐镇长，我们吃的是井水，这是机器打上来的井水。夏天最炎热那几天井水就抽不上来，我们只有到四里路远的水井挑水吃。”沐之曦好看的双眉紧皱，沉思一会儿道：“刘兴，你们先暂时克服困难，针对这种情况包括全镇的帮扶户，前几天我就有了实施的方案！我回去和一级班子领导开会商议，拿出方案来，你们听佳音。主要想马上给你们安自来水管，包括梧桐村的所有村民都要安装自来水入户。可能建卡贫困户费用全部免费，其他村民要缴自来水入户费的。”“这真是件好消息，还是共产党好！感谢沐镇长对乡亲们的关心。”刘兴高兴极了，嘴里不停地说着感谢话。大家出门看见屋檐边是一排排整齐柴草木头，柴草码得像块块砖头似的，大家由衷地不约而同地赞叹刘贵好勤快！

第四十章　走访黄金贵家

大家走出刘贵家，走在田间里的田坎上，沐之曦用手指指向远处的房屋，对浅悠悠深情的一瞥，偶后笑容灿烂。“浅悠悠，对面那家就是黄金贵的住房，他是南坳社的。”吴康心有余悸，目光扫视眼前几个美女，担心地说道：“浅悠悠，紫萱，于英，我们开车开不了，没有公路只有走黄泥巴路了，不晓得他现在还在睡觉没有？打他手机没有接。”

到黄金贵家有一条长长的黄泥巴路，浅悠悠穿着增高的运动鞋，因为鞋子底面有齿子，所以不滑。后面沐之曦紧跟着她，怕她走路摔倒。可紫萱就惨了，穿的是凉皮水晶鞋，鞋跟是中高跟的，看她身子一晃一摇一摆的，黄泥巴已经把她的鞋后跟给弄坏！吴康，吕毅俩人几乎是架着紫萱走完这段路的。吴康一路上对黄金贵一顿痛骂。“这个龟儿子为什么要阻挠修公路啊！……”

这段路其实平时只用 10 分钟，可今天下雨天，他们差不多走了近半个小时！好不容易来到黄金贵大门口。刚到院坝，紧挨着浅悠悠的沐之曦用考试的口吻问道：“浅悠悠，这户是新批下来的未脱贫户，黄金贵家，也是你帮扶的对象，你还有印象没有。”“沐镇长，我当然有印象啊，是头段时间评议的啊！我记忆犹新！”浅悠悠瞥见沐之曦深情地看她，他的双眸无垠炯炯有神。紫萱大笑道：“悠悠的记性好强！”大家也用赞许的目光看着她，浅悠悠不好意思起来。浅悠悠瞧见四周杂草丛生，房子是多年的混砖房，大门紧闭着。有经验的吴康上前使劲地敲打门：“黄金贵，快开门，镇长来了！我们来了，快快起床！”吴康胸有成竹道。果不其然，敲了吼了几分钟后，大门吱地打开了，只见黄金贵眯着双眼，无精打采的。虽然个子长得高高大大的，却无挺拔身姿，嘴里还不停地打着哈欠，一副慵懒的神情，无神的双眸望着大家。满身的酒精味道刺鼻而来，甚至身上穿的旧长裤居然拉链都不拉上，隐约露出了里面的内裤。在场的三个女人不禁低眉垂眼起来，脸红了，急忙转身把眼神转移看其他地方。这个微小的细节，沐之曦当然看到眼里，生气地朝他大声怒吼：“黄金贵，你快把裤子拉链拉上来，我们这里有俩位大姑娘家呢！另外还有于英在。你的帮扶干部浅悠悠来看望你，你要放规矩点！”黄金贵被沐之曦一顿暴吼声酒也清醒了许多，他不好意思地急急忙忙跑回里屋，转身把拉链拉上。吴康数落起黄金贵一套是一套的唠叨话。“你看看你，你那七十多岁有病老爹常年在地里忙碌，你还有个聪明的儿子在读中学快毕业了，你不好好想想他的前程，天天只知道喝酒，老婆跑了还可以再娶婆娘，何必为她天天堕落，变成现在这个样子了……”

这时候，黄金贵酒后清醒了一半，说话明白多了。“沐镇长，吴支书，你们都坐啊！”“黄金贵，你说说，我们到底坐哪里？我们只有这样站着，你自己看看桌子凳子地上，如何下得起脚，这里到处是鸡鸭粪便味道！”吴康的数落，黄金贵听得不好意思，只好拿起扫把打扫起卫生来。吕毅接过吴康的话茬，耐心地说道：“黄金贵，听说你不愿意修公路，其实修了公路方便得多！万一把你老爹摔倒怎么办，你儿子放假期回来也要走这条路摔倒怎么办？你看看我们这几个人的鞋子上稀泥巴？路烂了就连我们都不愿意来看你！”黄金贵看了他们鞋子，他的内心确实震动不少。他的目光停留在紫萱穿的皮凉鞋上，他身子情不自禁地动了一下。“金贵哥，你看紫萱脚上全是泥巴不说，可能穿回去鞋子要报废了。”浅悠悠在旁边补充说话。黄金贵目光转向她，在浅悠悠身上停留片刻，眼神清亮许多。“你就是那个传说的浅悠悠吗？你全家人我都认识，你婆婆对人很好。”“金贵哥，我就是浅悠悠，从现在起我是你的帮扶干部，真诚地希望金贵哥支持我工作。比如：就拿修公路这事说起，你应该积极配合我们。你有什么困难尽管说出来，镇长就在你面前。”听着浅悠悠轻言细语的劝说，他的眼里忽然有了少有的光彩。“好，今天我看在沐镇长吕主任浅悠悠面子上同意修路。不过我有个条件，必须帮助我儿子黄浩到区上重点中学读高中！”一旁边的沐之曦笑道：“金贵哥，你孩子的事我会记在心上的，昨天已经给区教委联系上了，听候佳音吧！黄浩在学校表现如何，成绩如何！”黄金贵听沐之曦提起他的儿子，笑得很幸福，随后眼神忧郁：“沐镇长，成绩可以的，可是他的腿上有毛病，担心考上学校也不收！”“你放心，好好让你儿子上学读书，等黄浩放假期时，我和浅悠悠买些学习资料和生活用品过来看望他，鼓励他。他以后读书的所有费用包括上大学一直到毕业我全包了，我和浅悠悠都会关注他学习的。”黄金贵笑呵呵道：“真是太好不过了！谢谢沐镇长的关心！”沐之曦道：“吴老革命，给黄浩办个低保吧，他马上升高中要花钱。于英，黄浩给他办残疾证没有？”于英笑道：“沐镇长，这个月已经办了，上面证还没有拿下来！”沐之曦把目光转向浅悠悠，语重心长道：“现在黄金贵未脱贫，你要好好思考一下，让他脱贫走上致富之路。以后多和他沟通，和村干部于英一起经常来黄金贵家。”浅悠悠若有所思地点头称是。

第四十一章　走访刘兵家

大家马不停蹄来到石岩上村民小组李会家，李会患有严重的心脏病，今年七十岁了，老伴去世早，儿子刘兵，今年50岁，智力弱智。见大家进屋，他神情很紧张，站在那里不敢动。李会招呼儿子道："刘兵，快端凳子给大家坐。"刘兵傻傻地笑着马上到里屋端来几张凳子。吴康见状又和李会开起玩笑来，说着荤话："老婆娘，我儿今天好乖哦，还晓得给大家端凳子出来坐。"李会打趣地笑骂道："你这个老不正经的砍老壳，我大你十多岁，应该喊我一声孃孃了。"吴康道："我叫你婆娘（孃）还差不多！"大家忍不住要笑出声音来。沐之曦瞧见浅悠悠粉白的脸蛋羞红，赶紧提醒吴康道："吴老革命，这里有大姑娘家在，说正经点的事。"吴康这才正色对李会道："李会，这是沐镇长，吕主任，还有你们家新来的帮扶干部叫浅悠悠。"李会道："沐镇长我早就认识他！他到我家来了多次，看刘兵呢！除了对浅悠悠还不熟悉外，其他我认识呢！"沐之曦笑道："你老人家的记性真好！浅悠悠你会慢慢熟悉她的！"浅悠悠在旁边接过他的话茬，向前拉着李会的手，亲热道："不要紧的，老人家，以后我会经常来看望你们的！你老人家要记住我的名字哈！"李会感动道："真是好闺女哦！我会记住你的。""老人家，我发放节日慰问金给你们，端午节节日快到了。"吕毅忙从包里拿出了现金和表册。"老人家，这是一百元钱，请在节日慰问金表上签字盖手印吧！”李会松开浅悠悠的手，泪流满面感激道：“好好，党政策好，好关心我们啊！谢谢你们了！”说完她用颤颤巍巍双手接过钱，浅悠悠赶紧用手机把这场景照了下来。沐之曦进了屋，很满意地看了看猪栏里二头大肥猪，五十只鸡鸭，但看了看破旧而整洁的土瓦房，皱着好看的剑眉。问道：“老人家，房子漏不。”“漏啊，特别是夏天刮大风下雨，要用水桶接水呢。”说着说着，她开始大口大口地喘气起来。沐之曦一脸凝重，沉下眸子，安排道：“浅悠悠，紫萱，你俩出去把外面房子照个全景。”吴康小声在沐之曦耳边皱眉道：“沐镇长，今年我们修D级房的指标没批下来，我村像这样的户数很多！修房有困难！再说还要通过民主评议的！这……我很担忧李会他们的安危啊！”沐之曦胸有成竹道：“吴老革命！你别担心，我去向我老爸要捐助款，还不止这户呢！”吴康听了喜笑颜开：“嘿嘿！镇长大人你办法好，说到我心坎上了，心中的沉重石头咕咚一下，终于落实下来，你帮我解决了大问题呢！”不一会儿，浅悠悠和紫萱出去照了相回来。来到沐之曦面前，紫萱皱眉道：“沐镇长，李会他们现在还居住在危房里很危险的，现在指标没有批下来，怎么解决这个问题？”浅悠悠道：“我看是不是在附近找户空房人家，现在出去打工的人很多！家里空着呢！”吴康拍拍脑袋：“这院子里还有户人家，房屋也宽敞，是我老表黄成，他全家外出打工去了，我做做他的工作就成！借几间房用用，住房安全第一啊！”李会急忙道：“吴老革命，我愿意住自己的房子，不想搬出去！”吴康道：“傻婆娘，你母子俩现在住在里面很危险，老公我担心你和刘兵的安危！特别是下雨天，我马上安排人帮你搬，刚才沐镇长不是说了吗？要给你修新房子！你先暂时克服困难，如果不听老公的话不给你修房子！”李会笑骂道：“行，我看在沐镇长的面子上放你一马，你咱说话不害羞啊！我今晚搬过去得了，你这老不正经的东西，懒得和你说话！”吴康笑呵呵道：“李会老婆娘，这样就做对了。”

大家又嘻嘻哈哈地笑了起来！沐之曦瞥见浅悠悠低头脸红。不禁责怪道：“吴老革命，你老是改不了你的性格，说话要文明点！”吴康望了望浅悠悠，不好意思起来拍拍自己脑袋道：“还有俩个大姑娘在面前，我又忘了，悠悠，我说话很随意，你不要见怪哈！”浅悠悠理解道：“吴老革命，我没事！”瞥见刘兵一直站在哪里傻傻望着她笑，心中一阵阵酸痛，朝他走去。笑吟吟道：“我叫浅悠悠，你认识我不，以后我教你识字认钱吧！”刘兵还是傻傻地笑摇摇头。大家离开李会家时，沐之曦对吴康说：“李会应该给她申请评个低保，即使今年脱了贫，防止返贫啊！”大家点头赞同。

第四十二章　走访陈秀珍家

吴康在前面带路，指着前面不远处的独家独院房屋。独自分析道："黄金坡村民小组的陈秀珍家，全社数这个婆娘最勤快，这阵子她不一定在家，肯定还在地田间菜地里种菜呢？我们只有在她门口等着回来。"果然，当大家来到陈秀珍门前，但见大门紧锁着。吴康立即拨通了陈秀珍手机。"婆娘啊！你在哪里？"另一边陈秀珍听到熟悉声音，很开心笑道："你老不正经的，有事吗？""你快回来吧！沐镇长和浅悠悠他们来了，来你家看望你呢！""我马上回来。"陈秀珍立即挂断电话。吴康搁下手机笑着对大家说："莫慌，陈秀珍马上回家！"不一会儿，果见陈秀珍扛起锄头回来了，只见她鞋子上裤子上沾满泥巴，见到大家站在门口，歉意道："大家久等了，我不知道你们要来。""勤快婆娘，少做点菜卖，别把你身体累坏了。"吴康见到陈秀珍又开起玩笑来，说着荤话。陈秀珍进屋开门笑骂道"吴老革命，你个老不正经的。"她放下锄头洗完手，打开门热情地端凳子招呼大家快快进屋坐下。吴康坐下笑道："勤快婆娘，这是沐镇长，吕主任，这是你们家新来的帮扶干部叫浅悠悠，今天来看望你。"陈秀珍高兴道："沐镇长好！浅悠悠好，欢迎大家。"浅悠悠环视屋里低矮的土瓦房，墙上挂满了夏桐花从幼儿园到初中的各种奖状，摆设简单。她称赞道："陈婆婆，夏桐花读书真不错！"陈秀珍向前紧握住浅悠悠的双手。"悠悠，那天好感谢你的帮忙！”接着，陈秀珍把那天在车上的故事给大家描述了一遍。末了，陈秀珍连声称赞：“真是好闺女！”大家用赞许的目光朝浅悠悠伸出大拇指点赞！沐之曦听了之后心中对浅悠悠爱慕之心更加深入，她还是以前的她，一点没变心地还是那么纯洁善良可爱！他那精致雕刻的脸庞，深情地朝她回眸浅笑，此时的气氛相当融洽。尔后，沐之曦微笑搭话道：“老人家，你有什么困难，尽管给我们说出来。”陈秀珍面露忧愁：“我患有高血压，胃病，风湿病等好几种病，我怕我这个老婆子，等不到夏桐花读大学那天哦！她马上考高中了，生活费都成问题。”于英插嘴道：“不是还有孤儿补助金吗？”陈秀珍：“不够用的，听说要买很多学习资料！现在，我靠卖点菜，药钱都不够。”沐之曦对陈秀珍微笑道：“老人家，夏桐花以后上学的所有费用，你不用操心；你把今年住院的药单子全找出来，拿给于英！到镇上给你考虑点临时救助！”陈秀珍感动道：“那怎么可以，你也是拿工资吃饭啊！哪有这么多钱！听说你资助了好几个贫困户家庭的孩子！”沐之曦笑道：“陈婆婆，不关事，我有办法的！”陈秀珍：“真是好镇长！”“陈秀珍，你不知道啊！沐镇长的车子房子都是搞的房贷款！”吴康正色道，他的眼神不觉朦胧起来。陈秀珍为难道：“沐镇长，使不得，你教我如何是好！”沐之曦又笑道：“陈婆婆，不关事。”浅悠悠在旁边也感动着，沐之曦的善行。她灵机一动计上心头，“沐镇长，我现在是陈婆婆的帮扶干部，亲眼目睹她种的疏菜很好，不如我们镇机关的伙食堂全包了她种的菜。一来我们可以吃到新鲜的蔬菜，二来增加陈婆婆收入，起码一年增加好几千收入！而且很稳定。”沐之曦含笑点头称是。陈秀珍高兴得手舞足蹈的。“你们对我太好了，明天一早我给你们的食堂送来，保证你们吃上四季如春的新鲜绿色蔬菜！”吴康道：“陈秀珍，沐镇长和浅悠悠对你这么好，你还上访不！你看叶如梦委员都不要你，把你丢给浅悠悠，不帮扶你了，嫌你烦！”陈秀珍不好意思道：“叶如梦委员我不喜欢她，从不管我的事，对我态度不好，见我就是一顿怒吼！儿子赔偿的事以前解决了又写了协议的，我不想给沐镇长和浅悠悠再添麻烦了！”吴康笑道：“这就对了，才是我的勤快好婆娘！”陈秀珍笑骂道：“你老不正经的！”大家又是一阵开心的笑。

第四十三章　走访春涛家

大家告辞陈秀珍家，到了黄金坡社时，眼看到春涛家了，这时毛毛细雨终于停下，火辣辣的太阳炙烤大地，好热！沐之曦急忙递给浅悠悠一把太阳伞，嘴里夸赞紫萱于英好聪明，故意说给浅悠悠听。“你看看她俩，都知道带伞，就你粗枝大叶，幸亏我多带了把伞呢！”浅悠悠赌气道：“晒黑与你沐镇长没关系，就是不要你给的伞。”“这是你不对了，浅悠悠，别赢负沐镇长对你一片心意，夏天紫外线太强烈，要晒伤皮肤的。”平时很会保养的紫萱急忙做她工作，从沐之曦手里帮浅悠悠接过伞，把伞递给了浅悠悠，浅悠悠只好接了过来，把伞撑开，感觉全身凉快多了，她用眼神余光瞥见沐之曦正得意望着她笑呢！吴康一路上介绍这家人的基本情况，最让浅悠悠感动是远远看到屋前屋后干净整洁，柴草木有序无乱的摆放整齐，门口前拴有一条大黄狗被铁链锁着，凶巴巴地汪汪对着这一大群人乱吼乱叫的！春涛听到狗的狂叫声，从屋里出来，大声呵斥大黄狗，大黄狗听话似的和主人亲热起来。春涛急忙招呼大家进屋坐，吴康道：“春涛，你公公婆婆去哪里了？”春涛：“公公婆婆去土里摘菜去了。”浅悠悠见屋里简陋无比，也是多年的土瓦房结构，墙上最醒目的是春涛奖状，从小学到大学的各种奖励，几乎把屋内地方贴满，心底不由得佩服起来。沐之曦见浅悠悠入神地看墙上的奖状。微笑道：“浅悠悠，这个春涛也是学霸。他从小是个孤儿被公公婆婆抚养长大成人，公公春付洪有只眼睛是瞎的，婆婆黄霞是哑巴……”浅悠悠打断他滔滔不绝的话语：“沐镇长，春涛家情况我知道。”沐之曦恍然大悟道：“浅悠悠，没有想到你进入角色很快！真聪明！”春涛在旁边解释道：“沐镇长，悠悠姐，加了我微信经常和我聊天呢！”沐之曦恍然大悟道：“原来是这么回事！很好啊！年轻人就是要交流。”春涛续道：“悠悠姐，我准备下个月坐火车到丰台市！先把家里的事安排好！”浅悠悠笑道：“可以的，吴胜利总裁刚才回了我信息，答应让你安心去学习，吃住路费全包，学习期间还给你发工资！春涛高兴得跳了起来。“真的哇！悠悠姐谢谢你！”浅悠悠笑道：“不用谢！好好在那里学习茹菌类技术吧！”“去哪里？茹菌。”大家一头雾水百思不解，浅悠悠把来龙去脉说了一遍，抛出她的思路，大家表示赞同。春涛也在旁边补充，沐之曦听完浅悠悠讲述后，被眼前春涛俊小伙想创业精神所鼓舞，他给予春涛很大的精神支持。“春涛，你出去的车费我全包了，经济上有什么困难给我讲。”“沐镇长，这是我的帮扶对象，这钱应该我出才对。再说吴总裁说了全包的，你不要再操心！”浅悠悠不想欠沐之曦太多，急忙解释道。沐之曦知道她性格不和她再争执了，赶紧给吕毅递眼色眨眼睛，吕毅见风使舵出面打圆场很在行。笑哈哈说道：“悠悠，你不是还欠大家一顿饭吗？今晚，在老地方吃串串香怎么样。”“好，今晚我请大家吃饭，给春涛践行。”浅悠悠回答得很爽快，沐之曦得意地向吕毅投去满意的目光。他对吴康说道：“吴老革命，安排人立即通知各组人员，中午 12 点大家准时到村办公室集合，天太热了，多喝点水解暑热，中午将就吃点方便面吧！咱们下午 3 点钟再出发。继续入户走访，等大家走完后，再把今天走访的情况进行汇总研判。”烈日下，吴康眯着眼，用手抹了抹满面的汗水，满手都是水珠，像进了水桶去洗了手一样，他用手使劲地抖了抖，差点把汗水抖到沐之曦身上，浅悠悠急忙递上一块湿巾给他揩汗水。吴康尴尬笑道：“悠悠，谢谢你！”吴康看一眼旁边的于英道：“你马上在村扶贫微信群里发通知！”于英心领神会吴康暗示，急忙在村扶贫微信群里发了通知。接下来，吴康看了看手表，微笑道：“沐镇长，时间过得好快，我们 7 点 10 分钟出来的，现在快 10 点了，还可以接着走几户，下午我们这组走访应该能如期完成。”

第四十四章　那我不吃串串香了

凤凰镇的夏夜，大山给凤凰镇送来清风阵阵，给人们带来了一丝凉意。每当这时，树叶就发出“沙沙沙”的声响，像在窃窃私语，又像在编织着夏夜的梦；草丛里各种不知名的虫儿“蛐蛐”、“唧唧”、“铃铃”地唱着歌儿，此起彼伏，组成一部和谐的乐曲。浅悠悠在想，这是它们在开音乐会吧。大家辛苦一天，走进念念不忘串串香馆子里，迎来美女老板香香的笑脸，熟悉的地方，熟悉的汤香味，那阵阵火锅味道勾起浅悠悠无比食欲，只可惜紫萱临时有事，吃不到美味了。中午吃方便面实在是太饿了，浅悠悠安排了菜谱，香香笑吟吟地亲自端菜报菜名。一盘盘菜端上桌，那银铃般声音很是好听。“皮蛋拌豆，凉拌黑木耳腐……”今晚上的叶如梦很安静，面无表情不动声色的，让浅悠悠感到有些害怕，怕她闹起事端。大家依次坐下，浅悠悠坐在沐之曦和叶如梦中间，叶如梦则在浅悠悠左边坐下，而右边坐着沐之曦，欢声笑语，唇齿留香，美味佳肴，大家频频以茶水代酒举杯。吕毅：“沐镇长，听说你要出去锻炼半年，回来一定要留在凤凰镇，我们舍不得你走！”叶如梦笑吟吟道：“沐镇长是要高升的人，怎么会留在这个穷地方。”吕毅：“是啊！全区才有 1 个名额呢！真是青年才俊。”沐之曦道：“只不过是出去学习，没有什么嘛！”显然他对这件事显得很淡定。浅悠悠，春涛俩人露出惊讶神色，其他人很淡定，难道他们先前都知道！浅悠悠的内心百感交集。笑吟吟地举起茶杯道："沐镇长，恭喜你！好久走！"沐之曦举起茶杯与她的茶杯碰了碰。"不就是外出学习吗？大概春节过后吧！还没有接到具体通知，是区委组织部安排到华毅市的市里部门学习锻炼，大家的消息好灵通！"大家随之祝贺恭喜，当大家吃到尾声时。浅悠悠感觉肚子隐痛总想要蹲厕，这来来去去入厕三四回，引起大家注意，沐之曦特别关注她，他的语气如一缕春天的阳光，温暖着浅悠悠的干涸心田。"浅悠悠，你是不是吃坏了肚子！"浅悠悠美眉紧锁，脸色暗淡痛苦异常，捂着肚子连说没事，旁边的沐之曦见到所爱之人犹怜相，紧张得不得了。马上把香香叫来询问，香香也着急得差点哭了起来。有人说报警时，浅悠悠："是我吃多了，算了吧！没有这个必要。让香老板出去忙吧！"香香感激的离开。其实，浅悠悠早就看出来了，叶如梦脸色难看，凡霞神情有点紧张，手在哆嗦着，不小心地摔坏了一个碗。浅悠悠是聪明人，知道是她们在茶水里动了手脚，趁浅悠悠上卫生间的时候下泻药。浅悠悠计上心头，又进了卫生间，叶如梦跟了上来，高兴紧贴卫生间门，想偷听到浅悠悠在卫生间里解大便时，痛苦地发出的声音，浅悠悠在里面门缝往下看，见叶如梦的一双脚正在门外站着不动，浅悠悠恶心到极点。她在里面用了老神仙传的法术及时排出一些毒素来，要不然像平常人拉屎蹲厕真的很痛苦呢！浅悠悠准备好好惩治她，她猛地拉开厕所门，看见叶如梦顿时摔倒在地，"啊"地一声，一副狼狈相，正急忙扶着旁边的扫帚起身，浅悠悠眼神凌厉，压低声音向前警告她。"叶如梦，这次我看在你干爸陈远全书记的面子上，且饶你一次，下次一定不轻饶你，你好自为之吧！"叶如梦疼得龇牙咧嘴的，正想怒骂。"浅悠悠，你还在里面叽歪什么啊！快出来，我们得马上去医院一趟！"外面的沐之曦，大声紧张地呼喊她。浅悠悠立即又回到了吃饭地方，就被沐之曦不管三七二十一，在众目睽睽之下把她横抱起来，急步往车上跑去，浅悠悠在沐之曦怀里使劲地挣扎，大声喊道："快放下我，我还没有付钱呢！"沐之曦早已结帐，不禁怜惜道："看病要紧，那等你下次再来，请我们吃呗！"浅悠悠生气道："那我不吃串串香了。"

春涛也内心起伏矛盾万分，担心着浅悠悠的病情，他紧随沐之曦背后，拎着浅悠悠的提包和外套跨步上车。吕毅见大家目瞪口呆的目送他们远去的背影，招呼大家重新坐下。爽快大笑道："大家继续吃，我第一次见到沐镇长如此怜香惜玉，这么多年来，他对女人冷如冰霜的样子，着实让我担忧。现在不一样了，还是浅悠悠真行啊！让他神魂颠倒！身后梦回千绕，那大串大串美女啊！要为他伤心欲绝啊！"顿时，大家开始八卦起来。"听说浅悠悠是他梦中情人，小时候俩人玩游戏拜过夫妻树拜过天地拜过堂呢？""啧啧，怪不得沐之曦这么多年，没有耍女朋友原来一直在痴情等她，浅悠悠才是他所爱的人啊！"叶如梦再也听不下去了，脸色阴沉，生气得七窍生烟，她忽然把双手使劲往桌子拍了几下，打断了他们谈笑风生。冷冷说道："你们不看看凡霞和我两个大姑娘家在场呢？你们在公共场所品头评足的，能不能注意点个人形象。能不能说话小声点？你们知道不，那个浅悠悠真不是好东西，不要脸的女人。"大家听了这话面面相窥，你看我，我看你，瞬间都安静下来。也许敬畏她吧！都让她三分，吕毅赶紧说好话宽慰叶如梦。"叶委员，对不起，我们说话没注意到你的情绪，我今晚上另有事，先走一步，大家慢慢聊！"说完抬脚一溜烟跑了，大家也相继借口溜开。屋里顿时空荡荡的，只剩下咬牙切齿的叶如梦。是她刚才趁浅悠悠不注意，示意凡霞放点泻药在茶水杯中，凡霞因为害怕，只搁了少量的泻药。叶如梦打的如意算盘是，让浅悠悠回去一晚上来回上厕所，想到她痛苦不堪的样子，让她心情是多么的愉悦，可万万没有想到的是，居然有这么多人护着她，已经被妒忌得焚烧的她，随即她又心生一计，她的心如黑夜伸手不见五指，掩盖了犯罪的丑恶心灵。

却说浅悠悠和他们来到医院，小肚子不舒服折腾着她，脸色苍白，医生进行一番仔细检查后，开单子抽血验血打 B 超开药，最后打针输液，慢慢地她的气色有些光采了，嘴唇红润起来，肚子也不疼了不拉了，她又恢复昔日单纯可爱的笑脸，春涛见她没事放心下来，向浅悠悠和沐之曦告辞。看到浅悠悠露出笑脸，沐之曦悬着心也放了下来，心情愉悦，浅悠悠输完液后，把她送回宿舍休息，去医院时沐之曦多了个心眼，把浅悠悠喝剩下茶水悄悄的装进矿泉水中，给了刚才输液的老医生冯刚，冯刚告诉沐之曦那番话，让他触目惊心，萦绕心间。“沐镇长，经化验里面有少量的泻药。她身体很健康，如果换作其他人，起码住院三五天呢！”沐之曦脸色阴沉下来，是的，头次浅悠悠吃麻辣串串香没事！这次真的有事了，他像侦探一样，一一判断分析排查，最后锁定在叶如梦身上，疑她今晚上动了手脚，所幸没铸成大错！

第四十五章　调查真相

他沉思片刻，急忙开车往何川区方向奔去！拨通叶如梦手机电话，不等对方开口，“叶委员，我请你到怡人茶楼喝茶！……”叶如梦听了一阵狂喜，“嗯”立即应允下来。刚回家不久，这是第一次邀请她。怡人茶楼位于何川区中心繁华地段，是上流社会聚集的地方，环境幽雅景色宜人，很有文化氛围。经营各种项目，整栋大楼有洗浴，保健，酒吧，高级餐厅，歌舞厅卡拉 KO，大中小型会议室等，听说也是沐之曦的爸沐剑旭是其中的股东之一。叶如梦来到茶楼已经是晚上 10 点钟了，生意爆好，今晚一身合体粉红衣裙衬托她的妖媚艳丽，高挑身材，白皙皮肤，吸引不少男士的目光。她提着白色的小提包进了豪华的小包厢里，看见沐之曦早已坐在那里等她。各种小吃水果拼盘摆在桌子上，旁边有位靓丽的年轻女服务员，在旁边必恭必敬站立着。见叶如梦进来，沐之曦笑容满面，好看的眉头上扬，精致的脸像雕刻出来的画中人。随着外面传来悠扬的音乐声，让叶如梦心情无比愉悦。沐之曦：“茶楼有编钟古乐表演，可前去观看？”叶如梦妩媚一笑，“不必去看，我想与你安静地独处。”沐之曦：“如梦，你快坐下，喜欢喝什么尽管点。”叶如梦回眸一笑。“之曦哥哥，我只要一杯菊花茶，普通一杯也要80元呢。”沐之曦在朦胧灯光的照耀下，显得那么迷人，笑吟吟道:“如梦，你还是喝港式奶茶吧！”随之服务员端上一杯港式奶茶，然后服务员出了包房。叶如梦高兴万分，缀饮了一口道:“味道不错嘞！”看见沐之曦喝的是一杯清茶。“之曦哥哥，今晚有何事！”她太了解沐之曦了，平时从未这么热情过，她自己心虚知道他来的目的所在。沐之曦:“品茗者尽享茶趣，啜饮一口，齿颊留香。要说茶道讲究五境之美——茶叶，茶水，火候，茶具，环境。差一样都不行。”叶如梦一迷惑不解:“之曦哥，我不懂。”瞧见沐之曦的脸色凝重起来:“如梦，你知道今晚上你在干什么，这是犯罪！”叶如梦装出一副委屈样。“之曦哥，我真不懂你说的话！”沐之曦冷哼道:“缘分就如茶道，差那样都不行。我一直视你为妹妹，你偏加害悠悠下泄药拉肚子。”当叶如梦听到他提起浅悠悠二字，还说得这么亲热，悠悠前悠悠后的，嫉妒得身体快爆炸了，气都打不过来。她泪眼婆娑道:“之曦哥，论家庭背景，人才，我叶如梦哪样赶不上她，哪里配不上你?”沐之曦道:“如梦，你放手吧！感情这东西说不清，我一生只爱她，而且铭心刻骨地爱着她，我喜欢她，一直在等待她！”叶如梦哭得梨花带雨，甚是可怜样子。她的眼眸滴泪道:“之曦哥，难道我俩真没有感情。”沐之曦道:“我们只是兄妹情谊。”叶如梦恨道:“浅悠悠，还不是你姐姐。之曦哥，我不会让浅悠悠得逞的。”沐之曦的脸色越来越阴沉，冷冷道:“如梦，我给你再说一遍，我们只是兄妹情谊罢了，凡霞已经给我交道了在串串香餐馆放泻药一事，你的心变得这么狠毒！想想你们是初犯，我且饶你这次！”

叶如梦原形毕露，一阵绝望狂笑:“沐之曦，你知道又如何，你快去报案啊！反正我对你不放手的。”“如梦，你看看现在的你，真的变得不可思议了。”沐之曦的眼眸顿时起了怒火，起身正想转身离开。叶如梦上前伸手拉住沐之曦的手，声音忽然变得温柔起来，“之曦哥哥，你喝完这杯茶水再走，我……亲自泡的茶水！……”刚才她悄悄在茶水里倒了些催情春药。沐之曦反手给叶如梦一个响亮耳光，他阴鹭眼神仿佛要吃人，如利剑般的穿透心脏，让叶如梦心惊胆颤。“如梦，你的胆子好大，包房室内安有监控器，你的所作所为，好可耻！你居然敢在茶水里下药！一个姑娘家家的，怎么就不学点好的呢！心眼如此坏。你丢不丢人啊！”叶如梦被击中软肋，羞愧疚感难当，她吓得大声哭了起来，急忙把杯里茶水倒完，捂着红肿的脸，仓皇失措夺门逃跑。沐之曦是何等聪明人，不相信凡霞说的话，是叶如梦指使她下药的。为证实事实。他心生一计，故意吓唬叶如梦她算了，哪知她真的下药，沐之曦吃惊不少，内心震撼，这个女人真的是太可怕了。不过她再不敢伤害浅悠悠，他内心舒畅，轻松自如地离开茶楼，驾车径自往凤凰镇急速开去，明天镇上有个扶贫会必须要召开，还有很多的事要处理，今夜又要加班呗！临近半夜，浅悠悠口渴起床倒杯开水喝水，她拉开窗帘抬头遥望星空，仲夏夜空真美丽啊！繁星璀璨点点，如钻石般闪耀无比，月亮弯弯，皎洁无比。浅悠悠无意中看见沐之曦的窗户亮着灯光，她轻叹一声，沐之曦的工作太辛苦了。此时，沐之曦也站在窗边，他没有拉开窗帘，怕影响她的睡眠，透过窗帘缝隙，偷偷遥望对面窗前浅悠悠的倩影，心里有些感叹，悠悠，这么晚了，早点休息吧！明天还要上班呢……

第四十六章　沐之曦才是你最爱

夏天的清晨，却有一种舒适的凉爽感觉，你听，知了已经站在高高的树枝上鸣唱，那一声声鸣叫，仿佛是催促人们赶快起床的晨钟。浅悠悠提前一小时来到办公室上班。首先，把室内清洁卫生打扫干净，再给吕毅泡好一杯茶。她开始了新的一天工作，办公室电话机不停地响着，她忙碌着，接听一个又一个打来电话，她那轻柔声音令对方倍感温暖。“您好！我是凤凰镇政府浅悠悠。”“您好！请讲”--

“悠悠，你真勤快啊！”吕毅的笑声传了进来。真是人未见，声音传到，听其声，就知其人，浅悠悠感受到吕毅工作魄力。只见吕毅进门高兴地打量着她，双手抱着几盒档案资料，眼神几分赞许。浅悠悠微笑地接过资料，客气地回应：“吕主任，这是我应该做的。”吕毅：“悠悠，这是我整理的台账和文件收发档案，你认真翻阅看，认真学习，千万别弄丢了哈，阅后还回归档。今天我家里有点事，需请一天假，我走了哈。”浅悠悠高兴极了，吕毅希望自己多学习业务，让自己快速成长起来啊！她由衷感激吕毅做事的风格。急忙道：“谢谢吕主任，你别忙走，我给你泡的茶水，你没有喝呢！”吕毅笑道：“谢谢你！那我饮几口茶水再走吧！……”浅悠悠目睹吕毅远去的背影，她低头全神贯注投入到工作之中，整个上午，龙鹏也下村去了，办公室显得特别安静，连地上落颗针也听到，没有人来打搅她，她除了干自己的本职工作外，聚精会神看档案资料，不时把要点重点记录在笔记本上。吕毅做资料齐全规范，她内心不由得佩服吕毅工作能力来。墙上的钟表在滴哒地响着，好像在陪伴她歌唱，好像在告诉她要好好珍惜时光，世上最珍贵是时间，价值无城的也是时间，谁也挡不住它，它不能停留，它始终跨越向前，时间悄悄在她指隙里流逝着……

不知不觉已过下午下班时间到了，浅悠悠今天心情特别舒畅，学了很多东西。“悠悠，你在想什么啊！漂亮的脸蛋红扑扑的！”浅悠悠抬头一看，哦，是紫萱正笑吟吟看着她说话呢。紫萱道：“悠悠，前段时间我一直忙，下村修建农村房屋的事情。几乎天天下村，刚才回来，给你说件喜事。”紫萱长她一岁，身高也比她高。浅悠悠在暇想，难道碧春也穿越过来么？怎么和紫萱长的如此相像。一件淡红色连衣裙把紫萱均匀的身段，衬托得珑珑紧致，那种女神气质，浅悠悠也羡慕不已，红色的衬托，更显紫萱脸庞白里透红。她惊叹道：“紫萱姐姐，你今天穿红色衣服更加的漂亮！”说得紫萱心花怒放，“悠悠，今天给你介绍个人，搭个桥，好吗？这个人很不错，是我远房亲戚侄儿，重点大学毕业生，小伙子长得帅，性格温和，家庭条件优越，你俩年龄相当，现在是何川区政府办公室副主任，工作好几年了，有房有车，前途无量。离你工作单位地方不远不近，你俩天生一对般配……”浅悠悠宛然一笑，神情有些恍惚，“姐，我现在只想努力工作，其它的暂时不考虑。”说着，她感激地拉起紫萱手：“好姐姐，谢谢你！”“悠悠，你还是考虑一下吧！不要错过良缘。”浅悠悠望着紫萱失望的眼神，轻轻地摇了摇头。“不用考虑了，谢谢你。”紫萱见她的态度如此坚决，轻轻地叹息一声，很惋惜说道：“你像我的性格。”紫萱双眸似乎朦胧起来，有滴眼泪快掉落下来了。浅悠悠不解其意，只怔怔呆在那里站着不知所云！随即马上反应过来，也许紫萱有过往的故事吧！

浅悠悠把心事和盘托出，简单地向她说了和风云现在的关系状况，紫萱听完后直摇摇头，当参谋分析道："悠悠，你和风云只是同学关系，你只想报恩而已，其实报恩有很多种方式，一码归一码。他不适合当你丈夫，何况他的父母也看不上你，纵然你依从他嫁过去，他脾气太暴躁从不体贴你，你也过得不幸福。看样子你对我侄儿不感兴趣，另外，其实有个人最合适你，要看你俩的缘分了。"浅悠悠看到紫萱神秘表情，不解地问道"有个人合适我，他是谁？"紫萱笑了笑："沐之曦才是你最爱。"这句话的确说到她的心坎上了，顿时面部僵硬，身体不受控制动了一动。微小的动作，让紫萱看在眼里，记在心上。"悠悠，你被我说中了吧！加油哦！你不知道他身后好多迷妹，在拼命追他，听说，叶如梦追求他多年了，他总是冷如冰霜对待她。真不知道他心中的女人是谁？一直为她相守这么多年，女人的直觉，现在知道他是多么爱你喜欢你！你俩倒是郎才女貌，地造一双。有句说得好，有缘千里来相会，无缘对面不相逢，夫妻缘分还是要靠自己去争取，百年修得同船渡，千年修得共枕眠。"紫萱很坦诚，浅悠悠脸一热低眸，这些话触及了她的心事。"姐，我们只是好朋友而已。"紫萱还想和她继续说下去，"紫萱，你俩在说什么。"真是说曹操曹操就到，紫萱看到沐之曦下楼来走了进来，朝浅悠悠眨眼调皮的努努嘴，飞快地跑回她自己的办公室里。

第四十七章　战胜最大的敌人就是你自己

沐之曦深情地望了浅悠悠一眼，像月光温柔，眼眸里满是星辰，神色柔和起来，“悠悠，你明天 9 点在办公室等我们下村。”“好，沐镇长！”“我马上去区里开会了。”“那你去忙吧！”浅悠悠望着沐之曦匆忙开车驶去，她陷入深深矛盾之中。叶如梦从楼上追了下来，她想搭沐之曦的车子一同去城里办事，听到刚才沐之曦和浅悠悠的对话，她的恨意更深一层，恨不得立即上前去把浅悠悠撕成碎片，但她还克制了自己，怕沐之曦反感。叶如梦哭得很伤心，眼泪像断了线的珍珠不断往下掉，她内心对沐之曦一阵哀怨，说好等我一路进城去！为什么不等等我呢？她只好开了自己的小车往城里驶去。

夏日炎炎夜晚，白天地面的热气还没褪去，空气里弥漫着闷热。浅悠悠站在宿舍窗前，繁星满天，一轮皎洁的明月悬挂天上，月光洒满大地，显得纯情朦朦胧胧的美丽，她睹物思情，想起今天紫萱对她说的话。回想和风云在学校读书的情景。也是一个夏天的夜晚，有次，浅悠悠的周期例假来了，肚子很疼。风云道：“悠悠，我口渴了，你下楼去买几根冰棍上来！”浅悠悠脸上露出痛苦表情，捂着肚子。道：“我肚子很疼！”风云却无怜香惜玉，头也不抬一下，命令道：“你快去买，我渴了！”浅悠悠来回走五层楼高的教室，累得气喘吁吁，汗流浃背，递给他那些冰冷饮料时，他无一句痛惜话语没有。还记得有一次数九寒冬，寒风刺骨，寒冷的风冻得骨头疼。浅悠悠冻得直打哆嗦。风云："悠悠，我想吃吉祥烧烤店烤的土豆……"这次让浅悠悠感冒大病一场。风云的眼神满是以自我为中心，神情冷漠。高高在上，不可一世，容不得她任何反抗。"悠悠，我的小不点，我想吃红烧肉，你给我做。""悠悠，我的衣服脏了，你给我拿到干洗店洗……"浅悠悠独在异乡考到大城市学校，很多同学瞧不起她从农村来的，最困难时是风云给他学习上帮助生活上的温暖，浅悠悠想起婆婆曾经说过，"滴水之恩，当涌泉相报。"浅悠悠甘愿为他跑腿，浅悠悠正处于左右矛盾之中，为了家人强颜笑脸问候风云，却是一位年轻女孩接电话的声音，清脆柔美显露一丝得意神情，"喂！"浅悠悠楞了楞道："请问你是谁？"对方立即挂断电话。浅悠悠觉得很奇怪，是不是电话号码打错了，可没错呀！仔细想想这个女生好熟悉。好像是闺蜜阿美？她立即回拨过去，对方却关机，再打还是关机。女人的直觉第六感观告诉她，这是真的。浅悠悠的猜想很对，是阿美。这个阿美暗恋风云多年，她今天刚从美国回国，特意约风云到酒吧喝酒，风云不胜酒力，已经喝得酊酩大醉。她接了电话并立即删除了浅悠悠的来电号码！浅悠悠听闻别人说风云风流，难道这种人还要嫁给他？与他相依为伴，她有些触动而心酸起来。手机铃声再次响起，是沐之曦打来电话，浅悠悠努力地清清喉咙，但声音有些沙哑。"沐镇长有什么事！""悠悠，你这是怎么了？"沐之曦看出端倪，神情很紧张。浅悠悠："沐镇长，我没事，我只是感冒而已。"沐之曦："那就好，只要你每天开心，我就快乐，就心满意足了。"浅悠悠："沐镇长，咱不谈其他的，只谈工作，好吗？"沐之曦："好，我什么都依你！"浅悠悠："沐镇长，谈工作吧！"浅悠悠再次强调，努力克制着自己的情感，不想让他走进自己的心里。沐之曦似乎很委屈，内心在激烈地挣扎着，略停一会儿，语气通畅，娓娓而谈。"想征求你的意见，你来凤凰镇扶贫工作有好几个月，你对工作的认真负责，你的聪慧能干，你对扶贫工作独到的见解……我和陈书记对你印象非常好！经镇党委研究大家推荐你到梧桐村当第一书记，如何？”浅悠悠变得忐忑不安起来。“我行吗？”“行，悠悠，我相信你，你一定要自信。其实，战胜最大的敌人就是你自己！只要你战胜了它，一切困难迎刃而解。世上无难事，只怕有心人，你尽管大胆去干！……”浅悠悠的情绪被沐之曦鼓励起来，心动起来，非常赞同沐镇长的观点。“好，我听领导的，一定努力奋斗，撸起袖子加油干。”“悠悠，我们都是追梦人，都在追梦路上！”

今夜，浅悠悠和沐之曦推诚置腹，他能谋善断，他的高瞻远瞩令她折服，夜深了，他俩互道声晚安。浅悠悠放下手机，心潮起伏，难也入睡。梧桐村啊梧桐村，我又回到你的怀抱了。从小努力想跳出农门，出去工作，想离你越远越好。而今，我又向你走来，而且越来越近。时移势迁，转身回眸，那份情依旧。今晚又是不眠之夜，一个斗志昂扬的夜，只要谈论工作，浅悠悠会把所有的痛苦，所有的忧愁，抛诸于脑，你太懂我了，之曦。她有每晚学习扶贫知识的习惯，久之习惯成自然。于是，与之曦互道晚安后，她在灯光下又认真地看了起来……

第四十八章　希望你不要和沐之曦走得太近

秋天正在悄悄走来，那棵百年黄葛树仍高高地伫立在凤凰镇政府大院里，地上铺满了厚厚一层黄叶。白天不那么炎热了，浅悠悠往窗外望去，阳光金灿灿的，仿佛在诉说这是个收获的季节。昨天上午召开机关六职大会上，镇党委书记陈远全在大会上正式宣布，浅悠悠到梧桐村任第一书记。消息传出后，大家很惊异，有的为她捏一把汗，有的为她赞叹，有的嫉妒不已，特别是叶如梦，本以为浅悠悠这一年挂职锻炼就该结束回原单位了，沐之曦不再与她接触，谁知道浅悠悠还是不走，还要在这里继续呆着。为此，她跑到陈远全办公室去闹，去告状。叶如梦哭闹道："干爸，浅悠悠根本就不胜任这项工作，没有一点工作能力，我讨厌她，沐之曦一天围着她团团转，应该早点让她滚蛋了！"陈远全语重心长对叶如梦道："孩子，你是我看着长大的，你别再任性了，你也是领导，我知道你喜欢他！可沐之曦一直与你保持距离！"叶如梦还是不依不饶："干爸，你怎么帮这个狐狸精说话啊！""如梦，平时干爸宠溺你，这次不会依你胡闹的，这是上级组织定的板。其实，浅悠悠的工作能力大家有目共睹，有可能要提拔上去当领导！你给自己留点后路吧！你干爸老了，明年就要退休，以后你的路还长着呢？"陈远全叹息道。他在担忧叶如梦的前程，陈远全在官场上混了几十年，风里来雨里去的人，什么都见过的，他朝叶如梦挥挥手。"梦儿，我觉得自己好累！你出去吧！”叶如梦气得直跺脚离开身后留下一句话丢给陈远全，“干爸你太无用了。”陈远全听了内心震动不已，是的，“无用”二字太贴切了，亲生私生子女儿不敢相认，曾经相爱的女人也不敢承认，一来怕影响自己的前程！二来自己还有个家有个母老虎有个优秀的儿子，他坐在皮椅子上纹丝不动，低头陷入沉思，他在为女儿前程和婚姻考虑。叶如梦是叶子的女儿也是他的亲生女儿，当年，叶子是自己的初恋情人，因为叶子父母嫌弃陈远全家庭贫困，坚决反对这桩姻缘，要把她嫁给有钱的人家，叶子死活不同意，逃婚出来发愤读书，陈远全被迫远走他乡，是他们活活拆散了这对苦命的鸳鸯，陈远全从此发愤图强，寒窗苦读十年，功成名就，娶了当地有钱有势的漂亮姑娘结婚生子。多年后，失去联系的叶子找到他，告诉他，叶如梦就是他的亲生女儿。他不相信这是真的。叶子哭泣道:“你还记得分别的那晚吗？没过多久就怀孕了！”陈远全惭愧道:“叶子，我至今难忘温馨的那一夜，是你把第一次交给我。那一夜，我们情意绵绵寄托美好未来！可我没有好好珍惜你，没有勇气去寻找你！实在对不起你！”叶子悲痛哭成泪人:“这些年，你知道吗？我一个人是怎么熬过来的！受尽嘲讽和唾骂。特别是叶如梦小时候读书被同学耻笑，唾骂她没有爸爸，是野孩子时，她背着书包回家，不想再去上学。哭着问我:“妈妈，我真是野孩子吗？”我流着泪水把她拥在怀里，耐心地告诉她。“梦儿，你不是野孩子，有爸爸，只不过他早年生病死了！”叶如梦才没有哭，而且笑得很甜！

陈远全此刻眼前一片模糊，是眼泪流出来了，他用手抹抹眼角。叶子当年为了自己至今单身未嫁，还为了自己生下孩子，牺牲了曾经的青春年华！对她伤害太大了，唯一能弥补她的，就是好好宠爱叶如梦！不再顾忌浅悠悠身后的背景了，只要梦儿喜欢的东西！他愿意拉下脸皮去求！今早上得好好与浅悠悠谈谈自己的想法。随后，浅悠悠被通知到了陈远全办公室。陈远全笑脸相迎，示意浅悠悠坐下，笑眯眯道：“悠悠，首先恭喜你当村第一书记，前程远大！”浅悠悠：“谢谢陈书记的鼓励和提拔，以后您多多到村里指导工作哦！”陈远全道：“到村里好好干工作，来来去去也很辛苦，镇上的工作要兼职要每周写扶贫信息传给叶如梦。有空，我一定到村里看你开展工作情况。”浅悠悠含笑点点头！这时候，陈远全脸色忽然凝重起来，他的角色转变太快，让浅悠悠有些害怕，只见他用手指轻轻敲着桌子道：“悠悠，叶如梦你是知道的，是我干女儿，我很宠爱她。有时候她很任性，你别和她一般见识，叶如梦喜欢沐之曦多年。现在外面关于你和沐之曦流言蜚语很多，你前程远大，你是风区长未来的儿媳，希望你要慎重啊！不要搬起石头砸自己的脚，浅悠悠完全能猜透陈远全的心思，干涉起她和沐之曦的婚事来了。把风云当挡箭牌，这招真狠。解释道：“陈书记，我会把握尺度分寸的，我们只是好朋友而已，别人由他们去说吧，嘴巴是长在他们身上。”陈远全满意地笑了，向浅悠悠挥挥手，“浅悠悠，你去忙吧！我马上有个会议要开了。”说完他低头在整理文件，不再说话。浅悠悠懂事地默默地走出了陈远全办公室。陈远全抬起头来，他的眸子寒气闪烁，冷哼道：“浅悠悠，你和我斗，你还是嫩了点！”

第四十九章　到梧桐村任第一书记

俗话说得好，“新官上任三把火！”而浅悠悠烧的第一把火是，她与村两委社的同志分组进行，把镇城建办紫萱和国土办的同志联系上，进村入户走访。看望精准扶贫户，特困户，低保户，残疾人一二级人群的危房。足足用了一周时间，把村里所有住房情况摸底排查，然后大家连夜加班开会。当浅悠悠看了数据统计表吓了一大跳，申请给修 D 级 3.5 万元的危房，全村需要修房 D 级危房有 100 户呢！其中：扶贫户中，未脱贫户就 20 户，已脱贫户有 40 户，散居特困户 20 户，低保户 20 户。“需要修房有 100 户，全镇下来的指标修 D 级危房的名额才 100 户，是不可能全给梧桐村修建的。”紫萱透露给了浅悠悠的消息。紫萱为难道：“听分管领导叶如梦说给凤凰村的指标不超过 10 户，她本来今年可以给你们 30 户指标的，这是她故意为难你！不让你顺利开展工作。”那现在怎么办？”浅悠悠焦急万分，紫萱道：“你赶快给沐镇长打电话，他可能还不知道这事情，你说明原因。”浅悠悠好久没有给他打电话，无奈之中，浅悠悠拿起手机。浅悠悠：“沐镇长，我有事向你汇报，关于修 D 级 3.5 万元的危房一事，想多要点修房的指标。”“悠悠，这件事我才知道，已经无法改变现在的情况，昨天下午召开镇党委会研究决定并且名额公布出去了，唉，这块粑大小又能分多少？大家都眼巴巴地等着分呢？你们明天把表报来，做一个工作方案来。

我尽快给你村想办法，我知道你会打电话给我的。”浅悠悠纳闷：“你怎么知道的？”“你的一切情况我都会关注，有时间再聊！”沐之曦说完挂断了电话。他叹息道，争取上头指标何等的难，明知没有希望但还是抱一线希望！浅悠悠放下手机见此事无法改变，和吴康等人商议后，马上出通知村召开村委社长社代表群众代表大会，通过大会决议，已经通过民主评议，符合最困难具备的农户条件有了眉目，最后再三筛选出最需要，最困难的那 10 户。浅悠悠晚上回到家已经疲惫不堪了，想到了自己同学蔡波，不是不信任沐之曦，必须拉强大关系才行，正是夏季季节下暴雨吹大风总让她睡不着觉。再说全镇上还有哪么多危房也要改造！她拿起手机拨通了蔡波的电话号码，只响了三秒钟，蔡波磁性的男高音在浅悠悠耳边响起：“悠悠啊！真是太阳从西边出来，有时间给你同学打电话了！”这一边的浅悠悠不好意思起来。“老同学，头段时间太忙，现在有空不是给你打电话吗？”蔡波做事很爽快，“悠悠啊！听说你在基层工作很吃苦很能干的，你现在任凤凰村第一书记，很不错的。知道你有事求我，同学之间没有问题，快直说吧！”浅悠悠把修 D 级危房事情来龙去脉说给蔡波听了。蔡波皱眉道：“叶如梦太误事，成不了大器！明天给你消息吧！”“好，那麻烦同学了。”浅悠悠高兴地挂了电话。正在写工作报告的蔡波把工作暂时放了下来，他不能让浅悠悠在基层工作受一点委屈，最近浅悠悠又被晒黑瘦了吧！想到她美丽的脸庞时，蔡波心疼不已。于是，他想到凤洲市委市长汉宇是他最好的朋友，用专用的内线电话拨通了汉宇的电话。

第二天下午，沐之曦把凤凰村的工作方案拿到区建委协调工作去了。浅悠悠也高兴起来，因为刚收到蔡波微信信息，D 级危房改造有了新的希望。不久，上头给凤凰镇又追拨，增加了 200 户 D 级危房，连沐之曦也吃惊不小，明明头次在建委局局长科建办公室里，科建不是也苦着脸给自己解释说，没有希望吗，今天，科建办主动给他讲有指标而且指定必须分给梧桐村50户指标，说梧桐村是贫困村，镇上必须重视起来，这样让大家无法可说合情合理了。他怀疑过浅悠悠，浅悠悠心知沐之曦爱吃醋。忙解释道：“区上谁不知道凤凰镇有个贫困村叫梧桐村吗？”沐之曦也信了，依她的性格不会去求风云的，也许感动了苍天吧！浅悠悠在大家的羡慕眼红中，梧桐村又分到50户D级危房改造指标。再加上以前的10户指标，这次共改造危房60户！浅悠悠心中的石头没有落地，还重压在胸口上，还有40户等明年的危房户改造呢！现在已经是9月份，要求11月底必须修完，12月份验收完毕。时间紧，任务重，压力大，加班加点是常事，她和村委几个人奔波在几条线上，给村里的村民选地址整资料跑城建国土办。落实好村工匠，有时候一天要从村上再到镇上跑三趟，她学会了骑摩车托技术，风里来雨里去的。秋去冬来，60户的房子终于修缮完告一段落，就等上面来验收房子了，浅悠悠长长的松了一口气。

第五十章　一定要努力挣钱，不再当贫困户

翌日，难得的一见的冬日，阳光明媚，照在一行人在乡村路上走着，说笑着。浅悠悠感觉身上暖和无比。驻村组长吕毅约了沐之曦，城建办紫萱，吴康等参加，验收春涛家的 D 级危房，春涛的房屋座落在景色宜人的风景区里，一行人浩浩荡荡直奔春涛家，路上，村民脸上都显出羡慕之色，纷纷窃窃私语，“春涛家祖坟冒青烟了。”“你看看镇长都来了，”“还有这么多人关心他家！现在当贫困户真好！”农村人最讲究修房子之事。偌大的凤凰镇认识城建办老张和紫萱人真多。特别是在农村上了年纪的，都给老张和紫萱打招呼。春涛的院落永远干净整洁。来到春涛家时，浅悠悠看看手机时间，已经中午 11 点了。春涛和他公公婆婆满面笑容地迎上前，招呼大家快快入座。沐之曦刚坐下平易近人和两位老人家聊天，沐之曦道：“老人家，现在住在国家给你修的 D 级房子里，你们高兴吗？今天我们来的目的，就是看你们的满意度和验收这房子的。”春祥眼里噙着泪花：“现在党的政策太好了，我家原来是土瓦房危房，现在住上安全房，好漂亮的是青砖白墙房子，感谢镇长，感谢大家！”春祥高兴无比，脸上挂满幸福之情。春涛的奶奶银花虽然听不懂，但身体敏捷无比，看到春涛的爷爷脸上挂满喜色，也开心无比地点点头。眼神示意正在给大家递茶水的春涛，她径直走向厨房，春涛跟随婆婆脚步，银花打手势说给这些尊贵的客人煮荷包蛋，俩婆孙

忙碌起来！不一会儿厨房里面飘出阵阵清香味，一碗碗热气腾腾荷包蛋端上桌子，春祥招呼大家上桌吃荷包蛋。吴康乐呵呵大笑："银花这老婆娘好能干，热情又好客，我正好没吃早饭呢！"说着，他便拿起小匙子端碗津津有味地吃了起来，那边沐之曦几人也相继上桌子。沐之曦端起一碗递给浅悠悠，她冷眸拒绝推开他递过来的碗。"沐镇长，我刚吃过早饭呢？"沐之曦还是坚持不让，"浅悠悠，你只吃一个荷包蛋，好吗？真的很好吃。农村的中午饭很晚吃，怕你饿呢？"紫萱在旁边笑得笑靥如花，"悠悠，你不吃我吃！""好的，紫萱姐姐。"浅悠悠接过沐之曦递给她的碗，递给了紫萱。旁边的沐之曦也生气了，小声在她耳畔低语，"我好心好意的，你却递给紫萱吃，等会你肚子饿的时候，你别哭鼻子！"他的双眸越来越深沉，脸色难看极了，浅悠悠急忙转移视线不想看他。看着忙前忙后的春涛，只见他上身穿一件黑色短款羽绒服，精神抖擞，好看的脸白白净净更显英俊了，浅悠悠向前和春涛有说有笑起来。称赞道："春涛，这次你出去到开发经济特区回来，给吴胜利总裁打工学习了好几个月菌菇类技术，很有收获吧！"春涛忧愁道："浅书记，这次回家肯定有收获的，准备做这块项目呢？但是资金上有困难。"春涛说完双眉紧蹙。浅悠悠道："这个不担心，我请吴总裁亲自来考察看地投资，到时候，请镇陈书记和沐镇长作陪。""那真是太好了。"春涛高兴得手舞足蹈，沐之曦看见浅悠悠春涛俩人聊天聊得火热，有些吃干醋，脸上露出不悦的神情，沐之曦急步向前很快打断他俩人谈话。"春涛，老张紫萱他们这次来，要测算面积，准备验收房屋了，你快去帮忙吧！"春涛笑得好开心，"好的，沐镇长。"沐之曦望着春涛离去的身影，得意的朝浅悠悠微笑，浅悠悠哭笑不得也去帮紫萱。大家忙碌起来，老张和紫萱熟练绘画测量等，吴康和春涛负责拉皮圈尺，浅悠悠在旁边帮忙记录和照房子内外全景相片。留下沐之曦一边和春祥聊天，可他的眼神一刻没有离开过浅悠悠的倩影，一直入神地注视着她的一言一行，浅悠悠回眸一笑，好像十里梧桐花芳香无比。验收完毕后，春涛一家人热忱地把他们留下吃中午饭，说做豆花饭给他们吃。吴康爽快地答应下来，沐之曦也不再说什么，随乡入俗吧！沐之曦练得一手好厨艺，现在是他展示才艺的时刻，帮春公公和春婆婆择菜点豆花炒菜。春涛也跑来帮忙，浅悠悠和紫萱收拾桌子摆放碗筷，这场景其乐融融，像一家快乐的大家庭。这谈笑风生，这欢声笑语，从春涛房里飘向上空远方，仿佛太阳公公听了也在不停地微笑着呢。下午 2 点钟时候，厨房里飘来阵阵豆花香味，这熟悉的味道，让浅悠悠想起，好像是妈妈做菜的味道。浅悠悠饥肠辘辘，后悔没听沐之曦的话没有吃荷包蛋呢！瞧见沐之曦的厨艺不禁赞叹不已，当然也有春涛一家人的功劳。满桌摆满了美味佳肴，香辣口水鱼，粉蒸肉，肥锅肉拌咸酸萝卜，大块的碗蒸腊肉排骨，喷香的香肠，老鸭汤。惹得大家眼花缭乱，接着，那大碗大碗盛满又嫩又白，甜爽美味豆花也端上桌子，豆花表皮吹弹可破，入口即化，引诱着大家的胃口，众人情不自禁惊叹厨艺师沐之曦的高超水平，不约而同依次上桌，沐之曦紧挨着浅悠悠坐下，沐之曦星眸闪耀深情款款对她道："悠悠，你平时大大咧咧的，最不会照顾自己，来，我帮你打佐料，包你吃得仰马翻天！"浅悠悠含情脉脉羞红了脸，像朵春天盛开的杜鹃花，毕竟当着大家的面。她羞答答接过他亲自拌好辣椒酱碗，碗里面装有农村野生木江菜葱姜蒜芝麻油等原汁原味道，浅悠悠轻轻地夹了一大块豆花放进辣椒酱碗里，拌了拌佐料，豆花瞬间像变脸似的，变成五彩缤纷的颜色，煞时好看。再夹一块放进嘴里，让浅悠悠胃口大开，垂涎欲滴，大块朵颐狼吞虎咽地吃起来。浅悠悠连声赞叹，开心不得了："哇，真好吃！春涛婆婆做得真好吃。"春祥心疼微笑道："浅书记，你饿坏了吧！农村的饭菜要迟些，这都是我自己喂的家禽家畜鱼菜等，明年准备多喂点！"浅悠悠不好意思起来，小脸变得粉红更加地好看。如果早上听了沐之曦的话吃荷包蛋，不会这么饥饿了，沐之曦经常下村，农村基础工作做得很踏实，很了解农村情况。浅悠悠愧疚望了望沐之曦一眼，瞥见他正用得意的双眸盯着看，好像在告诉她。“不听老人言，吃亏在眼前。”浅悠悠见大家在快乐中吃得仰马翻天，吃得太饱了，吃完饭。大家向春祥爷爷一家告辞。浅悠悠安排道：“除沐镇长和吕主任回镇上外，其余的人到村里验收其他户的房子！”沐之曦临别时，悄悄把500元钱塞给春祥手里，微笑着低声道：“老人家，是我们今天打搅你们了。”春祥一看到他手里多了几张百元的大钞票吓得不得了，脸上不好意思起来：“沐镇长，这如何是好！今天我不过是用自己自产自销的东西招待大家，哪要这么多钱！”吕毅道：“老人家，你就收下吧！”春祥推辞半天，只得含泪收下！春涛在一旁边瞥见心里暗暗发誓，一定要努力挣钱，不再当贫困户，让悠悠姐刮脸相看。因为，他渐渐地喜欢上了她。

第五十一章　悠悠，难怪你身材这么好嘞

初冬的清晨，浅悠悠被设置的手机闹钟闹醒，睁开迷糊双眼一看时间已经到了6点钟，她使劲在床上伸伸懒腰，让头脑清醒许多。她有晨练的习惯，立即起身热身，换了一套运动装和运动鞋，向场镇金龙湖跑去。湖边，小路曲折延伸，湖两旁花草树林茂盛，鸟语花香，空气清新。湖面波光粼粼，微风拂过湖面，湖面泛起层层涟漪，登上最高处，有块平整的大岩石，站在这里锻炼身体，可以俯瞰整个湖面景色，眺望远处的凤凰山，山浪峰涛，层层叠叠。连绵起伏碧翠的山峰云烟缥缈。选择这个地方锻炼身体真好，既安静又无人打扰，浅悠悠熟练地练完一套八段锦拳又练瑜伽时，沐之曦跑步过来。其实，他比浅悠悠来得更早，怕打搅她，悄悄地躲在湖边另一隅，静静地观看欣赏着浅悠悠那优美动人的舞姿。待浅悠悠练完功法完毕后，他出现在她面前，沐之曦笑道："悠悠早，难怪你身材这么好嘞。"

浅悠悠笑吟吟道："原来是沐镇长啊！实在是吓了我一跳，你也起得早，你的身体也棒！"沐之曦瞥见浅悠悠穿一身红色运动装，像一只翩翩起舞的红色彩蝶，又像一朵盛开怒放的花朵。他笑颜逐开道："悠悠，多笑，人不老。开心，病不找。健康无价宝，心宽岁月好。愿我们都开心快乐，幸福安康！"见浅悠悠嫣然一笑，他又续道："我在部队养成了晨练的习惯！我仔细观察了金龙湖，具

备休闲公园打造的条件，想想看，一个偌大的场镇居然没有老百姓健身休闲观光的地方，营造宜居场镇，让全场镇老百姓受益。这玉龙湖差的硬件太少了。湖两旁路面需要改造，花草需要增加要绿化，路灯要安装……”浅悠悠赞道：“好啊！沐镇长，你很有创新意识，我支持你的想法！”浅悠悠顿时神清气爽起来，沐之曦听了浅悠悠这么一说，更是干劲十足，信心百倍，他立马给区财政局局长李平拨通了电话，李平立即应允建市民健身休闲的项目。基本上这个方案有了眉目。当然啦，李平一口答应原因是多种，一是沐之曦不光是富二代还是前程无量的镇长。二是浅悠悠还在凤凰镇锻炼学习呢？娘家人当然要给她做靠山。李平笑眯眯地挂了电话，这边的沐之曦高兴不得了。他和浅悠悠并肩有说有笑跑步回各自镇宿舍，浅悠悠急忙洗漱完毕后，换了身干净清爽衣服，上衣着粉色紧身高腰呢子大衣，下身着一条淡蓝色牛仔直筒裤，穿一双增高高跟鞋，把漆黑发亮柔顺的长发，高高扎起马尾，显得青春靓丽。浅悠悠今天上午不回村里去，因为 9 点钟，镇上有个区传达的扶贫视频短会，浅悠悠协助龙鹏把办公室后勤工作准备好后，又上传一篇信息传给叶如梦邮箱。叶如梦接收后如获至宝地把文档传给恒红，恒红一看有新闻价值，略作改动后发表在何川区报刊上，但署名是叶如梦名字。浅悠悠随参会的人也陆续进入会议室，大家安静坐下看区扶贫视频会。主要的内容是布置全区各镇交叉检查，做好迎检准备工作，查漏补缺工作等。视频短会结束后，沐之曦在会上作了具体安排和部署，强调二要三查看工作要点！一要到贫困户家去，二要了解两不愁三保障生活状况要仔细。一查看贫困户清洁卫生，二查看手册是否填写规范，三查看收入是否达标。顿时紧张的空气凝固，大家纷纷议论起来。“又要加班了，其实扶贫加班成了常态，又要上班搞好自己的业务，还要下村去经常扶贫！”“好累！”开完会，浅悠悠准备开摩托车搭吴康去村里安排工作，摩托车后尾厢里有运动鞋她要换上骑车。他俩刚走出会议室大门口，被迎面而来的沐之曦叫住，他态度严肃认真对吴康浅悠悠道：“你俩先不忙回去，我有事要相商安排工作，想听听你俩的想法！”说着说着三人到了沐之曦办公室。吴康道：“今天下午 2 点钟召开驻村干部和村两委会，商议如何做法，各自谈谈帮扶对象户情况，然后大家下村到帮扶对象家里去。”浅悠悠道：“我建议，因为区组织各镇交叉检查还有十天时间，先召开村驻村干部及扶贫贫困户会议，传达今天的会议精神，特别是清洁卫生问题，我们可不可以大家捐点钱出来，购买钢丝网圈养家禽家畜？新修 D 级危房里没通电安自来水的要赶快安装，先自查入户走访，分两人一组，大家交叉检查，这次检查细节要认真，仔细。先核对库里数据是否与手册上的一致，人数户数是否准确，身份证和户口本的名字是否正确，把第一手资料带下去核对下村……”

沐之曦赞同总结道：“你俩说得都有道理，第一，给每户买圈养的网子，打扫好清洁卫生。你们村是重点贫困村要高度重视，其它镇工作检查组来的，专挑大家的问题！可能要鸡蛋里挑骨头，如没有毛病怎么能彰显出是检查组的人，不是来看风景亮点的，所以要有充分的心理准备，先开好会再下村入户走访，浅悠悠你在梧桐村微信群里马上出通知。今天下午 3 点钟全体驻村干部除龙鹏要守办公室值班外，其余到梧桐村办公室开会，包括分管领导叶如梦也要参会，我要亲自去主持大会，吴康你马上出通知村两委成员，安排于英等通知本社社长，贫困户来参会。”浅悠悠道：“我在微信里出了通知，他们收到了。”吴康也道：“我也出了通知，他们收到了，村两委成员正在出通知！”沐之曦含笑点头，看了看手腕上表，时间过得真快，中午 12 点了。“走，咱们马上到镇伙食团吃饭，饭后你俩叫上吕毅紫萱上我车。”走进食堂里，浅悠悠听到其他机关干部吃饭时都在议论扶贫工作，话题的大意都是围绕脱贫攻坚战讨论。而且把所有希望寄托在她身上，浅悠悠的心理压力巨大，心情有点紧张，毕竟第一次遇到上面领导来检查扶贫工作。饭后，大家随沐之曦到了梧桐村办公室，浅悠悠的心一直悬着呢！焦虑不安，工作压力特别大，担心扶贫工作做得不好，但看沐之曦鼓励眼神和大家积极态度投入工作，让浅悠悠信心倍增。接下来先开村两委会再开扶贫户会再核对库里资料……当大家疲惫不堪回镇宿舍楼时，已经是晚上十点钟！浅悠悠赶快洗漱完毕，上床睡觉，明天还要早起下村呢！

第五十二章　黄金贵醉酒大闹村办公室

连续十天加班时间很快过去，浅悠悠和吴康刚在镇上开完区组织各镇交叉检查，脱贫攻坚战会议反馈意见，他俩正在沐之曦办公室商议时。浅悠悠手机铃声急促地响起，村委主任吕刚急急打来电话。“浅书记，你和吴老革命赶快回来，贫困户黄金贵在村办公室闹起来了！他根本不走，我们没法开展工作了。”浅悠悠急忙道：“吕主任，我们马上回来！”沐之曦听到浅悠悠和吕刚的对话声，他紧皱眉头很着急。“你们等会儿，我和你们一起去。”浅悠悠看了看门口外面，还排着长长队伍的人等着他解决问题呢！有的是机关干部，有的是群众，都等着他拿主意签字处理事务……唉！他实在是太累了。浅悠悠使劲摇头道：“我们回去处理就是，不麻烦沐镇长。”“就是，没多大的事，沐镇长，你放心吧！”吴康也帮浅悠悠说道。浅悠悠瞧见他埋头正在忙碌，早上的运动装也换上黑色厚休闲长袖衣服和黑色长裤，棱角分明好看的脸，嘴角微翘，漂亮的脸弧度，让浅悠悠很痴迷。浅悠悠投过来的炽热目光他明显感受到！“那好！浅悠悠，吴康，你们要注意自己的安全，有情况要报派出所协助你们。我马上安排其他驻村干部一起去，这样吧！吕毅紫萱和你们一起去。”浅悠悠和吴康迅速离去，沐之曦目送他俩远去的背影，还是放心不下，担心浅悠悠处理不好这事。浅悠悠吴康几人急急地来到村办公室，浅悠悠首先嗅到空气中弥漫着浓重的酒精味道，吕刚，晓兰，于英等都各自坐在办公室里默不作声，显然他们刚才被这个酩酊大醉黄金贵搞得筋疲力尽了，只好任凭他胡作非为，只见黄金贵懒庸睡在办公桌子上。浑浊的双眼无神，蓬头垢面，身子背曲腰躬，非睡似睡。“他是借酒发疯来办公室，耍皮泼赖的。”吴康皱皱眉头先说话。吕刚接过话茬说：“他平时最喜欢醉酒，从早上喝到天黑是经常的事，不知什么事把他惹毛了，上班时间就到村办公室来闹，我们一直在劝他回家，他不肯回去，大家声音都说哑了。”吕毅神情严厉起来，大声斥责道：“黄金贵，你快点起来，我们要办公，不然送你到派出所了。按照《治安管理处罚条例》规定，有下列扰乱公共秩序行为之一，扰乱机关、团体、企业、事业单位的秩序，致使工作、生产、营业、医疗、教学、科研不能正常进行，那就按扰乱公共秩序，阻碍大家办公给予处罚，吕刚你赶快给派出所打电话。”吕毅朝吕刚使劲递眼色眨眨眼，其实大家只是吓唬他，真不愿意这么做的。可见一点效果也没有，黄金贵还是眼皮都不抬一下。嘴里嘀嘀咕噜说着什么话。“你们不给我解决补助，我就不走了。”吕毅：“什么补助。”黄金贵冷哼道：“那天贫困户开会补助。”吕毅：“你听到那个龟儿子说的！开扶贫会有补助？”吴康这时候也火冒三丈，说起满嘴脏话：“补助你个球，你不劳而获，只晓得等靠要，我们天天这么辛苦，为你们扶贫致富的事鞍前马后，也没有得一分一毫补助，要个球啊！再不起来，老子去端盆冷水让你清醒头脑，反正你是不听使唤的猪脑子！”吴康说着说着真的去卫生间，端了盆冷水过来。这一下黄金贵的酒瞬间惊醒了一半，从办公桌上坐了起来，但还是没有走的意思，他咆哮着，又骂又吼，脏话连篇。“老子今天就是不走，让派出所的人来抓我啊！你们这些贪官污吏，为何不给我修D级危房！你们偏心，春涛家房子都修好了。”吴康大怒，双目犀利，满脸的委屈神情：“黄金贵，你说话要讲良心，我风风雨雨在村里当了几十年干部，我现在还不如一个农民出去打工的工资。一个人，穷要有志气要有骨气，我们是干部不和你计较，今年你没有修房指标，只考虑了特别困难的。明年再召开村民主评议通过了，会给你修建房屋的。黄金贵那听这些道理，不分清红皂白丝毫不退仍继续咆哮道：“你们这些贪官，是不是早就吃了我的修D级危房钱！现在又来敷衍我，你们是在哄三岁小孩子吗？吴康，你现在来泼我水啊！”只见他一副开水不怕死猪赖的嘴脸。吴康顿时被气得脸都变绿了，听到黄金贵这一激，吴康真要把手中的水往下倒了。大家对黄金贵又气又急，议论纷纷，特别是他嘴里左一个贪官右一个贪官，让他们听得很寒心，很震怒：“这个人真是赖皮狗，还是送他到派出所接受教育吧！”“以后让他自生自灭！”“用不着我们费口舌！”浅悠悠见状急步上前，接过吴康的洗脸盆，端到一旁。她接了一杯温开水递过去，轻言细语道：“金贵哥，你也闹够了吧！来，喝杯热水缓缓气。”黄金贵没说话，只瞟了浅悠悠一眼，接过她递过来的水杯一饮而尽。“金贵哥，我们先送你回家休息好不好，我们也想在你家坐坐聊聊天。回头我喊老爸给你送几件新衣服过来。这些事先前是我们考虑不周到，我给你道歉。来，哥，我知道你小孩子读书不容易的，我私人给你开会补助好不好！”说着，浅悠悠掏出 50 元人民币，放在他的手上，只见黄金贵接过钱，对浅悠悠笑了起来，“你这个人还差不多，真懂事。浅悠悠，走，送我回家吧！”说完他急步下楼了，大家面面相觑。“没有想到的是，这个癞皮狗真服浅书记这包药。”吴康向浅悠悠竖起大拇指。“悠悠，你的心真好。”好看的紫萱眨着美丽的大眼睛朝浅悠悠竖起大拇指。急忙给沐之曦回了微信，浅悠悠已经把黄金贵拿下了的事告诉了他。那边忙碌的沐之曦脸上笑容满面，不禁点了赞，回复她道：“你们的浅书记干得不错！有魄力，你们要把黄金贵安全送到家，等黄金贵酒醒后好好教育他。”“知道了，沐镇长！”紫萱发完信息，抬头看见大家都用赞许的目光朝浅悠悠点头，她正不好意思低下了头呢！

第五十三章　叔，我是你家的帮扶干部

当他们一行人来到黄金贵家时，父亲黄荣见黄金贵回来，一边唠叨责骂儿子，一边招呼大家坐下。“金贵，你又跑哪里去了，家里的活儿这么多，一天只晓得跑出去喝酒。”黄金贵气呼呼道：“老爸，你生什么气！我不是回来了吗？”黄金贵急忙进屋拿盆洗冷水脸。吴康冲黄荣道：“哥子啊！你不晓得，黄金贵喝醉酒大闹办公室呢，这位是浅悠悠，是村里的第一书记浅书记，是她劝黄金贵回家的，回家要安全些！”黄荣道：“谢了，吴老革命，浅书记，这如何是好，这个不争气东西总给我惹事！”浅悠悠道：“叔，你别生气，金贵哥会变好的，再说我是你家的帮扶干部，慢慢来我会开导他的！我也是本乡本土本村人，”黄荣：“浅书记，我早就听闻你的名字，全村人传遍了你的故事，说村里来了一位年轻的书记呢！”浅悠悠笑道：“浅东是我爸爸。”黄荣很吃惊“啊，原来是浅东家的女儿啊！生出这么优秀的孩子，不错，好羡慕浅东这小子哦！”我倒很敬重你婆婆王媛，她是我家的救命恩人，当年黄金贵就是你婆婆用梧桐树山上的草药救活他的。她最擅长的是用非物质文化遗传，桐子油烧灯花方法，堪称一绝，可惜她驾鹤西去。王媛医术高明，烧灯花这门绝活，失传了。唉！”黄荣说着说着，激动起来，咳嗽不停。浅悠悠：“叔，我有专门治咳嗽的秘方，我现在给你写下来，哪天你拿方子到药店抓药，你去试试看！”黄荣接过浅悠悠递过来的药方纸条，喜笑颜开，多年以来自己花去了不少钱还没有治好这顽疾，说不定土方方能治大病呢！他不禁感动万分道："浅书记，没有想到你的本事真大啊！谢谢你。"浅悠悠续道："叔，你别担心，婆婆把烧灯花这门绝活传给我了。"黄荣："那很好！又可以救村里的小娃娃了！"黄荣又讲了生前王媛的生动故事。浅悠悠听到黄荣讲起婆婆的事，她有些心酸，又思念起她婆婆来。黄金贵边在聆听他们的对话，边在耐心洗脸。浅悠悠见到此情景，微笑着对黄金贵道："哥，你看你才 40 来岁，按农村话讲，40 岁而立。你儿子，黄浩马上初中毕业上高中，一直成绩优秀，很像我小时候读书一样勤奋。必须让他发奋成才，走出大山。"浅悠悠看见黄金贵脸上挂满笑容，很有兴趣听她讲下去，黄浩是他的心头宝。"金贵哥，你从现在起就别喝酒了，对身体也不好，找个工作吧！好好供他读书，等你以后经济条件好了，我做媒给你介绍介绍，你还可以再娶一位妻子过门。"黄金贵没有想到浅悠悠这个年轻的村第一书记这么亲切，一点没有官架子不说，用心用情为他家着想，触动他的灵魂深处，精神百倍道："浅书记，我以后家庭条件好了，你真给我牵线搭桥，是真的吗？"吴康插话进来，"你个龟儿子，当然是真的，你只要肯干，村里给你留一个名额，村公益性岗位你来不来干。"黄金贵高兴道："好，我听吴老革命的，明天就来上班。"吕毅不相信眼前事实，黄金贵转变得太快了，再三嘱咐他："黄金贵，你平时做事三天打鱼二天晒网，以前就是这样的。"黄金贵第一次听了脸红，打着哈哈道："吕主任，你们对我这么好，我的面子上过不去。这次我真的认真做事了。一是：我看在浅书记面子上，我一定好好干工作，二是：王媛又是我救命恩人，怎么也说不过去。要对得起她曾救过我啊！再像这样偷懒的话，我真是赖皮狗啊！"吴康听了哈哈大笑起来，反将他一军讽刺道："你刚才不是说我们是贪官吗？现在又说起我们的好话！"黄金贵不好意思挠了头顶的头发道："不，村财务都是公示了的，我刚才只是气极乱说话，现在不是我说的化（话）了么，其实你们都是一群大好人！”黄荣也在旁边听了感激万分。满怀感激之情接过话：“现在的共产党真好，镇村干部好得不了，处处为老百姓考虑，政策好！”顿时，屋里一片欢声笑语。浅悠悠带领大家分别看了他家的冰箱有肉吃没有，看了粮仓，看了才安装的自来水，是否水质好的情况，看了猪鸡鸭子成长情况等。浅悠悠心里嘀咕道，目前他家的房子是土瓦房结构，下雨天应该没有多大问题。明年开春一定给他家重建房子，看来今晚我得加班提前做好方案。

第五十四章　你不怕上当，就去

这时候，浅悠悠手机铃声响起，她拿起手机屏幕看电话号码，是风云打来的，她忽地心一沉，急忙避开大家目光，躲在一个角落里接听电话。“悠悠啊！我感冒生病了！你快来看望我。”浅悠悠蹙眉紧皱不耐烦道:“风云同学，不要再欺骗我，头次骗我还不够吗？何况我不是医院的医生，生病了你应该去医院看病啊！”风云今天是存心欺骗她捉弄她的！叶如梦告诉他，浅悠悠到村任第一书记了，非但没和他商量，还依然和沐之曦搞在一起！他恨她！也恨沐之曦，他该立即采取行动了，把浅悠悠美丽花朵采撷拿下，把她起飞的硬翅膀折断，他要设计步步陷阱让浅悠悠彻底信任他。“咳咳！我回家了，现正在何川区华森医院输水呢！你来看看我吧！”风云装作难受神色咳嗽不断，撒谎道。浅悠悠极不喜欢风云的霸道性格，解释道:“我现在还在村里忙着呢？”风云又咳了几声想博得她的同情。“悠悠，这次我病得不轻，是真的生病了，你看看我的病历嘛！”他发了张图片过来给浅悠悠看，果然是感冒生病的住院单。风云听见，浅悠悠沉默没有说话，心中有三成把握了，同窗好友知己知彼嘛！不禁欣喜道：“我的好朋友阿美回来了，住在酒店里，如果你不相信我，你先找阿美一起到医院来看我也行。”浅悠悠有了兴趣话题，阿美多年在国外，是她的闺蜜好朋友，不知道她现在过得如何，好几年没有和她联系上！但她还是迷惑不解，风云太狡猾了。

“阿美真回来了？”风云：“真的不骗你，阿美住在皇冠五星级酒店里，这是她的地理位置，房间888号。”“你为什么有她的信息？”浅悠悠仍然不相信。“我们昨天通过电话，她下了飞机住在酒店里告诉我的，你不是有她的电话号码吗？我把电话号码发给你……”浅悠悠存了电话号码回拨过去，阿美的电话是关机状态！吃过午饭后，浅悠悠又经过左思右想给沐之曦请假，拨通他的电话。“沐镇长，明天是周日，我今天下午如果没有其他事情安排，想去何川区一趟。”“悠悠，本来周末就该放假，是我耽误你的休息时间，今天我正好有事去区里也要回家看望父母呢！顺便带你吧！你回镇上，在镇政府大楼门口等我，马上下楼来。”浅悠悠回到镇上收拾好几件衣物，急步下楼。只见沐之曦坐在车里的驾驶室正等她呢！车子发动机在轰轰地响着，浅悠悠打开副驾驶车门，坐上车。一路上车子风驰电掣，沐之曦阴沉着脸一直看着远方。声音低沉：“悠悠，你是去看他吗？”浅悠悠低眉，不敢抬头与他对视。只低低说道：“我们毕竟是同学，他生病了。”沐之曦不再说话，沉默不语，神色凝重。风云又给浅悠悠发来定位信息，是皇冠五星级酒店的地理位置，18楼房间888号。沐之曦看见，打断大家沉默紧张空气，诧异道：“他不是病了吗？怎么约你在酒店相会？小心你再次被骗！”“我们只是同学关系，你放心吧！他不会这样乱来的。他说我闺蜜阿美同学刚从美国回来了，就住在这个酒店里，他要我先去找阿美一起去医院看他。”沐之曦内心极度不安，只是叹息地摇摇头，男人的心思他最懂，知道是风云骗她上床的把戏，只是浅悠悠太单纯了，他不好当面道破原因。如果他们真是你情我意，沐之曦不再说什么，只要浅悠悠与他一起幸福，开心，就是他的最大祝福。可她一点不喜欢风云啊！他再三一遍又遍询问浅悠悠：“你真喜欢他！”浅悠悠内心浪花起伏不定，之曦，难道你不懂我的心，在乎的是你，你怎能对我的感情有质疑，你是吃醋了，皱眉道：“我和你说过好多次，和他只是同学关系啊！”沐之曦听了这话心情踏实许多，但嘴巴不饶人，气急道：“哪你不怕上当，就去！”浅悠悠迷惑不解，沐之曦今天是吃错火药啦，至于这么紧张吗？风云这人那有这么可怕啊？他简直是多虑了！

当沐之曦目送浅悠悠到皇冠五星国际酒店门口时，他的眼眶满是涌出的泪花。浅悠悠心情复杂地下了车，她的身影完全消失在他视线里，他才惆怅失落地转身离开。但他还是放不下她，也进了皇冠酒店，这个酒店是他爸投资的股东之一。他要调查888号到底是不是阿美住的房间。

第五十五章　你的男人，亲你一下怎么了

何川区皇冠国际酒店，是五星级标准的档次，气派超然，雄踞商业及休闲中心地带，俯瞰何川区城，是何川区城最豪华建筑之一。浅悠悠平生第一次来到这个响当当有名气的酒店，与她格格不入，衣饰极不般配，在走廊里，电梯楼里，一路上迎来女服务员鄙视目光；同样避开进进出出的男人的色迷迷目光。想到多年未见的闺蜜，一直没有她的消息，阿美真会享受啊！住这么豪华的酒店，当来到888豪华房间门口，她的疲劳减轻一半，兴奋敲门喊道："阿美，快开门啊！我是浅悠悠！"这时候，门无声无息开了，浅悠悠刚一跨进门，只见一双大手像老鹰捉小鸡一样把她紧紧抱在怀里，把她小巧玲珑的身体摔向床上，然后关门锁上，朦胧的人影像饿狼般地猛扑向她，浅悠悠惊愕无比，定睛一看，见是盛气凌人的风云正骑在自己身上,那熟悉而霸道的英俊脸,略有一丝得意洋洋的表情。"风云,你喝醉了,你疯了,不可以这样的。"浅悠悠又悔又恨又怕。"悠悠,我给你个惊喜，真的好想你。"风云满身酒气想把他热唇紧贴在她红唇上，浅悠悠又一个闪身躲开了，风云在酒精的作用下，双眼发红显得有些不耐烦，又朝浅悠悠狠狠扑来把她压在身下，嘴里恨恨道:"悠悠，我今天一定要得到你，我好爱你，我的心病是病得不轻，今天，你必须医治我。"浅悠悠的眼泪顿时涌了出来，痛苦万分道："风云，你不可以这样对我。"风云的脸在微弱的灯光下，变得狰

狞扭曲起来，双目微闭，尽情地享受着她那身上散发出特有馨香味，风云的胆子更大了…嘴里呢喃道："我不这样做，你怎会见我！"浅悠悠在他身下使不上劲儿，只能双脚用力蹬着，她气急败坏道："风云，你这个骗子，骗我来这里，你不是生病了吗？"住在她身体内的靖瑶神识也很着急。"悠悠，你上当了，快快使用我的防身武术，还没有用过呢！"浅悠悠极力躲开他凑上来的臭嘴巴，恼怒万分。"你没有生病！为何骗我说阿美回来了？"风云在酒精作用下，又凑上他的臭嘴巴！浅悠悠的身体被风云压得喘不过气来，只见她腰身用力一挺，竭尽全力把自己的嘴唇拧向一边，双手使劲用指甲掐风云背部，手臂……"风云你变了，怎么这样对我啊！"风云见浅悠悠拒绝他的满腔柔情，弄得他满身伤痕，惹得他怒发冲冠。"浅悠悠，我为你抛千金花钱制造浪漫，你是我的未过门媳妇，你的男人，亲你一下怎么了。哟呀！悠悠你太狠心了，你指甲好深掐得我好疼！"风云咬牙疼得松开手臂，他起身站了起来，查看自己的身上被浅悠悠掐的抓得青一块紫一块伤印。浅悠悠平时喜欢锻炼身体，喜欢拜师学艺打拳弄棍，比一般女子的力气大，身手敏捷，加之靖瑶护体力大无穷，浅悠悠趁着空隙，立马坐了起来，整理下凌乱的衣服，起身拎包往门口走去。环视四周，最豪华的布艺、家具和设施，以浓重而不失活泼的色调，奔放且大气的布局，近似自然优美的线条，留下给每一位客人豪华舒适，至尊至贵的体验。浅悠悠无依恋之情，不适宜这暧昧气息，呼吸几口几乎窒息。"风云，我要回去上班！"风云立即拦腰抱住她，哀求道："悠悠，我求求你不要走。"浅悠悠转过身来回眸相对，眼眸里满是哀怨和惆怅："风云，你这是何苦，你我只是同学情谊，兄妹之情，何况你的父母也反对我俩婚事……"风云看到浅悠悠那迷人深潭如水的双眸，起伏的胸脯，他的神情有些恍惚，有些痴迷。他仗着酒劲喃喃道："悠悠，今晚上春色撩人，美人在怀，求你别走给我吧！我们一起共赴巫山云雨之事吧！你嫁给我好不好，你做我妻子，明早我们去办结婚证，我把户口本偷出来了，我们来个先斩后奏。”浅悠悠道：“风云，这样能解决问题吗？我从没有考虑过我们的婚事！”风云：“那，悠悠，只有你点头同意调回来，我们就能在一起。我妈曾说过，调回来一切都好办。”浅悠悠摇一摇头说道：“不，我喜欢我的家乡。”风云脸色难看极了，忽然，用右手指向她，愠怒道：“悠悠，你别执意不悟，不识抬举，你知道我身后有多少年轻的美女妹儿，主动贴我入怀送上门？可我心里只有你爱你宠你，难道我们八年的感情，还抵不上你说一句回心转意的话儿！”浅悠悠神情稍平静下来，几乎有点有气无力的模样，她感到心累了。“风云，我的心情你无法理解，今天你喝醉了酒，咱们改天再聚……”风云打断了她的话：“浅悠悠，你是不是还在想那个浑小子，沐之曦听说你和他走得很近，打得火热，他哪里比我好！你是不是给了他，今晚我就要检验你。”这句话深深伤害了浅悠悠的自尊心，更激起她的怒火，如果再不走恐怕来不及了。风云的眼睛越来越红而且红得可怕，冷冷地挡道：“想走，是吧！我不让你走。”浅悠悠：“风云，你好好休息，冷静冷静吧！”但他执意地一步步朝浅悠悠逼近，浅悠悠正想使用武功。

第五十六章　阿美疯狂的爱

外面一阵激烈的笃笃笃敲门声响起。“谁？”风云一脸不悦拉开门，只见一位年轻漂亮女服务员笑吟吟站在门口，“请问先生，你需要什么？”风云冲她咆哮道：“谁叫你来的？快点给我滚蛋。”浅悠悠趁着空隙，立即跑了出去。女服务员仍笑容满面：“对不起，先生，我走错房间了！”说着转身离开。风云见浅悠悠跑了，更是火上加油，指着服务员的背影。横眉怒目吼道：“我是这里的股东老板之一，我要马上开除你！”说完，风云的脸色更加地阴沉难看，他有气无力地一下子瘫倒在床上，又开始喝酒起来，酒也许是忘情水也许是解除心病的。“浅悠悠，你滚多远就滚多远，爬远点。”这时候的浅悠悠正伤心欲绝向门外跑去。其实闺蜜阿美真的回来了，风云没向浅悠悠说实话。阿美和浅悠悠风云都是大学同学，要得最要好！后来阿美和父母都去了美国，父亲是华大公司集团总裁，在商业圈很有名气。这次随父母来中国洽谈生意，她最难忘的是风云，倾慕他多年，她一直在等待机会。她内心妒恨浅悠悠，风云明知浅悠悠不爱他，他心中有她还爱着她！大学校园里，阿美多次向风云表达爱慕之心，风云都是视无熟睹的。夏季，风云在操场打篮球，热得汗流浃背的，她及时上去献殷勤，含情脉脉地递了一瓶矿泉水给他，以为风云会对她微笑说声感谢呢！而事实上连望她一眼的机会没有，只管喝她递上来的矿泉水，表情淡淡道：“阿美，悠悠呢？

她没和你一起！”秋季周末放学后，阿美悄悄塞给他一张电影票，他却蹙眉舒展，让她欣喜若狂，但接下的话让她下一秒抓狂，“阿美，我知道你好，你把那张票给我吧！我和浅悠悠一起去看电影。”她无奈地给了风云。有次，她直接向风云开玩笑道：“悠悠，不爱你，而我深深的爱着你，干脆我们……”“阿美，我们只是好朋友，同学，你别乱想！”风云态度很认真的，阿美从此不再提起。这次回来没有和浅悠悠联系，今天中午她单独请风云吃饭，风云这段时间因为浅悠悠和他闹心的事，让他心神不安的。苦于没有地方诉说，见阿美回国请他吃饭，他如约而至，他的目的很简单，很希望她劝浅悠悠回心转意。酒桌子上她故意装好人，一直在劝风云喝酒，风云没有防备她，把风云灌醉后，为他专门开了这个房间，阿美听到风云给浅悠悠打电话的全过程，所以，浅悠悠打电话给她是关机状态，阿美只好偷偷在隔壁也开了一间房间，偷听了他俩在里面激烈争吵声。这时，见浅悠悠摔门而去。阿美在美国耍个外国男友，谁知是个花花心肠的公子，只是耍耍她不要她，还是中国的男人好，有家庭责任心。阿美怀孕后，父母催促赶快回国来，一来是回国投资，二来是为阿美打胎替她寻觅乘龙快婿来着，阿美瞧见浅悠悠离开，她认为机会来了，以后不但拿捏风云，怀着孩子还有了爹，真是一箭双雕的好主意！二来得到了风云，三来不用在手术台上打胎了，那场面太可怕。于是她诡异一笑进了风云房间，轻手轻脚进房间把房卡取下，顿时，整个房间的灯瞬间黑暗起来，她悄悄地上了风云的床，剥开风云的衣服，风云在酒醉中迷迷糊糊以为是浅悠悠回来了，一把将阿美抱在怀中，酒精味的浓密度让阿美有了怀孕妊娠，出现恶心，呕吐的现象。“悠悠，求你别走。”风云不知情地喃喃道。阿美风情万种，蛇腰般的身子紧紧搂着风云缠绵着。“嗯，风云，今晚我不走了，陪你。”天亮后，风云睁开双眼，见睡在身边是赤身裸体的阿美，惊慌起来。“阿美，你……你怎么在我床上。”风云吓得全身瑟瑟作抖，要是阿美告诉浅悠悠，自己彻底完蛋！阿美哭得娇若梨花带雨。“云哥哥，是你，你……昨晚酒醉后，把我睡了。”“我，阿美，对不起！你千万别告诉悠悠。”风云不可置信的，明明浅悠悠进的房间，她是怎么进来的，他的思绪头疼心乱如麻，以后怎么给浅悠悠解释，她俩是好朋友哒！他又恨又悔又怕，百感交集。最后，他大声惊恐叫着，迅速起身把衣服穿好落荒而逃，阿美望着风云匆忙离去的背影，恨道：“风云，你会爱上我的。”她的嘴角露出邪魅地微笑，风云，以前你连多看我一眼不行，今天你求我呢！多年的愿望终于实现。其实，阿美内心最清楚，他俩昨晚其实什么没有做，不过她录了俩人赤身裸体的录像。

第五十七章　给予无尽的爱

花开二枝，话说另一边。浅悠悠哭泣着飞奔出了酒店，疲惫不堪的她，因为担忧风云生病一路风雨兼程赶来，又饥又渴的她，得到的是这样骗她伤害她的答案，她泪流满面出了酒店。漫无目标地在街上走着，深夜下着绵绵细雨，她任凭雨点打湿衣服，心绪极坏的她，被寒冷的风吹得瑟瑟发抖。手机没有电了，她用充电宝打开手机看屏幕，一看吓大跳，是沐之曦打来的十多个未接电话。浅悠悠用颤抖的手回拨过去，这时候的她太需要靠一靠港湾，心太累了。沐之曦那边焦急的声音传来，仿佛是一束温暖的阳光，照亮她的心田，救她出深渊苦海。“悠悠，你在哪里？我的车停在百恒超市商场门口，离皇冠酒店地理位置不远，你看下。”一阵暖意涌上她心头，浅悠悠回道：“沐镇长，太感谢你了。”她顺着手机朝定位方向走去，果真见到一辆崭新的白色奥的轿车停在那里，车子里的沐之曦，瞧见浅悠悠由远而近的倩影，他不停地鸣喇叭示意呢？浅悠悠马上打开车门，上了副驾驶室，沐之曦端着一杯冒着热气腾腾热茶杯递给她。“悠悠，你是怎么回事？看你的衣服，都被雨水淋湿了吧！快喝点热水暖和身子吧！”透过街上朦胧灯光，紧贴的湿衣服，把她珑玲有致的身材暴露出来，浅悠悠见沐之曦目光盯着自己看，有点紧张。“你这是干嘛！”沐之曦忙解释道：“你误解了，我看你衣服全湿透了，有些心疼，想给你买衣服换上呢！”浅悠悠不好意思起来，接过他递过来的温热茶一饮而尽，百思不得其解。“你……你怎么还在这里？”沐之曦的眼神深沉起来，内心思忖道，悠悠啊悠悠！如果我不在酒店里保护你的话，说不定现在你正在哭鼻子呢！现在回想起来让他心惊肉跳的，他进了皇冠酒店后，来到酒店前台。沐之曦急忙跨步道：“绿云，帮我查一下18楼房间888号是谁住的房间！”新来的绿云抬起美丽的双眸为难道：“沐镇长，这是隐私权，我怎能敢！”沐之曦诚恳道：“绿云，我不想为难你，如果你这次做好事，就另当别论，不汲及个人隐私问题！”“做好事？”绿云有兴趣了。沐之曦又续道：“是的，888号房间里面有事情发生情况紧急，所有的责任我来承担，好吗！向你保证没人开除你。”绿云放下心来，眼前的富二代帅哥求她，还是镇长呢？何况这个工作也是他介绍的，能不感恩吗？她能不开心吗！“沐镇长，有名叫阿美的女人先开房一间，是888号房间，今天中午的事。扶着一名年轻的男子上去的，这个男子长得很俊朗呢！有个小姐姐服务员认识他，叫风云，叮嘱要保密呢！后来不知道为什么，阿美又开了889号房间。绿云对阿美的印象太深刻了，要知道这两间房是酒店最豪华的套房顶级房间，里面设备高级齐全，配有吃的用的皆有，就连睡衣免费送。价格每间一晚上1888元呢！沐之曦神情凝重起来，888号房间一定有问题。他神情焦虑对绿云道：“绿云，你肯不肯帮我忙！……”接下来的事是绿云敲门888号房间，救出了浅悠悠。当浅悠悠跑出来的情景。他见她安全了，他的心情轻松起来。“这家酒店是我老爸经营的股东之一，我刚送一个朋友过来，安排好他的住宿出来时，见你和阿美还没有出来，怕风云使诈。忽见你身影跑出去后，可一眨眼工夫又不见你了？”沐之曦解释道。浅悠悠神情面露疲惫不堪之色：“谢谢你，太麻烦你了。”她刚说完话，猛烈咳嗽起来，浅悠悠忽然感到头也昏沉沉，想再说什么，不觉眼前一黑。

……

等她醒过来时，躺在一张宽大松软的大床上，环视四周，房间好陌生，装修欧式风格，整洁优雅高贵大气，她正疑惑不解。正想起身，手却无意中把旁边的水杯打翻在地。“悠悠，你睡醒了？你已经睡到第二天中午了，来，先喝点粥吧！”沐之曦在厨房里熬米粥时听到声响，急忙来到床前温情脉脉道，向前用手在她额头上试试温度，“你现在退烧了。”浅悠悠见自己新换了睡衣，她警觉地挪了下身子刚想说什么，他像看穿她心事似的。“这是我在A区买的商品房，自己搞的按揭房，昨晚那个新车是我老爸的，他本想送我但我没有要。我的旧车在维修店修理，最近，经常下村，车也磨损快。见你晕倒后，全身衣服被雨水湿透，慌忙请商场的女服务员帮你换下湿衣服，我把你抱到附近医院急诊科，医生摸脉说无大碍，说你太疲惫太伤心过度所致，开了一些退烧药和感冒药给你服下，我不放心你，没有让你住宾馆。所以，把你安顿在我家里，你看你的衣服正晾着呢？等会我用烘干机给你烘干。”浅悠悠透过窗户阳台，她的衣服果然在那里！她流泪了，想起昨晚的事，嘴角上扬，心悸地喃喃说道：“他为什么要骗我，”“悠悠，每个人爱的方式不同，他是过了点，但深爱你。”浅悠悠把整个过程给他细说一遍，他只是淡淡笑笑，眼里有无尽忧伤：“悠悠，你知道吗？你是第一个女人睡我的大床！下次你一定要好好保护好自己，好好休息吧！呆等会儿我再叫你起床吃饭。”沐之曦说完在厨房里忙碌着。

浅悠悠下床洗漱，精神状态明显好许多。曾经让她魂牵梦绕的他，在眼前却是如此真实清晰，小时候，是他给了她的温暖和坚强。后来他家搬到城里后，从此音信全无，她日日夜夜地思念着沐之曦。感恩上天，风水流转。没想到多年后他又出现在眼前，而且一起共事工作，而且在他房里住一晚，而且吃着他亲手做的饭菜，这些她此生足也。屋里飘来阵阵饭菜香味道，在厨房忙得不停沐之曦正等着她吃饭呢！浅悠悠梳洗完毕，换了件紧身粉色呢大衣，在腰身打了个胡蝶结，亭亭玉立站在厨房门口，高兴道："沐镇长，没有想到你厨艺真好！""好吃就多吃点，"沐之曦见她站在他面前，赞叹道："悠悠，你真美，像雨后的芙蓉美人。这身衣服适合你，长得很有气质，漂亮！你快到桌子那边去，马上开饭啦！"浅悠悠回眼眸浅笑道："我漂亮吗？我个子这么矮小，你的个子这么高大！不嫌我啊！"沐之曦笑呵呵道："我就喜欢你小鸟依人的模样，小巧玲珑的身材，是我喜欢的类型，现在已经是中午了，你饿坏了吧！""我刚才喝过粥呢？不饿！"浅悠悠听话地点头坐在桌边，沐之曦摆上色香味俱佳的菜摆在她面前，浅悠悠胃口大开，开心地吃着，和他谈笑风生，全是她喜欢吃的菜，其间沐之曦吃得很少，一直呆呆地看着她吃，不时地爱怜地夹菜到她碗里。心疼道："悠悠，你喜欢就多吃点，我喜欢你天天吃我的饭菜。"浅悠悠幸福地笑了，没有回答。沐之曦："饭后我带你到野生动物园去游玩。"浅悠悠："谢谢你的热情款待，你帮我买的新衣和化妆品，这些都是名牌，看来我得用二个月的工资还你了，我明天和你要到区上开会，马上回村里去开村委会。"沐之曦失望道："悠悠，你不用还，下午这半天陪陪我，求你！"浅悠悠半开玩笑半说笑，"晚上我睡哪里？我怕！"沐之曦沉下脸来，正色道："我从不做你不喜欢的事，我送你回去。"浅悠悠："不用，坐客车很方便的。"沐之曦想再说什么，这时，他的母亲周祥打来电话叫他周末过去团聚吃饭。沐之曦歉意地看了浅悠悠一眼，她会意地向他做同意手势，沐之曦只好答应了他母亲请求。其实是叶如梦到他家里来吃饭，浅悠悠你真是个小傻瓜，沐之曦心里叹息道。他依依不舍地用小车送浅悠悠到车站，直到看她上车才放心离开，他心中有多少话儿对她讲，痛苦地叹息她不懂自己的心思。其实，浅悠悠何尝不是，但为了他的前程，她狠心的偷偷抹泪离开。

第五十八章　她成长的速度太快了

翌晨，寒冷的冬天，下着绵绵细雨，8 点 45 分钟，浅悠悠到达何川区财政局会议室时，瞥见沐之曦和杨洋也在，她走了过去和他们并排坐在一起。这次会议的主要内容是召开全区一事一议美丽乡村项目的短会。由分管农业的张洋副局长主持讲话，区财政局长李平作强调。浅悠悠打量身边参会的人员，大家的目光有种幸运的感觉，何川区有 24 个乡镇，2 个办事处，现在只有 5 名镇长，5 名财政所长，村总支书 4 名，村第一书记 1 名参会……凤凰镇沐之曦代表参会，贫困梧桐村浅悠悠代表参会。大家认真记录笔记，都心情大好！会议未了。李平环视四周目光严肃道："会议到此结束！谢谢大家，辛苦了，拜托你们回去落实资金项目，安排财政所经办人员与我们对接工作……"参会的人员都是喜气洋洋的，各抒己见，会议推向前有未过的高潮……气馁

会后，大家陆续离开。李平兴冲冲地朝浅悠悠走来，笑容满面道："悠悠，你好！好久不见，在基层工作习惯吗？"浅悠悠笑吟吟地回应道："李局长，我还好，说句老实话，我开头在基层工作还是不习惯的。"李平端详着她的脸庞，关心道："悠悠，你看你小脸都晒黑了，不过肯定了你的能力，听说又当贫困村第一书记了。"浅悠悠含笑点头。李平又续道："你以后有什么困难给我打电话，财政局都是你的娘家人。"浅悠悠感动万分，"谢谢！李局长和张

副局。”沐之曦在旁边接过话茬道：“李局长，我哪里的困难多得很哦！比如人行便道里程只给那点指标根本不够，比如修公路的资金也差一大截，比如财政资金的短缺还差几百万呢！比如……”李平用手使劲地拍了拍沐之曦肩膀：“得了，老同学，我还不知道你的底细哇！要这么多。你干脆把财政局搬到你那里去！谁不知道你是要钱的高手啊！有句俗话说得好，肯哭的娃儿，吃奶最多。我的钱是要用在刀刃上的，改天咱们再聚会。”李平说完朝浅悠悠会心地笑。语重心长说道：“浅悠悠，加油，撸起袖子干。”浅悠悠点头赞同：“谢谢李局长！两位领导请慢走，欢迎你们到凤凰镇梧桐村来做客！”李平道：“悠悠，我会来的！”沐之曦满怀希望望着俩人离去的背影，高兴地说道：“悠悠，你开心不，今天是咱们第一次去区里财政局开会，有了资金，我们凤凰镇的好日子来了，这样吧！杨洋你先回镇上去安排，我和悠悠还去区政府一趟，等会儿分管农业的莫然副区长要见我们呢。”杨洋是镇上的财政所长，他高兴地笑道：“沐镇长，悠悠姐，我先回镇上了。”“嗯，你先回去吧！”沐之曦朝他挥挥手。转过头对浅悠悠道：“走，悠悠，我们去区政府去一趟吧！”

俩人兴高采烈到了莫然区长办公室，莫然正在区里开常务会，通知秘书叫他俩坐会等他回来，浅悠悠按捺不住心中的兴奋。“沐镇长，我们前期工作没有白费，你看看梧桐村美丽乡村如何规划！”沐之曦他那好看的脸，朝她微笑地点头。“对，我们可以先讨论一个方案来，再回去商量吧！”……

约等一个小时后，莫然终于回到办公室，他 50 多岁，精明干练睿智，当沐之曦把浅悠悠介绍给他时，看得出莫然性情豪爽开朗，很赞赏地看了她一眼。“小浅真不错的，听沐之曦提过你，年轻漂亮能干。从现在起我也驻梧桐村联系帮扶贫困户呢！年轻人你要好好干哦！以后村里有什么困难要求给莫然说说，我会尽力而为帮助支持你。”浅悠悠满是感激之情，刚想说话，沐之曦却向莫区长诉起苦来，我们梧桐树村景区的公路要整修，乡村有好几条通组公路要修但需要资金，关于安装自来水管入户，贫困户是不是免费享受！污水管子处理问题等等需要资金啊！沐之曦滔滔不绝。总之，镇财政太缺钱了。莫然用手势打住皱眉道：“沐镇长，你太能说了，我也说不过你，这些困难我知道，就像我们吃饭一样，做事需一件件地来，一项一项地解决问题，你镇不是农业镇大国吗？想必着重点还是打造生态农业大镇。”浅悠悠见机行事，插了一句话道：“莫区长，梧桐村是风景区，作为打造生态环境的重点，“绿水青山就是金山银山”以农业生态为依托，着重解决“三农，”发展“三农”问题。是“两会”期间备受瞩目的焦点。排污问题其实就是其中之一乡村振兴的最终目标，就是要不断提高村民在产业发展中的参与度和受益面，彻底解决农村产业和农民就业问题，确保当地群众长期稳定增收、安居乐业。在党的十九大报告指出，实施乡村振兴战略，要坚持农业农村优先发展，按照产业兴旺、生态宜居、乡风文明、治理有效、生活富裕的总要求，建立健全城乡融合发展体制机制和政策体系，加快推进农业农村现代化。实施乡村振兴战略是全面建成小康社会、全面建设社会主义现代化强国的必然要求。深入理解乡村振兴战略的总要求，才能科学制定战略规划，走好属中国特色社会主义乡村振兴道路。

沐之曦赞成浅悠悠观点，含笑点点头，内心很吃惊，她成长的速度太快了，接过她的话说道：“是啊，我们必须搞现代农业发展总体规划，这是我们镇雏形规划图。”他从包里拿出镇上规划图，把镇规划图放在办公桌上展开。“莫区长，请你指导下，那些还需要完善。”莫然觉得眼前一亮，心情大好，激动地用手指着规划图纸上标注，看着看着不由得佩服道：“俩个小年轻倒像我年青时性格，很好，我再看看……”不知不觉讨论到中午，莫区长看了看手腕上戴的手表，时针指向十二点半，他紧皱眉头歉意道：“我一点钟还有个会议，走，你俩和我到区机关食堂去吃饭！”

第五十九章　你不懂我的心

沐之曦和浅悠悠迅速交换了眼神，沐之曦笑道："莫区长，我们还有事先走了，以后再和您电话联系。""如此！那我就不挽留你们了，有时间再聚！"莫然直截了当和他们客气握手告别。沐之曦和浅悠悠有说有笑走出了区政府门口，沐之曦朝她浅笑道："小吃货，肚子饿了吧！今天想吃什么？"浅悠悠经他这么一提醒，肚子确实在唱空城了，不禁笑吟吟道："知我者，沐镇长也，现在下午一点钟了，我们随便吃点面条吧！听紫萱说有家网红火爆的如意面馆，这家的铺盖面特别好吃，主要特色是用纯手工制作揉成的面团，白白生生的，把薄薄的面团揉捏而成一块块面块，等水沸腾后再下锅放进煮好，用食丝勺子把上浮煮熟的面块舀进大碗里，添加些佐料，食之，香味扑鼻。比如，在面块上撒点油炸豌豆咸盐菜葱姜之类的，味美汤香，真是美味佳肴，山珍海味不及它呢，同样的面食店做出同样的美食，生意却一落千丈，这是为什么？其中的奥秘在于用情用心和撑握火候上，下足真功夫，之所以才这么好吃。"城里居然有这么好吃的铺盖面，快快与你同行，看见那么好吃的，肯定馋的我口水直流。"说完沐之曦真的有些迫不及待，有些兴奋起来，只要她喜欢吃的东西，他都喜欢吃。"悠悠，咱们去找找看吧！到底在何处，这么吸引我心中的美丽女神。"浅悠悠回眸一笑道："不用去找，就在区政府门口对面的转弯处。"俩人并肩走在一起，一路上，简直是一道美丽的风景，引来不少路人的驻足。沐之曦本想开车去找，现在不用开车，过一条公路对面不远处就到了，浅悠悠考虑得真周到。他笑容满面道："那再好不过了，我的小吃货，快快去吧！"俩人谈笑风声地在如意面馆吃完铺盖面，果然名不虚传。浅悠悠惬意用纸巾抹了抹嘴角的汤油回到沐之曦的车上，手机电话铃声响起，她拿起接听，是母亲陈凤打来的电话。那边的陈凤高兴万分，"悠悠啊！你大哥的贷款到了，在何川区成立公司的事也成了，是风云帮助我们的！风云刚才催促我们选订婚吉日了，问你好久回来商议此事。"浅悠悠强忍着泪眼，尽量不让眼泪流下来："妈妈，这件事你不用管，我会向他说清楚的。"浅悠悠马上挂了电话，生怕坐在旁边的沐之曦听见。其实他也知道了一半，明白几分，强着笑颜打趣道："悠悠，你真的答应要嫁给一个不爱的人！"浅悠悠头靠在车椅上，痛苦地闭上双眼。"你说该怎么办！一边是我亲人，一边是帮助我家的恩人。"沐之曦深情地凝望她"悠悠，我有办法，不知你肯不肯答应我。""你说，我听，沐镇长。""风云为你家所做的一切我都能办到，我来帮助你大哥他们。你去多做工作就是。"浅悠悠垂下双眸，知道这样做很难的，不是金钱能解决的问题，只要她在家人面前提起沐之曦这三个名字，全家人对他咬牙切齿，不好和解只有慢慢来。她狠心道："沐镇长，我们现在只谈工作上事，不谈其他的事。"浅悠悠心事重重地打断他的话，沐之曦失望地把脸转向正面认真地开车，不禁长叹了声。浅悠悠何尝不知道他内心痛苦呢！她真的好想马上逃离他，"沐镇长，我到凤凰镇政府门前下了车后，骑摩的车回村里去一趟，今天我要回老家，老妈要我回去吃晚饭呢？""悠悠，我好想去你家，想和你父母哥谈谈心……"他的泪光闪闪，双眸微星，浅悠悠强着笑容道："沐镇长，你现在前程无量，多多努力工作才是，感情之事我们一概不谈，好不好！"此时此刻的浅悠悠眼泪在眼眶里打转转，沐之曦把车开到偏僻处停了下来。“悠悠，我知道你在躲避我，不想与我说话。连我送你到梧桐村你都不允许，是真不想理我了。”“沐镇长，我哪敢啊！我看你也忙，不想再麻烦你，加之，我的确到村里有事，村委准备开个短会，传达上午到财政局召开美丽乡村项目精神会议呢！不晓得吴老革命听到这消息多么开心。”浅悠悠想到吴康笑呵呵的面容，她的嘴角上扬，露出一排排齿贝白。沐之曦见到她的笑容，心情刹那间笑了，因为浅悠悠的开心情绪感染了他，是的，吴老革命听了一定开心哦。可很快，又瞧见她满面愁容。“悠悠，你别这样伤心难过好不好。我还有一个办法，看你愿不愿意点头。”“什么好主意，之曦，说来听听！”沐之曦目光深邃，用一双温热的大手紧握着她那柔软无骨的小手。浅悠悠抬眉双眸美目与他目光对视，希望在他浩荡如星辰般的眼神中找到正确答案。沐之曦说话有些结巴起来，“悠悠，我想，我想唯一方法是，我……我们去民政局办理结婚手续吧！所有的问题都能迎刃而解。”浅悠悠听到此话吃惊的后退一步，松开他的大手拒绝道：“之曦，和你在一起，是我梦寐以求的事，可现在不是最佳的时机，还要等机会？”“悠悠，我不懂，什么意思！”他用迷惑不解的眼神望着她。“之曦，结婚是大事情，你我双方家人都极力反对这桩婚姻！如果得不到亲人们的祝福是可悲的。”浅悠悠的双眸微红解释道。沐之曦听了这话，眼神里希望之光也变成黯然神伤，迷茫起来，他很着急地问道：“悠悠，那我们结婚，那还要等到何年何月才是个头啊！万一，风云逼你结婚，我怎么办才好。”浅悠悠干脆地应允道：“请放心，我不会与他结婚的，我与风云结婚是不可能，你去找大哥浅远程和解也是不可能的。”沐之曦高兴道：“悠悠，我愿意等你！知道你有办法！”浅悠悠叹息道：“我们回去吧！”沐之曦又启动车子。这边的浅悠悠，想起浅东那仇视的目光，大哥那腿脚走路一拐一瘸的影子，如影随形般闪现在浅悠悠脑海里，更重要的是，想到这关键时刻，是不能影响沐之曦前程似锦的，他不是要出去学习吗？对，决不影响他的前程。“我自己回村上去，不用沐镇长送，你忙去吧！”到了镇政府门口车子停了下来，浅悠悠缓缓道，不等他答话，打开车门迅速上了自己的摩托车，绝尘而去。留下，沐之曦一脸茫然，久久呆坐着。“悠悠，你还是，不懂我的心！”过了好久好久，沐之曦才回过神来，郁闷地下车，提着公文包上楼。叶如梦见他回了办公室，立即找他签字汇报工作，心中不知道有多高兴呢！还把自己登报刊的事欢天喜地告诉他，那知沐之曦一脸茫然，正为刚才的事心烦呢！冷冷道:“叶委员，你把别人写的文章当自己的劳动果实，好意思！”“这是我写的。”叶如梦掩饰道，难道浅悠悠是给他说了。沐之曦冷冷道:“浅悠悠写的风格就是这样，我看过她写的文章，希望你以后别拿来炫耀！”“你……”叶如梦只好失望转身离开。

第六十章　我男未娶你女未嫁

浅悠悠走进村办公室里，内心感到特别亲切，她把提包搁在椅子上。笑着招呼大家。“大家下午好！都在忙啊！”吴康笑脸相迎。“悠悠你回来了！”浅悠悠一口气喝下于英递过来的温开水，心情愉悦无比。笑吟吟道：“吴老革命，今天在区财政局开会，老百姓有福啦！好事情来了哦！通知我们村两委，马上到三楼会议室开会，好好研判一下此会议精神。”浅悠悠等大家坐下后，目光环视四周，她把今天到财政局召开的会议精神，给大家传达一遍，又把莫然副区长驻村情况说了个详细。大家眼里顿时有了期待有了希望之光，大家纷纷发言……最后，吴康安排部署人员分工情况，做到分工明确，各司其职。社保员兰华专门负责美丽乡村项目，随时与镇财政所对接。综治专干东开专门解决项目纠纷调解，由村主任和支书出面协助。财务会计才杰负责收取各社长交来人行便道的筹资款，并存入财政的专户账号。村主任吕刚，吴康，浅悠悠都是机动人员。刚开完会，一向办事风行雷厉的吴康，对于英说道：“你马上出个通知，明天上午 9 点钟在村三楼会议室召开社长，社代表，群众代表会。”于英点点头，转身在自己的办公桌子上忙碌起来。“你们会都开完了？”“呀！镇长大人来了，今天借的什么东风啊！快坐，快坐！”吴康眉开眼笑招呼道。沐之曦瞥见浅悠悠不悦的表情，他就没理会她，绕道直接来到吴康面前，在认真听取吴康和吕刚说出的意见，等他们说完后，沐之曦又补充纠正说明，比如：建议路灯安在最显眼人口密集地方，比如确定人行便道入户安装问题，是否宣传到位等，他非常的细致，让浅悠悠不得不佩服他是务实之人，他以身作则的作风值得她钦佩。其实沐之曦在教浅悠悠，让她快速学习成长起来。在旁边的浅悠悠听着，她情不自禁掺和进来，提出她的看法，最后大家意见达成一致通过。当会散后，浅悠悠望着窗外的绵绵细雨，不禁紧皱眉头，一阵寒风吹进来，她不禁浑身打个冷战，真冷啊！冬季的天黑得真早！才下午 6 点过，已经黑得伸手不见五指，大家愉快地陆续回家。浅悠悠的摩托车锁在楼下，她笑着对吴康说，“今晚我就不送你！我要回老家一趟呢！”“悠悠，我送你回家，你骑摩托车极不安全，随便我送吴老革命回家！”沐之曦态度诚恳。吴康也劝道：“悠悠，你晚上骑摩托车也不放心你，特别是河坝那段上坡的泥巴路，下面是悬崖陡壁，怪吓人的。”浅悠悠正要推辞。见吴康上了沐之曦的车，她只好跟着上了车，沐之曦一路上，小心翼翼在崎岖不平的山路上行驶，吴康笑着安慰大家。道：“路面滑难行驶，等二个月把这路打成柏油路，路就好走了。”

到了吴康的家门口，映入浅悠悠眼帘的，不过是一座普通的旧楼砖房，已经修筑多年。他老伴陈燕正倚在门口张望呢！桌子上饭菜摆好了，正飘着饭菜香味道。“老婆娘，我回家了，你是不是现在在想我啊！”车子刚停下，吴康下车冲妻子开玩笑。陈燕笑哈哈道：“都老夫老妻了，老头子，你看看你，雨伞都不带，你感冒不要怪我哈！”接下来，他们俩老口再三挽留沐之曦和浅悠悠吃饭，俩人都推辞有事要回家呢！告别吴康俩夫妇。他们又回到车上，车里，浅悠悠一直沉默不语，可把沐之曦急坏了，他把小车停了下来，用颤栗的右手拉起她的小手，用嘴里热气呵着温暖着：“悠悠，你的手怎么这么冰冷，要怎么样才让你暖和呢？”说着，他用温暖大手使劲地揉捏着暖和着，直到感觉她的手暖和为止，浅悠悠感动得热泪盈眶。他终于鼓起勇气向她表白。“悠悠，我想去你家，看看叔叔阿姨，好吗？好多年没看到他们……不管结局如何，我都接受。”浅悠悠抽出自己的手，正色道：“沐镇长，你马上要出去学习，现在是关键时期，不能影响你的前程。”“悠悠，你我男未娶女未嫁，我们都应该追求自己的婚姻幸福，难道你心中还有风云？如果你们真的幸福，我祝福你，你要知道，报恩与爱情是两码事，他对你并不好，不适合你……”浅悠悠不耐烦地打断了他的话，她心乱如麻，狠下心来，硬如石头。“沐镇长，谢谢你送我回家，我到家了。”车子刹那间，停了下来，浅悠悠下了车，立即往家跑，到家有一段小路，外面还在飘着绵绵细雨，如沐之曦的心情惆怅，他痛苦不堪地瘫倒在车上，车灯光亮照着浅悠悠跑回家，他痴情地目送着浅悠悠远去的倩影。

第六十一章　除了悠悠，我谁也不娶

沐之曦目光无意间扫视到一辆进口宝马车 7 系，这辆车停在不远处的公路边，他的心忽地一沉，握紧双拳，是风云的车，他真来了，是找浅悠悠催婚的！他的醋意味猛增。是的，不能这样把时间消磨下去了，必须赶在风云的前头，他足足等了浅悠悠十八年时间，心中的酸甜苦辣滋味，只有他知道，他要争取自己的幸福，先回去给父母说清楚，正式向浅悠悠求婚，他猛地急踩油门，飞驰而去。郊区，一幢很有气派的高级别墅里，灯碧辉煌，沐之曦的父母坐在偌大的客厅里，等着他们的儿子回家团聚吃饭呢！餐桌上摆满美味佳肴，两个保姆在旁边忙乎着，沐之曦把车停放在车库后，一脸笑容迈进大门，刚进家门朝屋里欢快的喊道："爸妈，我回来了。"周祥立即迎了上去笑吟吟道："儿子，我们等你吃饭呢！"沐之曦看了一眼周祥，眼里满是敬重的神情。一袭浅紫色的旗袍更显气质高雅，雍容华贵。"妈，你越来越年轻漂亮哦！"周祥欢笑道："我儿真会拍马屁。"沐之曦内疚续道："你们总是这样子，干嘛等我啊！看把你们饿的！"周祥开心地笑道："宝贝儿子，我们要一家人团聚吃饭才开心快乐！"一旁边的沐剑旭却紧绷脸皱眉道："之曦，现在都晚上 8 点过了，你比我还忙，能不能早点回家吃饭？饭菜都热过好几遍了。"周祥笑眯眯地接过话茬，"剑旭，你少说二句好不好，咱们儿子，好不容易回家一趟，大家上桌吃饭吧！"沐之曦坐在饭桌上，趁着父母高兴劲儿，再次提起了浅悠悠名字，眉开眼笑道：“爸妈，我见到浅悠悠了，本人以为这辈子再已见不到她了，感谢上天，不光见到她，现在又到我们镇梧桐村任第一书记呢？”周祥温和道：“那真的是巧合呢！小时候浅悠悠是多么可爱和聪慧，读书特别的用功，我好多年没看到她了，我倒有个想法，邀请她过来，到我们家坐坐！”周祥其实很喜欢浅悠悠的。小时候浅悠悠到她家认真学习的情景又浮现在脑海里。坐在另一旁边的沐剑旭却恼怒道：“就是哪个疯丫头把我们家害惨了，特别是他爸和哥，敲诈了我家大笔钱财。”沐剑旭对浅悠悠家有看法有成见，甚至很藐视。沐之曦忙解释道：“爸，这是他们应得的，你知道吗？浅远程现在是残疾人，走路腿脚不方便，一拐一瘸的，差点媳妇都娶不上。听说他残疾后在上学校读书时常受同学们的欺负，后来辍学在家！是我对不起他！”“剑旭，过去是我们家穷，计较财钱，现在就不一样了，可以理解浅东家。”周祥在帮儿子说话：“爸，您是从梧桐村走出来的响当当人物，区里的慈善事业做得那么好，现在村里正在修公路，差一大笔筹资款，爸，您做做好事，捐点钱帮助他们吧！”沐剑旭挥挥手，还在生气：“算了，关我什么事，我从小在村里受了多少气，你爷爷曾经因为是地主成分，还被批斗过，你们忘了？”沐之曦：“爸，那是过去的事情，别这么斤斤计较的，你们这批人现在富裕了，还不是要感谢共产党！”“之曦，你倒说起老子了，这个浅悠悠你别念想，我听叶如梦说他是风区长未来儿媳，咱惹不起！这么多优秀美丽的女孩子任你挑选，你干嘛在她身上作赌注，我看叶如梦这孩子挺不错的，赶紧跟如梦完婚，对你经后的前途很有帮助！”“爸，你别说了，除了悠悠，我谁也不娶。”沐剑旭讥讽道：“儿子对她用情专一，你一天跟着浅悠悠团团转，像个男人样子吗？”“爸，那是工作，现在扶贫工作忙得很，我们都是梧桐村驻村干部，因为工作关系，当然要经常在一起哦。”“忙得很，还不是拿点死工资，你不如回来帮我管理集团公司事务，我只有你这么一个儿子，轻松自在当个老总多好！去当什么小小镇长，有何意义，连个芝麻品级的官都不是！何况在乡镇级工作很辛苦，绊倒就要追责，不仅受上级领导的气不说，困难压力也重重，如果下属不听安排不团结更是难上加难，你看你这几个月回家几趟？总说天天扶贫工作忙，你赶快给我结婚生子，你快 30 岁了，我和你妈还在为你婚事瞎操心，我身边的那些朋友，儿孙满堂，孙都打酱油了。”

沐剑旭越说越勃然变色，他忧郁的眼眶里涌出了眼泪，心情难过地放下碗筷，径直往书房走去，转身呯的一声关上房门。沐之曦低下头，艰难地咀嚼着饭菜，周祥首先打破僵局，朝着书房门大声道“儿子，别理他这个糟老头子，你做你喜欢的事业！儿子好不容易回来，怎么又惹你了，来，儿子吃菜，吃你喜欢的菜。好儿子，我会慢慢开导你爸，他会想通的，我支持你！”周祥用筷子夹了一大筷子青叶子疏莱，放到他的碗里。“谢谢妈妈。”沐之曦向母亲投去感激神情。吃完饭后，他和周祥聊会天，回到自己的卧室里，他心潮起伏，一夜未眠。

……

第六十二章　你给我站住，那个男人是不是沐之曦

花开两枝，话分两头一句句地说。浅悠悠下了沐之曦的车，只见门口停了一辆黑色宝马车，知道风云来了，她心头一紧，不想见他，小心翼翼摸黑朝自己的卧室房间走去。蓦地，一个高大伟岸男子，一个熟悉再熟悉不过的身影飘然而至。风云忽然出现在她眼前，让她措手不及，吓得连连后退。此时的风云却不知哪来的无名火，醋意大发，大声地冲她吼道："你给我站住，坐的是哪个男人的车，是不是沐之曦的？""是的，是坐沐镇长的车！"浅悠悠如实地回答。这时，大门口的路灯亮了，浅悠悠瞥见在屋里忙前忙后的父母哥等人出来了，元宝被这阵势吓得躲在屋里不敢出来，雨花还在厨房里忙着炒菜。风云像找到了救星，数落起来"来来，大家正好评评理，浅悠悠自从工作后彻底变了。要不是以前我帮助你，你能有今天吗？"浅悠悠也被风云这些话气急了，情绪激扬。瞪眼道"我现在还没嫁给你，你就告状我家人，真是恶人先告状。"风云又吼道："浅悠悠，你有没有良心，怎么不懂得感恩呢！我是你恩人，也是爱人，不是恶人！"浅远程急忙接过风云的话茬，想努力地协调两人关系，要知道得益处的是他。"悠悠，你少说两句行不行，态度好点行不行。他已经帮了我家不少忙，现在我公司生意运转得很好，全靠他。风云远道而来，那有你这么对待你未来老公的，沐之曦再

优秀，我也不喜欢他，你千万不要与他靠近。”陈凤在想如果再继续下去，俩人肯定再吵架的，她向浅悠悠眨眨眼睛微笑道：“悠悠，你看你爸爸多么喜欢你，知道你今晚上要回家，特地在吴兴社长家，买了一只肥土鸭子红烧仔姜鸭，你嫂子在厨房里忙着呢，你要不要过去帮忙，你闻闻厨房里飘出来的诱人味道，真的很香呢！”“嗯，妈，你说得不错，我这就去帮忙。”浅悠悠听到有吃的，脸上有了笑容，径直走进厨房帮忙，雨花正在爆炒鸭肉，一股香味扑鼻的味道让浅悠悠清口水直流。风云瞧见浅悠悠离开，浅东和浅远程向他又赔不是，他的气也消了大半。等丰富的晚餐摆上桌子，大家依次入座围在大圆餐桌旁边吃了起来。席间，风云和浅远程喝酒正酣，聊得正欢，风云不停吩咐浅悠悠，一会儿给他斟酒，一会倒开水，一会儿添汤，一会儿递餐纸，一会要添饭。浅悠悠怕大家不开心，强忍住，只好依从他，风云埋怨的话语就是多，他的眸子里满是高高在上，不可一世的模样。“悠悠，你不应该在穷山沟里当村第一书记，真是愚蠢至极，在财政局里上班多好，当个副局多好！”浅悠悠：“风云，那是我的事，你管不着。”“你是我未婚妻子，我就是要管你。咱们都是大龄青年了，何时结婚！”浅东笑哈哈道：“风云，我支持你，我们当老人的，没有意见。快过年了，明年看好日子再通知吧！”浅悠悠不高兴道：“爸，我不想谈婚论嫁，现在扶贫工作忙。没有时间说这些！”她想以这件事为由搪塞过去，不喜欢父亲自作主张，更不喜欢风云以自我中心的神态，让全家人围着他转，在场的每个人不敢和他争辩，大家供他为家中的大神。浅悠悠忽然感觉风云恶心和害怕，她心越来越离他远了，浅悠悠借故去了卧室，构思明天开会讲话稿子。除了爸哥嫂为了利益对他好感外，陈凤对风云冷淡，担忧起女儿的婚事来。浅悠悠低头写稿写的入神，这时候元宝进来了，歪着可爱的小脑袋喊道：“三姑姑，我要写字。”“来，三姑教你写字识字。”她高兴地抱起元宝，让他坐在她的大腿上。

她在纸上写了一个大大的家字。元宝笑眯眯道："姑姑，这个家字是什么意思。""元宝，家字的意思，就是你爸妈和元宝住在一所房子里。三人构成了家，元宝右手牵着妈妈的手，左手牵着爸爸的手，组成了一个完美的家。""姑姑，我还是不懂？""那等你长大了就懂了。"浅悠悠微笑着摸着元宝的小脑袋，"元宝，你跑哪里去了，快过来洗脸了。"雨花生气地大声在厨房呼唤着元宝过去，元宝急忙跑去找妈妈。这时，风云在卫生间喊道："悠悠，快进来给我洗脸，我喝醉了。"浅悠悠放下笔，疾步往卫生间奔去，只见风云喝醉酒后，吐得一地都是，身体前俯后仰得厉害，看他表情难受得很，嘴角微扬不舒服地嗷嗷直叫。浅悠悠紧锁眉头用热水毛巾帕子帮他洗脸，揩着脏衣服上吐得一塌污秽不堪的东西。一股浓烈的酒精味扑面而来，浅悠悠好看的粉脸涨得通红，捂着鼻子难抵难闻的气味同样难受得呕吐起来。浅远程也进来帮忙和她一起扶他到客房床上休息，浅悠悠正要离开，风云醉醺醺紧拉着她的手，胡言乱语道："悠悠，我真的喜欢你，爱你，你不要离开我。"浅远程见此情景立马退下把门带上，他高兴地想，成全他们吧！反正迟早都是我妹夫！

第六十三章　风云催婚

风云瞧见浅远程离去的背影，未来的舅子真懂我，他的贼胆子大了起来，转身随手把门反锁，他满嘴酒气朝浅悠悠靠过来，双手从背后环抱她的双肩，语气呢喃着，神色暧昧。浅悠悠一把推开他，转过身，眼眸里闪现一丝哀怨;“风云，你曾经帮过我，我很感激你，我俩的事我要慎重考虑，紫萱姐说得对，三观相符很重要，你看我们性格合不来，一见面就吵架。”“那个小夫妻不是又吵又骂的，这才叫生活，才叫爱嘞！”风云英俊的脸又转身与她正面相对，强迫拉浅悠悠身子靠在他厚实的胸脯前，一双大手紧紧地握着她的小手，让她全身动弹不得。她闻着风云的酒味实在太难受，使劲地挣扎并咳嗽起来。“风云，我们只是同学不要这样好不好。对了，那晚，打你电话你没接，有女人的声音，这声音好熟悉，她是谁？”风云微眯着眼，嘲笑道：“是你闺蜜阿美呗，是她主动勾引我，趁我酒醉乱性。”听到这句话简直劈天雷击，撕心裂肺，昔日无话不谈的闺蜜，阿美好无耻！还有可恨的风云，嘴上打得爱她旗帜的风云，俩人作出如此龌龊的事来，浅悠悠气急败坏，挣脱他怀抱，声音大得惊人。“风云，你居然打我阿美的主意，你马上给我滚出去，我一刻也不想看到你。”风云的酒立即醒了一半，也针锋相对。“悠悠，我心中只有你，当时我喝醉了酒的事，是阿美自己说出来的话，谁知道是不是真的上了她。你别不识抬举，你知道我为什么而来？”

望着浅悠悠那张梨花带泪迷惑不解的脸，他冷冷地一笑，略停顿一会儿。“傻儿，这还得感谢你单位上的那个叶如梦。”“叶如梦？”浅悠悠惊讶不已。“风云，她怎么有你电话，悠悠，你其实很单纯善良，我心眼不坏，有时有点好色而已。叶如梦可能偷窥了你的手机上号码。所以，知道我的电话号码。经常汇报你的行踪。你叫那个沐之曦尽快滚蛋。否则让他当镇长不成！”“你是不是在威胁我？”风云又冷哼道：“我有这个能力让他下课，不信你试试看！”外面寒冷的冬天，呼啸的大风吹得屋背后的梧桐树哗哗直响，风云的话，让她听得冷汗直冒，心惊肉跳，沉默不语。风云以为她害怕了，得意道：“所以啊！悠悠！你是我的媳妇，应该听我的，从现在起，你和我结婚！我们在一起，谁都不敢欺负你！”浅悠悠难受道：“风云，你少来这套无耻的把戏，我不想考虑婚事，我想照顾父母。”“你怎么出尔反尔，就那么固执呢！”风云的声音又高了起来，双眼瞪得吓人。“看来你还是舍不得那个混蛋啊！”“沐之曦不是混蛋，你才是！”浅悠悠终于怒吼起来。寂静的夜晚，俩人吵架声又惊动大家睡觉。陈凤开了路灯众人敲门进来，浅悠悠一把泪涕对大家说了风云和阿美闺蜜的丑事，还说了逼婚之事。浅远程听了显得很淡定。“妹妹，这件事，是风云酒醉了做的错事，何况没人亲眼看到，万一是阿美骗他的都有可能。既然他主动认错了，不要再追究，大气点，男人不免犯点小错误……”雨花眼神直瞪着浅远程看，好像在说，以后你有钱了也要出去风流吗？吓得这个“妻管炎”不敢开腔了。陈凤温和对风云说：“风云，你也早点休息吧。”“悠悠，你回房去休息吧，明天你还要上班呢！”浅悠悠听母亲这样一说转身走出了房间，哥哥和嫂子却随她进了房间，想慢慢地开导她，浅远程幽幽坐了下来，面对她，他的语气低沉下来，诉说这十年来开公司的种种艰辛坷坎，当今社会上就是讲裙带关系，有了风云这层关系，他的生意很快会兴旺起来。“我和你二哥一家人大小还要生活，三妹求你了！”“哥，现在是什么年代，还讲这个，凭的是自己的本事！”“三妹你太天真了，你嫁给风云是光宗耀祖的事情，大家脸上有光彩。”雨花见浅悠悠连连打哈欠，不耐烦地催促浅远程回屋睡觉。浅悠悠躺下时，已经是凌晨2点钟，却见昨晚上10点过，有多条微信消息，全是沐之曦发来的消息：“明天我在你家路口等你，接你回村办公室！”浅悠悠迟疑地回了信息：“不用了，沐镇长，我自己走路回村办公室。”沐之曦秒回：“你还没睡？”俩人同时发信息，彼此间默契几乎达到致点。他体贴道：“好吧！8点30分钟我在村办公室门口等你。”他估计浅悠悠走路回村要20分钟，多10分钟让她喘气休息吧，真是暖心肺男人啊！今夜，她又无眠，考虑的事情太多，无论工作上还是情感上。翌日，浅悠悠立即赶回村里，故意躲避沐之羲，他见她不理会，只好和吴康说话商议事情，没坐多久，吕毅打电话来说，镇上有个会马上要召开，沐之羲也急匆匆离去。浅悠悠处理着村上的各种事务，忙忙碌碌的工作使她暂时忘记了一切烦恼！

第六十四章　浅悠悠，你是捡来的娃

这时，浅悠悠手机屏幕响起，她看是一个陌生电话号码。她还是接了起来：“请问你是浅悠悠吗？”“是的，请问你是谁？”“我是叶子，叶如梦母亲！”浅悠悠：“你好，叶阿姨，我是浅悠悠！”叶子性格直率：“悠悠你好！我有件重要的事告诉你！”浅悠悠迷惑不解道：“叶阿姨，什么重要事？”“今晚上 8 点在怡人茶楼二楼见面，你会知道。”“好的。”浅悠悠应允下来。浅悠悠看看手机上的时间，现在是下午 5.30 分钟，进城赶车应该来得及！在车上她一直忐忑不安的。

浅悠悠来到怡人茶楼二楼里，她环视四周，这是一间偌大的茶厅，里面设了多个小包厢。前台有位美丽的女子身着唐装，正在展示她高超茶艺。一首经典纯音乐响起，《云水禅心》，正是她最喜欢的音乐。让人心平静气，那流水潺潺天籁一般的绝妙之音，漫卷漫舒，营造出空灵悠远的意境，仿佛天地万物全部溶在了这一份亦真亦幻的意境之中。“你是浅悠悠吧！请随我到 B888 包厢里去！”一位个子中等身体微胖风姿绰约的中年女子出现在她面前，浅悠悠看见眼前这位衣着讲究，戴着金边眼镜，气质高雅的知性女人。这是间很隐秘的包厢，隔音效果很好。浅悠悠在想，叶如梦的母亲真是费尽心思。何川区医院有名的专家，在如此高级地方请她出来坐坐，她有点受宠若惊的感觉。“叶阿姨，到底什么事，非要在这个地方谈？”浅悠悠直截了当，她作好充分思想心理准备，知道是叶子为叶如梦的事而来。浅悠悠尽情大快朵颐，吃了好多可口的点心和水果，她还没有吃晚饭呢。叶子笑了笑。“悠悠，我知道你与叶如梦不和，而且叶如梦伤害了你！叶阿姨今天给你道个歉！”“叶阿姨你不要客气，请直接说出来。”叶子沉思了一会儿，眼神迷朦。“浅悠悠，我先给你讲一个遥远的故事。浅悠悠点了点头。叶子的眼神朦胧起来，在 30 年前，我有个好姐妹叫玉兰，长得如花似玉，追求者不计其数。她的家里很贫穷，欠了很多债务，家里人希望她嫁给有钱人家还债，玉兰却此时爱上一个穷小子，玉兰的父母坚决反对，强行把她嫁给有名的花花公子，俩人并没有领结婚证，这位公子给了她家很多金钱，还清了债务。不久，玉兰怀孕，这个花花公子却出去花天酒地的，赌博耍女人，回家对玉兰就是一顿拳打脚踢的。玉兰为了肚子的孩子终于逃了出来，跑到凤凰镇上来找我，那时候我是乡卫生院的医生。帮助玉兰分娩，这里的医疗卫生条件很差。玉兰生了个女儿，不久，她悄悄地离开不见踪影，留下字条求我好好抚养成人。我见她很可怜，就收养了。襁褓中的婴儿，她经常生病。我和梧桐村的王媛是好朋友，她经常过来给她治病。她烧火灯花，手艺很高超，堪称一绝。好几次救活了她。王媛见我生活得很艰难，又是姑娘家，考虑以后我不好嫁人，要了她回农村抚养。”浅悠悠忽然哭泣道：“那个婴儿就是我吧！”“是的，就是你！浅悠悠，你是捡来的娃！”叶子点点头说道。浅悠悠泪眼婆娑，咬咬嘴唇。“叶阿姨，我懂了，你有养育之恩！你是让我退出，把沐之曦让给叶如梦，可他不是买卖的东西！”“悠悠，我知道你很苦的，你是个好孩子，你知道吗？我为了叶如梦，我从没结婚过，含辛茹苦把她抚养成人。里面的辛酸，痛苦只有我知道。她是我唯一的依靠呢！”浅悠悠冷笑道：“叶阿姨，你为什么要告诉我这些事情，原来我就是一个弃儿，我恨这个不负责任的母亲，倒要亲口问问她，但不知道生母在何方？”叶子同情道：“玉兰悄悄地离开你后，我和她早已失去联系，杳无音信。”浅悠悠冷哼道：“叶阿姨，你这招真灵，为了叶如梦却深深地伤害着我，不光干涉我的婚姻幸福还告诉我晴天霹雳的消息，让我的心如刀片在割扯我身上的肉，刀片所过之处的痛楚，让我生不如死，比起叶如梦来你狠毒多了。但且念在你救我一命的恩情上，不与你多计较。叶阿姨，希望你今天晚上做个好梦，交上好运！”叶子听到这话，心有愧疚之心，这个孩子也可怜，但为了叶如梦幸福只好下狠心反击，毕竟母子连心，舐犊情深！她用颤抖双手摘了眼镜下来，用干纸巾擦了擦湿润的镜片，重新戴上眼镜后，她此时低头无语。她是过来人，怎会不知道浅悠悠的心思，她任凭浅悠悠起身痛哭着跑了出去。

第六十五章　有我在！再大的事都是小事

怡人茶楼的另一个角落包厢里，阿美正和沐之曦正交谈着。今天他的心情郁闷，坐立不安。总见浅悠悠最近刻意躲避他，与他不说话，浅悠悠时而黛眉紧皱，时而沉默寡言，她的脸色苍白。他知道她回家一定受了委屈，一定是风云欺负了她。阿美打来电话约他在怡人茶楼喝茶聚餐，自称是浅悠悠的好朋友！他如约而至。明亮的灯光照着他那好看的眉梢，英俊的脸颊。“阿美，你有什么话尽管说，我有事情要办！”阿美是个颇有心机的女孩，那天晚上趁风云喝醉了酒，翻看风云的手机，脑海里记住了沐之曦和浅悠悠的电话号码。“沐镇长，以前浅悠悠提起你时，我总说你的好，你帮帮我吧！”“帮你什么？”“风云马上和浅悠悠结婚了，你知道我很爱风云的，他还和我……”“还什么，风云和我上过床！”阿美故意慢吞吞地说完。沐之曦内心震惊不已，风云这个男渣，居然这么做，口口声声还说爱着浅悠悠呢！但他表面却不动声色。继续探问道：“你怎么知道他们要结婚？”“今天上午风云亲口告诉我的，叫我不要纠缠她了，要我立马去医院打胎还给我一笔钱。”“沐镇长，浅悠悠答应了这门婚事，准备明年结婚！”沐之曦的脸色越来越凝重，眼帘模糊起来，他不相信，他要当面质问浅悠悠。他霍地站起身冷凝道：“阿美，失陪了。”说完他急匆匆地离开包厢房，留下阿美坐在那里，她如胜利般者般笑得很甜。

浅悠悠正低头伤心地哭着跑出来，与他撞个正怀，俩人同时抬头惊讶不已。“之曦！”“悠悠！”沐之曦急忙把她拉进另一个包厢房里，当他转身拉门关上时，无意间看见叶子匆匆路过的背影。他的心中已明白几分，叶子刚才找过浅悠悠。见到她脸上满是泪痕，疼惜不已，递过一张纸巾给她。“悠悠！你怎么来这个地方，是谁叫你来的？”浅悠悠的情绪无法平静下来，双眸无神还沉浸在刚才的痛苦之中，她不想回答他的问话。看见一位靓丽的女服务员进来，黯然销魂冲她大声喊道：“美女，我要喝十瓶啤酒！”说着低头痛哭不已，沐之曦知道她内心难受，他跨前随手点了菜单递给服务员。不一会儿，服务员端上两罐啤酒，卤菜，点心等之类菜品相继摆上桌。“请两位慢慢用！”服务员回眸一眼眼前好看的帅哥，知趣退下。沐之曦用手熟练地揭开啤酒瓶盖，斟满两大杯，浅悠悠接过他递给她一大杯啤酒，一饮而尽，不等沐之曦回过神，又饮了另一大杯。她又再倒……渐渐地她的脸开始绯红，头顿时晕乎乎的，她浑身上下燥热起来，双眼通红，她喝醉酒了，性情大变。“之曦，来，再给我倒几杯来。”沐之曦见此情景蹙眉道：“悠悠，别再喝了，你别把话憋着，说出来，好受些。”“请你离我远点，我不想看到你！”沐之曦的脸色更加凝重，微星闪耀。浅冷道：“悠悠，我要你亲口告诉我，你不爱我，你要和他结婚了！”浅悠悠泪流雨下，泪眼迷糊，双手乱挥。她把多年积压的所有痛苦一倾而下，双手乱舞，愠怒道：“你们是不是都在威逼我，一个逼我结婚，一个告诉我就是个弃儿……”沐之曦从酒醉的浅悠悠口中，断断续续听到天大的秘密，让他听得心惊肉跳，如梦似幻。她那犹见怜爱的样子，让沐之曦痛惜不已。风云逼她结婚，叶子告诉她，她是捡来的弃儿，还逼迫和他分手！他要帮她调查当年的事情，了解真相，最关键是她的亲生母亲是谁？他心疼地摇一摇头。自己不要再逼她了，她的生世很可怜，他迅速地抱起她，回到了自己的家中，清理浅悠悠吐在床上的污秽不堪之物，等浅悠悠熟睡后，他急忙上街购物回来，见她没有什么大碍，才放下心，悄然留下字条，深夜驾车回到凤凰镇扶贫加班。凌晨，浅悠悠从酣睡中醒来，酒也醒了。只见四周漆黑一片，她摸索着开灯。柔和的灯光照着床前，她的脑子过电般，昨晚自己喝醉酒了。赶紧看自己的身上衣服还在，但已经污染不堪，旁边却放着一叠新衣裙，里面有内衣内裤，长款紧身打底毛衣绒，毛丝袜，长呢大衣等，真是应有尽有，显然配得很整齐。她环视四周很安静，见床头柜上放着一碗菜粥，上面压着一张纸条。“悠悠，我不想打搅你，起床后，请喝粥洗澡换衣服，厨房里有很多熟食，只要在微波炉上热热就可以吃，换上干净衣服上班。有我在！再大的事都是小事，沐之曦留言！”一帘幽梦，一帘隔相思，一帘情难断。那是怎样的感觉呢！是幸福甜蜜的，往事如昔再次忆起。浅悠悠立即起床，洗了个舒服澡，洗手间还搁着各种护肤品。她想起咋晚的失态，也不知道自己对他说了些什么，不禁脸红心跳，对他的真心实意付出而十分的感动，她立马发信息过去，不好意思道：“沐镇长，谢谢你！我昨晚喝多了，对你说了什么？”此时的沐之曦还在镇政府宿舍里加班，他一夜未眠，见浅悠悠起床发来信息，他高兴万分，松了一口气，装作什么都不知道似的，回道：“昨晚上，你什么都没有说，好好休息吧！你还要上班呢？”浅悠悠穿上沐之曦买给她的新衣，太合体了，像量身定做一样。全是牌子货，看价格不菲。平时她很舍不得买，相当于一个月工资。“沐镇长，哪个买衣服的钱，等几天工资到了打给你。”沐之曦的脸色沉了沉，心绪不好，她还是把他当外人看待，声音低沉起来。“你不用着急的还钱，悠悠，不还也无妨的。”“沐镇长，别客气。”

浅悠悠放下手机，急急地上了开往凤凰镇上的客车。

第六十六章　春总，祝贺你办菌厂成功

浅悠悠回到梧桐村办公室，已经是上午 8 点钟了。她想起自己在诗刊上发表的诗歌多少有点与当前的工作相符合！“扶贫干部干得欢，汗水泪水一起来。扶贫工作最艰难，千山万水涉田间。心与百姓同患难，千丝万缕在心间。不怕风雨征程险，共同携手创明天……”临近春节的脚步越来越靠近了。今天是小年，按照农村的习俗，应该是打扫屋前屋后清洁卫生，挂春联，祭糖果糕点烧纸钱给灶神，期盼来年小日子过得甜甜蜜蜜的，美美满满的。甚至有美丽动人的传说！送家中灶神上天庭，美好的祝福语：“上天奏好言，坏的入地狱，辞旧迎，祈盼来年。”灶神保佑吉祥如意安康发大财之说。打工外出的思乡乡亲们，也陆续回家，走亲访好友乐不思蜀团年聚餐，到处洋溢着迎新年的喜庆节日。母亲陈凤打来电话，急切地道：“悠悠，你好久没有回家了，单位好久放假？何时有时间回来团年啊！”浅悠悠的心绪百感交集，居然是生活了几十年的养母，那我的亲生母亲是谁？为何要抛下我？我一定要找到她问个明白！她强忍着伤悲，“妈妈，对不起，没有时间回家看望你们二老，这几天实在太忙了。要处理的事情多，到企业检查安全情况，要下社走访慰问……只有年夜（大年三十晚上）有时间回家。”陈凤摇摇头叹息心疼道：“你这孩子太辛苦了，成天在外跑在忙，何时有时间休息！悠悠啊！别累着了。”陈凤依依不舍放下电话机，抹着眼泪去做家务事了。母亲的那句话，让浅悠悠在恍然中又想起在天堂的婆婆了。是啊！她和村六职干部根本没有空闲时间，每天像旋转的陀螺，要走访人户全村三类人群，建卡贫困户，发放春节慰问金，放发退役军人的宣传画等，还有春节安全交通执法值班，景区的森林防火，清洁卫生的检查等等工作，此时的她正在村办公室和大家热烈地讨论着有关问题。春涛打给她的电话，那声音悲喜交错："浅书记，报告你一个好消息，我成功了。"浅悠悠不解道："你成功啥子了？"春涛："悠悠姐，电话里说不清楚，快来看基地菌茹。""真是喜事，我们马上到！"浅悠悠挂断电话，兴奋地朝吴康喊道："吴老革命，走，到春涛菌厂基地看看。"吴康高兴万分地坐上浅悠悠的摩托车，一路飞奔往春涛的基地驶去。春涛见他们俩来，情不自禁地拉着浅悠悠的手。"浅书记，走，咱们到菇房里去看看。"浅悠悠和吴康激动得热泪盈眶，春涛的菌厂终于有盼头了，

春涛的基地占地几十亩，简易地搭着彩钢棚，室内菇房里，床架，床面铺木板，竹竿或秸秆帘等，一排排整齐有序的搁着草包，用溥膜包着。春涛兴奋道："浅书记，吴老革命，从现在起，只要将养料装在塑料袋中做成菌袋，再将长好的三级菌种接种到菌袋中发菌培养，一般25—30天菌丝长好，可以进行出菇管理了！""真的吗！春总。"浅悠悠觉得太神奇了，春涛眼里满是辛酸泪水，回首往事，点点滴滴泛心间，那怎样才能感激眼前的这俩个人啊！朝他俩点点头道："浅书记，不，我的好姐姐，吴老革命，要不是你们，我没有今天的喜悦收获，是你们让我找到了自己的生存价值！"浅悠悠也激动道："是的，今天，我太高兴了。多少个日日夜夜的试验和艰辛付出，半年时间内，春涛，你已经是第三次试验，终于成功了，可以放心地吃上梧桐村的绿色菇菌了。春总，祝贺你办菌厂成功！""那我马上报告镇长。"吴康迅速拨通了沐之曦的电话号码，里面传来悠扬的男中音。"吴老革命，你有什么事！我正在开会呢！"

喂，沐镇长，我是吴康啊！给你报告一件天大的喜事！春涛的菌茹成功了。”沐之曦欣喜道：“这的确是件喜事，现在镇党委政府一级班子在开会，等会儿散会，我们都来看看，浅书记知道吗？”吴康眉开眼笑：“浅书记知道的！我们在这里等你们……”吴康放下手机兴奋地对俩人说道：“悠悠，春涛，镇党委政府一班子马上来！春涛，想不到，你这龟儿子有出息了，我们村有盼头了。”

第六十七章　春涛办菌厂的故事

浅悠悠也沉浸在激动兴奋之中，幸福的眼泪，情不自禁往下流。春涛办菌厂成功的背后总是崎岖曲折，披荆斩棘，风雨兼程，她深深陷入往事的追忆。

第一次，浅悠悠跑前跑后帮春涛贷了8万元，没多久春涛因菌茹室温问题又失败告终。他一个人静静地坐在河边，任凭大风大雨打湿他全身，吴康强行把他拖到菌茹房安慰了他一夜，他整整哭了一夜，浅悠悠打电话鼓励他要坚强。第二天一早，浅悠悠又帮他借了5万元，并亲自送到他手上。“浅姐姐，我一定要成功！”这是春涛给她的承诺！

第二次，春涛因菌菇棚发生火灾问题又失败告终，他整整哭了一夜，这一夜，是吴康和浅悠悠陪他度过的。那是一个初夏，夜微热，浅悠悠刚回到宿舍，累得人仰马翻的，洗澡后准备上床休息，电话忽然响起，她一接听，是春涛的伤悲哭声。“浅书记，快来，我大棚里着火了。”“春涛，你先撑着，快报警119，我们马上到。”浅悠悠镇定地打完手机，安排一切。当镇村组织上百名的大批人马到达现场时，映入眼帘的是满目的苍凉，一片狼藉，火烧得正旺，硝烟弥漫，把整个上空照得红通通，让大家没法靠近，消防兵，镇村社干部党员民兵村民们虽然奋力抢救，虽保住了一部分财产，但估计损失好几十万元。幸好没伤及一人，春涛满脸灰尘，蓬头垢面，哭得很伤心，这次，浅悠悠也陪着他难过哭起来，吴康也在旁边抹泪，沐之曦和陈远全在旁边默不作声，大家也在伤心难过，也许他们的眼泪感动上天，也感动了晴瑶的师父，老神仙在空中挥动拂尘，运用神通，下起一场滂沱大雨，把余火灭熄。接下来大家整夜未眠，通宵达旦，处理这次事发原因，损失上报等灾情。原因终于找到了，是工人的烟头投到垃圾桶里，区民政局也回了话，不是天灾就没什么补助，农业局答应考虑点，保险公司也答应赔偿一点。这只是杯水之薪啊！难啊！难上加难，难也上青天。因为这次火灾事故，安全隐患问题，为这事，浅悠悠受到区镇有关部门通报批评，陈远全书记也单独开小灶，批评她做事不力，缺乏工作经验，趁机在区领导面前馋言，说了她诸多的不是。不久，村里的谣传四起，说春涛就是个扶不起阿斗，还说浅悠悠太傻，这辈子要栽倒在阿斗身上，浅悠悠彻底崩溃了，内心憋屈得真想和人打架来发泄。这次春涛气馁了，反过来劝浅悠悠别再让他干下去了。沐之曦也因为这事受到区级部门批评，他没向浅悠悠发火，而是诚意地帮她查找分析工作差错，他的淳淳教导下，浅悠悠认识到自身的过错。很快，不服输的浅悠悠忧郁了几天的眼神终于有了活力，又有了新想法。她把这想法又告诉了沐之曦，俩人有了以下对话。“悠悠，你真像一头小牯牛，精神可嘉，可资金呢？”浅悠悠机灵道：“我们分别想办法，你能不能找你爸借点钱，我再找吴胜利总裁想办法。”沐之曦无奈道：“那大家都试试运气吧！”这是第三次做，春涛死活不愿再做菌茹了，他害怕了，他要出去打工还债。浅悠悠焦急万分，同时和吴康追到龙头岸火车站，劝他回家。“春涛，你难道愿意一辈子受穷，还是愿意当贫困户好听？以前你不是说当致富带头人？帮助更多人脱贫吗？”春涛沉默不言，还是固执地摇头。吴康又说起粗话来，“你这龟儿子，临阵逃脱，不是好士兵。”春涛无神的目光道：“我就是好士兵，怕拖累你们！你俩别阻拦我，我要出去打工挣钱还帐。”吴康无奈地失望叹息，可惜了这个大学生啊！天意啊，难道说梧桐村留不住人才吗！”吴康说完点起烟，转身朝偏僻处蹲下身子默默地抽烟。浅悠悠最后拿出杀手锏软肋：“春涛，你不是以前说不当贫困户吗？那你必须要有实际行动来！好好地劳动致富。以前是我浅悠悠做得不对，对菌茹类方面关心不够。我们再调查你为何失败的原因！我马上给吴总裁打电话，亲自请他来现场帮你查找原因。”“姐，你真的能把吴总裁请来，你太牛逼了！”要知道，他去学习那几个月，去吴胜利菌茹类基地打工三个月，也只能远远地瞧见吴胜利，在众月捧星的人群中完全挤不上去与他说话。顿时，春涛好看双眸有了少许光亮，但很快又黯然下去。“姐姐，我是希望这样子的，但我怕拖累你，现在欠下几十万元的欠款，所有亲戚朋友都借光了，你那里也欠着，怎么办？”浅悠悠继续道“不要怕，失败是成功之母，俗话说得好“好”字不过三呢？”在浅悠悠的耐心劝说下，渐渐地春涛的眼里有了希望光采。

浅悠悠立即回到镇上，来到沐之曦办公室，说出了再次想帮扶春涛的想法，坐在办公室里的沐之曦深情地凝视着她，尔后，深邃眼神移向窗外。“悠悠，你知道现在外面的人怎么说你吗？”浅悠悠打断他的话茬。“说我是傻瓜，脑壳进水了，还说与春涛有男女关系的风言风语话呗！”沐之曦冷凝惊讶道：“这些你都知道？”浅悠悠正色道：“还不是叶如梦在我背后说坏话，人正不怕影子歪。”沐之曦耐心劝道：“悠悠，我不是打击你信心，这些投资是无底洞啊！他现在负债累累，拿什么还你？”“沐镇长，连你都没有信心了，我还找谁去？”浅悠悠用坚定的目光对视着沐之曦，其实沐之曦有点吃春涛干醋，那段时间，浅悠悠老是往他菌厂跑，他才不在乎那点小钱呢？从前，母亲悄悄给他一张银行卡，少说也有 7 位数，他从未动过。沐之曦心虚慢慢低下头。“行，我相信春涛，我相信你的眼光，支持你工作也是我的工作，我代表我爸投资 10 万元帮助他吧！”

浅悠悠回眸一笑，让沐之曦心动不已。揄揶道：“我是一头雌牯牛，哪你是一头公牯牛！”“哈哈，我这头公牯牛只用心在你身上，唯独对你浅悠悠感情专一。”浅悠悠的漆黑眸子转转，兴奋地道：“沐镇长，咱俩说正经事吧！不用你出 10 万元，后天一早，优美集团吴总裁乘专机到达凤州市，再坐专车到何川区凤凰镇梧桐村来考察投资了。”“悠悠！是真的吗？你真了不起！这是天大的喜事啊！”沐之曦高兴地直拍手，伸出手想握手。浅悠悠笑吟吟道：“沐镇长，咱俩就不客气了，不用握手，我们到何川区去接他们，麻烦你带路，提前通知沐叔和区级领导参加！”“好，我马上到区里一趟，给正在区里开会的陈远全书记和暮副区长等做专题汇报工作。”

第六十八章　你今天真出彩

这个好消息像长了翅膀，全镇沸腾传开了。梧桐村上百年都没有这样热闹过了，村里的人热腾起来，横幅上标语口号也很醒目，横幅挂得也多像五色彩旗飘扬。“热烈欢迎各位领导”，“欢迎各位老总”，“欢迎各位专家莅临我村指导考察工作。”梧桐村呈现一派喜气洋洋的景象，大家自发组织腰鼓队，敲锣打鼓，放鞭炮，送鲜花。用他们农村习俗，举行最隆重的礼节，来迎接社会各界贵宾。但见人山人海，海纳百川，村民们都想看区里来的大官大财神爷。村里第一次来了大官，优美集团吴胜利总裁大财神爷也来了，就连几十年未回的沐剑旭财神爷也回来了。大家议论纷纷，“咱们贫困村发大财了！”“一定是千年梧桐树显神灵了！”那些年纪大点乡亲自发排成队伍，念念有词向梧桐神树祷告，就连浅东陈凤黄金贵等参与此事，正在不停地烧香化纸磕头呢？他们又情不自禁地想起王媛婆婆来，在山上装疯卖癫的模样。是位护树功臣呢！这全是王媛婆婆的功劳啊！大家至今记得王媛护树时视死如归，要与“敌人”同归于尽的眼神，是她几乎用一生生命捍卫过来的梧桐树啊！今天我们梧桐村终于有希望了，而且王媛婆婆终于得到了大家的赞许，人们在翘首以盼中终于等来了。只见这一行人浩浩荡荡到了梧桐村，浅悠悠亭亭玉立地毕恭毕敬请远方客人们入座，村会议室三楼里热闹非凡，欢声笑语，席间于英和兰给他们沏茶服务接待。大家品尝着梧桐山上最高峰的名茶。只见冲泡之后，茶芽朵朵，叶脉绿色，似片片翡翠起舞，颗颗叶片卧底后，饮之唇齿留香，回味无穷。最让浅悠悠惊讶的是，区里领导头头全来了。区委书记卓耀，风海阳风区长，财政局长李平，交通局长白云，旅游局长蓝虹亲临现场……

记者们忙着抓拍照。浅悠悠临危不惧主持工作，她笔挺站直在讲台上发挥得淋漓尽致，用PP软件做的梧桐村几年的投资规划和方案。把梧桐村近几年发生的巨大变化，远大前景做了汇报。“各位领导！各位老总！上午好！首先我代表梧桐村的父老乡亲们，热烈欢迎你们的到来。今天我要讲的题目是：《青山绿山就是金山银山》……

她那妙语连珠，掷地有声的标准普通话，赢得了大家的一片掌声和喝彩。特别是沐剑旭，对她的成见一笔勾销，心里纳闷，浅东的女儿如此优秀，看来他是有福气的，他家祖坟冒青烟了。沐之曦一直眸星闪耀，温情脉脉的微笑着看她在台上讲解，他的眼里满是浅悠悠的倩影，他不时向台上的浅悠悠投去真挚鼓励目光。内心向她点赞！悠悠，你今天真出彩！但见她身着白色短袖衬衣，下身着黑色的短裙子，长长的乌发高高挽在头顶上，显得精明干练，端庄秀丽。当浅悠悠介绍完梧桐村概况时，台下的掌声不断，吴胜利更是欣慰，想不到自己的女儿如此卓越！最后，请卓耀风海阳等区领导讲话，请吴胜利总裁讲话，请……

召开会议约进行二小时结束，由沐之曦带路到风景怡人如画的茶园，花木果圃，实地考察梧桐村景区的公路。最后，大家来到春涛的菌茹基地，有意落在后面的吴胜利，微笑着对浅悠悠低声道：“浅书记，这次我专门带了两位菌茹专家给春涛作指导，他俩要住在春涛菌厂一个星期左右，帮助春涛，保证菌茹万无一失，一举成功！”浅悠悠笑容满面道：“谢谢干爸的帮助！”“要谢就谢你干妈！临走时她特地吩咐的，你有时间过来看看她吧！她的风湿毛病又复发了。”玉兰这名字，不会这么巧吧！狠心抛弃的母亲，怎会与如此高贵的干妈相比配呢？同名同姓的很多，别胡思乱想了。浅悠悠的念头一闪而过。吴胜利又继续说道：“浅书记，我建议春涛多种些菌茹品种。例如平菇，香菇，木耳，金针菇，茶树菇，秀珍菇等等。”春涛在一旁边一直乐哈哈。吴胜利针对春涛提出菌茹的疑点一一作出解答，针对春涛遇到的经济困难，当即表态赠捐 40 万元，说是前期投资呢？“春涛啊！你是扶贫对象户，我帮你再贷无息贷款 20 万元，里面所有的基础设施区里来投资。”区长风海阳在旁边说道，卓耀莫然和几位局长也在旁边点点头，算是支持他。春涛激动地拍拍胸脯，“感谢共产党，感谢各位领导，感谢大家！都来帮助我这家贫困户，等春暖花开时，如果这次菌茹能成功，估价除还帐，我净赚十万，到时一定请大家吃饭。”大家欢声笑语起来，浅悠悠望着晴朗上空，天蓝蓝的浩荡无边，她看到了徐徐升起的太阳，也看到了扶贫的希望。

第六十九章　梧桐树引来金凤凰

大家有说有笑地沿着小径盘曲而上，远远就望见屹立在凤凰山上的两株参天大树——梧桐夫妻树。一代又一代相传，在千年前，传说栽种是一棵梧桐树，后来渐渐地长成两棵树了。雄伟苍劲，巍峨挺拔，它们使高山有了灵气，使一切的生命在它面前显得苍白逊色，林中梧桐树像一把把大伞为树下草木遮挡阳光，草木生长得茂盛。当大家来到梧桐树下，立即有了敬畏和虔诚的感觉，浅悠悠想起小时候和沐之曦偷偷爬上树梢情景，采摘比巴掌大的翠绿叶子下来，用面粉揉成团蒸麦粑，浓浓清香味叶子，包裹着微泥巴色麦粑，好吃得很，像过年的丰盛筵席。这些年来，她栽种的小梧桐树苗，满山坡的小梧桐树也在迎风茁壮成长。吴社长昨天对她说，明年这些小梧桐树就开花了。她很奇怪的是，现在，到了初秋，梧桐树还是枝繁叶茂，没有一点凋零景象。举目望去翡翠欲滴的峰峦。眸光看见沐之曦上身穿着一件暗红色长袖衬衣，头发好像才理过，梳理得一丝不乱，黑色皮带扎着灰色长裤，油光锃亮黑色皮鞋，显得更加地玉树临风。沐之曦见她望着自己，他的眼眸里更加饱含深情，越过大家目光在她身上略停留片刻。然后对大家微笑道："听说凤凰是吉祥鸟是瑞鸟是百鸟之王，它是吉祥如意的象征，凤凰来临就代表着祥瑞降临，所以这山叫凤凰山。因此，梧桐树的寓意就是吉祥、瑞祥梧桐树，是爱情忠贞的象征。古代传说梧是雄树，桐是雌树，梧桐同长同老，同生同死，且梧桐枝干挺拔，根深叶茂，成了忠贞爱情的象征。如：梧桐相待老，鸳鸯会双死。象《孔雀东南飞》、《烈女操》等等。”吴胜利总裁越听越兴奋，他约50岁年纪，精神饱满，身体矫健，只见他急步上前，万分虔诚地对着梧桐树作了三个揖，嘴里念念有词。他这次来是有目的。一是为寻找失散多年的女儿，表面上派那两个专家来帮助春涛的，实际是暗中调查浅悠悠是不是他的亲生女儿。前两日玉兰面容忧伤，告诉他天大秘密："胜利，你还有一个亲生女儿。"吴胜利不可置信道："玉兰，我们哪来的女儿？""胜利，这是真的，而且我怀疑浅悠悠就是我们的女儿，证实了她的身份就能找到女儿了。"吴胜利揶揄道："看长相眉眼与你倒有几分相像，但这是没有依据的。"玉兰胸怀成竹道："你别给我说笑，凭女人的直觉，凭悠悠额中有颗大红痣就是标记。"吴胜利不可置信嘴角上扬："玉兰，这是件大事情，你居然隐瞒我三十年！这次悠悠邀请我到梧桐村，我会特意放在心上关注的。你说说这是怎么回事啊？"于是，玉兰把当年为了还清家中债务，为安慰父母，答应与花花公子宇在一起，但没有扯结婚证。结婚头天晚上她把第一次给了外地穷小子，这个穷小子就是吴胜利。婚后，因为玉兰不和宇同房，宇很恼怒经常喝醉酒后打她骂她。后来玉兰逃出来生了女儿后，去了外地找到吴胜利，本想告诉他，又怕他不相信。这时又怀上儿子吴帆，因此这事搁浅起来。玉兰多次写信给叶子，叶子很肯定告诉她，在她走不久，她的亲生女儿早就夭折了，再与叶子联系时石沉大海。玉兰对叶子的话深信不疑，但自从见到浅悠悠后，玉兰心湖又荡漾开来，浅悠悠额中有颗大红痣就是胎记！

吴胜利想到这里，很开心对大家含笑道："这二棵梧桐树能保存到上千年，不知道经历了多少风风雨雨，曲曲折折的爱情故事。我特别喜欢梧桐树，传说它能给人们带来吉祥，祥瑞之说，它的寓意很多，睿智，忠贞。"沐之曦也接过话茬。"由此可见，这里的民风纯啊。”吴胜利微笑着把手一挥，潇洒道：“就凭沐之曦镇长这话，我先投资一个亿好好打造。”沐剑旭也很高兴，“借着东风，我想把家乡公路修通，给村赠捐一百万元修公路，再投资上千万元，把茶园，果苗圃项目好好打造起来！”“真的是应了那句老话，梧桐树引来金凤凰！”文质彬彬戴着眼镜的卓耀微笑道。风海阳等众人也连声称好！大家跟在卓耀后面谈笑风生紧跟随。

浅悠悠和吴康跟在最后面，俩人正低语地说着话。吴康眉开眼笑对她说：“你看，沐镇长，时不时回眸深情地凝视你！生怕你走丢呢！”浅悠悠羞红着脸道：“吴老革命，你不要去理会他。”

“……”

第七十章　明天，我们下社去慰问

几小时后，沐之曦真挚地邀请众人，到了何川区国际酒店里吃饭。在最豪华的高级餐厅包房里，传来欢声笑语，一阵阵觥筹交错后。沐之曦笑灿灿道："今天，我自掏腰包请大家参加晚晏，很感谢贵宾吴总裁大驾光临，欢迎您经常到凤凰镇看看。""沐镇长，谢谢你！我一定会来的，会实现我的诺言。晚点我和陈司机搭机回去，有要事。"吴胜利喝得满面通红，满意地点点头，他对沐之曦才华很欣赏，青年才俊。暗暗地察言观色沐之曦，发觉沐之曦很喜欢浅悠悠，这让吴胜利很欣慰，如果她真是我女儿的话，那沐之曦倒是乘龙快婿，不错的人选。吴胜利又续道。"今晚我太高兴，喝醉了，你们这里人豪爽又太好客，我喜欢，来！风区长，春总，沐镇长，悠悠，干杯！"夜晚的明月似冰盘，清亮典雅，柔柔的月光透过窗户，洒在众人微醉的脸上，大家心醉了，浅悠悠为梧桐村的发展前景而醉，沐之曦为镇的发展而醉，风区长为区的发展而醉，老总们为捡到风水宝地发财致富而醉……

"吴老革命，我何时回到镇上宿舍的？怎么什么都不知道？"第二天一早醒来，浅悠悠用手按着脑袋，头疼不已，胃也疼痛。她第一反应给吴康打电话"悠悠。你今天就休息一天吧！昨晚，你喝得太醉了，沐镇长还帮你喝了不少呢？"吴康实在是担忧她的身体，昨晚上，浅悠悠被春涛，兰和于英扶回来的。"吴老革命，这怎么行，村的事务太多了，我得马上下村来。”浅悠悠有些不好意思。接下来的日子就是一个字，“忙”，忙得马不停蹄，加班加点，与上级部门对接，周旋于各类人群。她身心疲惫，不分白天黑夜，不分周末节假日，（周一至五再加周六和周末）现在最流行5十2，她全用上，可时间还是不够。吴康见了心疼得直落泪。“悠悠，多吃点饭，你瘦了。”沐之曦更是疼惜不已，对她说：“小傻瓜，该耍还是要耍。不要这么卖命！活儿一天做得完吗？”浅悠悠莞尔一笑，回答他：“沐镇长，你别说我，其实你比我更累，要抓全镇经济发展，抓扶贫工作，全镇400多户的建卡贫困户的走访，还抓生态环境……”浅悠悠奇怪的是，自从风云回去后，就再没和她联系，倒也乐得清净。“悠悠，你在想啥，陈书记沐镇长他们来啦！”吴康打断了她对往事的追忆。“吴老革命，浅悠悠，你们的付出终于有回报啦！”陈远全握着吴康的双手激动地说。一旁的沐之曦直视着浅悠悠，他的脸上挂着微笑，他那好看的双眼好美，似星辰闪耀，让浅悠悠看着看着心湖荡漾开来。急忙控制自己的情绪，浅悠悠垂下好看的长长眼睫毛。道：“春总，今年是个大丰收年，你的绿色食品菌茹会摆上商场，酒店，农贸市场的。大年初一，凤凰镇搞春联活动，争取搞一个亮点节目，让春涛讲讲扶贫精准的故事，现身说法！”春涛高兴地拍手称快。道：“浅书记，我立即去准备。”“悠悠，好消息都不告诉我一声啊！你看看你眼泪掉下来了！”沐之曦朗朗有声在她耳畔响起，递上一块纸巾给她。浅悠悠娇笑道：“人家不是高兴么，走，今晚去我住处吃团年饭！大家都辛苦，我犒劳大家。”沐之曦惊讶道：“你有时间煮饭？”“不是，紫萱安排张阿姨帮忙做的，总是你镇长请客，我怎么好意思！”浅悠悠开心的笑道。“我下次请客吧！我工资比你要高点嘛！”沐之曦很豪爽。“你的下村电话补助工资多我每月300元，还得意什么啊！”浅悠悠有意抬他杠。“悠悠，我们吃沐镇长的饭是应该的，有名的富二代，你装着不知道啊！”

吴康笑哈哈地答道。春涛故意翘起嘴巴，拍拍胸脯，“浅书记，等春暖花开时，我净赚十万，也请你们吃饭！”大家欢声笑语起来，浅悠悠望着晴朗上空，天蓝蓝的，她看到了扶贫的希望。“咱们走起，明天，我们还要下社去春节慰问呢！”

第七十一章　安慰伤心的桐花

临近春节，大家沉浸在喜迎春节欢庆团聚之中。深夜，浅悠悠正在加班，认真翻阅扶贫工作文件。电话铃声响起，她随手接起，手机屏幕上显示夏桐花打来的电话，不等浅悠悠说话。她很着急地说道：“浅姐姐，婆婆快不行了，快来救救她吧！”浅悠悠明显感受到夏桐花撕心裂肺伤心哭泣的声音。浅悠悠开着手机免提道：“你先不要着急，你们现在在哪里？”夏桐花道：“在家里，我婆婆快不行了。”浅悠悠焦虑不安起来，“桐花，你在家里守好婆婆，我马上到。”她立即挂了电话。立马拨打 120，拨通 120 的电话。浅悠悠焦急地说道：“你好！……梧桐村陈秀珍的位置是……”接着她镇定地给叶子医生专家打电话，给春涛，吴康打电话……

刺耳呼啸声 120 急救车在寂静的乡村响起，像空中的炸雷，整个梧桐村炸开了。

二个小时后，陈秀珍被紧急送往何川区蓝天大医院，这是何川区最有权威医院，经过叶子二天二夜的奋力抢救，陈秀珍苏醒过来，但精神状况不怎么好。叶子医生在病房里，喊道：“你们可以进来看家属了。”叶子旋身离开时朝门口望去，见外面人太多，她用疲惫沙哑的声音冷凝道：“不要吵闹病人，只允许俩人进病房来看望病人，但谈话时间不能超过半小时！”吴康和春涛用眼神示意浅悠悠和夏桐花先进去，浅悠悠紧握住夏桐花冰冷小手进了病房，这是间特殊病房，浅悠悠给叶子打了电话后，叶子是这家医院著名专家兼副院长，给与特别照顾，陈秀珍享受特级医院特殊待遇，但此时的她躺在床上奄奄一息，已经说不出话来，旁边挂着大瓶小袋输液，她鼻子里插着氧气管，她用浑浊的双眼寻找着最亲的亲人，见夏桐花和浅悠悠进来，她的眼神闪耀着一丝光彩，但很快暗淡下来。浅悠悠控制着内心慌乱，难道是陈秀珍回光返照？夏桐花跪在床前悲痛万分，痛哭流涕地喊道："婆婆，求求您别离开我，我只有您一个亲人了，我以后怎么办啊！呜呜呜……"浅悠悠也在旁边直抹眼泪，她想起了自己身世，同病相连的感觉。但见，陈秀珍使劲地用手朝前伸了伸，似乎有话要讲。"桐花，你婆婆有话说！"不知何时，吴康和春涛已进房间，有经验的吴康正在催促夏桐花。夏桐花抹了抹眼泪，起身靠前把耳朵俯在陈秀珍嘴角边，陈秀珍很虚弱，无论她如何努力无济于事。她的表情痛苦万分，脸部肌肉僵硬，用尽全力使劲扬起右手，用手指指向浅悠悠，瞧见浅悠悠来到跟前，浅悠悠身子蹲着，眼里噙着泪水，轻呼道："陈婆婆，您尽管吩咐，悠悠绝对照办。"陈秀珍信赖地点点头，伸出双手把夏桐花和浅悠悠的手叠合在一起，双眼直视着，想说出的话，但只是嘴角上扬，无法说出话来，一滴滴浑浊的眼泪，从她满是皱纹饱经风霜的脸，不停地往下流淌。外面的冷风摇曳着大树，树叶碎落一地，天空下着细雨，似乎是陈秀珍泪滴，她生活在这世界上，辛辛苦苦劳累了大半辈子，在最后弥留之际，深深切切地感受到，大家的给予的温暖，她这一生很知足了，但使终放不下孙女。浅悠悠宽慰道："陈婆婆，你放心去吧！我会好好照顾夏桐花的，把她当成我的亲生妹妹对待……"陈秀珍听得很舒坦，满面微笑点头，慢慢的幸福的闭上双眼。病房里，顿时传来夏桐花悲痛欲绝的哭声……

浅悠悠在镇上单独租了房子，悉心照顾起夏桐花生活起居来，晚上辅导夏桐花的学习，夏桐花的成绩突飞猛进。

第七十二章　我爱你一万年

翌日，大年初一。凤凰镇文化广场舞台上，背景布置得大气，喜庆，接地气。横幅标语上霍然醒目写着，“何川区凤凰镇人民政府给父老乡亲拜年了！”当时针指向上午9点钟时，两名俊男美女主持人神采奕奕上台。一名是龙鹏，一名是浅悠悠。男的英气逼人，西装革履。女的天生丽质，一头长长的乌发高高挽在头顶上，身着红色礼服更透肤白更加美貌。两人刚一出场，台下立即响起一片热烈地鼓掌欢笑声。其实，先前安排女主持人不是浅悠悠，而是叶如梦。叶如梦自从被沐之曦凌厉警告后，不再高调而是低调行事，一直寻找机会报复浅悠悠。现场上大家焦急地等待叶如梦到来，左等右等不见她的踪影。沐之曦的脸色难看，嘴角下弯，双眸透出凌厉光芒。打通她电话时，不等她回话，顿时朝她怒吼：“叶委员，你在哪里？”“镇长，我正想给你打电话请假呢！我现在家里躺着呢？病的不轻，要不要来看望我。昨晚受了风寒今早感冒了，早就给陈书记请假啦！”她故意装出一副可怜相，干咳几声。“你应该早说，你不来让谁来，让谁来代替你？今天怎么办！”沐之曦暴跳如雷，最恨临阵逃脱之人。叶如梦眼珠子忽地转了转，冷笑道：“目前，只有浅悠悠行，只有她才能胜任。”“叶委员，你这是存心让她难堪出丑吗？”

沐之曦双手摊开，无可奈何的叹气，他着急找来浅悠悠，把事情的原委告诉她，浅悠悠欣然接受。

还有二十分钟开幕，主持人要出场了。龙鹏迅速从镇上影楼借一套礼服，浅悠悠迅速熟记台词，这个难不倒她，她在大学里经常当学校节目主持人。“各位领导！各位同事上午好！新年到，鸿运照，烦恼的事儿往边靠，祝君出门遇贵人，在家听喜报，年年有此时，岁岁有今朝，有请莫然区长讲话……”“有请陈远全书记讲话……”“有请沐之曦镇长讲话……”

浅悠悠有条不紊把捏时间接点火候，等领导们讲完话后，正式表演比赛节目开始。浅悠悠主持得从容淡定，气质高贵，笑吟吟道：“今天来自各参赛队有17个单位。其中：16个村1个（社区）队，接下来有请东风村的演员上场，表演舞蹈节目是《我和我的祖国》，演员们上台尽情地载歌载舞，欢度春节快乐的喜庆，歌声余音绕梁。台下镇村的干部整齐有序坐在前排，后排是观看的群众。欢天喜地的观看台上的表演节目，是啊！镇村干部，辛辛苦苦地干了一年工作。平时紧张的神经弦有的放矢轻松起来，个个脸上洋溢着丰收，喜气的表情。沐之曦此刻悬着的一块大石头终于落地，内心由衷地佩服浅悠悠，主持能力水平发挥得淋漓尽致，甚至号称全区第一的主持人叶如梦无所能及。

坐在一排的镇党委政府一级班子就是评委，还邀请了区领导嘉宾莫然区长当评委。各村居抽签依次表演节目。当第8名是凤凰村时，浅悠悠站在台上，款款大方地道：“有请凤凰村上台演讲《我的脱贫故事》。”春涛神采奕奕上台，内穿白色衬衣外着藏青色西装，黑色裤子，黑色皮鞋。春涛用最真实的情感故事表现出来，讲述自己如何致富，如何遇到困难重重，是帮扶干部沐之曦，浅悠悠，吴康等如何帮助自己贫困家庭，从一个未脱贫户蜕变成脱贫户致富的故事。把角色演绎得神龙活现，真切的告诉大家，扶贫扶志先扶智为根本，脱贫致富为目的，这个故事感动着台下的每个人，牵动着每颗心，在表演中间还穿插一些小品唱歌之类的。最后节目接近尾声时，当浅悠悠念到有请，我们的特邀男嘉宾沐之曦镇长，给我们演唱《爱你一万年》。沐之曦西装革履，玉树临风往台上一站，顿时倾倒众人眼球，台下响起一片热烈鼓掌声。他深邃双眼凝视远方，好像心上人儿浅悠悠就在眼前。他深情地唱道："只为来世和你续缘，静候着那一天……"他的歌喉清脆，心旷神怡，沁人心肺。台下又响起一片热烈鼓掌声，呐喊声，浅悠悠在后台也听得热泪盈眶。

圆满结束时，浅悠悠代表梧桐村荣获表演节目比赛的第一名称号，莫然区长亲自上台给浅悠悠颁奖，给予莫大的鼓励，多才多艺的才女，眸光很赞赏。台下的陈远全抬眸在紧皱眉头，妒火中烧，暗暗捏紧拳头。"沐之曦，浅悠悠，今天，不仅让你俩风光无限，还抢了我的镜头。"凡霞暗恋着沐之曦，心生对浅悠悠的怨恨更深，她拿起手机把今天的情况报告给叶如梦，让叶如梦更恨浅悠悠。

第七十三章　叶如梦使毒计

一幢高档小区房间里，叶如梦正在剥着爪子壳儿，慢慢地咀嚼着，回味那微淡咸的瓜子清香味。却有一番韵味味道，她不禁追忆前段时间在怡人茶楼对话情景，沐之曦的无情和训斥，让她心冷到低谷。她为了他放弃一切，只为讨他欢心和青睐，沐之曦的多次冷漠拒绝，让她失望至极。她要奋力反击，你不是喜欢浅悠悠吗？今天我就让她出出丑，让你知道我的厉害！除了我叶如梦当主持人，何川区没有第二个与她相比的。此刻她的想象力丰富极了，这时候想到那个浅悠悠正站在台上束手无策，瑟瑟发抖的出丑模样情景……

想着想着，她开怀大笑起来。凡霞打破她的幻想，向她汇报了今天的事情经过。叶如梦气急败坏咬牙道："浅悠悠，这次让你走运，下次就没这么幸运了。"她皱眉心生一计，指使道："凡霞，我知道你喜欢沐之曦，暗恋他，只要你听我的，包你成功！"凡霞疑惑不解，道："叶委员，你不是也喜欢他吗？""凡霞，你看我身边优秀追求者泛多，还缺他吗。倒是你凡霞现在都二十六七岁有余了，还没有个称心如意人！"那边的凡霞想想也是，争取了总比没争取的好，高兴地点了点头，除了自己相貌丑点外，其他都不错。"那我试试看！"

接着，俩人商量着计策。"凡霞你就这样做……"当叶如梦放下手机，心里暗暗冷笑道："浅悠悠，这次看你怎么解释。"

……

春涛在村菌厂里忙得不也乐乎的，生意太好，畅售无极，每天产销量达到上千斤以上，小到乡贩大到五星级大酒店，全国各地直播网销，他赚得金盆钵满。累得一天吃饭没有时间，经常饱一顿饿一顿的。春节的天气，仍然寒冷，特别是傍晚6点过，天就暗黑下来。他正坐在办公室里上电脑看报表销售情况，工人们都下了班，面周寂静。春涛的手机微信屏幕忽然响起。"涛涛，你下班没有？我好想你哦，等着我来，我俩互诉彼此衷肠，以解相思之苦。"春涛一看是浅悠悠的手机号码，他很惊讶，悠悠姐平时从不说这些暧昧话！今天怎么了？他也怀疑过，但确实是浅悠悠发来的信息！他又抱一丝怀疑的态度回了信息，当确认其身份时。他不禁激动万分，脸上一阵阵滚烫，花开花落终于等来暗恋女神的结果，他遇到了让他惊鸿一瞥的初恋，初恋的甜蜜滋味涌上心头，他手指颤抖不已地回了一个信息过去。"好的！我在菌厂等你，不见不散！"

今天是初二春节假日，因为有个紧急通知，下午镇上又召开镇村（第一）书记大会。会散后，浅悠悠刚回到出租房正写着材料！见春涛微信发来信息，看了不禁黛眉紧皱，今天春涛怎么了……什么不见不散的词语？难道春涛真有事情？不行，我得去看一下？她回头对灯下认真做作业看书的夏桐花道："桐花，春涛今晚有事找我，我觉得他很奇怪，发些暧昧的话。你看看信息这是他发的内容。"夏桐花抬头用眼角，扫了扫春涛发过来微信上的字，不禁咯咯大笑起来。道："悠悠姐，看你不出来？春涛哥，喜欢你呗！""不行，我去给他解释清楚，随便，看看菌厂最近销售情况！"浅悠悠有些着急。

夏桐花道："姐，那我和你一起去。""不用，你好好复习功课，马上要考试了，我一会儿回家。"夏桐花不放心她外出，立马给沐之曦打了电话。告诉他，悠悠姐去找春涛哥了，叫他去接她。凡霞今天下午做了两件事，一是今天开会，叶如梦故意安排凡霞记录会议纪要，和浅悠悠坐在一起。浅悠悠有个习惯，上厕所不喜欢带手机，她看开会接近尾声了，去了一趟厕所，凡霞赶紧拿起她的手机给春涛发了信息过去，删除信息，让浅悠悠根本看不到自己发过信息的痕迹。凡霞又急步跑到她的出租房前。敲门进屋，一阵热情寒暄后，对夏桐花很热情，取得了夏桐花的好感。临走时，她再三叮嘱夏桐花。我和你姐浅悠悠是最好姐妹！以后无论遇到什么困难，切记！都要告诉镇长沐之曦，特别是她晚上出去的事。我今天说的话千万别告诉你姐，因为我是真心帮助你们的。”夏桐花感觉凡霞真好，只要是为姐姐作想，她没有多想，真的隐瞒起来。凡霞旋身出了租房后，躲在另一个角落里，凡霞时刻观察出租房的动静，瞥见浅悠悠进门，一会儿又急匆匆旋身出去，她知道鱼儿上钩了，得意忘形立即给叶如梦发了信息，叶如梦见到信息，她冷酷地扬起高昂的脖子勾起唇角，鄙视道：“浅悠悠，我看你如何向沐之曦解释，你将失去他，他永远是我的！”她奸笑着，用细长的手指飞快地拨动风云的电话：“风云哥，快去现场看丑事，浅悠悠现在在菌厂，她和春涛勾搭上了，快去看戏啊！”风云正好出差，住在何川区的父母家，他放下电话，脸色阴沉，醋味大发，怒火中烧，心情烦燥。一个小小的贫困户，敢和我抢，真是吃豹子胆了。他开着豪车直奔梧桐村菌厂而来，眼看一场大暴风雨即将来临。

第七十四章　天大的误会

浅悠悠驾驶着摩托车飞快来到菌厂房前，把车停在外面放好，径直走了进去，眸光到处在菌厂里寻找春涛在何方。“春涛，你在吗？啥事找我。”四周黑黑的，寂静可怕，让她感到一丝窒息。浅悠悠边进办公室边大声呼唤起来。终于，目光落在春涛身上停顿下来，瞥见春涛喝了很多酒，已经微醉的脸庞满面通红。今晚他特意喝了酒，壮自己的胆儿，向浅悠悠表达他的浓浓爱意，他对浅悠悠倾慕已久，终于有机会向她倾诉衷情。“浅书记来了，快请坐。”春涛起身摇摇晃晃给浅悠悠端凳子，用手仔细擦过凳子，浅悠悠没有坐下，只以当姐姐的身份口吻。道：“春总，我最近忙，好久没来菌厂，最近效益如何。”春涛靠前脸更红了。嗫嚅道：“悠悠姐，效益很好！感谢你的帮助。”他感受到女人靠近，特殊芬芳馥郁味道，他又向前了几步，借着几分醉，眼眸通红。“悠悠姐，我喜欢你，很爱你。”浅悠悠吓得后退了几步，毕竟她把春涛当成小弟弟，所以没有运用心通大法，也没有防范。只是急忙道：“春总，你今天喝醉酒了，如果没有其他事情，姐先走了。”“姐，今晚不是你约我的吗？我对你是真心实意的，求你别走！”春涛见浅悠悠要走，急忙向前想拉住她的手，不想身子摇晃得厉害，绊倒一张凳子，浅悠悠一个箭步弯腰想捡凳子扶起他。瞬间，春涛无意识的身子忽然把浅悠悠压在地上，俩人四目相对，眼神又惊慌无比，可还没来得及反应过来，这个场景刚好被进门的沐之曦看见，他顿时惊呆了，如木偶般站立不动。因为他俩是背向着，看不见他。沐之曦黯然神伤，泫然流涕旋身，一路上驾车狂奔。本来是担心着浅悠悠，刚进门想给他们一个惊喜，可看到这个尴尬不敢相信的场面，平时矜持高贵的她，居然是这种人，她居然和春涛正在暧昧亲热！他顿时像泄了皮球，失望的眼眸里涌出的泪花在流淌，他默默地开车离开。来到金龙湖边，整整坐了一晚上。你曾记得在三生石下许下的诺言么，镌刻的名字么，你曾记得你是我千百年前瑶池中莲么，一切一切难道你忘了么。寂静的夜，飘零的落叶，绵长的细雨，何尝不是他落寂的心情，他如一尊雕刻的塑像，一动不动地伫立着，任凭风吹雨打他那孤独的身影。一夜未眠，冷寒刺骨，心冷到冰点，从不抽烟的他，整整抽了三包，两滴泪珠依然在他脸上流淌……

当沐之曦旋身前脚离开，风云后脚进来，见此情景，气急败坏，急步上前，一把拽起压在浅悠悠身上的春涛，重重的拳头如雨点般地打在春涛脸上身上，接着又是一个巴掌声落在浅悠悠脸上。暴跳如雷吼道："这对不要脸的狗男女，今天把你俩现场捉奸，看有什么话说。""风云，你不知青红皂白，你在胡说八道。"浅悠悠生气地捂着红肿的脸说。"浅悠悠，头次在你家，我醉酒第二天醒后，一大早不见你的踪影，跑得真快。别以为我是小孩子，我没有胡说八道，现在网上流行车震，你俩倒好来个菌震，要不是刚才亲眼看见，我不相信这么清纯的浅悠悠做出这种丑事来。""你无权干涉我，不要误解我们，我俩是清白的。是春涛喝醉了酒，绊倒一张凳子，我想捡起凳子无意碰在一块了。""你要证明你清白，可以，那我俩现在去车震，检验你是不是清白的。"浅悠悠气得哇地大哭，跺脚。猛地向外跑去，她疯狂开着摩托车直奔出租房，心情悲痛万分。春涛被风云那拳头一击，酒顿时醒了一半，冷不防又被风云打了一拳，踢了一脚。他见浅悠悠跑了出去，心生愧疚，自己不小心摔倒压着浅悠悠了，被误解得这么深。自己把她伤害得伤痕累累，太对不起她了，他痛苦万分的跪下。解释道：“风总，你误会了，我和悠悠姐是清白的。”风云是明白人，其实，何尝看到不是那回事，他仍醋意犹在，他眉头上扬。阴沉地笑道：“那你想想办法让我和她上床，我才相信不是这么回事。”春涛愤怒了，紧握拳头。“风总，有本事你冲我来，别欺负她！你再不走，我报警了。”俩人都红着眼睛扭着身体一团，疯狂的打了起来，菌厂保安闻讯赶来，立即报警，春涛被风云打伤了腿，住进医院里，风云被凤凰镇派出所的民警叫去记笔录……

第七十五章　心碎落一地

浅悠悠把摩托车驶进出租房楼下，并靠车锁车，二楼上的房子，今天上楼显得格外吃力。连拿钥匙开门的手颤抖不已，走进房间里，面容疲倦，披头散发。没等她坐下换鞋子，懂事的夏桐花笑脸迎向前，递了一双棉拖鞋过来。“姐，你辛苦了，开摩托车冷吗？春涛哥没事吧！”夏桐花看到浅悠悠把棉拖鞋穿上，她又急忙递上一杯热开水。浅悠悠勉强笑笑，没回答她。接过开水杯温开水一饮而尽，她径直进了卫生间关门淋浴。里面随即传来哗啦啦地声，姐姐是在洗澡！夏桐花观察她很仔细，悠悠姐平时回家都是面带笑容，今晚回家双眼睑浮肿，脸上还有泪渍痕迹，另一边脸红肿起老高，身上还闻到一股难闻的酒味，她忍不住脱口而出。“悠悠姐，哪个混蛋欺负你了，我不是叫沐镇长帮你吗？”

卫生间里面的水哗啦啦声瞬间停止，浅悠悠开了门，换了另一套衣服穿上。显然她对夏桐花的话很感兴趣。“桐花，你快说说，今晚上沐镇长来了梧桐村菌厂？”夏桐花把下午凡霞找她的经过讲述一遍。浅悠悠听着，心存疑惑，难道是巧合吗？今晚上的事情蹊跷，一连串事情发生。那应该之曦看到这一幕了，沐之曦和风云两人先后到达春涛的菌厂，看她和春涛……是不是有人事先设计串通好了的，想到下午自己去厕所手机放在桌子的，自己没有设置密码，对！一定是凡霞假冒自己发信息，当她如厕回来时，看到凡霞眼里有一丝惊慌神色。想到那个矮胖皮肤黑黑的凡霞，浅悠悠的身子不寒而栗。遭了，明天她和春涛就是全镇的最大的桃色新闻，浅悠悠的心情沉重。不行，我要弄清楚事情真相。如果他看到了刚才的场面，误会了，会更加伤心的。从小知道他性格，即便受了再大委屈，他都默默无闻地忍受着，不会朝她发火，因为她是他深爱的人。她拔了几次电话，他没接听，浅悠悠感到事态严重性，背脊发凉。她把分析的经过给夏桐花讲了，她气得咬牙道："好狠毒的凡霞，利用了我的善良。""桐花，你快去镇政府宿舍大楼，看镇长在不？我骑车到每个地方看下。"浅悠悠开着摩托车，认为他平时应该去的地方甚至串串香酒楼，整个大街小巷寻找个遍，没有找到沐之曦身影，她忽然发现自己不能失去他，吴康和夏桐花打电话来，反馈都说没找到。"沐之曦，你到底在哪里？"已经是凌乱晨四点钟，还是没有他的身影，她使用心通大法，老神仙告诉她。"徒儿，这次你惹祸了，赶紧到金龙湖去找找吧！"说完老神仙叹息摇头，又瞬间不见踪影。听到老神仙这么一说，她脑袋灵光一闪，对，他应该去了金龙湖？寒风刺骨，浅悠悠感觉很冷，湖边寂静，摩托车灯沿路搜索，只见一个身影正倦缩成一团，冷得瑟瑟发抖，正是他。强烈的车灯照着他，他蹲着身子在三生岩石上，如一尊雕刻的画像。细长的手指正抽着烟，微弱的烟头火光一闪一闪的，照着那张雕刻般地憔悴的脸。浅悠悠心疼不已，向前轻轻握住，他那双冰冷双大手抽泣道："之曦，终于找到你了！"沐之曦被刺激的灯光照着，他紧闭双眼仍一动不动，没回答浅悠悠的话。热泪在浅悠悠脸上流淌，浅悠悠半跪在他面前，脱下外套给他披上，用自己温暖的身子扑在他怀里，紧紧地拥抱着他，感觉他身体好冷。浅悠悠心瓣颤抖不已，亲着他那雕刻般精致好看的脸，轻呼道："之曦。你别这样子，你误解我了，听我解释。"沐之曦眼底的忧郁冷眸动了动，冷如冰霜的脸，他冷冷地使劲推开她的手，没说话，默默地站了起来，给他披上的外套散落在地上，旁边的烟蒂头散落一地，他好像视她为冷空气似的，丢开浅悠悠径直向前走去。一夜之间他苍老许多，步履艰难，连脚下不晓得高低，跌跌撞撞而去。浅悠悠跟在他身后哭喊道："之曦，求你别走，不是你想象那样子，你不觉得这件事很蹊跷吗？"沐之曦忽然停止了脚步，回眸的眼色是那么陌生可怕，浅悠悠绝望的眼神，陷入了万丈深渊，听到那绝情入骨的话语，听得万箭穿心。"浅悠悠，你把我伤得太深了，我没有想到你是那种人，我苦苦等你整整十八年，为你食不甘味，今晚却看到了我不该看到的场景，总算看清你的真实面目了，我不想再看到你，你太让我失望了。"说着他冷酷地扬长而去，"之曦，不是你想象的样子。"任凭浅悠悠如何解释，他的之曦弟弟回不来了，心如花瓣碎一地。

……

第七十六章　悠悠啊！别在哪个地方上班了

翌日，春节热热闹闹，人们载歌载舞。村上镇上这花边新闻更是闹得沸沸扬扬，不知真相的人们，越传越玄。“浅悠悠和春涛搞上了，你们知道吗？咋晚上风云来春涛菌厂捉奸在床，看不出来一个姑娘家，如此做出伤风败俗的事情来……”俗话说，口水都能淹死人。接着，区镇纪委组织上都找浅悠悠谈话，请她注意生活作风问题，要给老百姓树立好形象。父亲浅东打来电话痛骂了浅悠悠一顿。“浅悠悠，金龟婿不要，偏和一个乡巴佬搞上关系，你连一点羞耻心没有吗！”……浅悠悠被父亲一顿痛骂，委屈不了，连家人都不理解，想到自己不是他的亲生女儿，从悲而起，泪流满面，脱口而出道：“难道我不是你的亲生女儿？别人乱说的话，你居然相信！”浅东忽地一愣一怔，难道浅悠悠发现了自己的不是他亲生的秘密，不会的，这绝对是保密的。有些唠叨，有些生气道：“悠悠，你怎么乱想啊！是谁辛辛苦苦把你抚养长大，我容易吗？要不是我你早就死了！”……浅悠悠想到养父自私自利，想到沐之曦的溥情，想到现在所处处境，没有地方可倾诉的。只有去玉兰干妈那里寻找安慰。她的精神快崩溃了，立即给陈远全请假。“陈书记，我想请一个星期的假期，干妈生病了，我去照看她。”陈远全欣然同意。正好叶如梦在陈远全的办公室里，今天他俩应邀去企业老板家吃饭，陈远全到办公室拿公文包，还有别人送的礼品。叶如梦帮干爸提礼品。春节假期，办公室走廊上空无一人，叶如梦听了陈远全和浅悠悠的对话，喜笑颜开道：“本来她就不该到这个地方来，和我争沐之曦，她自不量力。”陈远全是看着叶如梦长大的。很爱这个私生女儿！往事如烟，他和叶子曾经是一对相亲相爱的恋人。后来叶子怀孕了，陈远全的父母还是不接受叶子，希望他们的儿子能娶上富家女。在父母的强行干涉下，陈远全被迫娶了一位叫草的女人，家里有钱有势。草在家中像一只母老虎却没有生出一男半女，叶子就让陈远全收叶如梦为干女。想到这里，陈远全会意笑道：“如梦，干爸是过来人，这次，浅悠悠和春涛的发生的绯闻，是不是你设计好的，据我所知，他俩根本没那回事！”叶如梦甜美一笑，把身子靠前小声道：“干爸，你真是太聪明了。”陈远全眉头紧皱：“如梦，你的心太狠了吧！沐之曦，会爱上你吗？不要竹篮子打水一场空。”叶如梦拍手大笑道：“干爸，我会有办法让他爱上我，屈服于我。”

沐之曦这段时间拼命地工作，他要彻底忘掉浅悠悠，忘掉心上人是一件多么痛苦不容易的事情。全镇400多户的建卡贫困户，他在一年多时间内全部走访完，每户的基本情况他如数家珍。今早，他在家里正写着扶贫材料，想看看梧桐村的扶贫材料作参考，想起除了浅悠悠外吕毅也有资料，他想起她时心一冷，狠狠心，克制纷乱的心绪，拿起手机拨动吕毅号码，另一边吕毅接起他打来的电话。“吕主任，我想看看梧桐村的扶贫工作材料。”“镇长，我只有材料纸质件没有电子件，电子件在浅悠悠那里啊，你是知道的。”吕毅刚说完就后悔了，“我就要你的纸质件，马上给我送来。”沐之曦沙哑的喉咙朝他吼道。“好，那我现在到办公室去拿。”吕毅继续嘀咕道：“镇长，你只知道扶贫工作，你不耍假，还不让别人耍假，你生她气让我遭受气，还要给你送到城里来，你看看人家陈远全书记，耍得逍遥自在的，那管什么扶贫工作！”正要凤凰镇街上串亲戚的吕毅有些怨言。吕毅上楼拿了材料往外面走，走廊上看见陈远全办公室开着门，他以为陈远全走时没有关门，想去帮他关门呢！正好听到他俩的对话，吕毅急速悄然离开办公大楼，开车而去。心里恨道："这对狗父女俩，狼狈为奸。"

吴康接到浅悠悠打来的电话说明自己请假事由，诚心地劝道："那些龟儿子不是东西，说你坏话空话，我们相信你！悠悠，我知道你很受委屈，好好出去玩玩吧！有我顶着呢，过一段时间会好起来的！"浅悠悠感动得点了点头。这一夜，她想了整整一夜，一夜未眠，还是离开这个是非之地吧！最后她拨通了玉兰电话。"干妈，你最近身体好吗？"玉兰欣喜道："我的悠悠，乖乖女，我现在心情特别好，听到你打来的电话，我的病好多了。"玉兰的温情体贴让浅悠悠泣不成声，多像她依靠的避港湾，不禁哭泣道："干妈，我过来要段时间陪你。"玉兰很惊奇，"悠悠，发生了什么事！快告诉干妈！"浅悠悠把昨晚上发生的事情告诉她，那头接电话的玉兰听了，气愤万分道："悠悠啊！别在哪个地方上班了。无故被风云打，无故被骂，为了这个浑小子，你受的气太多，他居然长的是猪脑子，别去理他不要委屈自己，我马上叫肖秘书订机票，到机场亲自接你。"浅悠悠松了口气，还是干妈好！她的性情真像自己性格……翌日，到江南机场路上，紫萱开车亲自送浅悠悠，夏桐花也在车上。临别时，浅悠悠心中放不下夏桐花。"紫萱姐姐，麻烦你帮我好好照看她，特别是桐花的学习不能怠慢！"紫萱含泪点点头，接过话话茬道："悠悠，你安心去玩耍，好好散心。我们决不放过一个坏人，会把事情的经过调查清楚的！还你一个姑娘家的清白。"夏桐花依依不舍哭成泪人，道："姐姐，你一定要回来，不要离开我，我只有你一个亲人了，做你的乖乖妹！"浅悠悠走下车，听到夏桐花说这一席话，心头一颤，热泪盈眶咬着嘴唇没回头，她深深地知道，如果再回头，也许走不了。

第七十七章　这位姑娘，实在是太可爱了

丰苏省机场，熙熙攘攘，车来车往。玉兰正努力地张望着出口处，终于，一位身材玲珑的俏丽身影，出现在她的眼帘里，她笑容满面地使劲地朝浅悠悠招手示意，浅悠悠高兴地向她挥挥手。随后，俩人欢天喜地亲热地拥抱一起，诉说离别情怀。玉兰热情牵着她的手上了一辆劳斯莱斯车，她在想干妈又换新车了，以前，干妈开的是法拉利车。“干妈，我坐副驾驶，你就坐后排吧！相对的要安全些。”浅悠悠坐了上去，瞥见一位男司机坐在那里，大约四十来岁的样子。只见那人长得俊美绝伦，脸如雕刻般，五官棱角分明，脸俊美异常。外表看起来放荡不羁，但眼里不经意流露出的精光让人不敢小看。一头乌黑茂密的头发，一双剑眉下却是一对细长的桃花眼，充满了多情，让人一不小心就会沦陷进去，高挺的鼻梁，厚薄适中的红唇这时却漾着令人目眩的笑容。真是世上少有的美男子，比沐之曦风云都略胜一筹，甚至是第一次见过最美的男子，潘安没见过，也许就是传说中的潘安吧！浅悠悠在想，介绍给紫萱倒挺适合的，不禁多瞥他几眼。笑道：“干妈，你不开法拉利车了，换成劳斯莱斯车了！”坐在后面的玉兰笑呵呵地点头。“干妈，你开名贵车是车，我开的也是车，是你万万想不到的车！”“什么车！”玉兰很感兴趣。“是电动摩托车。”浅悠悠开怀地大笑起来，我在农村广阔的公路上开得自由自在的。玉兰脸上却笑不起来，心酸无比，想不到自己的亲

生女如此受苦受累，其他家的女孩子都是金枝玉叶，都是温室的鲜花。男司机听了却好奇，抿嘴一笑，露出一排好看洁白牙齿，这位姑娘，实在是太可爱了。

浅悠悠续道“干妈又换了一位新司机了。”玉兰见浅悠悠不时瞥见男司机入迷的眼神，顿时眉开眼笑起来，嗯嗯地直点头。男司机一直默不作声，专心志致开车。“陈文轩，快把车开到海岛湾停车场上，吴胜利他们在豪华游艇上等着我们呢？”玉兰咐吩道。陈文轩含笑点头把车靠在停车场。随后，浅悠悠瞥见他下了车不见身影。坐在车后排的玉兰喊道：“悠悠，你快到后排来，我给你买的新裙子快快换上。”浅悠悠立即上了后座上，瞥见堆放着一大摞新衣，玉兰笑吟吟说道：“悠悠，这些衣服全是你的。”

浅悠悠：“……”

海岛湾是丰苏省最著名的风景区，海上风景如画，一年四季如春，游客如织。吴胜利有一艘豪华游轮，经常举行盛典。专门供名流上层人物娱乐休闲的地方，或与商界的大伽们谈生意的地方。而今晚却是专门为女儿浅悠悠举行，算是欢迎仪式吧！浅悠悠以前听到玉兰谈起。她俩下了车朝豪华游轮走去。玉兰带着浅悠悠走进游轮舱里，里面热闹非凡。玉兰边走边介绍道：“豪华游轮面积很大，分为三层，底层是餐厅，影剧院、卡拉 OK 厅、酒吧阅览室等等。二层是贵宾们住的房间。三层是篮球场和观景台。”“玉兰快过来，浅悠悠快过来。”吴胜利朝她俩亲热招呼道。顿时，大家的焦点聚集在她俩身上。今晚，玉兰一头乌黑亮丽的头发高高挽起，身着名贵浅粉红色长旗袍，紧裹着婀娜多姿的身材，个子适中，外罩一件短浅粉红色披风，更显年轻雍容华贵的气质。浅悠悠一身长款，蕾丝粉红色长裙，浓密黑色长卷发披肩，如波浪般滑腻柔软，冰肌玉骨，清纯靓丽。她俩一进来，大家不觉眼前一亮。“吴总裁，这左边是你夫人的妹妹？还是你女儿，俩人长得几乎一模一样的！就连高矮都差不多。”吴胜利听了心里乐呵呵笑道：“大家快喝酒碰杯。这是我夫人玉兰，干女儿浅悠悠。”浅悠悠内心起伏不定，模样有几分相像，不能证明我真是她的女儿？那晚上叶子亲口告诉她。她的母亲名字叫玉兰，和睦可亲的干妈怎会与那个狠心母亲相比配呢！她没有再想下去。接下来玉兰和浅悠悠礼貌地微笑和大家寒暄交谈，敬酒。吴胜利一一向浅悠悠介绍道：“这位是懿轩集团陈天宇总裁；这位是凤宇集团和肖总裁；这位是天恩集团吕天总裁。介绍完毕，浅悠悠去了趟洗手间。有人道：“陈总裁，听说令公子青年才俊，才华了得，刚从海外创业归来。准备接替你总裁位置。”年过半百陈天宇总裁哈哈大笑起来。有些自豪道：“是滴，陈文轩是我家独苗，以前在海外太贪玩了，回来就是向前辈们学习，该到社会多历练了。”

吴胜利和玉兰作为今晚东道主，夫妇俩频频向大家举杯敬意。金碧辉煌的船舱里，大家欢声笑语，杯觥交错，桌子上美味佳肴，玉液琼浆，让在座的每位恋恋不舍。饭后，各自安排自己的爱好。或在大厅里品茶茗听音乐，或唱歌或打牌娱乐等。浅悠悠微醉头晕来到三层船舱上观景。大海四周寂静，微风阵阵，掀起她的纱裙子。望着航标灯，想起著名的中国诗人现代作家冰心的文章，冰心小时候告诉父亲，想要做一个灯台守。冰心在《往事二之八》中这样写道：“灯台守的别名便是光明的使者！”他抛离田里，牺牲了家人骨肉的团聚，一切种种世上耳目纷华的娱乐，来整年整月的对着渺茫无际的海天。”独在异乡她思乡了，想起沐之曦对自己的误解，泪流满面，愁绪万分。“小可爱，喝酒醉了一个人跑到上面很不安全，快下去吧！我们喝酒唱歌跳舞。”不知何时来到她身边，他炽热的眸光，含情情脉脉盯着她。浅悠悠立即收敛自己的情绪，脸上露出妩媚动人洋溢的笑容。“陈文轩，美司机，你也跑上来了，是专门来保护我的人身安全啊！”自从那晚被沐之曦奚落受伤后，心灵更需要慰藉，深爱着他，却这样误解她，想着想着泪水又像断了线的珍珠滚落下来。“小可爱，瞧瞧你，这么快被我感动了，我真有魅力啊！”陈文轩揶揄道。浅悠悠揩了揩眼角，“对不起，是海沙吹了眼睛，能有美男相陪，我很高兴，走，下楼去唱歌吧。”这个女孩子实在是太可爱了，多年未婚，不想成家的他游戏人生，如今，见了她以后彻底轮陷其中，这是陈文轩苦苦寻觅多年的爱人啊，是他梦中人，甚至见到她那刻起，他就倾情万里，不能自拔。

第七十八章　我们交个朋友吧

其实，陈文轩是懿轩集团，陈天宇的儿子，陈天宇和吴胜利是多年的好朋友又是生意上合作的伙伴。陈文轩刚从国外回来，被玉兰拉来充当司机。陈文轩天性玩世不恭，不拘小节，语言幽默。家世财力雄厚。他曾有很多女友，是女人们心中的男神，多少明星，模特，名媛醉倒在他脚下，他不过是剧中逢场作戏罢了，从没认真过喜欢过爱过，大家不过各需所取。这些女人如一件衣服穿了就随便扔掉，忘了她是谁。今晚上他和死党俊安吃过饭，俊安约他到芳华温泉泡澡。很神秘神色告诉陈天宇，世界名模美拉晚上要来泡澡，要是换作以前，陈文轩绝对掷万金，博得美人一笑，如今他却提不起精神，觉得好没意思。“俊安，今晚上我要陪江南来的小可爱。”他拒绝了俊安请求。俊安很意料，表情很迷茫。何时来个小可爱！以前从未听你提起，她是谁？能掳获你陈公子的心。你不是风流人物吗？这次认真到底了。陈文轩瞧了好友一眼，得意地道：“这个小可爱名字叫浅悠悠，是吴胜利的干女儿，南方来的小女子，长得玲珑水灵可爱，是我喜欢的类型。也许，将来就是你大嫂哦！”俊安好看的脸上笑成一朵花。“大哥，恭喜你，长得像天仙般的美丽吧！”陈文轩双眸顿放光彩，缓缓说道：“她像大山里淡淡幽兰，又像林中涓涓流水的小溪，让我返璞归真，心情愉悦，像找到知音，又让我感到无比轻松自在，看着舒服。虽然，没有明星，模特，名媛女人魔鬼般身材，人工雕刻打磨后精致脸。但她那玲珑的身材和天生丽质让那些粉白黛绿，立刻都褪了色彩。”“真的，我也想找这样的女子陪我一生。”陈文轩抬头看了看俊安羡慕眼神，剑眉飞扬道:“哥们,你别乱想,她是我的菜,你快去泡温泉澡吧！不陪你了，我还要到海岛湾游艇上去寻找幸福呢。”

……

陈文轩终于在观景台上找到了浅悠悠,也就是刚才俩人的对话。俩人来到唱歌房里，浅悠悠选的伤心泪歌曲。“她为什么不见有人把你安慰，看见你在流泪，看见你在伤悲。”船舱里，只有陈文轩和浅悠悠两人。浅悠悠又唱了一首《伤心泪》歌词大意是：“听见有人在哭泣，是谁让你如此的伤心，黄昏的时候，看见有人在流泪，是谁把你伤得这样深，你为什么要流泪，你为什么要虚伪的男人，多情的女子……”浅悠悠唱罢，低头泪流满面。陈文轩揶揄道：“哇，小可爱,你的歌声真美。”他递过纸巾帮浅悠悠爱怜地擦眼泪,续道:“小可爱，你是不是失恋了。”浅悠悠不好意思起来，自己的心事怎地被人看穿，从他手上接过纸巾擦擦眼角泪水，扔进垃圾桶里，她觉得眼前这个美男真暖心。浅悠悠揶揄道：“看不出来美男司机不光会开车，也懂女孩子的心思。”他是在女人堆里混出来的，一看便知浅悠悠受了委屈，他的深邃眼眸有了诚意。“我掐指一算，小可爱失恋了，你能和我聊聊他的故事吗？有些事别太伤心，装在肚子里不好，应该发泄出来才好！”浅悠悠被他这么一说，笑了笑，你真逗啊！“你是怎么知道的。”“你说说你是怎么分手的,你勇敢点，大声地说出来！你的心情就会舒畅。这样，我们交个朋友吧！你把我当你朋友来倾诉！”浅悠悠望了望眼前的美男子，感觉他的亲和力很强,她很依赖他,叙述了那晚被沐之曦误解的事,浅悠悠说完后，感觉心情好多了。陈文轩心头一颤，沐之曦这个名字好熟悉，该不会是我同学，不会巧合吧。抬眼直视浅悠悠美丽的黑溜溜大眼睛好几秒钟，才把负手，来回走动着，踱着方步认真地帮她分析。道："小可爱，你有做得不对地方。在于，你脑瓜子好好想想，晚上去找春涛，应该带个人去，孤男寡女的，是让人怀疑，让坏人钻了空子，让小人得逞。”浅悠悠佩服地点点头。陈文轩揶揄道："想不到小可爱有这么多人喜欢你，沐之曦属于爱吃醋之人，被爱情冲昏头脑。风云更不是你的菜，头脑简单脾气暴躁，其实，我最适合你胃口。”"陈文轩司机，请你说正经点的。”浅悠悠的脸立马沉了下来，一本正经的神色道。陈文轩好看的脸上露出迷人的微笑，缓缓道："过去的故事让它随风飘落吧，坠入尘埃，放下，就是最好结局。今晚，你回房早点休息，明早我请你看日出东升，怎么样！用崭新的一天迎接日出，你会感觉世界是多么美好。”"陈文轩，明天你不给干妈当司机？”"放心吧！我给玉兰阿姨请了假的。”陈文轩诡秘笑了。

第七十九章　对不起！我一直把你当司机使唤

海风习习，四周笼罩薄雾，仿佛置于仙境中，如梦似幻，一会儿，东方天际浮起一片鱼肚白，大地也渐渐地光亮了起来，过了一会儿，鱼肚白渐渐地转成粉红色，东方的天际出现了橙色的彩霞，一轮红日在东方徐徐东升。渐渐地整个世界温暖起来，一缕缕阳光照在浅悠悠白玉般的脸庞上，光彩照人，一袭白色长裙，白色高跟鞋，黑色长发如瀑布般的垂直腰际，眼角弯弯垂下长长的睫毛，宛如画中的仙子。“小可爱，今天你好美哦！“红日出海，霞光万斛，朝阳喷彩，千里熔金。”陈文轩不禁吟起别人的诗句来。他又续道：“小可爱，饿了吧！来！吃点东西。”浅悠悠瞥见陈文轩走近，手上端着大盘点心。“谢谢你！美男司机，没有想到你服务态度好周到。”浅悠悠直接用手拈了一大块棕子，津津有味吃了起来。怎么是我家乡的粽子？味道正宗清香，哇噻，还有我家乡的白糕点，真的很好吃。”“知道你是南方人，糕点特别喜欢吃，我专程从几十里路的小镇上给你买回来的，好吃！你就多吃点，长胖点，圆圆的娃娃脸更乖，长高点。”陈文轩满脸的疼爱之情。惹得浅悠悠扑哧一笑。“还要长高啊！ 30 岁的人了。”“悠悠，真的能长高呢！，我 42 岁了，中年大叔还在长高呢？”陈文轩冲她调皮地吐吐舌头。“美男司机，你骗三岁小孩子差不多。”浅悠悠调皮的上下打量着陈文轩，道：“能有美男司机在旁相陪，我是长高了点，让我来描写一下美男司机形象吧！伟岸结实的身材，皮肤古铜色，头发浓密微卷。哇，美司机，你全身都是名牌货，上身衣着浅蓝色长袖衬衣，名贵的皮带扎着黑色长裤，穿着一双黑色皮鞋。显得英姿飒爽。”“哈哈，你真逗。”陈文轩溥嘴抿笑，浅悠悠忽然觉得好像是沐之羲的影子，她的神情呆愣，傻傻地看着他。“小可爱，你没见过美男子啊！这么色迷迷地盯着我看。”“美男司机，你确实长得帅，我都自卑了。”“自卑什么，要自信！”“我个头矮。”“这有什么，我个子高，削点给你接上，你就高了。”“哈哈。”两人开心地笑着吃着。玉兰躲在船舱里角落里，听了浅悠悠和陈文轩的对话。觉得两人真是天生一对，地造一双，从两人性格节拍上几乎一致，何况，陈文轩很痴迷浅悠悠，玉兰有意撮合两人婚事。她走了过来，乐哈哈地大笑道：“悠悠，昨日你奔波劳碌，晚上干妈没打搅你，让你早点休息。”浅悠悠立即转头面向玉兰。“干妈早上好，不好意思，昨晚没陪你老人家，我喝醉了酒。”“悠悠，今天你好好开心地玩，干妈和你干爸要去公司忙。让陈文轩陪陪你转转如何，海上还有几个景点，最出名的是三生石，大乌龟石，天祖庙等等。晚上你们回别墅来给我女儿接风。”“干妈，这个美男司机说话幽默风趣，陪我玩很满意滴！”玉兰和浅悠悠说话的空隙，陈天轩走到另一个角落不停地接电话，显然他很忙碌。王兰望着远处陈文轩的背影，忍不住笑道：“悠悠，文轩不是我的专用司机，他是懿轩集团陈天宇总裁的独子，海归。”浅悠悠笑吟吟靠前，亲热地拥抱着玉兰。说道：“干妈，我知道他不是一般人，那有这么好的司机哦！”玉兰笑道：“女儿真聪明啊！”浅悠悠又笑道：“从今晚上起，我给您做一周疗程，这次来，一切准备妥当，好好给您针灸，推拿按摩烧桐油灯花，还带来名贵的稀有草药粉，这些对你的内风湿很有帮助很有疗效的。”“悠悠，你何时学到那么多高超手艺。”玉兰心地一沉，王媛民间技术，以前听叶子提起过。“婆婆祖传给我的，婆婆在世对我很好，可惜她离开好几年了。”提到婆婆，浅悠悠的眼泪又涌了出来，一脸忧伤。“你婆婆叫什么名字。”“王媛。”“王媛。”玉兰又重复一遍，百感交集，往事不堪回首，她落泪了。“两个大美女一大早怎么在伤心哭泣啊！”吴胜利笑呵呵来到她俩面前，说道。“干爸，早上好！”“悠悠，玩得开心不。”“干爸，我玩得开心极了。”“那就好！”“吴叔叔，玉阿姨你们起得真早啊！”吴胜利回头看到陈文轩走过来打招呼！不禁脱口而出。“文轩，你怎么在这里啊！”“吴叔叔，我碰巧上来吹海风。”吴胜利正要深入探问，在一旁边的玉兰急了，身子靠近吴胜利，伸出白皙柔软小手使劲握住大手，眼神朝吴胜利眨眼示意道：“咱们公司有要紧事情，晚上早点下班回家陪悠悠，让文轩陪悠悠到处游玩。”吴胜利心领神会点头，夫妻俩人满脸微笑转身离开。浅悠悠低眉伫立，脸微红纳闷，原来海外事业有成归来的陈文轩是他，还把他当司机使唤，神色愧疚。“小可爱，怎么了，不说话，吓着你了吧！”“文总，对不起，我一直把你当司机使唤。”“对不起，是我陈文轩，没给你说老实话。”

“……”

海岛湾上，到处留下他俩欢声笑语，到处留下他俩深深脚印，冲散了浅悠悠心中所有的不快。陈文轩：“小可爱，我们来个石头剪刀布，谁赢了，买芒果吃。”“小可爱，你站好姿势，一二三，笑一个，茄子，笑一个，我给你拍照。”

陈文轩：“小可爱……”

第八十章　我要好好保护你

几个小时后，吕毅提着浅悠悠的扶贫资料袋，乘车到了沐之羲住处。吕毅第一次到他家。环视四周房间，打量起来，一套普通不过的房子，不到60平方米的小户型房间，装修属于古香古色的，端庄典雅的风格。吕毅面色露出惊讶不已神情。道：“名震何川区首富二代的公子却住在这种地方！为何你家的别墅空着不住？”沐之羲一脸不高兴。不悦道：“有什么不好，这是我自己花钱搞的按揭房子，住在这里，觉得很轻松自在呢！”因为叶如梦总往他家有事无事跑，他悄悄买的这套房子，图耳根子清净，除了浅悠悠来过这里，别无他人，沐之羲没有把理由说出来，吕毅佩服地点了点头。沐之羲又续道：“吕主任，你是第一个到我家的客人。”吕毅听了感动万分，瞥见沐之羲一脸憔悴，双眼无神，满脸的胡须，苍老许多，衣冠不整。吕毅看到这副情景。叹息道：“沐镇长，这是何苦呢？连春节假日都不出去耍耍，乡镇工作是做不完的。”沐之羲掩饰着自己的郁闷情绪。强住笑颜道：“还要耍什么假，工作每天做不完呢，吕主任，你快到茶几沙发上坐坐，这是我专门给你泡的好茶。随便送你一包，外地同学刚寄回来二包名贵茶叶。一盒给你，一盒给我父亲。”吕毅高兴地接过名贵茶盒，拿到鼻子上闻闻，果然名不虚传，随手放进自己的公文包。笑逐颜开道：“真是好茶呢。”吕毅坐了下来，品尝着刚泡的茶茗，深深地呷了一口。高兴地说道：“沐镇长，你泡茶的手艺越来越好了。”说着他从包里拿出了材料。续道：“沐镇长，这是你要的东西。”沐之羲接过吕毅递过来的凤凰村扶贫材料。这是浅悠悠亲自写的材料，他立马坐下细细研判，两眸眼前一亮，他仿佛看到灯光下的浅悠悠正在专心致志认真写材料的倩影……“我刚才听紫萱打电话说，浅悠悠请假一周时间，去外地干妈那里旅游了？”吕毅苦笑几声又瞥了他一眼，故意说给他听：“是啊！这次对她伤害太大，她出去散散心更好，只要她开心就好。”吕毅看见沐之羲紧皱眉头，略有所思。他又继续大胆地表露自己的心声。“沐镇长，不知此话当不当讲！”吕毅又在试探着他，沐之羲当然想知道。吕毅慢悠悠又呷了一口茶，望他一眼，续道：“你若真想听？”“吕毅，请直接说吧！别婆婆妈妈的兜圈子了，我听得头晕，愿洗耳恭听。”“头次，你误会春涛和浅悠悠了，他俩是清白的，他俩为人单纯没城府，防不胜防，被这些小人陷害被冤枉啊！”说完，吕毅泪流满面，他把手机打开，里面响起陈远全和叶如梦的对话录音。沐之羲听着脸更加阴沉起来，双眸凌厉。其实，那晚上，在金龙湖怒骂浅悠悠回家后，已经后悔了，使劲用拳头打沙袋，恨自己不该说出这么绝情的话语，悠悠啊悠悠你为何太单纯，被风云煽耳光。你为何那晚上去找春涛前，不告诉我。那张伤心欲绝，梨花带雨憋屈的脸，总在他眼前闪现，让他多么疼惜她。一直责怪自己存在，在不断伤害着她，还是有意远离她为好。这几天吴康春涛紫萱都打来电话，解释浅悠悠是清白的，沐之羲早就知道叶如梦暗地使坏，苦于没有证据。听到吕毅这么一说，心情豁然开朗起来，脸上有了笑容，冲他一笑。说道：“吕主任，这个录音太重要了，马上上传我一份保存。”吕毅立即拨动手指打开，传到沐之羲微信里，沐之羲保存在微云。为安全起见存了一份在 QQ 号里。心里暗道，悠悠，我要好好保护你。他眉开眼笑对吕毅道：“吕主任，这几天事情太多了，胡子都忘刮了。你等我一下，我进卫生间洗漱。”

说完转身进了卫生间，里面传来欢快的淋浴水声。沐之羲的卫生间是两间，外间是淋浴方便的地方，里间是衣柜，里面整齐码着他的衣服，沐之羲好几天没有打理修饰自己了，就连洗澡都懒得动。今天心情特别好，洗着还吹着口哨声。吕毅在外面呷了一口茶，听到里面的动静声，他笑逐颜开点了点头，我今天来得正是时候。并赞叹道："爱情的力量真强大啊！"他埋头品起茶。约六盏茶功夫，一阵打开门的声响起，瞥见沐之羲从卫生间出来，焕然一新，判若两人，他脸上的胡须刮了，浓密黑头发刚才洗过吹干。衣服换上一套整洁的黑西装，英姿飒爽出现在吕毅眼帘里。吕毅翘起大拇指，说道："沐镇长，你好帅。""马上去梧桐村，去看看出院的病人春涛，走访其他贫困户！"

……

沐之羲开着车奔驰在梧桐村乡间小道上，走访完了脱贫贫困户。吕毅透过玻璃车窗，望着新修的柏油公路，一排排崭新的新房。不禁笑道："沐镇长，现在公路好走多了，贫困户大多数搬到新房子里，不怕风吹雨打了。"沐之羲微笑着点点头。继而，道："今年的任务更重压力更大，吴康他们更辛苦，村里还有几条组公路没修完，三分之二的贫困户的危房没建完。"这时，吕毅的电话铃声响起，打断了他俩人对话，是紫萱柔柔的声音。"吕主任，春涛出院了，现在，我和夏桐花正在春涛家里呢？"吕毅回答道："我和沐镇长刚走访完，准备来看望春涛的康复情况，马上到。""好，好，等着你们哦！简直太高兴了。"紫萱欢快的听完，放下电话。

第八十一章　我想她了

清晨，春涛康复出院。紫萱和夏桐花去接春涛回家，紫萱替春涛办理好出院手续，又开车送春涛到家。所以，紫萱刚才给吕毅电话，这不，紫萱放下手机对春涛，笑吟吟道：“春总，一会儿，沐镇长和吕主任要来看望你呢？”春涛更是感动万分。约半小时左右，一辆白色小车奔驰而来，开着小车的沐之羲嘟嘟地按着喇叭，春涛早早站在院坝里迎接了，瞥见沐之羲的车驶到家门口。春涛兴奋地对旁边的众人道：“沐镇长来了，大家快快出去迎接。”此刻的春涛拄着拐杖，腿脚一瘸一拐的，从自家院坝里，兴高采烈地柱着拐杖步履蹒跚，后面紧跟着紫萱，夏桐花，吴康，黄金贵。沐之羲稳重地把小车靠到公路边，打开车门同时和吕毅下车，笑灿灿朝春涛院坝走去。沐之羲瞥见春涛迎了上来，眸光落在他的左腿上的鹏带，眉头紧皱，向前关心地问:“春涛，腿不是康复了吗？”春涛笑脸满面。“沐镇长，你放心，不碍事，只是皮外伤，基本痊愈了。”沐之羲放下心来，舒展开眉头又续道：“你门前新修柏油路方便吧！”“太方便了，走几步路就到我家院坝。”春涛脸上洋溢着幸福的光彩。沐之羲也开心了，含笑瞥见屋前屋后清洁卫生干净整洁，柴草木有序无乱地摆放着，有一条肥胖的大黄狗脖子被大铁链锁着，它瞪着凶巴巴眼睛，朝着这一大群人汪汪直叫。春涛双目犀利，朝大黄狗大声地喝吆着，大黄狗顿时变得乖顺起来，朝着主人不停地摇着尾巴呢！春涛也疼爱地抚摸着它的脑袋。暖暖的阳光照在花台上，花卉品种繁多，有开着四季玫瑰花，迎风绽放，颜色多种多样，粉白色，红色，黄色。还有茶花，杜鹃，兰花，一阵阵馥郁花香味扑鼻而来。有三张大圆桌凳子摆在院坝里，桌上摆满水果点心。村民们三三两两围在桌子上，吃糖果点心喝茶聊天，热闹非凡。望见沐之羲走过去，大家全都恭敬地站起来，笑着打招呼，众人仔细地打量着沐之羲的面容，为之震慑，大家窃窃私语，议论纷纷起来。甲说："这就是传说的沐镇长啊，百说不如一见！青年才俊。"乙说："相貌堂堂，前程无量。"丙说："身材伟岸，和蔼可亲。"春涛接过他们话，笑哈哈道："咱们的沐镇长当然长得帅哦！沐镇长，我给你介绍他们。"这是外地打工回来的陈二娃，这是黑狗，这是张老幺……"待春涛介绍完。沐之羲微笑着面向大家，抱拳道："各位父老乡亲们，春节好！祝大家欢欢喜喜过好年，明年出去找大钱，大吉大利恭喜发大财。"大家一听乐开了花，立即鼓起掌来。陈二娃大着胆子说出自己的担忧，他努力地控制不安情绪，道："沐镇长，我上有老的，下有小的，不想出去背井离乡了，再说我们出去打工一年剩不了几个钱回来，我该怎么办？一家人要靠我养活呢！""陈二娃，这几年你在外打工，可能不了解梧桐村近二年的经济发展状况，社社通公路，村里又办了几个菌茹厂、果园、茶园、花圃等农村合作经济社。今年，你就到春涛菌茹厂上班吧！还有景区果园，茶园，花圃里都差人手，既照顾了家庭的老人小孩子又增加了家庭来源收入，何乐不为呢？"沐之羲朝陈二娃微笑道。"好，我今年就不出去，咱们听沐镇长的。"陈二娃激动地用手勺勺后脑袋，大家欢声笑语起来。"大家听着，我们是梧桐村人，再也不是贫困村，现在摘了贫困落后的帽子了，也不叫穷人，咱们脱贫了，走出去，我们是富裕村我们是有钱人，咱们有好日子过了。"春涛精神抖擞，带头呼应，一阵阵热烈的鼓掌声，再次在院落每个角落响起。沐之羲很满意大家的情绪高涨，雄心壮志，信心百倍。光眸一扫，微笑着。续道："春涛，今年工人要招多少人，春节过后好久开工。"春涛神秘笑了笑，很有把握。"要一百多人吧！工人还没有招齐呢，只有面向社会招聘了。"沐之羲赞道："厉害，春总，你是脱贫了也是带头致富人！"紫萱笑吟吟插嘴道："春总，你光叫镇长站着讲话，不叫他们到里屋坐坐。"沐之羲推辞道："不坐了，我还有事情呢？吴康，吕毅，紫萱，夏桐花都坐我的车回去。"

春涛道："爷爷婆婆正在里屋点豆花呢！你们吃了中午饭走。"

沐之羲听到这话心头一震，想起和浅悠悠在春涛家吃饭的情景。那回眸一笑，百媚生，红扑扑脸。甚至她毫不掩饰自己吃相，在他眼里，都是那么美丽那么动情。他的双眸泪水模糊起来。悠悠，我想你了，你去了几天连个电话不给我打，真的是在恨我吗？沐之羲不得不转身大步朝车子走去，丢下身后的人，他的喉咙有些沙哑。"春总，告辞了，我们还有事情要办呢！大家快上车。"这个细节被春涛尽收眼底，他可能触景生情了。只有深深爱着浅悠悠才懂啊！他紧跟在后面，懊悔小声道："沐镇长，你是多么地爱悠悠姐，怪自己当时喝了酒，一时说了糊涂话，她只把我当小弟弟看待，我和她的关系是青菜煮豆腐，一清二白的，对不起请你原谅我！"春涛附在沐之羲耳边小声道。沐之羲用手抹抹眼角，笑道："你别来送我了，腿脚不方便，我只是现在想她了！""等会儿，沐镇长，黄金贵，刘贵，李会他们带的咸菜，土鸡蛋，腊肉香肠，你给姐姐邮寄去。"沐之羲回头瞥见紫萱，夏桐花，吴康正提着东西气喘吁吁走来。沐之羲立即把车子后面尾箱打开，把腊肉香肠等，小心放好后。沐之羲一脸正色道："紫萱，给钱没有？"紫萱解释着："说了半天的好话，他们就是不收我的钱。"沐之羲立即掏出一叠钞票，递在紫萱手上。"去，把钱一一付给他们，如果再不收这钱，告诉他们，会影响浅悠悠前程，会被扣上吃拿卡要帽子，你们最尊敬的浅悠悠，当不成村第一书记了。”紫萱回头照办，果真一会儿，黄金贵，李会，刘贵等人围了上来。黄金贵难过地落泪道：“沐镇长你放心，紫萱给的钱我们都收下了。一定让浅书记回来啊！我等着她给我介绍老婆呢？”紫萱把车钥匙还给春涛。走在前面的吴康，转身笑骂道：“瞧瞧这些龟儿子们，这些婆娘，大家过春节要高兴点，别苦着脸。”众人听到这话又哈哈大笑起来，上了车，沐之羲启动着车子时，李会伫立原地目送远去的车，还指着车驶去方向。笑骂道：“吴老革命，死鬼，老不正经的东西。”

第八十二章　沐镇长！你是醋王

沐之曦开着车一路上颠簸不停，带领大家在农户家走走停停，说说笑笑。了解民情，一心为民。入户走访，走家串户，千家万户，用他们的汗水脚步丈量每步足迹，那田间地头，那陡峭的山坡，那屋前屋后，到处留下他们匆忙的身影。关心慰问温暖着他们冷漠的心灵，激发他们奔向小康的热情。沐之羲悠扬声音在山谷回荡着，给老百姓带来无尽的希望，就像凤凰山上盛开的朵朵梧桐花。沐之羲摊开笔记本，每天写着民情日志。沐之羲："张大嫂，你放心，你的家庭困难情况我记在心上。""刘大妈，你放心，关于出行的问题尽快修公路。""程大爷你放心，关于你几个儿子不赡养你问题，我们尽快协助司法所，综治办的同志解决。""李大爷给你新修了D级房子，为什么不搬进去住？镇上村上给你下了几次危房通知，离夏季还有几个月时间，我最担心大风大雨来临时，很危险啊！马上搬家。我们帮你搬东西，缺什么大家掏钱给你买……"说完，大家撸起袖子加油干，时间静悄悄地在大家的指缝里溜走，把这些事做完后，紫萱不经意看看手表，时针指向下午2点钟。紫萱冲沐之羲笑道："沐镇长，我算了算，从春涛家出来到凤芝家，咱们走访了30多户吧！该到吃午饭时间吧！等会儿我还要送夏桐花回镇指导她看书做作业学习呢？这是悠悠妹吩咐的工作。"沐之羲听到悠悠二字，内心好似波涛汹涌澎湃，沉默不语。

这时，夏桐花肚子咕噜地响了起来，她不好意思笑了，接过紫萱话茬，赞扬道："姐，以前听婆婆讲，干部是个了不起大官，我今天亲眼见识了你们的工作，这样亲力亲为干，平易近人，还做这么多好事情。我长大了也要当干部，像你们一样！"这时，夏桐花的肚子又咕噜地响起来，她脸绯红起来："肚子不争气，刚才……刚才，我给李大爷打扫卫生时肚子就饿了。"吴康怜惜道："桐花娃真乖巧，等会儿吃饭！"

沐之羲温情地用手摸摸夏桐花头。"对，咱们的桐花正长个子呢？这得马上回镇上去，我下午有个会要召开呢？到镇上食堂随便吃点东西填填肚子就行，等会儿给你买牛奶点心。吕毅接过沐之羲的话茬，道："我马上给伙食堂的老板打电话准备好饭菜。"夏桐花感动得噙泪道："今天紫萱姐姐带我回老家山坡上坟头看婆婆了，给她讲了你们比亲人还亲，都是我生命中最重要的亲人！我的婆婆在九泉之下该安心长眠了。"吴康笑道："沐镇长，我下午村办公室有事，不陪你们回镇上了。"

……

镇食堂里，大家吃完中午饭，紫萱和夏桐花兴冲冲朝浅悠悠的出租房走去。沐之羲朝吕毅递眼色，微笑道："吕主任，我们去超市买点学习用品和牛奶点心送去，去关心夏桐花的学习。"吕毅含笑地点了点头，心里嘀咕道，沐镇长，你的心思我还不知道吗？爱屋及乌吧！

……

出租房里，顿时有了浓浓温馨气氛。沐之羲望着墙上夏桐花的奖状，心情很欣慰，这与浅悠悠的辛勤付出是分不开的。他忍不住说道："桐花，要是你悠悠姐像对你那样对我好，我睡着笑醒了。"紫萱听到这句话情绪激动起来："沐镇长，你就喜欢吃醋，还吃桐花的醋，悠悠出去散心还不是因为你。"望着沐之羲显露惊讶表情。紫萱续道："你无缘无故责怪她骂她，她真不回来了，你怎么办！"沐之羲星辰微震，坚挺的鼻头动了一动。"我那晚上太冲动了，我错了，向她赔不是。”紫萱道：“你早就该给她赔罪了，为什么还要等到现在，你看看我和她天天聊天的记录，这次出去玩得多么开心！”紫萱靠前来把微信的聊天记录一页页翻给他看，当翻到三页，让沐之羲心绪起伏不定，眉头紧皱。只见浅悠悠乌黑亮丽长卷发被海风吹动飘扬，好似白衣仙子下凡，身后一个英俊气度轩逸男子，正在远处微笑着痴情注视她，那眼眸星光里全是她！这个男子好熟悉。“紫萱停一下，我再仔细看看。”紫萱手停了下来，得意地笑道：“沐镇长，你仔细看好，后面站着一位俊男，就是让你吃醋，这是悠悠妹自拍过来的。”沐之羲皱眉不悦道：“这位是我同学陈文轩，俩人是怎么认识的，还在一起玩耍！”紫萱笑吟吟道：“陈文轩很会玩，投其所好，陪看电影陪唱歌陪逛街……天天形影不离悠悠，让悠悠开心得不了。”沐之羲心忽地一紧，脸色阴沉，脱口而出，恼怒道：“我最了解他，当地有名的花心大萝卜，耍女人手段及高，当然会玩了。”紫萱瞥见他脸色愠怒，双眸凌厉却视而不见，看来心里还是在乎悠悠的，故意激他，叹息道：“有人在时，你不好好把握珍惜，当心让别人抱得美人归。”沐之羲听这话有弦外之音内心更是火冒三丈，醋意连连，“陈文轩，你小子敢！我给你拚了。”他脱口而出，他的神色太难看了，声音也大了起来，吕毅见此情景，气氛僵硬。他微笑着出面协调，提醒道：“沐镇长，你开会的时间到点了，桐花在里屋做作业，咱们别影响她。”紫萱又回道：“沐镇长，你就是个醋王，要加油啊！”“紫萱，快闭上你的乌鸦嘴，沐镇长正生气呢？”吕毅也有些愠怒了，紫萱的嘴巴还在不饶人，续道：“悠悠还在生气呢？你们有事快出去，不送！”两人悻悻然走出了房间，走廊上，吕毅看见沐之曦心情难过。上前劝道：“别给紫萱一般见识，她是刀子嘴，豆腐心。”沐之羲难受得眼泪快流出来。自言自语道：“都是自己的错，悠悠，请别离开我，今晚上给你聊天赔不是，邮寄你最喜欢吃的香肠，腊肉。”吕毅听得一头雾水，不解其意。唉！真搞不懂你们年轻人，一阵风，一阵雨的……

第八十三章　夸奖

丰苏省海岛湾不远处，一幢幢高级别墅群矗立，具有欧美风格的精致别墅散落在苍翠树木的掩映之中，置身其中，恍如远离了所有的都市尘嚣，宁静。前有波光粼粼的大海，后靠重重叠叠的高山，空气清新，树木葱茏。博信别墅内，时时传出两个女人幸福欢乐的笑声。“啊！悠悠，你手再往上移动点，后背上面推一点，嗯，是这里疼痛不舒服。”玉兰蹙眉道。浅悠悠把纤纤玉手从上往下轻揉推拿，然后十指相扣停留在那个地方不动。温柔笑道：“干妈，是不是这个地方疼痛不舒服！”对，对，就是这个位置！此刻，玉兰全身反扑在床上，白玉般的后背裸露着，她正享受着这双柔嫩小手在上面揉捏。情不自禁赞许，含笑道：“悠悠，我感觉全身血液循环得通畅，舒心。你比高级按摩师还霸道，力道适中，这三天经过你的按摩推拿和针灸，敷中药粉，喝祖传的中药熬制汤药后，我的内风湿病好多了，手脚也不麻木，脸色红润。”浅悠悠浅笑置之，谦虚道：“干妈，那有这么神奇哦！开始有点效果吧！”玉兰赞同道：“对，我现在的睡眠改善了很多。”浅悠悠笑道：“这话很中听很实际，我有点飘飘然了。干妈，风湿湿寒气重，长期在体内滞留所致，至少用药调理一个月，看个体差异，一时间还断不了根。”玉兰焦急万分，担忧道：“这么长时间，那怎么办？用起好麻烦。”浅悠悠一抹微笑，安慰道：“干妈，不用着急，我专门为你配了三个月的中草药，有熬制好封贮的汤药袋；有外部敷的中药粉；有洗澡洗脚的草药汤药袋，这些药汤袋只需烧开水加热就行。我吩咐了保姆给你搁在冰箱保鲜室里，平时要多加保养自己，少劳累少操心，多锻炼身体。注意饮食方面的，少吃凉性的东西。”玉兰眉开眼笑道：“有我这个神医女儿在身边，我会永葆青春，身体会更健康。”“干妈，不要夸奖我了，我脸都红了。”玉兰随后又几声叹息，眼神忧伤，泪珠在眼眶几乎掉下来。忧伤道：“悠悠，你给我准备了这么多治病的药，难道你要回去？过两天干爸准备让你当他副总，家业太大了，你哥又在国外发展，我们都老了！”听到这里，浅悠悠动情地安慰道：“你们是我避风雨的港湾，像阳光般的温馨。让我静静地待在这里，享受着公主般的锦衣玉食，无忧无虑的生活，在这里我没有任何压力和痛苦，我天天快乐似神仙，所有的担当和责任由你们肩上扛着。我会一辈子珍惜你们！爱着你们！对我比我亲生父母还好！”玉兰听到说亲生父母这话，痛苦万分，内心煎熬，现在不敢相认眼前的女儿，那次到春涛菌菇培植的两位专家，费了不少周折，终于打听到有位在菌厂工作的年老村民，用重金撬开了他的金口。事实证明，浅悠悠就是自己当年丢弃的女儿，现在是梧桐村浅东家的小女儿，当时的确是被王媛抱回来养大的，为不泄露这个秘密。浅东眼露凶光，对全村村民说道：“谁，泄露出去，我非杀了它不可。”大家因为尊重王媛，一直都守口如瓶，叶子，你现在在哪里，找到了你，就能完全证实浅悠悠是她的女儿了！这几天，她悄悄地收集了浅悠悠掉在卫生间的长头发，有时间和吴胜利一起到医院做亲子鉴定，玉兰内心迫切希望她留下来。浅悠悠宽慰道：“干妈，你放心，我的心永远和你们系在一起！王兰笑呵呵道：“女儿，不说了，我要慢慢地享受着这幸福时光。”王兰说完闭上好看眼眸，安逸地睡起觉来。浅悠悠静静地坐在床前，专心致志的按摩着玉兰保养得非常好的柔软白皙身体。她的灵巧双手对应后背上每个穴位，时而力劲增大时而减小，时而快时而慢，她的双手像揉一团面团那样，又像忽白的十指尖尖在弹钢琴一样。一道道工序一环接一环的，全身按摩完后又上了秘制的桐油再按摩，再针灸艾灸再敷中草药粉后背，手脚上。每天这样的调理工作要进行二个多小时，时间不知不觉从指缝里溜走，天色暗了下来。

第八十四章　一万个对不起，只要你开心我就开心

手机上响了，浅悠悠瞥了手机上微信屏幕，沐之羲的头像一直在跳动着。信息上写的字映入她的眼帘。“你若是春暖花开的春天，我必是寒风刺骨的冬天，你若是春日的牲丹，我必是冬天的邹菊，试问情何物，谁能揭开这道帘。悠悠，我不想错过你了。对不起，，我误会你了，你打我骂我都行。”浅悠悠瞥见他发来的信息，心里在生闷气，不理会他。约十分钟左右，她手机号码又响过不停。“悠悠，是谁打来的电话，你怎么不接啊！”显然，玉兰被电话铃声吵醒了。“不好意思，打搅干妈你了！是沐之羲打来的电话。”浅悠悠解释道。“是那个惹你生气的浑小子，别理会他。”玉兰有些不耐烦道。“干妈，万一梧桐村有事情呢？”浅悠悠有些担心起来。“那你接吧！你啊！就是心软，改变不了你的牛脾气。”玉兰叹息道。

浅悠悠打开了手机免提声，玉兰也侧耳在听，那头传来沐之羲悦耳悠扬磁性的男中音，陪着笑脸。道：“你好！悠悠，这四天玩得开心吧！”

浅悠悠冷漠地笑笑，道：“谢谢，借你吉言，本人很开心。

沐之羲眉弯弯，笑道：“一万个对不起，只要你开心我就开心。”“什么事，沐镇长，请说正题吧。”浅悠悠的冰冷声音传过去，让沐之羲心头一颤。他生怕她再生气，另扯话题道：“其实，也没

有什么事情，梧桐村的黄金贵等人托我，汇来香肠措肉鸡蛋等土特产，马上给你汇来，过两天你就能吃到。还有，他们问你好久回来，桐花也在问你呢？”

浅悠悠的心忽地一沉，思乡的情绪油然而生。咋晚上，浅东和陈凤也在打电话问女儿何时回家！正犹豫不决时，一旁边的玉兰，脸色顿时阴沉下来，她忽地起身。对着手机吼道：“你想欺负她就欺负她，有个理说法吧！咱悠悠不回来了，那个穷僻乡村有什么稀罕。”沐之羲小心翼翼，陪罪道：“你是玉兰阿姨吧！对不起！向你赔不是，我在内地寻到一位高师，专治你风湿的秘方，买了很多名贵的膏药汇来。”“谁稀罕你的东西，滚！”她抢过浅悠悠的手机，立马挂断电话。

她瞥一眼惊异的浅悠悠。道：“悠悠，干妈不喜欢他。”其实，玉兰就怕浅悠悠离开自己，沐之羲就是障碍。“干妈，我很少看到你发火呢？”浅悠悠疑惑道。“那看什么事情，谁欺负我女儿我就和谁急。”玉兰情绪有些激动。这时，保姆凌妈毕恭毕敬进门，上前弯着腰道：“夫人，小姐，总裁说稍晚点回家，请你们先进晚餐。”玉兰朝她挥挥手，笑道：“凌妈，我知道了，你去忙吧！”凌妈知趣离开。这时，浅悠悠的微信上又有沐之羲头像闪动。他说道：“悠悠，今晚上我乘专机给你赔不是。”她惊讶道：“干妈，怎么办，他马上要乘飞机过来。”玉兰气愤万分，道：“不要管他，他在骗你。千里路途呢？”浅悠悠听了干妈的话，心绪不安起来，她太了解沐之羲的个性了。急忙回了微信过去，“别傻，沐之羲，镇上这么多事情等你呢？”见对方没回微信，她想了想，赶紧给紫萱回了微信，帮她劝说，让沐之羲别做傻事情，浅悠悠这才放下心来。“是谁惹我宝贝女儿生气了！”一阵朗朗的笑声传来，一位中等身材，精神饱满的男子进门来，身后紧跟着一位身材挺拔伟岸的青年。王兰先是一惊继而莞尔一笑，开心道：“胜利你回家了。”吴胜利冲妻子大笑道："真是喜事连连啊！一是：你气色好多了，二是：我和文轩签了一份长期合作合同，本来请他在外面吃饭，谁知执意要到别墅里来共进晚餐。这不，文轩还买了很多卤凉菜，全是麻辣烫之类，我看着都咋舌，直冒冷汗，说是悠悠最喜欢吃的菜。"浅悠悠听了感动不已，高兴道："谢谢干爸，谢谢文轩，知我者已文轩矣！"陈文轩轻抿薄唇，笑得很舒心。道："只要小可爱喜欢的东西，在下在所不惜。"浅悠悠笑了起来，露出一排整齐洁白的小贝壳牙齿。紫萱的微信信息发了过来，悠悠，打沐之羲的电话关机。浅悠悠内心着急，走到一个偏僻角落回道："紫萱，你问问吕毅吧！"这边玉兰惊喜道："文轩，你是稀客，快请坐。"陈文轩彬彬有礼笑道："阿姨，你越来越年轻漂亮，今晚上我到你家蹭饭，欢迎吗？""好啊，欢迎文轩天天来蹭饭。"玉兰笑逐颜开，却意外发现陈文轩的目光一直盯着浅悠悠侧影看，一头卷发高高挽起，嫩白细长脖子，精致的脸蛋，刚才因为运动的原故，她的脸像一只红朴朴熟透红苹果。玉兰见状，顺势拉着吴胜利的手进了餐厅。浅悠悠正在低头给紫萱回微信正想抬头说二句话，瞥见吴胜利玉兰俩夫妇离开，又见陈文轩朝自己走来，不禁开玩笑道："海归，又来蹭饭了！""小可爱，一天没见到你，如隔三秋。"浅悠悠抬眸正与陈文轩灼灼目光相对，她赶紧把脸扭向一边，朝餐厅走去。说道："海归，别把玩笑开大了，我肚子饿，吃饭去！"陈文轩正色道："小可爱，我是认真的，谁和你开玩笑啊！"陈文轩神色很认真，不像开玩笑。浅悠悠转移话题，浅笑道："当然啊！我们成了好朋友，把你当我的哥！""当哥也当你的爱人。"

浅悠悠："……"

第八十五章　明天给她惊喜

沐之曦见玉兰挂断浅悠悠的手机电话后，忐忑不安，立即，他驾驶小车回到何川区城市，已近傍晚时分，路边火树银花，璀璨夺目。他瞥了一眼路边的成双结对的情侣，有几许羡慕的表情。是的，大家还沉浸在春节的喜庆之中，他的内心情不自禁地涌起一阵惆怅一阵遗憾。想到此时的浅悠悠身处异乡，正生他的气呢？内心很疚愧，肠子都悔青了。唯一的弥补方式，就是让浅悠悠尽快能吃上家乡的腊肉香肠菌类，他算好快递时间的每个环节，亲自开车争取邮寄时间，到何川区城里，评价最好最高信誉度的宝雪儿快递邮寄。当他扛着一百多斤的东西气喘吁吁来到宝雪儿快递店时，已经累得满头大汗。这时，叶如梦打来电话他没有接听，她只好在微信上留言："之羲，得空吗？晚上到我家吃饭。"沐之羲冷眸子扫了扫手机，没有回复她。这时候，店里一高一矮年青貌美女服务员，立刻迎了上来，俩人瞥一眼沐之羲，他的高贵优雅形象瞬间吸引住两位姑娘，眼珠子定定地看着他，不禁惊呆了。天庭饱满，腰板挺直，高冷帅气，气度不凡。高挺的鼻梁，冷漠的双眸透着一丝贵气。她俩连说话都结巴厉害，高个子立即递杯热水过来，眼里透出一线妩媚，娇滴滴道："帅……哥哥，辛苦了，喝杯热水吧！"矮个子也不甘示弱，朝高个子撇了撇嘴，热情地端来一张凳子，眉眼弯弯道："哥哥……帅，看把你累的，快坐下休息。"沐之羲一脸冷酷，身子也没有动，他从口袋里掏出一叠纯白幽香的纸巾擦试脸上的汗水。冷冷道："麻烦二位姑娘快点打包邮寄，谢谢你们！"至始至终只说了二句话，面部表情冰冷，但悠扬磁性的声音仍然很吸引店里的两位美女，争先恐后为他办理业务，主动没完没了和他搭话聊天，尽管自讨没趣。两位花痴迅速在脑海里记住他的电话号码，姓名。两人的眸光视线从没有离开过他的英俊脸。不过美女们做事动作很麻利，只需十来分钟时间，很快腊肉香肠菌类分别装进五个大邮箱。帅哥，你的东西打包好了，马上送上车。"高个子微胖的身材，笑吟吟得有些神色恍惚。另一矮个子也巴结讨好一副笑脸道："帅哥，后天就到，你的亲人马上就能吃上香喷喷的美食。宝雪儿的招牌就是，质量第一，安全到达，请您放心！欢迎您下次光临。"沐之羲心里忖思着浅悠悠最喜欢吃腊肉和香肠，想象着她满嘴油腻欢快的吃相，明天给她惊喜，他甜甜地一笑，溥嘴角微微上扬，心情愉悦起来。当他离开店时，听到身后两位高矮美女开心大笑讨论着。"瞧瞧，这位帅哥终于笑了，他笑起来真好看，好想他下次光临本店。"店里的另一个青年男子见状，早已心情烦燥，脸上表情不悦，大声地斥责她俩道："两位花痴，你们视我为空气啊！难道我长得不帅？""你是男人丑堆里选出来帅！"随后传来她们吃吃的笑声。沐之羲走在回家的路上给浅悠悠打完电话后，对她的思念日夜增加，他准备放下当前的一切事务，给自已放两天春节假，放松最近的工作压力，去远方看看她并接她回来，马上向浅悠悠求婚！诉说彼此间的相思之苦。回到家里急匆匆冲完澡穿上睡衣，简单地吃点东西后，呈八字舒服地躺在床上，用手机上网搜索准备预订机票了。内心在怅思，明天忽然给她一个惊喜。这时，叶如梦的电话打来了，叶如梦这几天心情大好，几分狂喜几分忧愁。喜的是有机会能接触沐之羲，愁的是沐之羲对她很冷漠，但她毫不气馁，仍抱有一丝希望之光，她奉母亲之命约他出来吃晚饭，但沐之羲没好气地挂了她的电话。不一会儿，家里的保姆凤敏电话打来了，沐之羲连叫不好的预感，顿时笼罩心头，立马坐起来。“沐镇长，大事不好了，你母亲刚吃完饭，坐在沙发上休息看电视，忽然昏倒了。”“速送蓝天医院”，他脸色阴沉，紧皱蹙眉道。

第八十六章　拒绝叶如梦

叶如梦见沐之羲没接没回电话，她脸色立马阴沉了下来。快快不乐地摔下手机，坐在沙发上的她，屁股猛地往下一沉，手上拿起一颗瓜子，使劲往嘴里一塞，嗑吧一声吐出壳来，闷声闷气冲厨房里，正在厨房里忙碌的叶子，生气地喊道:“妈，今天给之羲打三次电话，没接我的！还留言请他来吃晚饭都没回复，我的心情好郁闷啊！胸部也不舒服，疼痛。”

叶子今天难得休息两天，一大早，心情舒畅地到超市买了大包鱼肉新鲜蔬果回家，再三叮嘱叶如梦请沐之羲过来吃饭。由于是春节节日，她给保姆放了假，亲自下厨忙得热火朝天。听到叶如梦说沐之羲不来，心情极不悦。本来还想炒几个菜顿时没心情了，生气地端了两盘菜出了厨房，把围裙一扔，摇摇头。道:“梦儿，你不是不舒服吗？少生气，对身体健康不好。哪天你有空到医院来检查，是不是经期前的原故。沐之羲，唉！这孩子现在怎么了，小时候多乖巧的。”叶如梦恨得牙齿咯咯咯响，蹙眉道:“自从，浅悠悠来了之后，之羲就性情大变。要怪就怪这个狐狸精。”叶子听到狐狸精三个字心地猛一沉，以前，别人也是这样称呼她。她想起陈远全，为了这个男人她一直终身未嫁，一直默默含辛茹苦地抚养女儿长大。陈远全为了自己的外在形象高大，为了头上的这顶乌纱帽子，为了爬上更高的位置，一直不敢张扬不敢离婚，甚至对叶如梦小时候也不闻不管，生怕这俩母女影响他的仕途。直到头几年叶子告诉他，叶如梦大学毕业了，陈远全才重视女儿的未来。叶子又叹息道：”难道女儿又要走她的不归路，我应该让梦儿拥有一生幸福才行。”她眼眶泪珠像断了线的珍珠一样，不断往下掉。“妈，你别伤心。”叶如梦见母亲不高兴，急忙宽慰道，继而眼眸子转转。“要不，我给干爸打电话，叫他过来陪陪你。叶如梦知道自己的母亲喜欢陈远全，搞不懂他为什么不离婚呢。叶子阻止道：“梦儿，别打电话，这么晚了，不要影响他家庭。”叶子生怕她打电话给陈远全，很急促解释道。“妈，其实干爸对我很好，曾推荐我到局里上班，我为了沐之曦到乡镇上班。”沉闷的空气缓和些，两人来到饭桌子上边吃边聊天。叶子听了不高兴道：“傻女，你就是太痴情了，最后，受伤的还是你自己。”“我还不是为了天天想和沐之羲在一起！”说着电话铃声响起，叶如梦看了电话，瞥一眼叶子，笑吟吟道：“妈，是之曦打来的，真是说曹操曹操就到！”沐之羲急迫的声音响起，不等她开口，急急道：“如梦，阿姨在家吗？打她电话一直没接。”叶如梦很失望道：“之羲，我妈在家耍假呢，你有什么事？”沐之羲舒了一口气，缓一缓道：“我有急事，你快把手机递给叶子姨。”叶如梦蹙眉，悻悻道：“之羲，你何时关心过我！”沐之羲催促道：“叶如梦，我们现在不谈感情上的事，得空再聊好吗？现在真的很急。”叶如梦自嘲地笑笑。“妈，之羲，找你。”

“叶阿姨，我妈的病又复发了。”叶子听到这句话，立即放下手中的筷子，蓦地站了起来，神色紧张。“我刚才手机没电了，你们在哪里？”“阿姨，在你医院的急诊科。”“好，我十分钟到。”“谢谢阿姨！”沐之羲感动万分，立马挂断电话。叶子瞥一眼叶如梦，急急道：“梦儿，你周阿姨昏迷了，需要急救，我马上去趟医院。”叶如梦撇嘴道：“妈，你不是在耍假吗？沐之羲有事就找你了，平时对我如何，你是知道的！”“梦儿，这是人命关天的事，也是职业医德，何况她是我闺蜜，好朋友呢？”叶子用最快的速度冲出门去，连椅子上的外套都顾不上拿走，只听到身后女儿传来气愤的摔碗声音。“妈，你何时陪过我！”

第八十七章　同病相怜

叶子抹了抹一脸泪水，开车急速到了蓝天医院，疾步来到急诊室，沐之羲迎了上来，神色惊慌。不安道："叶阿姨，不好意思，你在休假，我妈，她……"叶子瞥了一眼旁边的沐剑旭，一脸的凝重，低头不语。她不禁倒抽一口冷气，故作轻松，其实，内心的压力很大。"之羲，没事，这是我的职责所在，我还要了解情况！请你们放心，我会竭尽全力地把她抢救过来的。"叶子视线越过他们朝病床上周祥望去，只见她脸色苍白，呼吸困难，昏迷不醒，挂着吊瓶输液，鼻子插根氧气管，没了昔日的高贵气质，叶子伤感不已。室内二名医生正在认真观察，两名护士不停忙着测血压，量体温。叶子往事涌上心头，她能坚强地挺到现在，一路相知相识来源于周祥心脏不好，经常找她看病。一路走来，俩人成了无话不说的好朋友，闺蜜。周祥曾在她经济最困难时帮助她不少，如今瞧见好友这副模样躺着病床上，心中一阵阵悲痛交加。"叶院长亲自来了，这下有救了。"医生护士瞥见叶子进门来，如获大赦，，立即起身，毕恭毕敬躬身小声地议论着，听候叶子的差遣。叶子静心地约观察了二分钟时间，转身朝医生的办公室走去，听取了甲乙两位医生简单汇报后，心中有了一套明确的急救方案。她急急地吩咐道："按我的方案，立即安排人手专车去接市院周专家，洪专家过来！"要知道这两名专家在中国乃至世界很有威望的，可见叶子的影响力之大，医生们听了都高兴起来，忙乎起来……

这时，风云打电话约叶如梦出去喝酒，叶如梦应允下来……

风云自从揍了春涛后，进了凤凰镇派出所。派出所的人，刚开始不知道他是谁，狠狠地教训他一顿……后来，当得之是风海阳区长贵公子时，派出所所长黄锋吓得瑟瑟发抖，毕恭毕敬，连连向他赔不是，亲自护送他到家里休息。风云被他爸骂得狗血淋头，甚至要和他撇开父子关系，他才意识到自己错误的严重性，亲自去医院，看望安抚春涛，诚心地赔礼道谦付医院费送水果补品的，还老老实实待在家中，风海阳脸上才有了少许笑脸。过了几天，叶如梦送来情报，浅悠悠去了外地耍假没回来，风云联系了浅悠悠几次，见她不理不睬的，心情郁闷。于是，约了叶如梦出来散心喝酒。叶如梦到了美韵酒吧，瞥见吧台上，坐着位背对她的俊逸男子，引起她的注意，这年轻的男子正端着高脚酒杯，酒杯里湛满红酒，他自酌自饮起来，姿态优雅，这男子的背影和沐之羲相像，她有点懵。叶如梦和风云通话过几次，忽然被约出来喝酒，显然很唐突。她扫视了酒吧大厅，因为是春节放假期间，人数寥寥无几。为确认坐在吧台上的人是风云。她拔了电话，风云的手机电话铃声响起，只见吧台上的人站了起来，朝叶如梦看去，在朦胧灯光闪耀下，叶如梦长得很美，身材高挑，肤白貌美。红色的呢大衣衬托她的娇艳，如一朵寒风盛开的艳丽花朵，风云的眼珠子定了定，俩人同时开口，同时点头。“叶如梦！”“风云！”风云玩世不恭冲叶如梦招了招手，笑道：“美女，过来陪我喝酒干杯！”叶如梦在旁边也顺势坐上另一条凳子上，酒过三酌，两人微醉，风云的脸色阴沉，两眼通红，自言自语道：“你说说，为什么她总嫌弃我，我和她四年大学同窗生活，情谊深厚啊！她家贫穷，我不嫌弃她，不断地帮助她家。一次又一次地帮助她大哥二哥渡过难关，她家里的人太贪钱太势力了。到头来她宁愿和一位贫困户的儿子打得火热，甚至搞男女暧昧关系。一点不把我放在眼里，不如春涛，更不如沐之羲，她真是不知好歹的贱女人。”

“哈哈，她就是个贱女人！我难道不痛苦吗？我们全家对之羲那么好，巴心巴肠地对待他，只当我是妹妹，我太失望了。有事了就求我妈帮忙，曾救过周祥一次了，这次又求我妈再救一次。如果我是叶子，偏不救她。他家对我们太绝情了，太伤感情！都是那个狐狸精造成的，我要撕她成碎片，以解心头之恨！”叶如梦边喝酒边呜咽地哭了起来，真是千杯酒肚逢知己，俩人唠唠叨叨地闹到至深夜，最后都喝得醉醺醺的，美韵酒吧老板是风云的好朋友，见此景，立即吩咐司机送他俩回家。

第八十八章　也是我扶贫工作其中之一

紫萱费了不少周折，终于打通了沐之羲的电话，不仅长长地舒了一口气。语气有些责怪道："沐镇长，你在哪里？手机一直在占线，悠悠叮嘱我，你别去找她，过两天她就回家了。"沐之羲听到"悠悠"二字，心情缓了缓，要不是母亲生病住院，恐怕真去了，真对不起悠悠啊！自己因为母亲处于昏迷不醒，情况不妙，我没时间回你信息。立即解释道："紫萱，谢谢你，我本打算去的，结果出了点状况，家里出了点事情！我没办法去了，母亲在蓝天医院里，心脏病又复发，现在处于昏迷不醒在抢救呢！好！不说了，医院要求要绝对安排有事发信息，我充下手机电挂电话了。"紫萱在另一头顿时愣着了，稍一回过神来，着急给浅悠悠拨打过去。"悠悠啊！出大事了……！"浅悠悠听到沐之羲母亲生病的消息后，蹙眉紧皱，想起自己儿时的情景，周祥像慈母般地对她无微不至的关怀。她想回去看望周祥，表达自己对她的感激之情，同时也担忧她的病情，焦急万分，这里她再也待不下去了，可她的干妈舍不得她离开，说好再耍几天。她思索着斟酌道："干妈，你的病好了三分之一了，继续按照我的方法调理，不出三个月会痊愈的。""悠儿，你真要走，又回到那个令你不开心的地方。"王兰长长叹息一声，眼里有失望有不舍的泪花，沉默不语。浅悠悠不敢与她对视，低头轻声道："村里的扶贫事情太多了，他们天天打电话来问，有时间我一定再来看望你们二老的。”“我知道你在这里就是不安心耍，心系扶贫工作，才来几天，贫困户就给你汇了好多土特产来，东西多得我家二个大冰箱快装不下了。现在电视上新闻上天天有习总书记的讲话，精准扶贫，不能丢下一人，支持你工作，早点回去吧！梧桐村需要你！”吴胜利坐在旁边，笑眯眯帮浅悠悠说话。“小可爱，看你不出来，人小心大，干扶贫工作，就是攻坚战，打决胜战，辛苦得很，有了你们这群人，中国就有了全民奔小康的希望！”陈文轩星眸闪耀。“美男司机，看来这几天没白给你谈论扶贫工作的事，真是应了那句老话，近墨者赤，近朱者黑。”浅悠悠一抹微笑道。

“什么小可爱，什么美男司机。”吴胜利一头雾水，不解地望着大家。

玉兰笑呵呵地靠上前，轻轻捏他的结实手掌，还不停地朝他眨眨眼睛，低语解释道："这是女儿和文轩之间的秘密，俩人的昵称呢，你懂吗？”吴胜利拍拍头，恍然大悟。笑嘿嘿道："真搞不懂年轻人，你俩……”

浅悠悠脸一红，羞涩解释道："干爸干妈，我们只是好朋友。”继而眸光停留在玉兰身上，用商量的口气道："干妈，我明天一早乘飞机回去。”其实，玉兰虽有心理准备，但还是依依不舍的。“这么快就走，悠儿。”“小可爱，那我不打扰你了，早点休息吧！明天，我送你去机场，等段时间，我处理完公司的事务后，过些日子，一定回梧桐村来看你。”陈文轩说完起身，深情地用眸子瞥了一眼她，溥嘴上扬，眉角弯弯，痴迷地凝望着，急迫地等待浅悠悠的回答。但见她，气质清雅，肤如凝脂，回眸一笑百魅生。陈文轩看得太痴迷。浅悠悠看他盯着自己不眨眼，不禁逗笑点头道："美男司机，谢谢你，欢迎你到梧桐村来作客，欢迎你来投资！”“小可爱，你不用客气，我到时一定会来的。”陈文轩听到这话很宽慰，很兴奋。然后告辞，他依依不舍大步流星地旋身，多想此时的浅悠悠送他出门。玉兰望着渐行渐远陈文轩挺拔离去背影。略有所思，不解道："胜利，文轩变了，对事情变得认真负责起来。"吴胜利兴奋地瞥了一眼浅悠悠，心里甜蜜蜜的，笑呵呵道："还是咱们的女儿有魅力，让文轩认识到扶贫工作的重要性。"浅悠悠不好意思道："干爸，我是引导陈文轩变好人呗！也是我扶贫工作其中之一。""哈哈，咱们家的女儿真逗！"玉兰欢笑道，顿时，别墅内响起一片欢声笑语。

……

第八十九章　马上和叶如梦结婚

清晨，紫萱拎着水果来到医院看望周祥，走廊里，看见沐之羲站在周祥病房门口，脸色憔悴不堪，眼神黯然。“沐镇长，周姨醒过来没有？”沐之羲深深地叹息，摇摇头，他是个非常孝顺的儿子。好半天才缓缓道：“还没有呢？唉！这是第三天时间了。”紫萱见状担忧起来，沐之羲也定定地凝视远处的病房，母亲在重症监护室里呢？瞥见叶子过来查房了，她的身后跟着一大群人，正朝他方向走来，内心思忖道、全区赫赫有名的专家当然带着学生啊！这群人簇拥着她，众星捧月似的。不知不觉叶子靠近，沐之曦急忙向前正要向叶阿姨问好时，忽见父亲也上楼来，见到叶子时，他疾步含笑与叶子握手打着招呼。叶子，今天的面色很苍白，两眼红肿。她对周祥的病情夜以继日，心力交瘁，想尽一切办法。“剑旭哥，姐从目前的病情来说，从总体上，有好的方向发展趋向，今天有可能苏醒过来，我先到病房里进去看看。”沐剑旭听到此话，心中略宽慰些。感动道：“那麻烦叶院长操心了，改天请你吃饭！”叶子含笑道：“不客气，姐是我多年的老朋友。”随后她把冷冽目光停留在沐之羲英俊脸上，用沙哑的声音道：“之羲，等会儿梦儿要来，你要好好陪她。”沐之羲心头一紧随之微笑地点点头。叶子这才放下心来，心情轻松许多。走进豪华单间病房里，看到昔日好友周祥，感慨万分，曾与她有说有笑闺蜜，现在却一动不动在床上躺着，她心中悲伤。她很专业地先查看输液用药等后，再简单地问了医生周祥的一些状态。接着她用手轻轻地握着周祥的冰冷手，小声示意护士到旁边拿两个热水袋过来。她接过热水袋，她轻轻地放在周祥手旁边和脚下面。这个细微小动作让在场人为之动容。沐之羲站立在外面，透过玻璃窗也能瞧见病房的一切，心中一阵阵震撼。“叶姨真的好！好贴心。”病房内，叶子在周祥耳边轻呼。如鲠在喉道：“姐，我是叶子啊！你快快醒过来，看看沐剑旭沐之羲，你的老公儿子现在还在外面等着你回家呢？”叶子说着说着，热泪像断了线的珍珠，一滴滴地掉在周祥的脸上。旁边的中年女医生爱怜地递过纸巾，关怀道：“叶院长，我觉得今天周祥的病情有所好转，气色好多了，你已经几天几夜没合上眼了，快回去休息会儿吧！”“没有关系的，今天是最关键的一天，等姐醒过来我才放心。”叶子转过身去，揩了揩眼角涌出的泪水。这个时候，保姆凤敏姨，不经意地瞥了一眼周祥，只见她的睫毛动了一下，顿时，欣喜万分道：“叶院长，你看她的眼睫毛在动。”“是吗，让我瞧瞧，姐，我知道你很坚强，需要我们呢？你离不开你的丈夫儿子，是不是？”接着，她的身子蹲了下来，很专业做了一些动作操作流程，随后，她又仔细检查治疗。病房里的医生护士在叶子的指挥下忙碌起来。约一个时辰左右，周祥微微睁开眼，身子很虚弱地，眸光不解地望着叶子。含笑道：“妹，我怎么在医院里？”叶子紧握着她的微热的双手，激动万分说道：“老姐，你来这地方三天了，嘿嘿！难关总算渡过来了。”叶子热泪盈眶的。“哈哈，我又从鬼门关回来了，叶子，感谢你又把我救回来，看来，真舍不得你们啊！”周祥高兴起来。“姐，是你舍不得你的老公和儿子吧！”叶子松开她的手打趣道。她的眼眸朝门外瞧了瞧，立即吩咐护士让沐剑旭等人进来。紫萱见状悄悄把礼品塞给沐之羲，转身离去，在回家路上，紫萱向浅悠悠细说了周祥巳苏醒过来的消息，浅悠悠听了很宽慰。周祥病房里，叶子与周祥亲昵地说话：“姐，你安心在这里养病，我好好开药给你调理身子，一周后，病情稳定会出院康复的，你放心好了，现在，我不打搅你了，我还要去看看别的病床上的病人呢！”急忙进病房的沐剑旭含笑对她道：“叶院长，好感谢你，等祥子康复出院后，我代表全家请你和梦儿到我家来做客。”“沐叔叔，关键是我要现在之羲陪我吃饭。”不知何时，叶如梦也来到病房里。沐剑旭顿时眉开眼笑，开心道：“如梦，之羲可以单独陪你在外面吃饭的。”“好是好，沐叔叔，你能代表他吗？”叶如梦嘟着樱桃小嘴，朝沐之羲望去，瞥见他正握着周祥的手，小声地说着什么，周祥一脸的幸福。“之羲，你送叶姨出去。”沐之羲立即起身，恭敬地笑道：“叶姨，您请慢走！”“之羲，刚才沐叔叔的话，你可听见？你单独请我出去吃饭。”叶如梦步步紧逼，沐之曦的眼眸子沉了沉，母亲病情才稳定，不敢惹她老人家生气，强着笑脸道：“如梦，我答应请你吃饭就是。一直以来，我只把你当成我亲妹妹看待！也很感激叶姨救我母亲！”“我不当你妹妹，之羲，我的心思难道你不懂吗，我要你陪我吃一辈子的饭。”沐之羲脸色顿时阴沉无比，脱口拒绝道：“如梦，我真的把你当我妹妹，至于其他的，我真的没有多想。”“妈，你看看，辛辛苦苦救活了祥姨，可别人不领你的情。”叶如梦的音贝高了起来：“梦儿，之羲，你俩少说二句行不行，病床上还有病人需要安静，不能受刺激的。”叶子的面子挂不住，沐之羲的胆子真大，居然当面拒绝宝贝女儿的要求。她的眼眸里射出愠怒的光茫，有些怨恨看了看沐剑旭。沐剑旭心尖一颤，避开她的眸光，此时也感受到其中的利害关系，急忙解释道：“叶院长，你别生气，等祥子出院，之羲，马上和如梦结婚！”叶子听了这话，轻松起来，满意地点了点。含笑道：“剑旭哥，这是你说的，要说话算数哦！”“叶子，那是理所当然的。”沐剑旭微笑点头承诺，叶子满意地离去，他凝视着叶子远去的背影，立即回到周祥身边，他体贴入微地接过保姆阿姨的菜粥碗，小心翼翼地用勺子一勺一勺地喂她起来，好一对夫妻相亲相爱的景象，叶如梦在旁边帮忙，俨然像沐家的儿媳妇。沐之羲疆立在那里，他不敢发火，两眼黯然，紧握双拳。周祥瞧见儿子不高兴，急忙朝他招手，“之羲，快到妈妈身边来坐。”周祥一只手拉起沐之羲的手，另一只手拉着叶如梦的手。高兴道：“之羲，妈知道你心事，可我们不要昧着良心，要懂得感恩，叶子已经救了我两次生命，如梦如此深爱你，你也知足了。当作妈的面，答应和如梦相好。”沐之羲艰难地动动喉咙，一向对母亲很孝顺，何况现在她有病在身，还没康复呢？斟酌良久，只得含笑点头。此时的叶如梦笑靥如花，朝前拉着沐之羲的手，撒娇道：”之羲，我饿了，我们出去吃饭吧！”沐之羲紧皱蹙眉，不悦道：“你自己出去吃饭吧！我要陪陪母亲聊天！”周祥咳了一声眯着眼，头靠在床头，笑咪咪道：我刚才吃了饭，累了，想休息会儿，有你爸在旁边陪我够了，你们都出去吃饭吧！”

第九十章　悠悠，我对不起你

沐之羲的电话铃声响了，看见手机屏幕上的号码，是浅悠悠打来的电话。他神情紧张地出了病房，走到病房门口接了她电话。叶如梦悄悄地跟在背后沐之羲，偷听两人对话，浅悠悠兴奋道：“之羲，我刚下了飞机，到了何川区城市，踏上这片热土，感觉还是故乡好！”她的心情愉悦起来，沐之羲这几天累得死去活来的，工作上感情上压力大，但听是她的声音，强作笑颜。低声道：“悠悠，辛苦你了。”“对了，之羲，听说祥姨好多了，等会儿我来看望她！”“多谢了，你别来。”“浅悠悠听到沐之曦的声音有些沙哑有些疲惫，丝毫感觉不到他的神色紧张。宽慰道：“这几天，之羲，你太累了吧！我来看看她是应该的，小时候，周祥姨对我很好，现在想起来好幸福，她的好，永远铭记在心头的。”沐之曦不好拒绝，不好说明她不要来这里，因为，除了他，谁都不欢迎她到来。”苦笑道：“你还是回去早点休息吧！母亲需要安静的休息。”后面的叶如梦瞧见两人亲密对话，炉火中烧跨上前一把夺过沐之羲手机，冲着浅悠悠的手机吼道：“浅悠悠，你听着，等祥姨康复出院后，我和之羲立即结婚。你的脸皮真厚啊！离他远点，滚蛋，你他妈的 ×……”浅悠悠瞬间呆愣了，怎么是叶如梦在旁边，而且满口的脏话，她被骂得如此狼狈，脑子有些蒙，一时转不过弯来。嘴里自言自语道：“我不相信你的话，他不会与你结婚的，我才出去几天从没有人给我提起。”“狐狸精，你勾引之羲，你他妈去滚蛋吧！不要再来骚扰之羲了。”叶如梦再次骂起脏话，沐之羲很显然被叶如梦的嚣张气势所恼怒，他大步跨过来，夺过叶如梦手上的手机，立即挂断电话，眼眸满是凶光，冲着叶如梦举起拳头。吼道：“够了，不要再闹了，否则我对你不客气了。”叶如梦伤心欲绝哭泣道：“是我在闹吗？你背着我跟她通电话，是我的错吗？”沐之羲恨恨道：“叶如梦，你说我们在一起幸福吗？我明确地告诉你，我心中只有浅悠悠，没有你的位置。”他俩的争吵，惊动了走廊的人，惊动了沐剑旭，只见，他气急败坏出来朝儿子脸上掴去一个巴掌，怒骂道：”你自己好好想想，到底错在哪里！你妈现在还躺在病床上。平时你总说扶贫工作忙，很少看望我们，还不滚进去多陪陪你妈！”沐剑旭瞧见儿子捂着脸进了病房，很心疼，很后悔。最近他的压力重重，风云处处和他作对，他俩是多年的生意合作伙伴，但最近老是和他抬杠，因为浅悠悠的事，怒迁于他，老给他抬杆，导致沐剑旭生意上不景气。这时，想到第一次打儿子也有些悔疚，沐剑旭说话的语气缓了缓，对叶如梦轻声道：“如梦，和我出去吃饭吧！等会儿我到公司要开紧急会处理事务。”叶如梦瞧见沐之羲掴了耳光后，有点幸灾乐祸的样子，悻悻然道：“沐叔叔，那我就和你一起出去吃饭吧！”凤敏阿姨也跟了出去，沐之羲凝望着床上正在熟睡的母亲，那慈祥可亲的脸庞，百感交集，母亲生他时差点难产，小时候父亲经常在外做生意，是母亲一手呵护他长大的，他如雕塑般伫立着。内心思忖道：“母亲，我该怎么办才好，现在父亲的生意也不好！难道真要娶那个不喜欢的女人吗？”不知过了何时，凤敏阿姨走进房间，他也无察觉。“沐镇长，你快点吃饭吧！天冷等会凉了。”凤敏带进来几盒香喷喷的饭菜，她手脚麻利摆在旁边的小桌子上。“这是沐董事长特意吩咐做的。”沐之羲眼皮没有抬一下，急忙抬腿往外走，望着凤敏神情茫然，不解的神色。苦笑道：“阿姨，我不想吃也不饿，得马上回镇上一趟，有急事处理。”“这么晚了还回去吗？”凤敏迷惑不解道。“是的，要开一个夜会，召开扶贫紧急会议，明晚上，我再来看望母亲！”凤敏点头叹息道：”你们都忙去吧！”

沐之羲驾车火速地回到镇上，他知道深深地伤害了浅悠悠，好几次，想去找她向她解释清楚，但理智控制了他。内心思忖着：“沐之羲，你是个笨蛋，去找她有用吗？会给她带来更大的伤害，何况，母亲到现在还没有康复出院呢！难道做不肖之子吗？”他开完一级班子的会议，今晚上，陈远全和叶如梦没参会。有些事情，必须要和书记商议的，陈远全在电话那头笑哈哈道：“之羲，我和梦儿正陪区领导吃饭呢！你代表我就是，何况我们是一家人嘛，你不必客气！我很赞同你的工作方案。”

沐之羲眉头紧皱汇报道：“……”，会后。沐之羲安排吕毅出会议通知下去，定于明天上午 9 点钟在镇政府五楼会议室召开脱贫攻坚会，请全体机关干部、各村书记（梧桐村第一书记）和扶贫专干参加会议。吕毅点头立即照办，急忙把通知信息发出后，他瞥见沐之羲还在办公室低头看文件，忍不住补上一句：“沐镇长，听说浅悠悠回家了，你不过去看看她吗？”“算了，她风尘仆仆回家，已经很累很晚了，不去打扰她，让她早点休息吧！”沐之羲此时头也没抬，一脸凝重，双手反复翻阅桌子上的扶贫资料，掩饰着内心的不安。吕毅见到此情景，满脸迷惑不解神色，现在的年轻人怎么了，和浅悠悠分开了几天，又依依不舍的，亲亲热热的，思念不已。可是，当浅悠悠真回来了，又对她这么冷淡，不想和她见面。他不禁叹息一声，道：“沐镇长，那你忙吧！早点休息！我要回家一趟。”沐之羲含笑点头目送吕毅远去背影，但再回头看文件资料时，他的思路混乱，再也看不下去，满脑子都是浅悠悠的俏影，他只好放下手中的活，头深深陷入椅子的靠背上，眼眸朦胧不清。“悠悠，是我伤害了你，真的对不起你！暂时让你受委屈，我会给你满意答卷的。”

浅悠悠伤悲，回家一路上几乎是泪奔的，回到凤凰镇上，已经是晚上 8 点过了，到镇上的出租房间时，她几乎是艰难地一步步挪动脚步，吃力地扛着行李箱回到屋里，瞥见房间空无一人，此刻夏桐花不在家里，被紫萱接到她家做功课去了，紫萱是好意的，专门安排她和沐之羲见面方便，浅悠悠满脸苦笑。她的情绪低落，心身疲惫不堪，关上门，连晚饭也不想吃，急匆匆地冲个热水澡后，她穿上睡衣爬上床一动不动躺着，思忖着，蓦地想起刚才的情景，耳边响起叶如梦的刺耳话语。“等祥姨康复出院后，我和之羲立即结婚！”浅悠悠泪眼婆娑，自言自语道：“之羲，难道我们真没有缘分吗？”她的伤心眼泪模糊了双眸……

第九十一章　我对你是真心的

翌日，浅悠悠和吴康在镇三楼会议室开完扶贫工作会议后，俩人并肩地从会议室走了出来。吴康笑吟吟道:“悠悠，幸好你回来了！这几天你不在，村里扶贫工作我都抓不到坛里的姜了。”浅悠悠谦虚道：“吴老革命，你在家辛苦了，看来我们又要加班，现在加班成为我们工作的常态！”“吴老革命，悠悠，请你们等会儿！”跟在后面的沐之羲急忙喊道，刚才他在台上讲话时，坐在前排的浅悠悠，至使至终从没抬头看他一眼，内心忐忑不安起来。浅悠悠和吴康只好停下脚步等他，沐之羲深深地看向浅悠悠。“你俩到我办公室来，我想了解最近扶贫工作进展的情况，下个月，上面领导重点督查梧桐村的扶贫工作。”沐之羲的办公室离这里不远，走几步就到。大家进了办公室落座，吴康眉头不展诉苦道：“沐镇长，我们当前面临的最大问题是，就是贫困户平时不爱清洁卫生。”沐之羲蹙眉紧皱，宽慰道：“我们要加大村社宣传力度，发动社长，社代表，党员先锋模范作用。”吴康道：“好的。”沐之羲续道：“两不愁三保障有问题吗？”吴康：“两不愁三保障都不是问题！”沐之羲道：“那就好！我在这二年内走遍了全镇所有的贫困户，哪家的基本情况，我心中是有数，但还是要靠你们摸清情况才行呢！沐之羲见浅悠悠没说话，双眸深情地投向她。“悠悠，凤凰湖旁边那条玉兰公路，现在修路的进度如何？”要说这条公路是村支两委最头疼的事，道路崎岖陡峭不说，公路沿线两旁涉及近几十户人家，他们有的为了自身利益关系，屡次阻截修路人。公路美丽乡村上面有座以山坡为依靠的大茶园，现在是春涛承包过来的。春节过后，很快就到夏季，正是茶园采摘茶芽的时候了。浅悠悠倒抽一口冷气，也是她愁苦的事。“沐镇长，这事有点麻烦，现在只修了三分之一又停工了。”沐之羲脸色凝重道：“是什么原因？”浅悠悠抬起头来，注视着他，双眸忧色。“主要是个人方面利益，修路要占农户的土地或果树木或庄稼，听说是大老板捐的钱，他们就拿起大木棒狠狠敲，这条公路春涛投标修建，他自己倒贴了好几万进去了。老百姓要求给他们维修房屋和门前堡坎！有的坟占了，政府给了补助的，还是在闹在要钱。”“什么！这太不像话了，这是国家投资的美丽乡村一部分，吴胜利总裁捐了五百万。所以，公路名称改为玉兰公路，以感谢他为梧桐村作出的巨大杰出贡献。如果，还不马上落实好的话，我们如何面对上级领导和吴总裁对我们的厚爱。”浅悠悠和吴康听到这话，俩人四目相对，相互会意地递了眼色。吴康道：“对头，沐镇长批评得对，现在，领导帮我想想办法吧！我和这些龟儿子天天磨嘴皮子，我都快疯了！”沐之羲的脸色顿时阴沉起来，刚想发火，浅悠悠瞧见沐之羲神情不对。建议道：“现在遇到困难了，就应该想办法解决。”靖瑶本和浅悠悠身体融为一体的，这样的感觉，让她忘了自己是穿越时空过来的，忘记了自己是靖瑶啊！她暗中运用了心通大法对与神仙对话，神仙微笑点头，授予她妙法。所以，她忽地灵机一动道：“我倒有个方法，不知行不行。”沐之羲和吴康同时异口同声道。”什么方法！“嘿嘿！你俩忽悠了一个明显细节。”浅悠悠望着俩人迷惑不解的神色，略停顿片刻，她是在故意掉他俩的胃口。只要谈论起工作来，浅悠悠信心百倍，口齿伶俐。“你们没有看出弊端吗？哪个领头最嚣张的人，名字叫叶便宜吃低保的人。其实，他是叶如梦的亲舅舅。沐镇长，只要你给叶如梦打电话，这件事就能搞定。先从他身上开刀，大家就是因为他有后台硬起，才多次阻止施工队的。”吴康顿时开悟起来，拍拍自己的脑袋，也是，我没联想到这事呢，因为曾给浅悠悠谈起过叶便宜的趣事，他本名叫叶便一。白天，他闲逛，看上村上哪家地里种的蔬果好，晚上他去偷一把。如果，请他帮忙做事，他是不能白帮你忙的，至少也要在你家蹭一顿饭吃。如果看上这只碗挺好看，也随便顺手牵羊带回家。所以，大家都叫他叶便宜了。“这个龟儿子，连风都要抓一把回家，我怎么没有想到这个问题呢？”吴康骂道。沐之曦含笑点头，表示十分赞同浅悠悠的观点，他的先前想法与浅悠悠几乎一致。林之曦立即拔动叶如梦手机号码，叶如梦正看学习强国视频，见是他的号码急忙接听。手机里面传来叶如梦娇滴滴的声音。“之曦哥哥！什么事。”“叶便宜是不是你亲舅舅。”“是，我最讨厌他，经常找我妈要钱又拿去赌，才买彩电冰箱送给他，不知足的。因为臭名远播，他现在还是单身汉一个呢。”沐之曦打断她的话，“叶委员，你也负责驻梧桐村，村里的经济发展靠大家，你给你舅舅叶便一讲，如果再阻挡修路，我沐之曦送他到派出所去，他不是吃低保吗？不是想娶媳妇吗？如果犯了事的人，以后，会取消吃低保的资格。以后，吴老革命不给他介绍老婆。”说完，沐之羲挂断电话，那边叶如梦听了他的话，内心涌起无明恼怒。沐之曦，只谈工作不谈俩人的情爱不提结婚的事，现在，不能让舅舅丢自己的脸，为取得之曦哥哥的好感，只能这样子了。她立即拨通了叶便一的电话号码……

吴康见沐之曦含情眸光，时不时停留在浅悠然美丽的脸上，似乎有许多话语要对浅悠悠倾诉，他是过来人，他知道是该离开的时候，相爱的人分别几天，应该有很多话讲，他借故告辞随便把门带上。这时，只剩下他们两人，办公室空气骤然凝固。浅悠悠想起昨天的一幕，情绪低落，站起身。冷声道：“沐镇长，如果没有其他事，我先走了。”沐之曦立马站起身来，向前拉着她的柔荑双手，语气诚恳道：“悠悠，我真心向你道歉，昨天让你受委屈了。”浅悠悠双眼模糊，“这不怪你！”沐之曦痛惜把她拥入怀中，从衣兜里拿出纸巾帮她揩干眼角泪水，“悠悠，你别哭，等这段时间过了，我会处理好这件事的。”浅悠悠使劲从沐之曦的怀里，挣扎出来，冷声哼道。“这是我们的命，为了你前程，为了当好你的好孝子，你不必委屈你自己！”浅悠悠向前急忙拉开门，沐之羲一脸委屈。“悠悠，我对你是真心的，你还不懂我的心吗。”忽然，有人在敲打门，“笃笃笃”几声响，打断了两人的对话，目光同时朝外面看去，见是吕毅！正站在门口呢！吕毅见俩人不解望着自己，有些歉意，不该打搅这对恋人。“对不起，沐镇长，镇上有个招商会马上要召开了。”“吕主任好！”浅悠悠朝吕毅微笑打招呼。“悠悠，我刚才写了一篇工作总结报告，你过来是否帮我修改修改？”“好的！”浅悠悠应允和吕毅一起往前走。沐之曦目送浅悠悠离去的倩影，一脸怅惘不已，他合上笔记本又朝对面的会议室奔去。

第九十二章　小可爱，我想过来看你

吕毅办公室里，洋溢着欢声笑语。浅悠悠正在和吕毅忙乎着，浅悠悠坐在电脑桌子前，正在修改吕毅写的文章。“吕主任，你如果在这前面加上“以下”二字更为流畅。吕毅兴奋地念了起来，“以下我对一年来的工作情况进行一个简单的工作总结！悠悠，果然读起来效果就不一样呢！啧啧，你的写作才华不简单呢！”“还有吕主任，这段话应该改……”这时，浅悠悠的手机铃声响起来了，屏幕上显示玉兰的电话，她欣喜不已。“干妈，你好！最近身体如何！”哪头的玉兰今天却激动万分，热泪盈眶，就在几天前，浅悠悠过来旅游时，玉兰多了个心眼，偷偷把浅悠悠的几根长头发做了 DNA 亲子鉴定，当医生肯定地告诉她，就是自己的亲生女儿时！她和吴胜利欣喜若狂，真是踏破铁鞋无觅处，得来全不费功夫，原来真是自己的亲生女儿。浅悠悠！三十年了，无时不在想念你！她兴奋地拿起手机，听到浅悠悠的悦耳声音，玉兰泪眼婆娑，好懂事的女儿啊！我和你爸亏欠你太多，现在不是时候，等我找到叶子再相认，叶子，你在何方？玉兰抹了抹眼角。急忙回道：“我现在很好啊！谢谢你给我治疗给我的药。自从我吃了你给的药好得差不多了，等段时间，我来凤凰镇看你。”吴胜利正和陈文轩刚跨进屋来，他们正在谈生意项目的事，见玉兰在打电话，俩人立马停止谈话。尤其陈文轩更希望得到浅悠悠的消息，当听到浅悠悠手机传出悦耳动听的声音，兴奋异常，自从陈文轩见到她第一眼起，爱情的种子在心里发芽，他平时有事无事来吴胜利家蹭饭陪俩夫妇聊天，以前他总爱和狗朋狐友嗨哟往外跑寻找刺激，现在却像变了一个人似的，可以安静自如地看书写字练拳，甚至，有时间专看扶贫新闻，还悄悄地捐了不少钱，帮助全国的贫困户学生家庭，经常了解扶贫新闻情况，他是想学更多知识好与她交流分享呢！这个微妙的变化，玉兰看在眼里，喜在心上！当然非常喜欢上这个准女婿了！吴胜利看玉兰的神情，猜想是浅悠悠打来的电话，立即来到她的身旁聆听。欢笑道："玉兰啊！是不是我女儿浅悠悠打来的电话！"浅悠悠在另一边听到是吴胜利的声音，高兴地打招呼道："干爸，你好！我正要告诉你一个好消息，你捐款给梧桐村修公路，我们集体商议了的，以干妈的名字改为玉兰公路了，不仅如此，我们专门立功德石碑感谢你的大恩大德。"吴胜利喜滋滋道："悠悠，这的确是件好消息，路修成了我也是高兴的，再好不过了！你们是用了心的，用了情的，我这人从不图名誉，从前也是穷人家的孩子。所以，要让老百姓致富，就要修公路！"浅悠悠听了这话的心沉了下去，感觉肩上的担子沉甸甸的。幸亏，吴康刚才打来电话，说叶便一的工作做通了，条件是他的房子要重新维修一下，不到二个月前维修过，只有这样了。大钉子户是拔了，可还有其他小钉子户呢！得慢慢地做思想工作。"干爸，这是应该的，你老放心，我们有财务规章制度的。""悠悠啊！你这是见外了，十分地信任你。"玉兰望着吴胜利眉开眼笑的神情，总插不上话，瞥见陈文轩津津有味听着的神色，她有些吃吴胜利的醋了。高声地打断了父女俩的对话："老头子，你少说两句行不。""啧啧！悠悠啊！你看你干妈太霸道……"浅悠悠咯咯地笑起来。"干爸，这叫气（妻）管炎呗！"玉兰故意生气道："好你个浅悠悠，怎么和你干爸成一团伙了。"浅悠悠笑得甚欢，"漂亮的干妈啊！我也爱你老人家！"玉兰听了更是对她欢喜不已，自己的女儿如此懂事，唉！真是亏欠她太多了。她略停顿道："悠悠，陈文轩在旁边，他好想和你对话！"当玉兰把手机递过他时，她和吴胜利借故离开，准备丰盛的晚餐了。玉兰阿姨真是我知己啊！陈文轩接过手机，不知为何，自己的心脏突突地跳，甚至感觉到咚咚地响，这颗鲜活的心似乎要跳出来似的，他做了下深唤吸，心情稍微平静下来。浅悠悠离开时，是玉兰阿姨送她到机场的，他和吴胜利正在公司开高管紧急会。等他俩赶到机场时，浅悠悠已经启程了，他多少有点自责和遗憾，曾给她打过好几次的电话，她都正在通话中，今天，他总算有机会和她通话了。浅悠悠笑道："海归，你好！"陈文轩心情轻松起来。"你好！悠悠，那天没有送你到机场，我多少有点过意不去。""这有什么过意不去的，有干妈送我就知足，海归在百忙中抽出时间陪我游玩，我还得感谢你呢！"陈文轩情不自禁想到和她在一起的情景，脱口而出，"小可爱，有时间，我想和你干妈过来看望你，你欢迎我吗？"浅悠悠热情洋溢道："海归，非常欢迎你的到来。"陈文轩高兴得像小孩子般跳起来，很开心的。"悠悠，你还在打电话啊，我有急事找你。"浅悠悠瞧见进屋来的紫萱满面愁容，两眼红肿，脸上留有泪渍。"海归，我有事情了，就这样吧！我有空再与你联系吧！"浅悠悠迅速挂断电话搁下手机，内心紧张不已，要知道紫萱从未发生过这样事，一定是遇到特别紧急的事了。那边的陈文轩只得依依不舍地搁下电话，情绪有些失落。"吕主任，我和紫萱有事不打搅你了。"吕毅笑一笑，抿一口茶水，他瞥一眼俩人。笑道："你们都忙去吧！""紫萱姐，这里人多嘴杂，说话不方便，还是去我宿舍吧！"浅悠悠说着拉住她，紫萱会意地点头，随浅悠悠到了出租屋里。

第九十三章　紫萱失恋

浅悠悠转身倒了一杯温热开水递给紫萱。“姐，这到底是怎么回事，从没见你这么伤心难过。”紫萱接过杯子的双手仍颤抖不已，听到此话，她早已控制不了自己的情绪，放声大哭起来！她重新把水杯搁放一旁的茶几上。打开自己手机上的微信，指着里面的微信内容说道：“悠悠，他不要我了，这是天晖回我的信息，他彻底变心了，说我们两地分居不适合处对象，更气人的是，他居然背着我在本单位找了实习女护士。今天，俩人在本地民政局办理结婚证登记了，办酒席定于下个月还邀请我参加婚礼。”浅悠悠蹙眉紧皱道：“你们不是同班大学同学，耍了几年朋友，感情不是很好吗！”紫萱泣不成声道：“我们的感情是好，但他告诉我，分居两地相思太苦，何况我在乡镇工作，他也是医生，彼此都做扶贫工作，经常周末假日加班，我们都快半年没有见面了！”浅悠悠接过话恨道：“紫萱，这不是分手理由，说明他根本不是真心的爱你，以前对你是虚情假意的！还哭什么！不值得为这样的渣男掉眼泪，留得住的才是好男人！更可恨的是邀请你参加婚礼！坚决不去，如果要去，找一个优秀的男朋友出现在他面前，不要以为没有他，就活不下去了，也许是上天安排的好事情，毕竟把一个人的真面目看清楚了。姐，别哭，重新振作起来！你是美人坯子，还愁没有人爱你？后面一大串人排队等你去选呢！”紫萱听了她的话，觉得很有道理，只能这样了，叹息一声。“悠悠，我真的长得美吗？真的有人爱我？”“那是肯定的，自己一定要自信，我的紫萱好姐姐！”浅悠悠点头称是，满脸赞许的目光，她抬起手腕看看手表。“好姐姐，别伤心了，我手里倒是一个现成的，叫陈文轩也是暖男，他是我干爸合作伙伴人不错的，你加他微信吧！”紫萱咬牙道：“对，我要找个比他更好的。”立即加了陈文轩的微信，只等他回头加接受了。浅悠悠不禁笑道：“紫萱，我马上要下村一趟，关于修公路一事还搁在心上呢！”紫萱端起茶几水杯一饮而尽。笑道：“我也去忙了！”俩人有笑有说地迅速离开出租房。刚才，吕毅是知道紫萱和浅悠悠在出租房宿舍的。他上厕所路过纪委办公室时，正听到镇纪委书记老晶正在办公室与叶如梦通话，老晶是一根筋的人，听不得别人举报。“叶委员，你放心，我马上去核实紫萱在不在办公室里！不过，我在等雨花下村回来，她可能要十分钟左右吧！……”

所以，吕毅急急地打来电话救急。“紫萱，你在哪里？镇纪委的人正在办公室商议，马上要查大家的岗了，快回来吧！”紫萱急忙道：“我三分钟到……”其实，查岗这件事是叶如梦故意找紫萱麻烦的，平时早就看不惯她了，因为，紫萱和浅悠悠是好姐妹。今天，凡霞亲眼跟踪她俩到浅悠悠的出租房，悄悄站在门外听到两人在屋里的对话，估计紫萱一时半会回不到办公室的。要知道，一个失恋的人，肯定精神萎靡不振的，没心思上班，趁着浅悠悠安慰她的时候，凡霞急忙回到办公室，她阴险地笑了笑，打电话把情况报告了叶如梦，叶如梦笑得好开心，总算逮住有机会了，嘴角上钩，对，这个平时不知好歹的紫萱，今天，总算有机会惩罚她了，至于那个贱人浅悠悠，暂时让她得意几天。因为，怕惹沐之曦生气，以后再收拾她吧！想着想着，俩人得意洋洋的哈哈大笑成一团。叶如梦笑够后，给老晶打了电话，正好被吕毅刚才听到的情景。雨花下村扶贫回办公室，累得坐下倒了杯水喝。她着急地问道：“晶书记，有啥事，急急地要我回来！”老晶见此情景过意不去，有些心疼雨花。“是这样的，有人举报紫萱没在岗，要你我去查查她在不在？”雨花平时和紫萱很要好的朋友，惊呼道:“查她！我们是不是没事干，谁不知道她认真负责能干。平时紫萱经常晚上加班加点你们没看到吗？一会儿时间，没看到她就整别人！”老晶点点头，你说得不是无道理的，但有人举报了我们就要去核实，一来还别人的清白，二来整治组织纪律。对这件事，好像陈远全书记也很重视呢！查完后，我还要给他汇报呢！镇纪委办公室在二楼，俩人无奈地到了底楼。一路上，雨花忐忑不安的。内心忖思道：“紫萱啊！你别怪我，我学了保密法的。所以，不能提前告诉你，你千万人要在办公室啊！”其实，紫萱早就到办公室了，她正埋头工作，忙得热火朝天呢！好像忘记了刚才的伤心悲痛，和浅悠悠在一起不过十来分钟而已！这是怎么回事，说紫萱私自离岗坐车回城走了？这个消息还是叶如梦叶委员亲口告诉的，难道有误吗？要知道起码要二个小时时间才能回来。看来，情报有误，看来，也该还她的清白了。老晶跨进门看见一群办事的人围着她，有些尴尬道：“紫萱！你好忙啊！”雨花见紫萱在办公室，情不自禁地高兴万分道：“晶书记，我们走，不打搅紫萱了！”俩人很快消失了。紫萱捏了一把汗，真的好险啊，要不是吕主任打电话来得及时救了自己，不过下次自己应该慎重检讨自己，上班时间不能这样，要不是小白在办公室里帮忙，麻烦事大了。叶如梦这次做的美梦又破灭了，她恶狠狠地把凡霞臭骂一顿。

第九十四章　浅悠悠才是我的新娘

时间过得真快，弹指间。不觉过了半个月，在这半个月里，梧桐村修筑玉兰通组公路有三分之二的进程了，仍有几户钉子户在阻截修路施工队。半个月后，天公不作美，总下着绵绵细雨，工程由此搁浅，浅悠悠和吴康忧色满面。尽管这么艰难，我们还是咬紧牙关做下来，浅悠悠已经在村办公室住了一周时间了，夏桐花在学校住校，不用回镇上宿舍照顾她。“吴老革命，今晚上，我们再做做这几户的工作吧！”吴康含笑地点点头，怒骂道：“这些龟儿子真不知足！……”

周祥在医院里经过叶子的精心细致治疗下，终于康复出院。沐之羲与叶如梦结婚的消息在凤凰镇传得沸沸扬扬，大家议论纷纷。“沐之羲与叶如梦真般配。”“金童玉女。”“郎才女貌。”听说大婚是旧历的二月二，也就是新历三月八日，好日子啊！还是妇女“三八”节呢！这传言的确不假，叶如梦是有意传出去的，周祥在医院住院期间，叶子和沐剑旭私自商议决定的婚期。

可是，自从周祥康复出院半个月了，叶子和叶如梦看到沐剑旭家没有一点动静，还有半个月就是三月八日了。沐家会不会反悔呢！叶如梦着急不了，叶子也生怕夜多梦长，叶子拿起手机，笑吟吟地给周祥打电话道：“姐，你出院半个月了，你现在身体康复得如何？平时，多注意饮食清淡方面的，适当的锻炼身体也很重要！”另一边的周祥知道叶子的心思，儿子之羲自从给自己办理出院手续后，好像完全在地球上消失了。她给儿子打电话，商量和叶如梦婚事。沐之曦推辞说，基层工作忙！既然儿子不愿意这桩婚事，我也不勉为其难。“感谢叶子这次又救了我的命，我的身体恢复得很不错，能吃能睡的！”叶子笑道：“那恭喜姐。”叶子话锋一转，探试道：“姐，我们是多年的好姐妹了，我们该给沐之羲与叶如梦两个孩子准备婚事了。”周祥其实看出自己的儿子并不情愿这桩婚事，特别是在医院里，叶如梦的种种表现，对沐之羲的专横霸道，早就心中有诸多的不快，但看在叶子救自己的命恩情上，还是硬着头皮答应下来。“叶子，我看这样行不行，等段时间再和之羲商量吧！我看之羲扶贫工作很忙的。”叶子脸色一沉不悦道：“你们是不是想悔婚啊！”周祥的手机开的免提音。所以，沐剑旭坐在旁边陪笑道：“叶子，你言重了，我是做生意的人更讲诚信，你放心。今晚上我们叫羲儿回来吃饭，你和如梦过来吃饭吧！”“沐大哥，那好吧！”叶子欣喜万分地搁下电话。

沐之羲正在何川区开完扶贫工作会后，准备驾车回凤凰镇政府。沐剑旭打来电话，传出父亲威严凌厉的声音。狠狠地说道：“沐之羲，你听着，你妈出院半个月了，你今晚上必须回来吃晚饭！”不容他回答是与否，沐剑旭立马挂断电话。沐之曦想会后立马回镇上，但想到父亲说得有道理，半个月没看到母亲了，确实对母亲有亏欠。他吩咐坐在车上的分管农业副镇长黄宝山和农技中心主任蓝波，你们先回镇上去，我回家吃了晚饭回来。俩人会意点头下车，沐之羲急忙开车往家赶。

郊区外，一幢漂亮豪华的别墅。沐剑旭家，灯碧辉煌，洋溢着喜气洋洋的气氛。叶子和叶如梦早早到了沐剑旭家，沐剑旭陪着叶子欢天喜地谈笑风生。周祥在厨房指挥家中的两个保姆忙乎着，一顿丰盛的晚餐相继摆上桌子，周祥特别为儿子准备的，这些美味佳看都是沐之羲最喜欢吃的美食，她站在门口不停地张望着。“妈妈，我回家了。”当又高又帅的儿子出现在周祥面前，拥抱着她时，周祥高兴得不得了，她接过儿子给她买的珍贵补品。“之羲，就等你开饭了！”叶子站起笑脸相迎：“之羲，你回来了！”沐之羲微笑着很有礼貌道：“叶阿姨好！”叶如梦正低头坐在沙发上玩手机，听到他的声音，含情的眸光看他，立即站起身上前来，亲热地拉着沐之羲的手，朝屋里走去，撒娇道：“之羲，我等你多时了。”叶子见状眉开眼笑，众人纷纷来到餐桌上就餐，沐之羲左边坐着叶如梦，右边是周祥，母亲满脸慈爱地夹了一块香肠肉到他碗里，舀了一碗鸡汤递在他面前，疼爱道：“儿子，近段时间你辛苦了，人也瘦了。”沐之羲满心欢喜：“谢谢妈妈！”“就是就是，之羲哥哥多吃点，近段时间太忙了，不是开会就是下村检查工作！”叶如梦附和道。叶子故意“咳咳”二声，朝沐剑旭望去，站起身，端起红酒朝周祥敬酒。道：“姐，祝贺你！你的身体康复得真快！敬你和哥！”周祥举杯回敬道：“谢谢叶子妹妹，救我一命，你的恩情姐无以报答！”坐对面的沐剑旭何尝不知叶子的心思，高兴道：“之羲，快快敬酒叶子阿姨！”沐之羲开心地举起了茶水杯子。“敬叶阿姨一杯，等会儿我要开车回镇上加班，我只能以茶水代酒了，谢谢你对我妈妈的好。”叶子蹙眉紧皱道：“之羲，这么晚还回去？”沐剑旭也蹙眉紧皱道：“之羲，今晚你不要回去了，饭后有重大事情要商量。”叶如梦也笑道：“之羲哥哥，工作的事，先缓一缓。我和你婚事定于三月八日，还有半个月的时间就到了，婚前我们有很多事要做，如照结婚照啊！采购啊等等。”紧张的空气凝固般，沐之羲放下碗筷脸色阴沉下来，冷色道：“叶如梦，你放弃我吧！你知道我心中早已有了她，浅悠悠才是我的新娘！”叶如梦听了，在一旁边泣不成声，哭道：“之羲哥哥，她那点比我好！为什么你总让我伤心落泪呢！”叶子看到女儿悲伤，马上脸沉了下去，一脸不悦，冷冷笑道："你们叶家真是可笑，当初要我帮忙时，我二话不说，尽心尽力地鞍前马后，现在你们出尔反尔的。走，如梦，你不是嫁不出去，非要他！"说着强拽着女儿的手往外拉，叶如梦却不配合。气得叶子暴躁起来，狠狠骂道："梦儿，你就这么贱吗，人家不领情呢？"沐剑旭听了叶子的话，一脸悔疚神色，解释道："叶子，我不是这个意思，沐之羲先前不知道的，别生气，我说了算数。"

继而朝沐之羲怒吼道："逆子，我不会让浅悠悠做我儿媳妇的，你再敢说这些话，我不让你进家门，你如果为了你妈妈多长寿！你和叶如梦必须结婚，婚礼定于三月八日。""爸妈，叶阿姨，失陪了，婚姻大事不是买卖物品，我爱她，如果不让她进家门的话，我宁愿一辈子不娶，我回镇上上班去了。"沐之羲蹙眉紧皱地把话说完，匆忙拿起外套离开了。"逆子，你下次，回家看我不揍你，我就不是沐剑旭！"沐剑旭气得脸都绿了。"算了，我们还是回去吧！我们低声下气的，真下贱，不该来这里吃饭，每每提起受气，难道我女儿真嫁不出去！走，回去，梦儿。"叶子气呼呼牵起女儿的手往外拽。"叶子，对不起，别生气，之羲的事让你失望了，我也是没有办法。"周祥心情郁闷上前劝道，沐剑旭也上前陪笑道："叶子，你别生气，即便他俩婚事不成，我们还是好朋友！"叶子冷笑道："不做朋友罢了，省得伤心。没有想到的是，沐之羲现在变成这个样子，小时候是多么懂事，真的是缺少家庭教养！"沐剑旭见叶子和叶如梦怒气冲冲离开。冲着周祥吼道："太丢人了，这都是你儿子干的好事！平时你娇惯他的结果！"说完，他气呼呼进了书房，呯地一声关上门。扔下呆呆站在客厅的周祥，她满脸惆怅，热泪盈眶。"羲儿，我支持你！我也喜欢悠悠这孩子！"

第九十五章　生死相依

沐之羲回到镇上加了班，不知不觉已到晚上9点钟。闲时，他的思绪万千，几分惆怅，悠悠，你还好吗？我已经一周没有看到你了，为了村里的事，你辛苦啦！玉兰通组公路已经修得差不多了，我还是去梧桐村公路上看看吧！明天又要在镇上召开几个会呢！实在是抽不出身来，他开着车向梧桐村玉兰通组公路驶去……

梧桐村，沥沥淅淅的小雨终于停了下来，玉兰通组公路旁边，吴康和浅悠悠夜里走访冲天炮家，做他思想工作。冲天炮是一位单身汉，中年人，地地道道的懒人，做事说话总是很冲，又是脱贫贫困户，因地里庄稼和几棵大树被占用，对补偿费不满意，要求再修房前堡坎。吴康吼道："冲天炮，我再说一遍，再要求修堡坎的话，我只有绕道修路，包括前面那5户都修不成路，他们不骂死你才怪。"冲天炮盐米不进，冷笑道："我不是吓大的。"

浅悠悠看到他玩世不恭的样子，恨不得马上前去踢他几脚，忍住了，苦口婆心劝道："冲天炮，其实，从规划路线上，我们完全可以走其他线路，都是为了你们出行方便啊！你这样做不仅害了自己还害了别人。"冲天炮挠了挠脑袋，满脸迷惑不解？"为了我们！"浅悠悠诚恳道："对，就是因为你们这五户贫困户，要致富，必须修公路，按理说你应该支持我们的工作，因为你是我们走访的亲戚，修堡坎是件好事情，但需要三万元资金，如果你是我，应该怎么做。”“那就给三万元呗。”“如果其他户要呢。”“那也都给。”“那钱没有呢！谁给？”“这……”吴康听了两人的对话，朝冲天炮怒吼道：“你这龟儿子，我们不管你了，浅书记，我们走！懒得给他费口舌！”冲天炮想想也是，谁给这笔钱呢！修公路还不是为了我们！他的思想有些动摇了。浅悠悠手机铃声响了，她跑到外面院子接沐之羲电话，沐之羲刚想表达自己向她求婚的意思。农村的手机信号不好，浅悠悠这边根本没有声音，她无意间抬头一瞥，被眼前的情景惊呆了。只见隔壁脱贫扶贫户金花大嫂家着火了，冒着少许浓浓黑烟。浅悠悠高声朝吴康喊道：“吴老革命，不好了，金花大嫂家着火了，我马上去救人！我的手机搁在这里，避免你的手机用完电，打不出去，快打119电话，快通知沐之曦，快打镇政府办公室，快通知村社干部，快通知冲天炮，叫他快去通知邻居们前来救火！浅悠悠不等两人惊悚地回答反应过来，瞬间冲到了金花嫂房里，只见火势渐渐大了，一阵山风吹来，火势来得更加的凶猛，微弱地听见金花在三楼撕心裂肺呼喊声：“救命啊，快来救救我出去。”浅悠悠后退几步，火苗差点把她长发燃烧起来，全身滚烫不已，她奋不顾身冲进火海，她开始运用隐身大法，老神仙出现了，着急阻挡她。忧伤道：“徒儿，别用法术进去，金花嫂自有天命，命不该绝，但会落下终身残疾的，这是她的命！”“老神仙，我要进去救人，就不会让金花嫂落下残疾的。”

“那你，会受到上天惩罚的。”“不管这么多了，救人要紧，让上天来惩罚我吧！”老神仙只好叹息摇头，隐身去。浅悠悠终于在三楼桌子下面，找到了瑟瑟发抖有些窒息的金花嫂，迅速给她披了床湿毛毯，用金光法术罩着，拉着她冲下楼去。外面，吴康见浅悠悠进去救金花嫂，他在外面着急不得了，本想冲进去救，但因为要打电话通知大家，耽搁了。这时，沐之曦接到吴康的电话，一路开车狂奔，焦急万分，甚至差点出车祸。最后，终于看见天边火光冲天的，立马急驶赶了过来。吴康见到他，大声哭喊道：“沐镇长，悠悠在里面救人。”“什么，她，一个弱女子进去救人？”沐之曦双眸寒光闪烁，伤心欲绝。“这，这都怪我没来得没阻止。”吴康正欲朝火海里冲去，沐之曦立即把他推倒，自己跳进火海里，房间里面烟雾迷茫，呛到他喉咙喘不过气了，眼睛都睁不开，哪有浅悠悠的身影。他急呼道:“悠悠，你在哪里，悠悠，要死我们也在一起。”下楼的浅悠悠拉着金花嫂的手正要冲出门口时，隐约听到沐之曦正呼喊她的名字，她急忙使用武功内力把金花震出门外，回头费了好大劲运用透视功能，扶住差点昏迷沐之曦，拉着他的手。急促道:“之曦，快，随我出去。”俩人正待旋身，忽地，浅悠悠眸光一闪，抬眸屋顶墙上一根大的木柱倒了下来，正要打在沐之曦身上。浅悠悠再次使用武功内力把沐之曦震出门外，由于内力消耗过大，终将没躲过这一劫，顿时被打倒在地，昏迷不醒。老神仙见状，使用金光咒给她护体，喂她一粒世上珍贵的定魂仙丹，运用法术降下一场大风暴雨，大火瞬时被灭熄了。“徒儿，你好生保重吧！让老天来惩罚我吧！”他疼惜地急忙腾云驾云上奏天庭拿救命仙丹药。沐之曦咆哮着哭喊着再次要冲进去救浅悠悠，被外面吴康等人死死围抱住，外面老百姓来了，镇村社干部来了，没有等到110，119车子到来，一场忽如其来的大雨把火灭了，大家在一片废墟上，找到了满身是伤昏迷不醒的浅悠悠。这时，110救护车人来了，119车人来了。110救护车把浅悠悠抬上车，沐之曦亲自上车在旁边作陪，冲天炮，金花嫂等五人贫困户肠子都悔青了，特别是金花嫂自己今晚上跑到楼上晾衣服，然后上楼休息。忘了正在楼下烧水柴灶，灶里掉出的柴火引起大火火灾，幸亏儿子儿媳孙子串亲戚家门了，否则后果不堪设想。他们亲眼看到浅悠悠奄奄一息被抬上救护车，大家哭得悲天恸地，祈求苍天护佑。吴康内疚哭道:“本来应该是我进去救援的，我不如一个女子啊！”金花也哭道：“是我害了浅书记！”冲天炮也哭道：“是我害了浅书记！”众人也齐声跪倒在地，哭喊道：“要不是我们存心阻挡修路，……我们还是人吗？”

第九十六章　悲痛万分

在场所有人无不动容，大家依依不舍地看见渐行渐远的 110 救护车，全都嚎啕大哭起来，集体地跪倒在地，默默地祈祷着苍天保佑浅悠悠快点醒过来。二月的夜晚几许寒意，大雨过后天空又飘起小雨，仿佛它也在伤心落泪。大家的心紧悬着，挂念着她。春涛含着热泪开着越野车紧跟在救护车后面，吴康紫萱众人心情沉重坐着，不停地抹眼泪，吴康把浅悠悠的手机递给紫萱，紫萱在她手机微信里，紧急地给浅东玉兰等亲朋好友发了浅悠悠病危的消息。

救护车警笛声一路上唔哩——唔哩地响着，路人都惊悚的躲避。车内，有三名医生对昏迷不醒的浅悠悠进行紧急救治，输液插氧等。有名临床经验丰富的女中年医生，叹息一声。“这么年轻漂亮的，好可惜了！心脏微弱得很！”一旁的沐之曦听到此话，朝她怒吼道：“闭上你的乌鸦嘴好不好，你这是什么医德，净说不吉利的话。”他的眼泪簌簌在不停地流淌，紧握着浅悠悠冰冷的双手，忧伤地放在自己温暖的胸前。因为，她的手太冷太凉，让沐之曦疼惜不已。他黯然销魂哭泣道：“悠悠，你一定会醒来的，对不对！不要和我开玩笑了，你是在装睡，你快起来好好骂骂我吧！”女医生听了他的责骂，一点不生气，反而，热泪盈眶，她是第一次落泪。以前，在医院里见惯了无数次场景，几乎都变得麻木不仁了。今晚上，浅悠悠舍身救人的事迹，让她感慨万千！不禁双手合十，喃喃自言自语道："好人一生平安，好人一生平安！……"

丰台市，玉兰和吴胜利正在家中闲聊，夫妻俩正兴致勃勃地贴膏药，俩人分享着各自的感觉。玉兰开心道："悠悠给的秘制膏药效果真好！我的手脚不麻木了。"吴胜利笑道："我也是，腰椎好多了，咱们的女儿真聪明。"玉兰骄傲道："哪当然啰，我的基因强大呗！"吴胜利笑呵呵道："我的基因难道就不好吗……哈哈！"俩人笑成一团，真是开心极了。玉兰的手机微信响了，她笑着对吴胜利说："你看看，说曹操，曹操就到，咱们女儿发来微信了。""是什么内容，我看看。"吴胜利催促道。"浅悠悠，病危，速来何川区蓝天医院看望。"俩人看到这条消息，完全不相信这是真的，晴天霹雳，俩人惊恐万分，大脑瞬间停止运转思维，停顿迟疑了一分钟才反应过来，昨天，不是和她打过电话吗？怎么今天会发生这事，会不会有人发的假信息！现在社会敲诈现象很多，是不是浅悠悠的手机掉落了，吴胜利拔通了浅悠悠的手机号码，是紫萱接听的，她的声音夫妻俩能识别的，紫萱哭着断断续续告诉了今晚上发生的一切，还把浅悠悠舍己救人的照片视频都发了过来。玉兰顿时抱着吴胜利伤心欲绝起来，大脑一片空白。如果失去了她，玉兰连生活下去的勇气没有了，而且，母女俩没有相认。她多想听浅悠悠叫声"妈妈"二字啊！，这是多年梦寐以求的，而不是叫干妈！玉兰越来越伤心难过，越想越难过，吴胜利毕竟是见过大世面的人，内心沉稳郑重。宽慰道："兰，现在，不是咱们哭的时候，你赶快给你大哥玉暮雪打电话，让他调动一切关系紧急救人，毕竟远水救不了近火。"玉兰听到此话，脑子忽地开了窍，赞同地点了点头，对，争取一切时间，救自己的女儿，怎么忘了在凤州市当市委书记的亲大哥呢！何川区不是他管辖的地盘吗！玉兰迅速拨通了电话，用沙哑而颤抖的哭声简要阐述了浅悠悠就是自己的亲生女儿，现舍身救人，生命垂危的事。另一边玉暮雪听了凝重地点点头，父母亲去世得早，他现在，只有玉兰这个亲妹了，以前，玉兰打工供他上大学，手足情深，兄妹情深意重。单凭救人的事迹就让他感动不已，何况救的是贫困户，更何况是自己的亲内侄女，他迅速拨打了省医院高级专家组长高平的号码，高平立即紧急调动医术精英……

一小时后，一个高端的专家组坐专机飞往何川区。

浅悠悠感人的事迹很快地传遍了何川区每个角落，很多陌生人含着眼泪自发地买鲜花礼品到医院看望。把医院围得水泄不通的，区政府不得不调动大量的人手来维护治安秩序。同时，也惊动了何川区领导，区委书记卓耀亲自带队看望慰问，立即转院安排到市级医院里，请了最好的叶子专家治疗。虽然大家焦虑不安地，远远地观望着重监护室里的浅悠悠，但，心知足了，期待着奇迹的发生。省医院的专家组来了，让叶子吃惊不小，能请得动省医院的人，面子真大，哪怕是区委书记卓耀都难，那又是谁呢？也许是她的事迹感动了大家。生命至上，工作职责所在，尽管平时因为女儿的事对浅悠悠多少有些怨恨！已经过了三天三夜了，浅悠悠仍然昏迷不醒。这让专家们通宵达旦研究新的方案。每天，沐之曦下班有空就在监护室外坐着，日渐憔悴，心情焦虑不安地等待着好消息，真应了度日如年那句话！紫萱强烈要求来代替他，他只是摇摇头执着，怎么劝说都不行，紫萱心力交瘁，含泪地望着他，劝道：“沐镇长，还是让我代替你吧！你白天太忙，晚上不休息，太劳累了！怕你身体垮下去！”沐之曦淡淡一笑，眼眶里布满血丝，声音有些沙哑道：“紫萱，我没事，你回去早点休息吧！”悠悠，我愿一生一世一情长陪着你。

第九十七章　苏醒

“老神仙，您在哪里哦？我在里面快憋死了，快快救徒儿出来吧！我好想出来活动活动筋骨啊，我全身都痛得要命，呜呜！”

由于浅悠悠受伤病情严重的原故，晴瑶欲哭无泪，此刻，她的精气神消耗太大，尽管，她凝神贯注地集中精力运用心通大法，但体力还是疲惫不惫的，有些招架不住了。“你这顽皮的徒儿，现在是什么时候了，还和我开什么国际玩笑，正通宵达旦在练丹房熬夜炼制救命丹呢。”老神仙蹲在丹炉旁边忙碌着，神色不悦道。“那丹药好久出炉？快快救救浅悠悠吧！她脑部受伤这么重，现在，我实在是受不了里面狭窄的空间！”晴瑶在浅悠悠身体里，黛眉微皱，歪着脑袋很痛苦模样，看到老神仙满脸被烟火熏得像一只小花猫，她觉得有些滑稽可笑，在她印象中，神仙都是信手拈来，只要金手指朝天一指，救命仙丹丸就到手上啦？神仙的高超本领向来都是披荆斩棘，无所不能的。原来神仙也有无奈的时候啊！此时，老神仙怎能不知她的心思，不禁苦笑道：“徒儿啊！我不是劝你不要用法术救金花吗？金花本命中带残疾，全身瘫痪在床，你却违反自然规律，逆天而行。你看看外面的人，都是因你连累的，沐之曦，浅悠悠的肉体，还有很多众人，就连当神仙的我，都被上天惩罚了。现在，无法施展法术摘取仙丹丸，只有老老实实升火炉制作药材了。而且，必须要经过七天七夜，我的仙术才恢复。经过七天七夜，在凡间空旷无人地方，日晒雨淋才能制成这粒救命仙丹，拥有了它，才能救活浅悠悠。”“呜呜，师父，徒儿知错了，对不起您老人家啦！现在，徒儿也无法帮您！也对不起他们！”晴瑶听到老神仙的叙述，顿时，脸色黯然神伤，伤心滴泪。老神仙抬头望天叹息道：“这一切也许都是天意！徒儿，你只有在里面好好练功修炼，才能保全浅悠悠的身体啊！”老神仙说完，忽然闪身不见，晴瑶立即刻苦练功打坐修炼。

深夜，医院里寂静无声，浅悠悠已经昏迷不醒七天了，生命垂危。

何川区医院里，省医院来的高级专家组正在通宵达旦激烈讨论着，他们顶着各界社会的重重压力，他们的手机电话几乎被打爆了。由此可见大家对浅悠悠的重视程度有多高！切切期盼着。按照实施的方案制定了 7 套。已经实行 5 套方案了，他们觉得浅悠悠的病情很奇异，却束手无策的，急得焦头烂额的。这是专家们第一次遇到的天大怪事，浅悠悠呼吸虽然微弱，处于昏迷状态，醒不过来，甚至生命垂危，但除手脚头部有外伤外，脑胪是健康的，身体内五脏六腑也是健康的，但使终找不出病情原因！最担心的是怕她是植物人。其实他们哪里知道，因为晴瑶和浅悠悠的身体融合一体，即便浅悠悠严重受伤。晴瑶在里面，会用老神仙教她的金刚神功罡气罩着浅悠悠，不会让她受一点儿伤害，众人度日如度年。浅悠悠的父母兄嫂也只有垂头丧气站在一起，远远地隔着透明的玻璃看着里面躺着的她，这是重症监护室。大家焦急地等待着，期待着。要知道她是家中的顶梁柱啊！家中的摇钱树啊！千万不能让她倒下啊！浅东更是脾气暴跳如雷，指桑骂槐地指责医生护士无能没有本事，没人理会他，陈凤则在低头伤心欲绝地哭泣。紫萱在一旁边陪着面色凝重的吴胜利、玉兰、陈文轩。此时的空气紧张而凝固，大家谁也不愿意多说一句话，当沐之曦的俊朗而伟岸身影出现在大家的眼前时。一声洪亮悦耳动听的声音忽地响起，打破了静寂的空气。“沐之曦，你这小子，好久不见你了！”沐之曦抬眸寻声而去，一张肤色白皙，五官清秀中带着一抹俊俏的男子，出现在他的面前，他面色惊讶不已。“陈文轩，原来是你！”顿时俩人因久别的同学故友相逢，兴奋异常，互相轻轻地拥抱，尔后，俩人又双手紧握在一起。悄悄地走向另一隅在低声交谈，还抽起烟来。俩人不约而同地同时问候双方。“你怎么在这里？”沐之曦接着把浅悠悠如何救人故事讲给陈文轩听。听着，陈文轩感动不已。“浅悠悠的英雄事迹好感人啊！原来你的恋人就是浅悠悠啊！如果你以后不好好珍惜她，别怪我揍你，别怪我抢过来。”陈文轩有些心不甘的，而沐之曦却得意满面，笑呵呵道：“你已经没有机会了，因为她名花有主了！”

……

“沐镇长，你们快快过去看看，悠悠醒过来了。”远处传来紫萱激动颤抖的声音，她已经和众人进了浅悠悠的普通病房。重症监护室转向普通病房，这是好的开端，沐之曦和陈文轩相视点头，露出了开心久违的笑脸。沐之曦迈开大步子向前跨进了病房，内心思忖道，这下可好了，你终于醒过来啦！

醒过来的浅悠悠，望着一屋子围着她的众人，面色惊讶不已，“我怎么在医院啊？”话音一出，如地上炸起响雷，震动不小。生怕有什么闪失。难道浅悠悠得了失忆症？陈凤焦急拉着女儿的手道：“悠悠，你没事吧！”玉兰也着急道：“悠悠，你没事的。”紫萱微笑对浅悠悠解释道：“悠悠，你已经昏迷不醒七天，现在才醒过来，是因为你在七天前抢火救人造成的！”“这事我知道的，金花嫂家着火了，我救的金花嫂出来啊！没有想到又连累了大家！对不起你们。”浅悠悠浅浅一笑，满脸泪渍。众人悬着一颗紧张的心，终于放了下来。浅悠悠的目光在寻找着，当和沐之曦相视的刹那间，久久停留在他的身上。沐之曦会意急奔朝前，长腿单跪下去，用温暖的大手拉起浅悠悠的细嫩小手，连声道谦：“对不起，悠悠。”尔后，他站了起来，脸色凝重。“我向大家宣布一件重要的事，我和叶如梦二月二的婚约如期取消，等悠悠康复出院后，我向她正式求婚，这是上天赐给我们的良缘，我要让她做世界上最幸福的女人！”“沐之曦这是怎么了，又变卦了。”大家震惊不已，特别是浅东，碍于女儿现在有病在身，不好发作。他的鼻子冷哼道，想和我女儿相好结婚，没有经过我这关，恐怕没门！陈文轩的脸色也阴沉起来，自己认识浅悠悠太迟了，时间终竟不对，错过了最好的良缘。在场最高兴的要数紫萱了，她真诚的祝福浅悠悠和沐之曦，她很了解这对恋人，立即出来打圆场。笑吟吟道：“我们都出去休息吧！让沐镇长陪悠悠。”浅悠悠一脸的幸福，微笑地点头赞同。“爸妈哥嫂你们回家休息吧！干爸干妈文轩哥谢谢你们，都回去休息吧！有之曦陪着我呢！”

第九十八章　叶子，三十年未见面了

众人陆续离开，紫萱受沐之曦的委托，要好好照顾远道而来的吴胜利夫妇和陈文轩，他们到来之后，一直住在皇冠酒店里休息，通过这几天的接触，紫萱渐渐地喜欢上并深深的爱上了陈文轩，对他情有独钟。这不，俩人刚出医院，紫萱急忙拉上陈文轩出去玩耍了。吴胜利和玉兰因为心里牵挂着浅悠悠，出了病房还在外面伫立，久久不愿离开，吴胜利透过玻璃窗偷偷地看到病房的一切，沐之曦满脸的痛惜之情，正用瓷勺子小心翼翼地吹着滚烫的米粥，然后，慢慢把温热的米菜粥轻轻地喂在浅悠悠嘴里，俩人欢快的对话声从里面传了出来。“悠悠，你慢慢喝粥，我怕你烫着，这是我早上，亲手熬制的粥，好喝吗？”“真好喝。”“这几天我好担心你，好怕失去你！”“我现在不是好好的吗？害怕什么啊！”“悠悠，你为了救我，受苦受罪了，等你身体康复后，我们就结婚吧！悠悠，你愿意嫁给我吗？”浅悠悠好看的脸微红起来。“人家还没答应你呢！”沐之曦着急道：“什么，你不答应我！”浅悠悠的脸更加绯红起来，像一朵盛开的美丽芙蓉花朵，好看极了。憬憧着未来，愿回家有温暖的灯光，愿出门下雨头顶有把伞。沐之曦呆愣片刻。“我真的好爱你，愿意用我的一生守护你的周全，爱你胜过一切。”

……

外面的吴胜利瞧见此情景，内心很满意，不禁称赞道：“咱们的女儿找到幸福了，他们是天生的一对。”玉兰却不高兴道：“什么幸福的一对，他把我家的悠悠害得这么惨，现在她安然无恙，我们该回去了。”叶子随便过来看看浅悠悠的康复情况，要知道，市区级领导很重视，省专家组虽然撤离离开，但还是不能马虎的，叶子必须时刻关注着浅悠悠，这是医生本身的职责所在。当叶子瞬时看到玉兰的熟悉身影时，惊愕不已，神情慌乱，正想转身拔腿就跑。但已经来不及了，玉兰已经刹那间拉住了她的手，真是踏破铁鞋无觅处，不禁惊喜万分道：“叶子，还真是你！你的模样永远镌刻在我的脑子里，我做梦都想不到，终于找到你了！”事已如此，看来是逃不脱掉的，何况吴胜利也在旁边把路堵着，往哪里逃啊！叶子满怀愧疚之心低首道：“玉兰，我对不起你！”“你怎么在这里？你不是在外地生活吗？”玉兰泪流满面道：“我是在外地，这次回来主要是看望我干女儿浅悠悠，她生病了。”叶子听了此话一脸的不可思议，脑子有些蒙，内心思忖道，这对俩母女真是太有缘了，还不知道是亲生母女。看来头次告诉浅悠悠是捡来的娃，至今，不知道玉兰是她的亲生母亲呢！自言自语道：“哦，原来是这样的啊！”玉兰又续道：“时光流逝，转眼间。叶子，我们三十年未见面了，自从我和你分别后，从此没了你消息，到底是怎么回事啊！”叶子还是不敢抬起头与她对视，心里很虚的，毕竟把好友的女儿丢弃给别人了。“自从你和吴胜利私奔后，我无法联系你们，你的先前那个男人经常来找我的麻烦，毁我名声，让我无法在单位上班工作，为躲避他们，我只身一人跑到外地省医院学习进修，五年前才调回何川区医院。

……

玉兰听到后，说话态度语气稍缓和些，这些年来她知道叶子生活得很不容易的。“叶子，我没有责怪你的意思，我反而在拖累你啊！我的女儿呢！她现在在哪里？”其实她很明白的，她要叶子亲口说出来，告诉她女儿的下落，并且暗中录了音。叶子此刻说话有些结巴，更加愧疚不已。缓缓道："你的女儿当时经常生病住院，我无奈之下，在一个月黑风高夜里，把她丢弃到凤凰镇梧桐村，一位叫王媛的好心人门口，我偷偷地躲藏着亲眼看到王媛抱回家，真心地希望让她抚养长大，平时我和王媛的关系很要好的。她的养父叫浅东，所以给她取名叫浅悠悠。吴胜利在旁边怒吼道："你怎么那样随便送人啊！你不知道她从小在哪个家里吃了多少苦，受了多少罪呢！流了多少泪……"

玉兰叹息地劝道："胜利，你发什么火，咱女儿现在不是好好活着的吗！何况这次又多亏她的尽心尽力地抢救，不怪叶子，怪我没有处理好这件事，希望有天我们母女俩能相认才是。叶子宽慰道："我会尽力帮助，尽快给你们安排见面时间的。"

玉兰用商量的眼神看向吴胜利，吴胜利朝她摇摇头，意思是一来时间太仓促，二来浅悠悠还需要时间康复，宽慰道："叶子，你不愧是我的姐妹，可惜只有下次机会了。"叶子一脸失望之色，茫然道："那我就不挽留你们，请二位多保重……"

第九十九章　放手吧！我爱的是悠悠

叶子凝望吴胜利夫妇远去的背影，转过身朝浅悠悠的病房走去。“妈妈，等等我们，我和风云来看望浅悠悠！”叶如梦冲叶子喊道，听她声音好像心情不错！女儿居然来看望她，这让叶子很意外，很惊诧，女儿不是恨浅悠悠吗？这事还得从头说起，风云忽然听到浅悠悠苏醒来的消息，欣喜万分。立即约上叶如梦去看望她。俩人的各怀心思，浅悠悠自从受伤住院以来，风云从没有来过医院，风云的母亲坚决不允许他去医院看望她，毕竟是区长的儿子，是官二代，生怕对他有负面影响，最关键的是担心她得了植物人，怕瘫上残废人。现在一切好了，那个清纯可爱，如花似玉的美人仍是健康的，听到浅悠悠身体康复的消息后，风云欣喜如狂。叶如梦呢！想到还有几天就是二月二龙抬头了，这天是她和沐之曦结婚日，眼看婚期的时间越来越靠近，但他们家没有一点动静，屡次催促打电话给沐剑旭，沐剑旭却推三阻四的，以前和她站在一条线上的态度有了明显的变化。“如梦啊，很抱歉，我实在做不了主，婚姻大事很重要，沐之曦没有点头，我也是没有办法帮你的。看现在的情形，可能婚期要延迟了！”沐剑旭自从浅悠悠救了自己的儿子后，他对浅悠悠的看法彻底改变，没有想到浅东的女儿这么优秀啊！夫妇俩甚至悄悄到医院看望浅悠悠，亲眼瞧见沐之曦对她一片痴情和悉心照顾。“剑旭啊，你瞧瞧，他们是多好的一对啊！难道我们还要拆散他们吗？多像我们年轻时的样子啊！”周祥感动得热泪盈眶道。沐剑旭也微笑地点头。现在，没有人帮叶如梦说话了，她心里早已没了底，有点心虚，沐剑旭这个老狐狸，以前说得铮铮有声的，现在翻脸不认账了。叶如梦搁下电话，狠狠朝地上唾沫一口，只有自己靠自己啦，正好风云打来电话，是的，唯一办法，去看望浅悠悠才能在沐之曦面前博得好感啊！此时，叶子瞧了瞧叶如梦，又瞧了瞧风云，不禁开怀笑道：“如梦，你们来得正好，我正好去浅悠悠病房，上头太关心她的病情了，每天必须汇报她的康复情况。”今天，女儿的懂事，让叶子内心很宽慰的。但三人进病房的霎时被眼前的一幕让同行的三人顿时惊呆了。浅悠悠刚喝完粥，沐之曦洗漱碗筷后，又端来热水用热帕子帮她洗脸洗手。浅悠悠正在输液，沐之曦又用热帕子敷她冰冷的手，用温暖的大手轻轻地摩搓着，满目的痛惜神情，“还冷吗？悠悠。”悠悠愉悦道：“不冷，没事。”忽然，一个蚊子飞来，在浅悠悠头顶上嗡嗡地叫着。顿时，浅悠悠黛眉紧皱，沐之曦立即放下洗脸帕，伟岸身子倾向前，扭来扭去的，他用大手掌追赶蚊子，蚊子似乎和他捉迷藏似的，一会儿飞高一会儿飞低，惹得浅悠悠哈哈大笑，这更激起沐之曦的斗志。“你这只讨厌的蚊子，看我今天不收拾你才怪，嘿嘿，你想吃美女的血是不可能的。”“哈哈！”浅悠悠笑得更欢了。“之羲，干嘛给一只蚊子过不去啊！”忽然，沐之曦没留神，脚踢着凳子差点被绊倒，身子却一个踉跄，倾向前，整个身体倒在浅悠悠身上，脸对脸嘴对嘴的……“原来他俩在做不堪的事，居然在光天化日之下，俩人的胆子好大，居然在亲嘴！”

这情景刚好被三人进门来看见，叶如梦羞红了脸，风云气得两眼通红，牙齿咬得咯咯咯直响，一个箭步向前，冲沐之曦背后就是一拳头。风云咧嘴怒吼道：“沐之曦，我的女人你敢动，光天化日之下，你们在做这么龌龊的事来！今天不打死你，我不姓风。”拳头如雨点般地落下来，空气凝结起来，在场的人惊呆了，吓得瑟瑟发抖。

这时候的浅悠悠在床上使不上劲来，干着急，想用心通大法但老神仙叮嘱过，所以又不敢用，怕反噬在沐之曦身上。就在风云的拳头再次刹那间落下时，只见沐之曦敏捷地闪身躲过风云凶狠的拳头，风云在学校里练过拳道，对于在特种部队的带兵多年的沐之曦来说，简直是小菜一碟，虽防不受防受他一拳，可未伤及他一根毫毛，只见他，说那时眼疾手快，急步转身把风云手腕反靠身背后，一声咕咚声，用脚轻轻的一勾，当即把风云踢翻在地，风云疼得咧着大嘴。“啊啊啊快放开我的手，我的腿好疼啊！”沐之曦微星一寒，冷冷道：“放你一马可以，但你保证不再纠缠悠悠，你听着，悠悠才是我的至爱，我的未来妻，很快我们就结婚了。”沐之曦凌厉的目光又朝叶如梦看去，吓得叶如梦全身瑟瑟发抖。一旁边的叶子怒吼道：“沐之曦，这是在干什么，快松手，风公子，你是惹不起的！”

浅悠悠也惊呼道：“之曦，快松手，别伤害他，风云，毕竟是我同学。”

叶如梦顿时反应过来，她像做梦般，哇地哭了起来，眼里满是怨艾之情，恨恨道：“浅悠悠，是你抢了我的夫君，沐之曦是你毁了婚约，你的心比石头还硬，你是个忘恩负义的东西。”说完伤心欲绝地气呼呼地跑了出去，沐之曦这才松开手，风云站了起来。浅悠悠劝道：“风云哥，谢谢你来看我，多多保重吧！你出去劝叶如梦吧！强扭的瓜不甜。”风云怒吼道：“浅悠悠，别装好人，沐之曦，咱们走着瞧。”风云气愤地扬长而去。叶子怒吼道：“沐之曦，你一二再三地伤害梦儿，你太不应该了。”叶子脸色难看，怕女儿出事，急忙追了出去，刚走了几步远却晕倒在病房里，手机从衣兜里滑落在地。沐之曦急忙抱起叶子大声呼叫，“快来人啊！叶子晕倒了……”顿时，医生护士从病房涌了出来，医院里一片混乱声。“赶快紧急抢救叶院长，她晕倒了。”“幸好叶子因过度劳累，休息一下就没有事了。”沐之曦松了一口气，安顿好叶子，朝浅悠悠的病房走去，瞥见浅悠悠独自站立窗前伤心落泪。沐之曦紧张极了，伸手把她拥入怀中。疼惜道："你怎么啦！是不是哪里不舒服啊！"浅悠悠哭泣道："之曦，原来我的亲生母亲真的是干妈，我不敢相信可亲可敬的她，以前，是她如此狠心把我抛弃掉。""原来玉兰就是你亲妈，这个真搞不懂的，你怎么知道这事啊！"望着沐之曦一脸的迷惑不解神情，浅悠悠娓娓道来。"刚才，叶院长的手机掉在这里了，我无意间看到他们的微信聊天。"沐之曦开心地笑道："恭喜你终于找到亲妈哇！原来我和你分析过，不想不谋而合。"浅悠悠蹙眉紧皱，不悦道："你别开玩笑好不好，我现在没有思想准备啊！"这时，吴康打来电话，浅悠悠接听起来，吴康关心道："悠悠啊！你的身体康复得真快，过几天就是二月二龙抬头日子，群众自愿办庙会给你庆祝呢！""快阻止他们不要这样做。"沐之曦和浅悠悠两人不约而同地几乎同时喊道。浅悠悠笑吟吟着对他说；"之曦，我明天就出院了。""这么急！还住两天再出院吧！"沐之曦有些担心道。"我是年轻人，身体本来就恢复得快，都是皮外伤，早就康复了！何况村里的事情很多，需要回去处理。"浅悠悠坚持自己的观点。"那好吧，明天给你办出院手续，送你回镇休养，你好好保重自己身体！"沐之曦温情关心道，俩人的双手紧握在一起，窃窃私语："我愿变成一缕阳光，我愿变成一朵彩云，阳光照耀着彩云，永不分离。我愿化着一轮柔情的明月，我愿化着波澜壮阔的大海。明月照耀着大海，长厢斯守倾情十里。"

第一百章　浅书记，我们来看望你了

翌日，吴康等众人一大早来接她出院，浅悠悠病房里，拥挤不通。大家闹得不开交，传出一阵阵欢声笑语。沐之曦替她打理一切，收拾好衣物。沐之曦笑道："咱们的小公主悠悠健康出院了！值得庆祝一下。"浅悠悠笑吟吟道："紫萱和黄金贵正在我家里忙着呢？他们买了很多菜，中午我请大家吃饭！感谢大家对我的关心和厚爱！"春涛接过沐之曦递过来包裹，笑呵呵道："好啊！悠悠姐请客我当然要去啰！我倒想看看紫萱姐姐的厨艺如何了。"沐之曦这时却皱眉道："刚才来电话，等会儿要到区里开扶贫视频会，可惜。不过，晚上，我们还可以再聚餐。"他深情地看了一眼浅悠悠，眼眸里有诸多的不舍和不安，他多想分分秒秒和她呆在一起。吴康笑道："晚餐我已安排好，在我家吃豆花饭，吃腊肉香肠。我家老婆娘煮饭，我知道咱们的悠悠喜欢吃这个！"旁边的于英笑道："吴老革命，那我向你请假，下午我早点下班，去帮姨的忙！""好！好！"吴康含笑点头。沐之曦抬腕看看手表。"时间差不多了，咱们走吧！麻烦春涛送大家回去，我要到区上开会。"大家有说有笑出了医院，沐之曦向大家辞行，驾车飞驰而去。浅悠悠和众人上了春涛的车，大家在车上也欢声笑语，不知不觉，眼看，越来越离凤凰镇的地方不远了。浅悠悠抬头望望天空，晴空万里，蓝天白云，晴天里有阳光，阳光总是充满温馨。浅悠悠深深地吸了一口气，感觉空气清新，阳光明媚。笑吟吟："还是外面的空气好！我在医院里，有诸多的感悟。生病是一种历程，康复是一场旅行。当你到医院时，感觉这里的人不是人，而是一台被废弃的机器，需要人重新整修换零件上油，岁数越大越生锈，病越重越难换。医院里，看不到笑容，看不到欢歌。这里，空气沉闷，行色冲冲，凄凄惨惨，人情淡溥。金钱名利地位美貌，所有的一切在这里化为乌有，所以，健康才是最宝贵的财富！"吴康含笑点头道："悠悠的文化就是高，住院就能感悟这么多，看来我的身体也要保养了。"浅悠悠又笑道："吴老革命，我们吃过中午饭后，回梧桐村召开村两委，商量最近的工作安排。""悠悠，你难道不休息吗？才出院回来，我真是服了你啊！"吴康一半佩服一半惊讶不已……

村委办公室里，两委正在召开会议。吴康高兴道："悠悠啊，你住院这段期间，玉兰通组公路基本完工，就连冲天炮也时常来工地监工呢！""哈哈，不错啊！"融洽的空气顿时活跃起来，大家笑成一团。"浅书记，你回来了啦！我终于看到你了！"金花嫂扯起大嗓音进来了，身后跟着冲天炮等大群人进来。吴康看见金花，立即怒骂道："老婆娘，我们正在开会呢！你带这么多人进来干啥！还来害我们的浅书记不成。"这时，浅悠悠从座位上站了起来，面向金花，笑着正想说话。金花不理会吴康说的话，径直走到浅悠悠面前，她往后瞧瞧，只见人群中走出几个人来，她笑道："浅书记，我们来看望你了。恩人，这是我长年在外打工的儿子儿媳孙子。今天，我们全家人给你磕头了。"说时迟，那时快。她立即跪下给浅悠悠磕了几个响头，拜了几拜。后面儿子儿媳孙子也跟着跪拜，浅悠悠立即扶她起来。微笑道："老人家，都是一家人，拜什么拜，折杀我了，快请起。后面的快请起，都坐下说话。"金花等人这才感激站起身来，冲天炮等人也过来要拜，惭愧道："浅书记，我们对不起你，不是人，差点把你害惨了，这是大家的心意，请你收下。"浅悠悠顺着他的手指方向看去，只见门口走廊外，有不少土鸡鸭，土鸡鸭蛋，筐里有香肠腊肉呢！少说有几十只鸡鸭，少说几百个鸡鸭蛋，还有筐里有几十斤香肠腊肉！她不禁蹙眉紧皱，面朝大家。苦苦相劝道："乡亲们，这是我应该做的，你们的心意我领了，这份大礼，我是坚决不收的，都回去吧！你们辛辛苦苦养的家禽家畜。我怎么能要！""浅书记，你就收下吧！这是我们的心意，你看你救了金花的命，又让大家发家致富。今年，我家少说又增收了好几千元呢！"金花很诚恳道。"是啊是啊。"乡亲们随声附合。吴康生气朝大家摆手，冲金花笑道："老婆娘，你听好了，浅书记，是不会收下的，大家都散了吧！闹什么闹，我们还在开会呢！龟儿子，老婆娘都回去吧！"金花笑骂道："我们今天偏不听，你这个老不正经的东西。"众人哄笑成一团。"谁说我们的浅书记不收这些土货啊！要是拿到城里市场上卖，是抢手货。吕主任，马上到走廊去清点数量。"沐之曦悦耳动听的声音传了进来，他笑咪咪地站在众人面前，见大家没动，还想听浅悠悠的意思。浅悠悠马上反应过来，解释道："沐镇长说得没有错，我肯定会收下的，不能让乡亲们空手而归，给个理由吧！咱乡亲生产的土特产，我们村里已经和镇上联网，搞了扶贫网直销点，价格肯定高，卖完后，立即把卖的钱打在大家的帐上，大家快随我出来吧！"吕刚笑道。沐之曦正色续道："乡亲们，你们的心意，浅书记领了，如果她真得了这些东西，她会受到处分的！"吴康也补充道："你们难道又来害她，让她没有工作，当不成村第一书记？"众人议论纷纷。"啊！送个东西，把事情搞得这么严重！""我们可是自愿的啊！""走，咱们不能害她啊！她是我家的恩人！"吓得金花第一个带头走向走廊，顿时屋里安静了很多。浅悠悠又问道："金花全家住哪里？""沐镇长早就安排好了，他家出三分之二，国家出三分之一，正在加紧的修房，暂时住在隔壁冲天炮家里！"浅悠悠回眸妩媚朝沐之曦嫣然一笑，差点把他的魂勾去。吴康是明白人，见到此景笑道：“走，到我家吃晚饭时间到了，于英打来电话催促我们呢！”大家采高兴烈到了吴康家，吃过晚饭。浅悠悠向大家辞别，说要回老家看望父母亲，坐上沐之曦小车。飞奔在乡间小路上。

第一百零一章　叔，我就是要娶悠悠为妻

坐在车上，浅悠悠像小女孩般高兴地拍手，小脑袋转向旁边认真开车的沐之曦。忍不住笑道：“之曦，真想不到你在部队里学到了绝世武艺，把风云吓得屁股尿流的，那情景简直是仓惶而逃啊！”沐之曦把右手腾出来，用手轻轻地抚摸着她那好看脸庞，眼眸里满是柔柔之光，像浩瀚无垠的星辰。“我为了眼前心上人，做什么都愿意做！十个风云，我都不怕，谁伤害了你，我就跟谁急！我们要好好珍惜在一起的时光，我们的相爱是前世许下的情缘，等你十八年了，终于有了这一天。今晚上，我到你家，亲自向你爸提亲，你同意吗？”“你说呢！你听听我这里就知道答案了！”浅悠悠羞红了脸，把他这只手放在自己的胸口上，只见胸口在剧烈起伏不定，像只小鹿般在跳动。“哇塞，我好像真的听到里面有咚咚响跳动的感觉呢。”沐之曦的手又往左右动了起来，无意中触碰到两团丰满的柔软，急忙把颤抖不巳的手收了回去，俩人像触电般同时“啊啊！”脸颊绯红。浅悠悠娇羞道：“人家叫你听声音，谁知你却是猪咸手。”沐之曦顺势把车停了下来。呼吸急促道：“悠悠，嫁给我好吗？5月劳动节我们就结婚，婚礼简办。”说完，他深情地把她拥入怀里，在她鲜艳欲滴的红唇上深深地一吻，他气息如兰。温柔道：“今晚上，我们彼此把初吻给了对方。”浅悠悠娇羞地幸福点了点，笑靥如花，像成熟的蜜桃。沐之曦看得两眼发红，浑身在颤抖，努力地克制自己情绪，咽了一口水下去。浅悠悠见此情景，急忙催促道：

“你正经点，回家吧！”“对，回家，我要见未来的丈母娘和老丈人了！”沐之曦高兴地蹦起来。浅悠悠又有些担心起来，道:“之曦，你必须要用对策对付我爸，不然他不会答应婚事的。”“什么对策！”沐之曦知道浅悠悠心中有主意，浅悠悠急忙把想法附在他耳边说了，其实是她暗中运用心通大法，老神仙告诉的主意，通过这次住院，浅悠悠感慨万千，完全知道了自己的身世。“爸妈，我回来了！，这是沐之曦，小时隔壁邻居！你们还记得吗？”当浅悠悠牵着沐之曦的手，出现在浅东和陈凤面前时，热情地介绍沐之曦时。俩人惊诧不已，又急又恨。甚至浅东捏起拳头，咬牙切齿的，但没有表现出来，陈凤表现还算镇定，先是一惊后仔细打量。很热情道:“原来是之曦啊！悠悠不介绍，我都不认识你了。小时看到你的，快快坐下。”沐之曦看见浅东不说话，脸色难看，为打破尴尬局面，微笑道:“这么多年未见，叔叔和孃孃的精神状况很好！身体也健康！“是的，我们现在还可以，你爸妈也可以吧！”“还好，孃孃，谢谢关心！”陈凤含笑点头，说完她转身到里屋急急去拿水果刀削水果。“叔叔，我听悠悠讲，你种西瓜技术不错！而且种出的西瓜很好吃呢！今年要不要大面积的栽培推广！”要说平时，有人和他提起种西瓜的事，他会兴高采烈和你讨论半天。而今他没兴趣，眼前这个人，曾经是他的仇人，浅远程就是被他毁一生幸福的人！他眼眸里装满怒火，冲浅悠悠吼道:“你怎么不听我的话呢！早就说过，他是一个不受欢迎的人，你们走吧！”“叔叔，小时候是我不懂事，对不起！不关她的事，但当时的情况不是我故意的，难道这十字架让我们永远背着吗？我希望解开心结，远程哥我以后对他亏欠会弥补的。”沐之曦眼里满是诚恳神情，但丝毫未打动浅东的心，只见他冷漠挥挥手。“你们都走吧！”“爸，这么多年了，你还记恨在心头，我们走可以！但我明确告诉你，现在是新时代，自己的婚姻自己做主，即便你不同意我一样和之曦结婚！”浅悠悠觉得父亲太蛮不讲理了，也生气了。“什么，你没有经过我的同意敢和他结婚！

如果真要这样，你以后别进家门！不要姓浅。”浅东最后拿出杀手锏，他知道女儿孝道，决不会丢下自己不管的。“爸，这话说得对极了，我本来就不姓浅，而且，我姓吴，我是别人丢弃的娃。我还知道我的亲生父母是谁！但我原谅了他们，感谢你们这么多年的养育之恩！”接着她泪眼汪汪讲了干妈玉兰的如何丢弃自己的故事，末了说到就是亲妈时。正在里面削水果的陈凤听得心惊肉跳的，突然，她吃惊地叫出了声，手中的刀子咣当一声掉在了地上。

她急步奔出来猛地把浅悠悠拥抱在怀里，生怕女儿跑掉，用手轻拍着她后背，安慰着她。浅东听了顿时震感不已，他最担心的事发生了，这个秘密她怎会知道！如果她真离开自己，余生怎么办，王媛说得对，这一生得靠她这个没有血缘关系的女儿。”他语气稍缓和下来，嘴仍硬着。震撼道：“这是谁嚼舌根说的，你本是我的亲生女！”陈凤却哭泣劝道：“悠悠啊！求你别离开我们。在医院里我也见过你亲生父母吴胜利和玉兰，虽有钱有势但对人很和气，你去认他们是应该的，支持，特别是你母亲生你不容易。可我们割舍不下你，养育你也不容易，请原谅你浅东爸爸吧！舍不得你转身离开我们，你看我们都老了。再说，沐之曦是个好孩子，人也不错，即然你喜欢他，我也同意你们的婚事！”

陈凤不知从那来的勇气，一鼓作气说完，这些年她受够浅东的气。今天，她壮着胆子说完，任凭浅东处置。谁知这时候的浅东一点不生气，反而佩服妻子的勇气胆量，他沉默片刻。爽快道：“天意啊！的确，我承认你不是我亲生的，但比亲生还有感情，这段情缘无法割舍！你这小子如果敢欺负我家悠悠，到时候看我怎么收拾你！”浅悠悠立马拉起沐之曦的手，顿时跪倒在浅东陈凤面前，声音抽抽搭搭道：“谢谢爸妈的养育之恩！以后会对二老更好！今生是我最亲的亲人。”沐之曦接过话道：“谢谢叔叔孃孃原谅我的不是，娶悠悠为妻是我最大的幸福！相陪一生，不会让二老失望的！。”他心中压着的沉甸甸石头总算落了地……

第一百零二章　二月二龙抬头

梧桐村的人终于盼到二月二龙抬头日子。梧桐村有个陋习，每到这天，奉祀土地神。

今年土地庙比往年更热闹，土地庙离浅悠悠家很近，有几百年的历史，是国家一级保护文物，面积不大，占地大约 100 平方米，没有高大雄伟金碧辉煌的建筑，没有鳞次栉比房屋，里面只有一间房，正中供奉着土地公公和土地婆婆。一直香火兴旺不断，听说特别灵，无论你心中有什么愿望，只要去庙里许愿，愿望都会实现的。庙里的土地公公和土地婆婆用上好的青铜塑像做的，他们身着古装。土地公公身着官服，坐在官椅上很悠闲地一只手摇着扇子，另一只扶在扶手椅上。土地婆婆也坐在椅子上，头上戴着一枝金光闪耀的金簪子，衣着绫罗绸缎。无论，你从那个角度看两位神仙都是神采奕奕，面带微笑，身上贴满金粉，全身金光灿烂。

小时候，王媛每月初一十五都带上浅悠悠去烧香跪拜，平时打扫清洁卫生，看守庙的活都是王媛默默无闻去做，而且是无偿的付出，有时还倒贴钱财，如香油钱纸之类的。文化大革命破四旧的时候，王媛听到风声。“明天，红卫兵要来庙里砸打文物。”听到这个消息后，做好充分的心理准备。在当天夜黑风高的夜晚，王媛用背筐背着土地公公和土地婆婆的塑像，悄悄地转移到后山上梧桐树下的树洞里，和儿子浅东用砖石彻好水泥抹上，再用梧桐枯叶掩盖，一点也看不出一丝痕迹。

第二天清晨，红卫兵冲进庙里，发现土地公公和土地婆婆的青铜塑像不翼而飞，他们在庙里掘地三尺，冲进王媛家里屋内屋外搜索个遍，还是没有找到土地公公和土地婆婆。青铜塑像早已让上头领导垂涎三尺，想趁乱占为己有。红卫兵甲头目气红了眼，本来可以在上头领导面前邀功领赏的，却吃了一鼻子灰。甲凶神恶煞问王媛土地塑像藏哪里了，王媛闭口开口说不知道。最后，任凭一群红卫兵怎么问，也缄默无言。红卫兵拿王媛没有办法，因为红卫兵中大多数人，小时候都被王媛用山上的草药和梧桐油救过一命，悄悄报信也是其中的红卫兵说的。所以，没有再为难王媛，把她关在庙里一天一夜后放了出来。红卫兵头目甲只好上报区革委会说是被强盗偷去卖了，因为没有证据，这件事就不了了之了。文化大革命结束后，正值春回大地，万物复苏，百废俱兴，春暖花开的季节。文物复兴后，王媛重新恭请土地公公和土地婆婆塑像回庙，后来被省里命为国家一级保护文物。土地公公和土地婆婆塑像重见天日，香火又兴旺起来。土地庙旁边有口古井，叫龙凤井，传说，曾有条金灿灿龙盘踞过此地，而遥遥相对的凤凰山，有一只金凤凰也到过此井喝过水，所以有龙凤呈祥之说。甘甜井水人称神水，喝了神水百病能消退，这只是人们美好的愿望传说罢了。龙井常年水源丰富，水质很好，从未干涸过。

南方人供奉土地神是根据古人认为土生万物，所以土地神是广为敬奉的神灵之一。人们以为该神管理着五谷的生长和地方的平安。土地神是最接近老百姓的神，虽然只是小神，却深入基层，了解民间疾苦，特别是南方的老百姓都要在“二月二”这天敬祭土地神。二月二是土地公的圣诞，土地公又称福德正神，在中国南方地区，是土地公公的生日，称“土地诞”，为给土地公公“暖寿”，有的地方有举办“土地会”习俗：家家凑钱为土地神祝贺生日，到土地庙烧香祭祀，敲锣鼓，放鞭炮。浅悠悠正在村办公室和村主任吕刚，扶贫专干于英商量公益性岗位贫困户申请上岗花名单时。吴康打电话说道："悠悠，你们快来吃"土地庙会"席，办了9桌呢，饭菜非常丰盛，主打菜是香喷喷嫩白的豆花呢？你父母亲自组织操办的，正在你家中办席呢？"浅悠悠一听这话就发火了。"吴老革命，你是不是共产党？是不是村干部？还这么迷信啊！""悠悠，你这就不懂了，要随乡入俗，我就是要在吃饭的空隙向大家宣传党的方针政策知识，你知道吗？基本上这个社的社员都来了，趁这个机会，我随便把修建这条公路集资款事说说，在这个特殊日子里，大家都很积极的，差不多都要出资，就连赶席的黄金贵捐赠了一百元。春涛今天出了一千元，说等资金回笼了出五万元呢？啧啧！我今天收了2万多元集资款呢？再加上沐剑旭捐助的5万元，这条公路足够了。还得感谢你父母做的豆花和菜！悠悠你们来不来吃饭？"听到后面这些话，浅悠悠万分高兴，心里实实在在地佩服这个吴康。"那您老人家就在那里吃饭吧！我们还在村里商量公益性岗位贫困户申请上岗名单嘞！您老回来具体给您细说。""好。"吴康笑哈哈地放下电话。

浅悠悠想起昨晚上母亲陈凤给她打电话，提到办土地庙会的事，"悠悠，你明天回来吃不吃"土地庙会"饭？吃了这饭好！不生病，跑得快。"浅悠悠阻止道："老妈，别搞迷信活动，你们这样做影响不好。"没有想到他们还是自发办土地庙会了，"吴老革命，下不为例，这次就当开个社员大会，今天的土地庙会饭菜钱我全出。只是饮食安全方面要特别注意。""悠悠，你放心，农村的习俗要改变只有慢慢来。"吴康说完笑哈哈地挂断电话。

浅悠悠抬头望天空，晴空万里，蓝天白云，晴天里有阳光，阳光总是充满温馨。

第一百零三章　泪别沐之曦

叶如梦自从在医院里遭到沐之曦的拒绝后，大所失望，气急败坏地回到凤凰镇政府，来到陈远全办公室里，对沐之曦和浅悠悠的恨意更深一层，她添油加醋向陈远全哭诉着自己的遭遇经过。挑衅道："干爸，沐之曦完全不把你放在眼里，原来是把我们当猴子耍！而且，擅自取消婚约，被大家当作饭茶余后的笑柄！呜呜……"

陈远全对叶如梦宠爱有加，愧对多年的母女俩。何况，曾经自己对叶子的伤害太多，叶子一直是单亲妈妈，多年辗转找到他，告诉他，叶如梦就是他的亲生女，他还悄悄做过DAN签定，但事实上，他不敢相认叶如梦，此时，望着女儿哭得梨花带雨的脸，心疼不已，不禁怒火中烧。"沐之曦，你无情，休怪我无义！"

……

不久，一封封检举举报信到了区纪委办公室，把沐之曦陷入无垠的困境之中。大家纷纷议论起来："沐之曦目中无人。""自持清高，工作作风涣散，做事不力。""连区长的儿媳妇也敢抢……"思想道德败坏的帽子被扣上，各种风言风语谣言四起，沐之曦完全被说成现代版陈世美类型的人，不明真相的人纷纷指责他的不是。上级纪委，组织部找他谈话。也惊动了区委书记卓耀，沐之曦是他精心培养一手提拔起来的镇长，虽然不相信这些谣言事实，但目前对沐之曦的工作极为不利，更要命的是凤州市副市长叶灿亲自过问，在电话里严厉地批评沐之曦的不是。“叶灿是叶如梦的亲舅舅啊！谁敢惹她啊！”卓耀放下电话叹息道：“沐之曦，你的前程太曲折了，我也没有办法帮你啊！现在，而今，形势汹涌澎湃，只等风平浪静再说，官场如战场啊！”卓耀曾找过陈远全了解沐之曦情况，在他印象中，陈远全是在基层工作多年的老领导，应该对事情一分为二的。陈远全装出一副惜才的模样评价道：“沐镇长，工作有干劲，只是做事不踏实。我为他惋惜啊！他毕竟还年轻嘛！虽犯下不少错误，但知错就改就是个好同志。”不久，沐之曦被借调到区经委办，这意味着沐之曦的前程茫茫，区组织部让陈远全兼任镇长职务。这系列忽然的变化，让浅悠悠蒙了，让大家都蒙了。更让沐之曦措手不及，但他心态良好，有失必有得，收获了爱情。

其实，他早就意料之中，不过来得这么快，为了浅悠悠，他牲牺一切在所不惜，他愉快到区经委办上班，浅悠悠却愧疚不已。

几天后，浅悠悠和吴康正在春涛菌厂激烈地讨论如何打造菌茹品牌问题。春涛很骄傲道：“悠悠姐，昨晚，吴胜利总裁亲自和我微信聊天，也谈到菌茹优等质量问题。”吴康羡慕笑道：“能得到世界五百强总裁认可，亲自找你聊天商讨问题，你这小子有福了。”浅悠悠手机玲声响起，是沐之曦悠扬磁性的男中音：“悠悠，今天下午，5 点钟乘高铁赶车去深圳 A 市区政府学习报到，你能否有空到高铁站送我？”“呀，你要出去学习？”浅悠悠眼里泪光闪闪。“好，我马上坐车来送你！于是她对村里的事务交代一番。一路上，浅悠悠内心一阵惆怅一阵辛酸，苦盼了十八年，老天开了眼，终于，有缘聚在一起工作，而今，又要分别半年才相见，她泪眼婆娑，才知道是多么地不舍得。他就像浅悠悠生命中的一部分，无法割腕。何川区高铁车站，人头攒动，熙熙攘攘，这个有着十四亿人口的国家，每年最蔚蔚为壮观的人口迁徙就是一年一次的春运。以前在外读书，作为一个常年漂泊在外的人，经常行走在火车站里，见惯了各种各样的分别场面，或许对于离愁和别绪已然麻木。但是，今天又要和沐之曦分离，让她的心绪久久不能平静。火车站站台上挤满了人群，吵嚷声，尖叫声，抱怨声，充满了整个高铁站。浅悠悠在寻觅那个熟悉身影，蓦地，沐之曦高大伟岸的身影出现在眼前，猛地紧紧把她搂在怀里，小鸟依人似的。“悠悠，别伤心，我们只是暂时分别半年时间，你等着我，半年后回来，我们就结婚，像梧桐夫妻树那样，从此后我们再不分离，好不好。”沐之曦语无伦次，他的眼里满是泪水，浅悠悠用纸巾为他眼角揩去泪珠，心如鹿撞。“之曦，我答应你，我姑姑说过，自己的幸福要追求，要把握在手，我等你凯旋归来，为你捧上鲜花，为你洗尘，为你高歌跳舞，为你……”浅悠悠羞涩地低头，不等她说完。沐之曦打断她的话。“还为我什么，为我宽衣解带？”沐之曦向她打趣道，好看明亮的双眸灼灼闪亮。浅悠悠嫣然一笑，用粉拳捶打着他壮硕宽厚的胸膛。“之曦，你真坏。”俩人毫无遮挡的动作，引来路人赞许目光，议论纷纷。“你看那两个男女年轻人，宛如一对璧人，天设地造的一双。”“男的身躯高大，貌若潘安，女的花容月貌，柳腰花态，形体娇小玲珑，煞是羡慕啊！”浅悠悠听到议论声，不好意思起来，羞红了脸，“走，之曦，我们找一处偏僻安静的地方。”于是，沐之曦一只大手拉行李箱，另一只大手紧握她的小手，拣了一处人静稀少的地方，他俩相依相偎坐着谈着，谈人生谈美好未来憧憬，时间转眼间在指缝里悄悄地流逝。广播声响起，请乘客们注意，去深圳A市时间到了……

“悠悠，时间到点了，我该走了！”“之曦，你一定要好好保重自己。”俩人的眼泪又流了出来，依依不舍的，深情地拥抱分开再拥抱再一次分开。最后沐之曦终于狠心地转过背去，没有回眸看她，沐之曦深深地知道，如果再回头，可能不想走了。浅悠悠内心一阵阵心痛，仿佛失去什么，外面的冷风吹过，她的心在颤抖，望着他消失的背影，浅悠悠失落地转身。“悠悠，我好爱你。”忽然，沐之曦又像发疯似的转身冲了回来，把她重新拥抱怀中，在悠悠脸上一阵乱吻，几乎把她脸上的泪珠吻干。“赶快检票进站吧，不然时间真的来不及了。”悠悠看看手机上的时间，着急地催促道。沐之曦又一次依依不舍与她惜别。俩人情意浓浓，让路人泪奔啊！我是你云中的风筝，我是你水中的鱼。今生，用莲子，做汤，喝你，用记忆力，唤你，用温暖手，牵你，用忘情水，煮你。进站的蔡波远远看见浅悠悠的倩影，很痴迷地要向前去打招呼，却看到眼前一幕，惊讶不已，原来悠悠心有所属，心中的白马王子是沐之曦啊！怪不得对自己如此冷漠，经常与她联系都不回。他的脸色阴沉下来，痛心疾首的上了列车。这次区委选派中的人选名单有他，沐之曦没有告诉浅悠悠的实话，怕她担心自己。他们先在深圳 A 市区政府学习交流一星期，再到黄家省永安乡科学村扶贫半年。躲在旁边角落偷窥已久的叶如梦，无不痛恨浅悠悠，心生妒忌之心，她通过上面关系，知道沐之曦今天出发，本想给他一个惊喜送行。她就是不甘心，一直没有机会接近沐之曦。是这个可恨的浅悠悠夺去了她的之曦哥哥，当她痴迷地望着沐之曦远去的背影，叶如梦使劲朝地上吐一大口唾沫，阴险道：“悠悠，你等着吧！会有你的苦果子吃！”

第一百零四章　阿美怀了风云的娃

四月的江南傍晚，因多雨而感觉潮湿，略带些阴冷。浅悠悠在寝室里看书写文章，灯光下摇曳着孤单的身影。着一件短袖睡衣长裤，感觉有些清冷，她起身披件外衣。窗前有一棵青藤伴着沥沥小雨，纵横如蛇的碧青藤蔓，爬满寂寞而斑驳的外素墙。内心一阵惆怅，思绪万千，相思的念想涌上心头，犹如这疯长的青藤，缠绕在心间，剪不断理还乱，一种莫名的相思结涌上心头，那入骨泪珠编织出来的。“之曦，你在远方还好吗？生活习惯吗？你此刻是不是也在想念我！”屈指一算，沐之曦去外地学习了两个月时间，市里挂职锻炼很忙，每天都是学习开会视察。他总是回家很晚休息，浅悠悠不忍心打搅他，但他每天早上在浅悠悠上班时准时在微信里发个逗她开心快乐的表情包，还说些甜蜜的话，让她每天都沉浸在幸福甜蜜之中。这时，手机铃声响了，以为是沐之曦打来的电话，内心激动万分，专门设置沐之曦电话名称更改为520—意在我爱你的意思。拿起手机却是陌生电话，眼神不免一丝失望。可能是老百姓打来的电话哦，可一听对方熟悉的悦耳声音，在寂静空中响起回荡，让她吃惊不已。“悠悠你好，我是阿美。”“阿美啊！好久不见，你在哪里？回国了！”浅悠悠几分欣喜，几分兴奋。几年没有见到闺蜜阿美了！往事如烟，风云，阿美，浅悠悠三人时常在校园或散步或一起学习读书的情景。阿美性格开朗，开放，泼辣。不拘一格，165cm 标准的身材，比她高出一头，婀娜多姿身材配上阿美娇美的脸庞，虽皮肤略黑，但属于很有性感很迷人的那种女人，魅力四射！

阿美的声音怪怪的，懒散无力似的。“悠悠，我怀孕了。”好哇，你当妈妈了。”“这是件好事情啊！怎么结婚了没通知我一声啊！他的父亲是谁？”浅悠悠高兴地问道。“悠悠，我还没结婚，这是未婚先孕，你听了别生气，怀了风云的娃，这孩子……孩子是风云的。阿美说话也不利索，吞吞吐吐的，结结巴巴起来。“啊！这是风云的娃。”“你们什么开始的，怎么不知道，隐藏得真好。”浅悠悠惊讶不已，嘴巴张得老大，头几个月风云对浅悠悠死缠烂打，怪不得最近电话都不回一个，浅悠悠有些失落，思绪有些断路，有些怪风云，你们即便要耍朋友，就要公开，为何偷偷摸摸地，害得我一直背这个黑锅。阿美懒散地编造谎话，博取她的同情。“悠悠，请不要着急，先听我说，你先慢慢地回忆，头段时间你被风云骗去酒店那件事。其实，我就住在你们隔壁，我偷听了你们的谈话，后来见你仓惶地逃走了后，我太爱他了，假冒是你，我趁他酒醉和他温存上床，他把我当成你，嘴里一直不停地喊着你名字，我就一直答应着，内心却很嫉妒你。醒来的风云后悔不已，但他不爱我，我得到了他，却得不到他的心，这辈子也算知足，我和父母回美国时，事与难料，回去发现怀孕，我紧张预约医生去医院悄悄地打胎，清晨吃早餐时，剧烈的呕吐被我父母亲发现，逼我说出真相，他们知道是风云的孩子很高兴，坚决不打胎，并询问过医生，如果我再做人流会导致以后做不了母亲。我们又急忙回中国，把这件事告诉了风云的母亲，双方的父母亲很满意这门亲事，他们很积极撮合。其实，阿美自己心里明白，肚子里的孩子是前男友洋人的，为了遮丑，及时找人替补当爹，她曾暗恋风云，风云从没正眼看过她。所以，阿美一直很嫉恨浅悠悠，给她说这件事，一来扬眉吐气的，二来这次要靠浅悠悠帮忙圆滑，阿美的城府很深。“我们马上要订婚了，大人们把好日子择好啦，简办婚礼，准备定于五一劳动节我们就结婚，悠悠啊，我想得到你的祝贺。”此时此刻，浅悠悠内心五味杂陈，虽然她一直在拒绝风云的挚爱，拒绝他的猛烈追求，但他是浅悠悠大学四年的同学，他曾经给予帮助的点点滴滴牢记心间，浅悠悠不禁同情风云起来，她生气地大声责怪阿美，声音高呗音频瞬间地高了起来。“阿美，你不应该这样对待风云哥，趁人之危，做出这么龌龊的事来，你还是人吗？”“悠悠，我很爱他，就像风云爱你一样，求求你帮我说说好话吧！孩子都几个月了，帮我劝他吧！你的话他一定听，我不能没了孩子，我不能没有做妈妈的权利，我会好好对他的，求你啦，悠悠。”“你原来是一厢情意么。”浅悠悠冷笑道。手机视频里阿美哭得梨花带雨，最后感动了浅悠悠，是啊！作为一个女人谁不想当妈妈，而且她只能做一次妈妈。浅悠悠从小受王媛影响，优秀善良品质又体现出来，她的心柔软起来，向她连连点点头。“好，我劝他，到时候当你伴娘。”阿美破涕为笑。“悠悠妹，你真是我好姐妹，姐姐一辈子不能忘你给予我的恩情。”浅悠悠长叹一声。“阿美，别客气，我关视频了，我累了，想休息。”“好好。”阿美笑呵呵道。“我的好妹妹，改天再聊。”浅悠悠关了与阿美聊天视频，准备上床睡觉。又一个电话打来，一看是风云打来的，浅悠悠内心嘀咕，他俩今晚是怎么了。“悠悠，你最近忙吗？身体好吗？”风云第一次对她如此关心体贴让浅悠悠有些惊讶不已，咱没了以前的专横霸道气势了，浅悠悠也感动不已，关心道：“风云，我很好，你呢？”风云长叹一声。“悠悠，我做了一件对不起你的事，阿美怀孕了，孩子是我的，我一直想让她打胎，她死活不肯要嫁给我，他们都在施加我的压力。悠悠，我只爱你不爱她，如果你肯原谅我，我们马上结婚他们没有也办法。”“风云哥，我一直把你当成我的哥，感谢你以前对我的照顾，好好对阿美，毕竟孩子是你的亲骨肉，不能出生就没有父亲，何况对你的影响非常大。阿美和你很般配！无论模样，还是家庭经济条件优越……”

风云不耐烦地打断了浅悠悠激情昂扬劝人话语。“悠悠，我想最后问你一句，你真的从没有爱过我？我和别人结婚，你真的不后悔吗？”“风云哥，我曾经喜欢过你，那种喜欢是把你当哥哥。好怀念我们在校园读大学时的美好时光，那时候的你，是多么单纯有亲和力，有时也耍耍霸道脾气，可你出了社会，参加工作后性情真的变了，对我态度有种暴戾的感觉。”“我这是太爱你的缘故，生怕被沐之曦抢去。现在我彻底输给他了，我这一生最大的憾事就是没有娶你为妻，这是我一生的遗憾。说着说着风云再也说不出话来，似有鱼刺在喉，接着像小孩子样呜呜地哭了起来。一个七尺男儿，平时在浅悠悠面前趾高气扬，以前纵有千不对万不对，想起他以前对她的恩情，情到浓处，浅悠悠也泪流满面，不知如何安慰他……许久，浅悠悠听见风云止住哭声，稍平静些后，马上安慰他道：“风云哥，你别这么伤心，我们以后还是好朋友！”风云听了心情好些，依依不舍向她告别。“悠悠妹，你以后要保重身体啊！我挂了！”此时夜深人静，窗外小雨还在沥沥下着，浅悠悠长长地吁了一口气，全身轻松自如，终于解脱自己和风云彻底撇开了关系。但风云搁下电话后心有不甘，他实在是怀疑阿美怀的娃不是他的，也咨询过好友医生给予否定，对，自己要找有力证据，他拨打了好友侦探王毅的电话，要查查阿美在国外生活的情况。

第一百零五章　世态炎凉

翌晨，天空还在下着愁眉不展绵绵细雨。9 点钟，浅悠悠在镇上召开脱贫攻坚会议，各村书记（村第一书记）及扶贫专干参会。由镇上党委书记陈远全主持，一级班子领导成员镇机关全体干部各村依次汇报本村涉及的贫困户和五保户，低保户走访，需要上报的ＣＤ级危房申报名单，并做ＰＰＴ图片进行研判……轮到浅悠悠发言了，村这次申请了40户，当她把每户的基本情况，家庭人口(人)，上年家庭纯收入（元），危房建筑面积（㎡），贫困类型（建档立卡贫困户），一一简明扼要说明清楚，有依据有走访图片。谁知名单上名字被无情地刷下去一半。这些都具备修房的条件啊！为什么要刷下去？何况沐镇长也知道这些情况，也同意了的，浅悠悠和吴康不服气，跑到叶如梦办公室去询问。叶如梦坐在椅子上，连头也不抬，冷漠地道："浅悠悠，不要用沐镇长来压我，何况他不在职去外地学习去了，管也管不着。现在是我干爸兼职镇长，有本事找他去！"吴康也打抱不平。"叶委员，你也是梧桐村驻村干部啊！当时沐镇长走之前的研究方案不作数了吗？"叶如梦用手指轻敲桌子，神情有些得意，鄙视道："那是以前的事，现在有变化，不符合要求当然不批的。"吴康有些愤愤然，"走，悠悠，我们去找陈书记说理去！看他如何说？"浅悠悠离开时看见叶如梦得意的笑脸。知道希望渺茫，他俩早就串通一气，已经失望到极点，再次轻问吴康。“还去找陈书记吗？”“去找，我就不怕，老子当了几十年村支书，这是为老百姓办实事。我就不信邪。”此时，吴康摇了摇他那颗很倔的头颅。临走浅悠悠对叶如梦冷笑道：“叶委员，不要自己搬石头砸自己的脚，好好想，到时候会追责的。”叶如梦很高兴看到她生气，冷冷笑道：“你说得过早吧！再说追责下来，也会怪在你和吴康头上。”浅悠悠恨不得上前去煽她两耳光，吴康使劲拉她一把，只好握紧拳头离开。俩人到了陈远全办公室，只见他一脸严厉神情，竖起眉毛，瞪大眼睛。浅悠悠还是硬着头皮向他作了汇报，诚诚恳恳说道：“陈书记如果那一半的名单人员被无故刷下后，他们没有房住怎么办？现在夏季马上来临，他们都住在危房里，如果大风大雨来了，会把房子吹垮塌的，我好担心。”“浅悠悠，你这是什么态度？你是这样对待领导的吗？你也看到刚才是召开党委会决定的，不是我说了算。”其实，浅悠悠心里明白，他明明是独揽大权在手，一人在台上点头说了算，其余只能应声附和。她忽然发现陈书记与原来简直判若两人。先莫名其妙地把她批评一顿，指出在基层的工作做得不踏实，同时也批评了吴康，说他年龄大了，明年换届时要考虑他的工作态度。末了，陈远全站了起来，不耐烦站起身来说要去区里开扶贫会，浅悠悠二人只好闷闷不乐离开。以前，浅悠悠到镇上机关里开会，大家都笑容相迎，不知怎么了。今天，大家看到她眼神躲躲闪闪。吴康也愁眉不展先回村里，因为浅悠悠还要在镇上办事情。当她路过城建办办公室时，只见紫萱一个人在办公室忙碌。立马喊住她。“悠悠，我们去卫生间。”她会意先前脚到紫萱后脚到卫生间，然后，紫萱转身神秘地把门反锁上，今天，美丽端庄的紫萱姐姐，穿着气质高雅的服装，和风细雨声音，温暖浅悠悠失落的心，她轻轻说着：“悠悠，今天的事我也知道，这是叶如梦搞的鬼。以前他们不敢惹你，因为风云有个区长老爸作硬后台，现在，风云要和别的女人快结婚了，这情况完全不一样了，叶如梦在工作上故意为难你是理所当然的，加之她在陈书记面前说你很多坏话，自己的孩子谁不护短，父女之情嘛，情理而衷。最关键的你和沐之曦现成了情侣关系，加深对你的嫉恨。”“怪不得。“浅悠悠如梦初醒。紫萱继续缓缓说道：“悠悠，现在，沐镇长不在你身边，人走茶凉，你自己一定要小心慎行，机关有些人像墙头草，爱说是非，你得势时巴结逢迎，失意时踩你几脚。现在你得罪不起叶如梦他们，她好比朝中的公主，你实力单薄，平时你把所有精力放在工作上，人际关系欠缺，没有和他们扎堆，何况有些人不敢和你亲近，都知道叶如梦恨你呢？都怕惹火烧身……”最关键时刻，真正的知心人还是善良公正的紫萱姐姐，浅悠悠不禁感慨万分，深知世态炎凉，眼里闪耀晶莹剔透的泪光，心疼道：“好姐姐，你对我真好。你的手现在好点没有？”想起头段时间为申报 CD 级危房名单，披星戴月，她和紫萱姐姐进村入户，户户排查走访。夏天的初暑来临，太阳炙烤着大地，热得像蒸笼上馒头透不过气了，稍在农户家停留片刻，就是汗流浃背。稍脚步停下来，四周不知哪里飞来的小麦虫，蚊虫，叮在身上咬个不停。浅悠悠的血液最吸引那些东西，身上虽穿着长衣长裤仍抵挡不住它们的忽如其来袭击，不时用手掌拍打几下或用脚跺几下，还是被紧追蚊虫咬得青一团红一团的。这时候，晴朗天空，忽然变了脸似的，乌云密布。瞬间，滂沱大雨像豆子般打在她俩身上，整个大地变成白茫茫世界。虽然撑伞怎能抵挡？霎时，俩人成了落水鸡，土路很滑，她俩无助地互相搀扶着，艰难行走在大风大雨之中，离公路还有段路，停着她们的车。

第一百零六章　之曦，我听你的

风雨中，紫萱走着不小心踩空摔倒了，她不由自主用左手掌在地上撑着，屁股着了地，一股钻心无比地疼痛袭来，紫萱紧皱眉头，情不自禁地咧嘴道："啊！我的左手臂好疼！"

"姐，你手臂怎么啦！"浅悠悠心疼地扶她起来，紫萱眼泪差点掉了下来，她忍着痛安慰道："悠悠，你别哭，我没事的。"俩人一身泥水紧裹在身，继续往前走。田里的洪水泛滥，秧苗被淹没了，浅悠悠心里焦急万分，担心村民的庄稼。迅速用手机拍照下来，及时向镇上报告灾情。忽然，眼前出现一个高大的身影在她们面前，定睛一看，原来是黄金贵，他现在是村公益岗位的公路护路员，见下起大雨，出来检查公路和他的秧苗受损情况。他心疼地急忙喊道，"浅书记，前面就是我家，快到我家去避雨。"黄金贵看到紫萱这般模样，背起她就走。到了黄金贵家，他拿了些干净衣服，偌大的衣服叫她们换上，急忙烧开一大锅开水，里面再放些干姜艾草之类的，让她俩洗热水澡，说不要感冒了。黄金贵等两人洗完澡后，换上衣服，又给紫萱贴了膏药，说是以前在外地打工时学的自制跌打身伤，秘传自制膏药，听说效果不错的，他使劲地揉了揉紫萱的左手手臂。肯定道："紫萱领导，今晚上可能有点肿胀，看你病情和体质，有的人几天就会好，有的人要半个月才好，贴膏药没错，幸好没伤到骨头啊！"此刻，浅悠悠惊讶无比，环视四周，白墙灰瓦，干净整洁。不禁连连称赞他。“黄大哥，没有想到你还有一手绝技活。不到一年时间完全变了样，你看看现在屋前屋后卫生打扫很干净！”黄金贵笑得很灿烂。“浅书记，是你来村让我变了样，你帮我修了D级危房，安装了自来水，办了低保，现在又是村公益岗位护路员，儿子在学校读书被沐镇长一直资助，还有紫萱，为修这个房子跑上跑下，你们太辛苦了，对工作如此认真负责，我不再当懒汉了，不再当醉仙了，现在有人给我介绍对象呢？”说到“对象”二字他的脸微微发红，你们就在这里吃饭哈，快中午了，说着，他开始忙碌起来。这时天放晴了，火辣辣的太阳又伸出头来，浅悠悠和紫萱把晾干衣服又重新穿上。因为，这个社还有其他户数没走完，下午还得继续走访，如果回去吃饭又耽误时间，俩人顺水推舟答应下来，继续和黄金贵聊着。“黄大哥，我们扶贫的目的，就是扶志，让你们脱了贫又不返回贫，你这膏药如果效果真的好，可以专门申请专利……”“真的啊！那我发大财了……”浅悠悠的思绪又收了回来，这几天辛辛苦苦走访入户申报花名表，却被否定刷下来一半的人数。特别是紫萱，一样带伤和我一起走访，我们多像一个战壕的战友啊！浅悠悠真的很不甘心。难道他们为了一点点个人私欲，不能为老百姓办实事？“悠悠，你在想什么呢？”紫萱打断她的思索，高兴道：“你别说，黄金贵的膏药真灵验，我的手臂完全恢复了，这特效药膏效果真的好，不到一周差不多痊愈了。”紫萱你跑哪里去了！”这时候叶如梦扯着嗓子声音传过来，厕所离城建办很近，紫萱用手指向浅悠悠小声地虚了一声，急忙跑回办公室，而浅悠悠为不影响紫萱，生怕被叶如梦瞧见，故意从另一道门溜了。浅悠悠来到一个偏僻的地方，把今天开会的情况，如实地在沐之曦微信里反馈给他，过了好一会儿。沐之曦回了她。“悠悠，你不要着急，已经给暮区长反映此事等他回复，如果实在不行只有等下次机会。”他特地叮嘱道：“做事情不要浮躁，冷静处事，有些事情他也出于无奈的。毕竟山高皇帝远，即便他打给陈书记电话说服这件事，他也许会有千万个理由搪塞过去，只有给暮区长说这件事也许有转机。”浅悠悠正在和沐之曦聊着这事。陈远全的电话打来了，浅悠悠急忙接了起来，陈远全的态度没有刚才那么强硬的，但事情还是没有答应下来。话中讥讽的语调更浓。“悠悠，你真有本事啊！居然告状到暮然区长那里去了，不要仗着沐之曦给你撑腰，你就得意忘形，我已经给暮区长解释了，不行就不行，你想想暮区长的身份是何等的高贵，怎能听你一个无名小辈？”“陈书记，对不起，我真的没有要针对你的意思，我只想认真负责地干好自己本职工作，求您网开一面，给我村……”浅悠悠觉得有些委屈，解解道。“浅悠悠，你这话说得更不对了，难道除了你对工作认真负责外，镇上其他同志就不认真负责了。我现在有事，没有闲心给你胡扯蛋。”刚说完，他啪地挂断电话，脸上露出阴险的笑容。剩下站在那里不知所措的浅悠悠拿着手机。浅悠悠的头脑一直是晕乎乎，很委屈地向沐之曦诉苦，气愤地把刚才的对话反馈给沐之曦。良久，他回信息过来，安慰了她，让她心情平静了不少。声情并茂道：“悠悠，是我间接把你伤害了，你像天上不食人间烟火的仙女，性情率真，心灵纯洁无瑕，让你卷入这样无端地漩涡，让你受委屈，让你不适应，属于正常的情况。我们都不要气馁，现在还年轻，以后经历的事情很多。退一步海阔天空，想不通遥望天空的蓝天白云，遥望哪东方旭日东升的太阳，你会觉得眼前道路宽广，阳光灿烂。一切的一切都是多么美好！”“之曦，我听你的，你说得真好！”浅悠悠立即给他回了个开心地笑的表情图片，她甜蜜地破涕为笑……

第一百零七章　扶贫加班

浅悠悠自从到梧桐村任第一书记以来，几乎每天都是围绕着扶贫工作转。镇里村里干部忙得团团转，夜以继日，辛勤地加班加点工作，周末几乎没有休息时间。有家室的人根本顾不了照顾家庭，有的索性住在镇上连家都不回了。镇上食堂晚上有简便的晚餐，方便加班的同志。镇上几乎隔两天开扶贫会，浅悠悠开完会后又回村里召开村两委会议，传达镇上精神。然后，大家反复去下社走访贫困户。打赢扶贫空间战势在必行，紧张的空气时时让大家呼吸有些窒息，补漏缺短板很多。工作上要做的事情很多，录入每户的系统做一户一档的资料归档。镇村干部忙于下村社走访贫困户，梧桐村是贫困户村，也是全区唯一的贫困村，当然质量要求更高，户数很多，工作压力大，繁琐。因过去种种历史原因，梧桐村有些资料完全不符合上级要求，包括全镇也如此，屡屡加夜班，在村办公室里浅悠悠和村六职干部经常吃方便面草草了事，村扶贫干部于英累得差点爬下，才 30 出头的她，微胖的身体不怎么好，白净圆圆的好看脸蛋总是微笑着，任劳任怨地工作。村里七个人加上浅悠悠，分工协作，齐心协力晚上加班加点工作，吴康戴上老花眼镜在认真地填写，最要命的是这些资料必须要纸质件要人工填写，装订归档，这些资料做好后堆起几乎有一人多高，吴康哭笑不得道："现在就是政策好，给这些扶贫户整这么多资料，他妈 X 那个 X 子他们好享福，整这么多资料差点整死大家。做好了又重改，还不准许打一个黑疤痕迹，不准用涂改液涂改，还要整二份一样，这是啥子要求，让上面的人下来做做试试看，真是整死人不填命，我就偏不信，我们再复制一份不行吗？”望着他们这二个月的辛苦和布满血丝眼睛期盼，浅悠悠默默不作声在整资料。加强领导的驻村组组长吕毅紫萱也时常到村办公室指导。扶贫工作的事，谁也不敢懈怠。盛气凌人叶如梦很少下村，连她扶贫手册也叫于英帮忙填写，于英实在是太忙了，连和大家说话的时间都没有，一直低头录国扶系统网，她的脑袋被忙得晕头转向，明明放在旁边的笔寻找半天。这必须要认真负责地对待，如果那户出了差错，资料系统都得全改，如全身的神经血脉，稍动了身上那个部位，全身就会感应到。叶如梦到村办公室来，于英安排她填写自己联系的那几户扶贫手册资料，她很不高兴也无奈，老老实实填写这些资料，但对浅悠悠不满的情绪是有的，常常指桑骂槐，这时候，大家都在忙扶贫工作，见惯了她平时的姿态，只有不吱声，浅悠悠更是如此！哪有时间领会这些啊！这些资料填完先是按区规定要求做，后来区又否定此做法。按市的标准，改进原来的做法，反复几次修改填写几年以来的扶贫手册，按照标准模板来填写，还要填写二份一样的并录入系统，反复到扶贫户家去挂脱贫攻坚明白卡更换几次，下载安装扶贫 APP 扫二维码，填写农村住房安全等级标识牌，饮水安全标识牌。还有走访期间填写农户脱贫攻坚回头看调查表，一般农（疑似问题）脱贫攻坚回头看“调查表”脱贫攻坚回头看排查调查表填表说明和指标解释刷明白卡信息的录入，区扶贫更新闪退问题的处理方法。这些工作必须在规定时间完成并录入 APP 系统，严格要求不能录错信息数据的，认真负责的村扶贫专干于英又给大家检查一遍，然后自己在检查一遍。区扶贫办马上要下来检查工作了。说起这扶贫工作，还发生很多有趣事。张娟因住驻村原故，经常要随村干部走家串户下社区走访。从社里回来已经很晚，身心疲惫不堪的。所以就在镇上的宿舍室里住，她已经很久没回家看孩子了，家里有两个活泼聪明可爱的孩子，儿子 5 岁女儿 1 岁，家中虽然有父母和保姆照看孩子。温顺帅气老公上君平时很体贴张娟姐姐，对她很好很信任，上君是一家私营企业老总，浅悠悠曾经和他们吃过饭见过她老公，对上君印象不错。可这次他冲张娟大发肝火，质问老婆为什么不回家。张娟解释道，扶贫工作很忙，走不开，上君完全不相信。因为张娟本来人长得漂亮，就怀疑她是不是有小三插足，不时闹着要看张娟发来视频，还要发所处的地理位置给他看。张娟为此苦恼不已，向浅悠悠诉苦，她马上灵机一动给张娟姐姐支招。张娟下班再晚也回家了，带了很多扶贫资料回家加班，也叫上君老公帮忙，第二天凌晨 5 点上君又送她回镇上上班，然后每天傍晚又要上君到镇上接她回家。从那后，上君不再发火了，看到老婆这么忙碌他心疼老婆。镇上的扶贫办小青年马军更是忙得要死累得要死，胡子长长了没有时间去刮，头发长了没有去时间剪。他耍的女朋友在外地，因为没周末时间在一起，女朋友也和他告吹。因为长年累月在电脑旁边伏案工作，带的三百度近视眼镜又换成了五百度镜片，真让人唏嘘不已。当浅悠悠在微信里和沐之曦提起这些趣事来时，他很佩服大家敬业精神。末了，相爱的恋人又在互相打骂嬉笑起来，沐之曦故意逗她生气，“那你也是扶贫干部哦！你如果长期不来看我的话，我也要变心哦！看你咱办？”“沐之曦，你敢！把你一只耳朵揪下来下酒喝！”“那我不敢了，凶老婆，之曦怕你了。”“那你到一边喝茶去！”浅悠悠欢笑着。续道：“之曦，我现在有灵感了，给你念一首诗如何？”“哇，大才女好有才啊！”沐之曦急忙给她很多点赞表情图片，于是，浅悠悠开心地念了起来，“扶贫干部干得欢，汗水泪水一起来。扶贫工作最艰难，千山万水涉田间。心与百姓同患难，千丝万缕在心间。不怕风雨征程险，共同携手创明天。”沐之曦赞赏道：“哇，写得不错的。”

浅悠悠“……”

第一百零八章　扶贫督查

翌晨，天空刚泛起鱼肚白，一个骄阳似火的季节，而夏天的早晨却有一种凉爽舒适的感觉。浅悠悠开着摩托车直奔村办公室，今天是区纪委的领导来检查工作，虽然有充分的心理准备但心情不免有些紧张。天天晚上加班已经有两个多月了。昨晚加班到凌晨 2 点才入睡，只朦胧地睡了 3 个钟头，又起床上班了，最近上级部门检查得过于频繁。村与村之间交叉检查；镇与镇之间交叉检查；区扶贫办检查。换了一批又一批大队人马来，来势汹汹，他们的说法不一。每次来梧桐村必然检查浅悠悠帮扶的 5 户，其他很少抽查他们。一则她是村第一书记理所当然。二则浅悠悠在 2 个月时间里走遍所有全村户数。贫困户那家的基本情况全掌握。三则在凤凰镇村中无论是资料还是录入的系统都是数一数二，但他们是专查问题的，不是来夸奖的，有些细节问题还是受到质疑，甚至闹出啼笑皆非的事。因为经常来检查的原因，李会开始胆怯变为勇敢面对。有次在镇与镇之间交叉检查时，有位检查干部黄峰和李会对话如下：

问：你的帮扶干部叫什么名字？答：浅悠悠。

问：她每月来过吗？答：来了的。

问：来过几次，答：这个月起码来了五次

这下可好！黄峰在表上问题栏中打了个大大问号，并作重说明，浅悠悠有可能没有去帮扶贫困户家，李会在扯谎，需组织进一步核实。大家看了镇上反馈意见后，议论纷纷为她打抱不平，特别是吴康更是气得一顿暴骂："现在真是什么人都有，还是检查组的人，真他妈的 X 不专业，明明有手册有签到册有照片佐证资料，你们评理，浅书记有没有去过。浅悠悠微笑如数家珍："不管他们的，问心无愧，这个月确实去得太勤了，李会说的是实话。去挂牌换牌二次，帮她发展产业算收入帐去了一次，陪区慈善会领导送油送米一次，李会生病去看望一次。后来，这件事也通过她的佐证资料说明，上面也不再说什么了。

浅悠悠手机铃响了，是镇上扶贫办小马打来的，"浅书记，他们检查组的分为四组，已经从镇上来到梧桐村路上。""好，谢谢小马。"浅悠悠急忙放下手机。大家商量下社的路线走向，沐之曦因为在外地学习考察，他的那几户也是浅悠悠负责。也挂在我头上，镇干部吕毅紫萱等人都在忙碌着，焦急地等待区纪委抽查。他们一行人终于到了村办公室，分管驻片领导叶如梦委员分管农业黄宝山副镇长陪同，区纪委程前副书记中等个子，精神饱满，亲和力很强，讲原则的人。当黄宝山把浅悠悠介绍给他时，他笑吟吟道："你就是浅悠悠啊！非常的年轻，你的名字在区上很出名，听说你把村上的工作搞得有声有色的，而且村两委很团结，我希望你的扶贫工作也同样做得好！"浅悠悠毕恭毕敬道："程书记。请您指导工作！"程前快言快语后立即进入工作检查状态，先是看了扶贫系统后检查了资料，接着分为四组，抽查了沐之曦，叶如梦，浅悠悠，紫萱联系的扶贫户，另外抽查三类人群中的住房。他们检查完了后再到村办公室开会，浅悠悠作了梧桐树村脱贫攻坚述职报告，内容如下：

按照党中央的号召，全力打赢脱贫攻坚战略，不掉一个贫困人群在路上的方针，确保，"两不愁三保障"的原则，近年来我村脱贫攻坚路上所做的事汇报如下：

一、基本情况

我村现有农户 1600 户，共计 4753 人，耕地面积 7000 余亩，森林面积 7000 余亩，全村共计 25 个村民小组。现有贫困户 60 户，共计 188 人，其中有 18 户是低保兜底，有 4 户申办了特困供养人员，占全村总户数的 5%。目前全村共有低保户 50 户，计 64 人，特困供养人员 36 户，计 36 人。

二、脱贫攻坚的成效

1、“两不愁三保障”情况

我村贫困户坚决保障吃穿不愁，因病因残不能正常生存贫困户采用低保兜底保障生活来源，且定期看望，每一位贫困户都有医疗点的专属签约医生走访，对其身体健康进行检查。对贫困户危房进行改造，目前我村已改造 D 级危房 30 户，C 级危房 10 户。在教育方面，我村特别关注青少年教育，知识是脱贫的一种途径。例如贫困户黄金贵之子，蔡生兴之女在读高中之际，我村企业业主文之然，党委副书记镇长自己捐款资金 33000 多元资助保障其就学。

2、产业发展情况

在脱贫攻坚中，我村大力发展贫困户养殖。如建卡贫困户春涛建立种植业菌菇类基地，发展养鸡养鸭，每年收入在 100 万元以上。成为村里致富带头人，建卡贫困户刘建兴利用的菌菇类种植，收入达到一万元以上。其次政府提供扶贫就业，我村 18 人享受公益岗位，如蒋禄水，李伦方，王超，祝昌云等皆享受公益性岗位的工资补助。

3、基础设施情况

在贫困户交通方面，基本做到了户户通，居住环境也得到提升。总投入资金 2000 多万，其中：上级资金拨付 1000 多万，世界 500 强优美大型企业集团公司捐赠资金 500 万，皇冠五星国际酒店集团捐赠资金 100 万，企业业主文之然捐赠资金 50 万，春涛捐赠资金 30 万。群众集资款 50 万．用于资金的去向有明细台帐。

例如：黄生和户，村投资 5 万元修毛路和院坝，目前路面硬化正在招标中；董家风，董维贵户，在修路和院坝方面花费 10 万多元；赵传伦户，在 18 年修建 D 级危房三间，目前人口 6 人，住房不能满足居住。为提升其居住环境，新建一间卧室，一间厨房，两间卫生间新增家具。为解决出行困难，新修 270 米公路，费用接近 8 万元……

三、存在问题

我村在凤凰镇党委的指导下和广大群众共同努力下，取得了一定的成效，赢得了群众的认可。但还存在一定的差距和不足，主要在以下几个方面：

1. 贫困户自身发展动力不足，有等靠要思想。如今年脱贫户蔡生兴，因女儿在复读高中，加之自身有病，害怕脱贫后无政策扶持，有思想顾虑，不想脱贫。

2. 贫困户在种植业和养殖业方面存在一定风险。他们普遍存在文化底子差、年龄大、接收技术能力不够

3. 扶贫户危房及三类人群住房安全有隐患，目前还有 30 多户未改造问题，争取在 2020 年前改造完。

四、下一步帮扶措施

1. 进一步加大扶贫的宣传力度，增加脱贫信心。坚持群众主体，激发内生动力，主要以“治贫先治愚”的原则，让他认识到作为贫困户并不光荣，要通过自身努力，勤劳致富，走出贫困。

2. 对于弱势群体，除低保兜底外，以驻社村干部为主和驻片网格干部一起实施一对一帮扶，随时了解家庭情况，实施帮扶方案。

3. 为减少种养殖业对脱贫户的风险，村委会借助园区平台带动他们致富。

4. 符合条件地向园区输送劳动力，增加经济收入。

总之，村两委在政府的指导下用各种方法缩短贫富差距，用有

智慧的人带动他们走出愚治思维，用有钱的人带动他们走出贫困，保证 2020 年我村顺利脱贫。

程书记认真听取她的汇报，对浅悠悠做的工作比较满意。但检查组其他人反馈的情况时，她又受到严厉批评，要立即整改。反馈的问题是这样的，检查组长凡峰抽问了几户帮扶对象的基本情况，当问到黄金贵的年龄时，浅悠悠答错了，本来身份证上是 56 年，今年应该 52 岁，她说成 51 岁了，因为按照农村习惯没满就是这样说的。黄金贵也说 51 岁。另外检查组反馈给村的意见不尽如人意，吕毅其中一户帮扶贫困户手册措施写得不完善；叶如梦有户手册上写字有涂改液修正的痕迹，清洁卫生脏乱差的现象。特别是房屋改造这块更是受到严厉的批评。程前书记也专门找镇上党委书记陈远全谈话，同时也抽问他有关扶贫方面问题，陈远全针对一些问题遮遮掩掩的，一时半会也答不上来。

因为他们受到了批评，需要整改，必须整改到位，所有的矛盾指向浅悠悠，所有箭头指向她。先是镇党委书记陈远全找她谈话；叶如梦更是暴跳如雷说她没有办事能力，埋怨她。在陈远全办公室里，浅悠悠忍不住顶了他一句。“陈书记，房屋改造这块不是我个人问题，你心里明白，为什么小我一半的村都比我贫困户村多建房指标，先前沐镇长走之前就给你交换过意见，他一走你就变了脸，你为什么不听取沐镇长的话，现在问题来了，把责任全推在我身上，好让我背黑锅。”陈远全冷漠暴吼道：“浅悠悠，你还有理了，你简直胡说八道，有证据吗？分明是你自己工作没能力造成的！”“陈书记，你还强词夺理。真是秀才遇到兵，有理说不清。”浅悠悠此刻无语，终于看清了面前这个表面和善的领导，在大会上滔滔不绝伪装的嘴脸，拉帮结派对抗沐之曦的人，浅悠悠毅然转身离开了他的办公室。

第一百零九章　扶贫整改

今夜，浅悠悠注定无眠，时而辗转反侧，时而望着窗外，寂静的月夜，今天的事不能让沐之曦知道，让他安心地好好工作。霓虹灯下，灯光璀璨。她反复自省自己在工作上的不足之处，时时心系在扶贫工作上，每天一早醒来就是思考扶贫工作。一会儿感慨万分，一会儿起床写整改村精准扶贫工作方案，力争把工作措施落到实处。自己深刻认识到农村还没有达到小康水平的贫困户，生活比较困苦，所以要进行扶贫，确定贫困户，要做好实地的考察情况，确保真正能帮助贫困的人，提高生活水平。

回顾2018工作，梧桐村两委及驻村组着力在精贫户的识别、脱贫规划、扶贫项目实施，贫困户帮扶四个方面务实工作。

浅悠悠的手机铃声响起，看到是风云来电，心猛地一沉，不会有什么事吧！不禁有些紧张，接过电话有气无力："风云哥，啥事情？""悠悠，你最近好吧！我听说你那个扶贫工作检查出了不少问题。特别是精准扶贫的住房和三类人群住房安全问题要高度重视。紫萱昨天下午把情况反馈给沐之曦，沐之曦已经告诉我父亲，父亲知道下面的人在故意为难你，所以，对这件事很重视，吩咐我转达他意思，你要马上写份情况报告给他，父亲要亲自过问这件事情！"浅悠悠心头一亮，紫萱真是好姐妹，立即精神振奋，干劲十足。嘴里不停地说着感激话语："感谢风区长，感谢风云哥。"风云微笑道："我现在也想开了，以前，我是对爱冲晕了头脑，总是伤害你无度，你我既然没有夫妻缘，我不再强求你！我们依旧是知己，是同窗好友。”浅悠悠感动道：“风云哥，你的想法就对了，你又回到从前的你了，我们本来就是好朋友啊！”风云的情绪伤感起来，他在深深地叹息，声音略带沙哑。“悠悠，以后无论遇到什么困难尽管给我讲，哥就是你身后的精神支柱。”浅悠悠有些感慨道：“风云哥，你是怎么改变的呢？个人成长率变得很快。”风云的声音低沉下来，恨恨道：“有个女人是“让我改变。”那就是女骗子阿美！她肚子里怀的孩子不是我的，以后你不要和她打交道！”“啊！是这样子的。”浅悠悠神色惊讶不已，另一边风云点点头，续道：“悠悠，哥预祝你幸福，我要去北方发展了。”他热泪盈眶，多想听听浅悠悠挽留他。那知浅悠悠嫣然一笑道：“风云哥，我支持你，趁年轻好好出去干一番事业。”风云又失望道：“悠悠，你也要加油哦！”“好，再见风云哥。”浅悠悠欢快地放下手机，今晚有了风云的暖心话语，她心情舒畅多了，又甜蜜地想起沐之曦在背后暗中帮助她。

翌日，浅悠悠又恢复了往日风采，简单地吃过早饭，骑摩托车往梧桐村飞奔而去，来到村办公室召开紧急村两委会议，把问题清单一一梳理出来，把如何整改报告，材料报给镇扶贫办再上报区扶贫办。接着召开村社长社代表群众代表党员大会，把有问题清单通报再征求他们意见，集思广益。再紧接着又召开贫困户三类人群会，这个会浅悠悠特别强调和做有关政策上的解释工作，吴康在会上更是狠狠批评质问他们，口里带着脏话：“龟儿子张同，你为什么要说不认识镇帮扶干部叶如梦，她是我们村驻片领导，她不是经常来你家吗？”张同地回答，让大家哭笑不得。“吴老革命，我是在故意整她，平时看不惯她高高在上样子，说话高声大气的，不喜欢她，就是对她不满意，我喜欢浅书记轻言细语的对人好。如果问浅书记情况，我不仅回答很满意，还和浅书记很熟，浅书记对人很好！”

台下一片哄笑声，吴康使劲地拍桌子吼声如雷。“请大家少安毋躁，这是那跟那的话。”浅悠悠表情严肃也在旁边补充说道：“张同，这是你不对，即便叶委员脾气大点但所有的惠民政策，尽心尽力让你都享受到，D级危房修建，低保金，残疾人补助，自来水安装入户。村里为办这些手续跑了不少路，费了不少神，我们要一分为二看待问题，你知道吗？就因为你说了不该说的话，我和吴老革命都被上头批评，村被整改还被扣分扣工资。”张同听了她这番话，面红耳赤的，羞愧得不知所措，双手一会儿不停地搓手，一会儿尴尬地挠了挠头。“浅书记啊！我错了，不知道事情发展得这么严重！我原本只是说说气话而已，下次不敢了。”浅悠悠点点头微笑道：“张同，知错就改是好同志！”她目光又注视到宋友身上。“宋友叔，我给你解释道歉一下，关于你家门前未迟迟修公路一事。头次民调问你，出行方不方便，你回答是不方便。为何现在迟迟没有修成公路，其实我心里比谁都着急呢？一是：最近下雨阴雨不断，二是：资金缺口差一大半，三是：陈和的土地死活不同意调整。你说怎么办，帮我想想办法！”宋友听得把头低得更低，一直没有回答浅悠悠问题。台下黄金贵自告奋勇，激情昂扬说道：“浅书记，我和陈和很熟悉，我们以前是喝酒的弟兄伙，我去做做工作试试看。”“那就拜托黄大哥了，浅悠悠和风细雨道。同志们！关于有几户的清洁卫生问题，我在会上不点大家的名，多次在会上或走访时宣传，有些人就是听不进去，以后我们对你们实行效率挂钩考核，清洁卫生没搞好的，一律扣钱不发清洁卫生费……”浅悠悠在村会议室整整开了二天大会。把问题的根源分析透彻，然后实施行动，把全村危房清单理了出来，开始入户重新排查走访，不能漏掉一户。特别是把急需要解决的问题，理了个名单。接着把村里致富带头人茹菌厂春涛，花卉茶叶，果林园区企业业主们全召集开会，座谈会上邀请了分管农业副镇长黄宝山，研讨如何让贫困户入菌厂扶贫车间入股分红的问题，并报方案给镇扶贫办。末了，吴康望着她日渐消瘦的脸庞，心疼道："悠悠，你就不能给自己放半天假吗，休息一下吧！"浅悠悠微笑："吴老革命，你也不是一样的吗？也没有休息啊！"吴老革命眼眶里泪花闪闪："我是长年在农村跑的人，皮糙厚实的。"浅悠悠被他逗得哈哈大笑起来。春涛最近总往村办公室跑，他烧菜方面是一把好手，煎炒煲汤全能，经常给大家送来可口喷香的饭菜。说时时忘不了对大家的帮助。滴水之恩当涌泉相报，说没有大家就没有他今天的幸福生活，春涛现在脱了贫致了富，说话的语气有分量了。还帮助很多人脱了贫，曾经的梦想终于实现。村里人都羡慕着他，他也热心援助村民不少。昨晚上，脱贫户游全家，被忽然而来大风大暴雨吹得面目皆非，屋后一棵大树被大风掀翻在土瓦房上，顿时嚓咔一声把房屋顶上戳个大洞。倾刻间，屋里全灌满水，幸亏他及时跑了出来，不然有可能发生生命危险。当浅悠悠接到游全电话后，她与时间赛跑，立马给春涛，尧云社长打电话，春涛和游全都是本社人，春涛离他家不远，此时他不在家里还在菌厂基地忙碌着。听到消息后，春涛着急丢下自己手中活儿，立即驾车赶往现场和尧云社长一起把游全劝到春涛家暂住。浅悠悠和吴康深夜冒雨前往安抚，安排游全住宿。翌日，春涛安排工人和尧社长一起，把游全整个房屋全新修缮，焕然一新，而春涛花费的人工费和材料费达一万多元，屋后的竹子因为离房屋近，也砍了少许。浅悠悠劝道："房屋灾情可以报镇上解决。"春涛微笑说："用不着，这一万多元他自己捐赠，不要政府出。"浅悠悠忽然领悟到习近平主席为什么要号召贫困户发展产业的深刻意义，因为可以带动其他人劳动致富了。

第一百一十章　我愿摘一朵白云，送给天边的你

翌晨，碧空如洗，天空飘着几朵白云。浅悠悠刚到村办公室门口，正碰上于英和吴康俩人迈开脚步出门呢！“你们去哪里？”浅悠悠微笑招呼道。“悠悠，村里土霞老母亲昨晚过世了，我已经通知社长和社代表在她家等着。我们要去她家里宣传发放丧事简办的倡议书，提倡移风易俗，新风尚节俭质朴。听说要办几十桌席，这个死婆娘，等我上门去收拾她。这个死婆娘我收拾得住，没问题。”吴康又开口骂脏话，瞧见浅悠悠眉头紧锁，他懊悔使劲拍拍光秃秃脑袋。不好意思说道：“悠悠，吴叔多有得罪，我们出去了哈！马上回来”“吴老革命我就不去了，我还要统计全村精准扶贫贫困户的最近收入情况，考虑如何给他们打开销路问题，等你们回来我们在商议。”浅悠悠把自己思路抛了出来。“好的，辛苦你了！”得到了吴康的点头赞许。浅悠悠正忙碌着统计，刚告一段落，她情不自禁地伸伸懒腰，伸直腿，感觉神清气爽起来。只听到微信声“嘟嘟”响了一下。“早上好！亲，今天是周末星期六，你现在在干嘛呢？”沐之曦在微信里深情地聊天，接着，有张拥抱的图片表情发了过来。浅悠悠心里乐滋滋的，急忙在微信里回复。发调皮的表情，图片过去，“之曦，我在办公室里做表等他们回来商量事情呢？现在在等吴康他们回来，商议各社登记危房改造的花名单。”浅悠悠聊着聊着心

情很激动，想起大家以前辛勤付出的点点滴滴，走家串户到贫困户家去做思想工作，早出晚归，风雨兼程，披星戴月，用艰辛付出心血和汗水，浇灌出幸福之花，以前所有努力的成果，收获了今天一份丰硕劳动果实。“之曦，今天报告你一个好消息，想征求你的意见，给我出出主意，如何打开销路问题，听听你的好建议。”“可以的，悠悠，你说吧！我在洗耳恭听呢。”沐之曦轻柔地说话，那悦耳动听的声音似拨动浅悠悠的心弦，心海波澜起伏，让她心动不已。“今年的贫困户无论在种植业，还是在养殖业上，获得了明显的大丰收。目前，全村贫困户的急需销售的是，黑白糯玉米包谷产量达三万多斤，按价格最低 2 元一斤计算，收入为 60000 元左右。鸡 400 只，按价格 10 元一斤计算，收入为 32000 元左右。鸭子 500 只，按价格 7 元一斤计算，收入为 17500 元左右。鸡鸭蛋 1000 个，按价格 15 元一斤计算，收入为 15000 元，还有蓝莓李子桃子收入，共计收入约 100 万。还没有说如菌类、茶叶，花椒的经济收入呢？……”

“哇，你真棒！算账算得头头是道的。这真是件值得高兴的事，我以后就可怜了，遇上会计师美女，想偷偷存私房钱都难哦！唉！”他故意在逗她。还发了张好可怜的表情图。“哼，你不知道我曾经在财政局呆了几年？我不是不讲道理的人，你的工资本本你自己保管，我来当财政部部长。”接着，浅悠悠发了一张得意的表情图片过去。沐之曦滔滔不绝起来：“悠，要说销路方面问题。一是靠朋友圈，二是建立消费扶贫平台，消费扶贫平台成立几家实体店，依托电商平台优势，拓展销售商品渠道。在产业扶贫中，销售是非常重要的环节。消费扶贫的模式不同于以政府为主导的常规扶贫工作，其最大特点是动员社会力量参与拓宽销路，为扶贫产业解决了后顾之忧，这既兼顾了市场化的特点和优势，也极大地激发了公众的责任感。”“之曦，你说的销售方式让我拓宽了视野，谢谢你！”只听到手机铃声嘟嘟响了好久，沐之曦不停发照片视频过来，浅悠悠仿佛置身于在画面中，那熙熙攘攘人群，万头攒动，拥挤不通。人们在街头门面前争先买东西热闹场景，透露着浓郁的商业文化和生活气息。“之曦，这是在哪里？深圳东门老街，深圳东门老街东门商业街又称东门老街，真实地记录着深圳城市发展的一段历史，东门商业街是现代化深圳的历史阶段见证，是深圳市历史文化积淀的一个组成部分，是深圳人的根。东门老街也就是深圳的东门，是一条商业步行街区，是深圳现代化发展的见证之一，在这个地方商业气息浓厚，游客们不仅能购买各类衣服，而且还可以品尝各类美食。深圳建特区后，老街又理所当然地成为最早的商业中心，长期引导和左右着深圳的消费潮流。透过次第林立的店铺，熙攘的客流，摆满街面的各色传统商品和曲折幽深的小巷，可见具有鲜明岭南特色的民居，骑楼、庙宇、书院、祠堂、古钟、石板路和有百年生命的古树。”沐之曦娓娓动听又具体地把深圳东门老街，仙湖植物园这些景点基本情况，经济发展的历史，给她叙述了一遍。让她增加了不少见识，拓宽了视野。约摸过了一个小时左右，一幅幅美丽如画的图片发了过来，“哇塞，蓝天白云大海的照片，美得惊艳，自然安详祥。天蓝水蓝，山水之间。”浅悠悠情不自禁地想起一首歌。“大海啊故乡歌曲。沐之曦不约而同地合着节拍唱了起来。小时候妈妈对我讲，大海就是我故乡，海边出生海里成长，小时候妈妈对我讲，大海就是我故乡，海边出生海里成长。”

“之曦，我喜欢大海，我喜欢这样的海——因为，它纳百川，藏千壑，它有宽广的胸怀；因为，它美丽，它变化多端，有着神秘的气质；因为它勇敢，它坚强，它敢于斗争，不惧失败。美丽、迷人的大海，广阔无边，你蕴藏着多少故事啊！”沐之曦憧憬着幸福美好的未来。“悠，我想起海子写的诗歌。面朝大海，春暖花开。我俩那么地喜欢大海，以后我在这里买一间小屋，每天让你看大海日出景色。过着日出而作，日落而息的生活，晚上望月亮数星星，一抹微笑，烧一壶清茶水，着一阙新词，看星光璀璨，听田间地头蛙鸣。悠，既然你这么喜欢白云，我愿摘一朵白云送给天边的你。”浅悠悠幸福调皮道：“之曦，我要你马上摘朵白云给我戴上。”沐之曦笑哈哈道：“悠，你看，我把白云摘来了！”只见一张白云图片发了过来，浅悠悠见状，浅笑道：“之曦，我要真的白云啊！”沐之曦：“好啊！宝贝，我马上去摘一朵献给我心中的女神……”

第一百一十一章　你为什么不告诉我，你在外地扶贫

沐之曦一行人经过长跋涉，翻山越岭。傍晚，终于来到黄家省永安乡科学贫困村。村支书，彝族人，吉乃阿木（汉名：蒋继平）热情接待他们，安排了他们的住处。吃过简单的晚饭，不过是些土豆、玉米、荞麦、大米等。副食型食物有肉食类、豆类、蔬菜类、调料类之类的作为主食。沐之曦作为扶贫组长和蒋继平亲切地交心交谈，然后蒋继平告别他们。当夜色降临，山风刮起，摇曳着片片树叶发出哗啦啦的声响，鸟儿瞬间乍惊，发出心惊肉跳的叫声，在深谷中久久回荡。这里的条件恶劣到通迅都困难，打电话不断变化地理位置才接通，这是一处海拔 3000 米的山顶上，虽然是五月天气，却冷得不寒而栗。隔壁房间的扶贫小姑娘白雪吓得哇哇哭喊起来。蔡波一路走来，身心疲惫，患了风寒，不断地咳嗽不已，正在给蔡波熬草汤药的沐之曦，急忙端给他喝后，又急速到了白雪房间，坐到床前，白雪却紧紧地抱着他，很害怕的表情，哭得很伤心。“沐组长，我怕，你陪我睡觉吗！”沐之曦轻轻地松开紧抱他的小手，微笑道：“白雪，别怕，有我和蔡波在旁边呢！快睡觉吧！明天一大早要起床，徒步走山路，走二个小时到社开会呢！”白雪皱眉道：“沐组长，今天我们来就是坐船走水路再爬山二小时，已经累得很了，明天还要出去啊！”沐之曦呵呵笑道：“小姑娘，快睡吧！”白雪望着眼

前英气逼人的帅哥，心里暖暖的，很依赖地点点头，慢慢地进入梦乡。沐之曦望着白雪好看的脸，渐渐进入梦乡后，轻轻地回到自己的住处，瞧见对面床上蔡波已入睡打起了呼噜声，他却无眠，转辗反侧，十分地想念起远方的浅悠悠来……

时间过得真快，又过了三个月，浅悠悠正在村里忙扶贫的事。电话响起，浅悠悠见是蔡波打来的电话接起，不禁笑道："老同学，上班时间，你不忙啊！"那边的蔡波却扯着沙哑嗓子道："沐组长，没有告诉你吗？我们驻在扶贫村里！忙呢！"浅悠悠惊讶不已，一脸不相信。"你说什么沐组长，我搞不懂？"蔡波简单把到黄家省永安乡科学贫困村情况告诉了她，末了，他脸色凝重道："悠悠，我们现在在乡里医院，沐组长为救村民的一头牛，脚骨折受了伤，可能要在床上躺着半个月才康复呢！"浅悠悠焦虑不安道："老同学，快把你手机递给之曦，我要听到他的声音。"沐之曦正在病床上疼得龇牙咧嘴的，石膏打在脚上，不能移动。所以蔡波开了免提在听。"之曦，怎么样，好点没有。"浅悠悠痛惜不已，声音低落。沐之曦额上冷汗直冒，表情痛苦道："好得多了，请放心，我……我没事的。""你为什么不告诉我，你也在扶贫！经常给你打电话都不通，我很着急。"浅悠悠有些艾怨。"悠悠，我怕你担心我，所以……所以没有告诉你！以后发信息给我吧。"沐之曦的眉头紧皱在一起，痛苦不堪。一旁边蔡波见状，抢过手机道："以后你们再聊吧！沐组长疼得汗水直流呢！眼泪都出来了。""之曦，你一定好好保重身体啊！"浅悠悠几乎哭出声来，眼泪像断了线的珍珠直流，他的脚疼，仿佛是她身上的一块肉，心如刀割，只好挂断电话。多想飞到他身边啊！可现实没有时间啊！要紧紧的抓住时间露出来的尾巴。现在是扶贫工作关键时刻，不能有一丝马虎。沐之曦一脸茫然，回想清晨的事，心惊肉跳的，差点真见不着心爱的人了。阿衣，汉名：杨美姑娘在陡峭山坡上赶着牯牛，到不远处田地耕田，阿爸阿妈在哪里等着她呢。由于走得过急，不知怎的，牯牛忽然变得暴躁起来，向前狂奔，向悬崖峭壁边跑去，杨美使劲拉着绳子，不但没拉着牛，反而被绳子引力带动着，同样向悬崖边移动。这里人烟稀少，鸟无绝迹，在这千钧一发时刻，沐之曦和蔡波路过，他俩在画每个地方的地图路线，见此情景，沐之曦一个箭步，跃过牛身，使劲往回拉，杨美和牛终于停了下来，他的脚不小心一滑，从悬崖上掉了下来，自己差点掉入万丈深渊，下面是汹涌澎湃河流，幸亏自己身怀绝技，顺着峭壁滕萝爬上来，脚裸处却严重受伤，他被紧急送往当地乡医院治疗，沐之曦到现在手心还捏着汗水……

第一百一十二章　春总发大财了

今晚，浅悠悠也无眠，转辗反侧，十分地想念起他来，担心他的脚伤，思念如春草般疯狂地长，遥望皎洁明月悬挂夜空……翌晨，浅悠悠刚到村办公室。春涛把新买的宝马 X5 车停在村办公室大门前，引来众多人围观。在大家的羡慕眼神中引起一片片啧声。“春涛真了不起。”“发大财了”“哇塞，听说要好几十万呢！”春涛迈着轻快的脚步上了二楼办公室。“悠书记，我回来了，今晚上邀请你们去何川区皇冠五星级最豪华的酒店吃饭！”春涛笑呵呵地痴迷望着她。随后，春涛春风得意地拿着新车钥匙在浅悠悠面前晃动，随即放在桌子上，拉过一张椅子与浅悠悠面对面坐了下来。浅悠悠抬眸乐哈哈道：“春总发大财了，你出差这么久回来，看来收获不小啊！”“是的，浅书记，这次去了几个大城市商场，农贸市场等签订了五百万元的合同呢！销售商都先付三分之一的保证金打在我账上。现在根本不愁销路问题，货还紧缺得很，工人们都在加班加点地忙着呢，还增设了帮手请来邻村的老百姓来帮忙！等这段时间忙过后，我准备修自家别墅办农家乐了。”浅悠悠佩服得竖起大拇指。“春总，你真牛，不过办农家乐的事我们要总体规划。”“悠悠姐，我听从你安排。”浅悠悠笑吟吟地起身给他倒了杯开水递给他，春涛举起杯子，咕咚一饮而尽。春涛又重复道：“浅书记，今晚，我请你们到皇冠五星级酒店吃饭，我曾说过，发财了就请你们吃大餐的。”吴康进门看到春涛来了，立即跑了过来，有力大手使劲地拍着春涛双肩，激动万分地说道：“春涛，你这龟儿子今天终于有出息了，久违的高级酒店，我还没有去吃过饭呢！当然要去的。”“吴老革命，我们还是不去的好，有明文规定不能大吃大喝的，何况是老板请客，我们是党员有组织纪律规定。”浅悠悠拒绝了春涛的邀请。又想起那次去酒店的尴尬，差点被风云骗上床上的情景，时过境迁物是人非，不禁有些唏嘘起来。正抬眸与春涛目光对视，春涛眼里满是期盼目光正等她回话呢。浅悠悠急忙把朦胧的泪眼移开。“春总，你早已把我借给你钱还了，还请客花费这么多钱干嘛，再说影响不好呢！”浅悠悠低沉地说话，吴康却在一旁边，满脸不高兴的神色。“悠悠，你不要胆小怕事，春涛现在是村里的名人，又是致富带头人，是咱村上的喜事。本村老板，我们为他接风洗尘是应该的，如果你不去我们去就是。”“悠悠姐，我今晚上不光请你们吃饭还请驻村组、区上的领导也要来的。”“啧啧，你听听春涛多有本事，上面领导他们都要来，悠悠，你还不赏脸啊！”“既然是吴老革命都说到这份上了，那好吧！晚上简单点，不能喝酒，我请你们吃个便饭！”浅悠悠应允下来。吴康高兴道：“这就对了！春涛，后天你龟儿子有空没有？村两委要开个大会，具体参会人员是社长，社代表，群众代表，党员，贫困户，我请你来给大家上课培训菌菇类技术，到你菌菇类基地实地参观。”春涛：“吴总支书，即便我再忙，也要听从你老人家的安排。”吴康乐哈哈道：“你这小嘴真的是越来越甜了，龟儿子，老子喜欢你性格，爽快！”“吴老革命又在说脏话了。浅悠悠悄悄地凑到他耳边叮嘱道：“叔，今晚宴席上千万别乱开口说话。他现在是有身份的人了，叫他春总。”吴康：“对，叫春总，对不起，我一时高兴就忘掉了，又对你说粗话。”他又使劲地拍拍自己的后勺脑袋笑了，大家也跟着乐哈哈地笑了起来。何川区皇冠五星级酒店，前面有块宽敞的空坝，密密麻麻停放着许多小车，春涛迅速摇下玻璃窗，正探出头来看有适合的地方停车没有？这时迅速跑来年轻俊朗的男门卫，向春涛敬礼，在他的挥手示意下，车子正好在小位置上停下，大家陆续从春涛的宝马车里下来。顿时觉得眼前一亮，优美动听的音乐响彻耳畔，一个圆形音乐喷泉的水池呈现眼前，喷泉在灯光的作用下似雾非雾五光十色，好看极了。在音乐声中，徐徐的拉开了序幕，浅悠悠顿时眼花缭乱。直喷、旋转喷、斜喷……音乐喷泉犹如跳舞少女，伴随着音乐的旋律跳起了优美的舞蹈。最有趣的是音乐里唱起了《做你的爱人》歌曲时，喷泉组合成一道拱门。

第一百一十三章　之曦，你想得周到！

大家在啧啧声中上了台阶来到大门口前，一位身着制服挺拔伟岸年轻门卫男子，礼貌地为他们举手示意，刚进前台有位靓丽伶俐的年轻女服务员迎了上来，声音黄莺般动听，用标准的普通话问道："请问你们是吃中餐还是西餐，吃火锅，汤锅，海鲜……"春涛高兴地回应道："美女，我早已在网上订了单，888号单房间，火锅，微辣的。""好的，先生。"女服务员瞥了大家一眼，热情道："我带大家去888号房间。"浅悠悠瞥见服务员满脸轻蔑的表情，在前面疑惑地带路，其实，她一定在怀疑春涛的经济实力是对的，曾听沐之曦说过，这个房间吃饭出来，都是上万元的消费，主要是洋酒和红酒名贵，全是进口的，这里的火锅比外面贵一半，主要是鲜，嫩，味道美，请的是高级有名气厨师调配。除了春涛身着一身名牌，淡红色短袖扎着名牌黑皮带黑色长裤外，其他的人都穿着普通，但每个人精神饱满，干净整洁，神色自信，为进这家豪华酒店，吴康特意换了条平时最贵一百多元舍不得穿的裤子。众人进了888房间，映入眼前的景物，让大家大开眼界。一个风格奢华的餐厅，天花板上华丽的水晶吊灯，每个角度都折射出如梦似幻斑斓彩光。华美的欧式桌椅、小巧精致吧台，都漆成纯白色，处处散发着贵族气息。房间只有一张桌子上都摆放着一个白色的瓷花瓶，花瓶里粉色的玫瑰柔美地盛开，与周围的优雅搭配得十分和谐，这张能旋转的大桌子能坐30多个人，里面有单独的卫生间，设计很精致。另有一张茶几，几把椅子，高清电视墙，可看电视剧，可唱歌。大家都点了自己喜欢吃的菜谱，服务员出去忙碌起来，这个房间有四个专门的服务员，弄得大家很不自在。吴康把她们轰了出去，终于心情放松坐了下来，把腿放在椅子上，又说起笑来。“春总，我今天简直是刘姥姥进大观园了，像这样的服务让我好不自在啊！深切地感受到，这里有家味道，有可口菜肴，这里有温馨如家的环境，还有那周到齐全的全天侍候服务员。

浅悠悠的心，有些忐忑不安起来。不悦道：“春总我们还是退了房间吧！我们是有组织纪律，被老板请客吃饭不行的，何况这么贵。你看这么久了他们也没有到。”浅悠悠有点着急了，她心虚地看着大桌子上一个大锅，正在沸腾着发出诱人的火锅香味，桌子上摆满很多美味佳肴中餐菜。浅悠悠急忙发信息把这边的情况告诉了沐之曦，她的担心是有道理，叶如梦听到这个消息后，马上出大价钱请人偷拍照，他的名字叫摄影师，因堵车，正在路上耽误了些时程。春涛热情地招呼道：“大家快吃，他们今天有事都不来了。”大家兴高采烈地吃了起来。浅悠悠却担忧起来，他们怎么一个都不来吃饭啊。她机灵地找个借口溜了出来，来到收银台前，服务员告诉她，888号单房间的账款，全记在沐之曦头上，不用付的。“之曦，你想得周到。”浅悠悠深情款款地回了信息过去。“小傻瓜，我不付钱谁付啊！你快出来，我有事情给你说！”浅悠悠来到大门口外面，正好与摄影师擦肩而过，摄影师急匆匆进去，他悄悄地偷拍录888号单房间里吃饭情景，无意中又扫射了周边的环境，另一个角落，一个老板正把红包往陈远全衣袋里塞……粗心的摄影师高兴地把视频直接寄给了区纪委办公室……

浅悠悠急忙来到偏僻角落，想到沐之曦正等着她回话呢！眼前闪现他英俊面孔，思念如水，温情脉脉给他在微信里发了信息。“之曦，谢谢你帮助，我出酒店了。”“你这小傻瓜，你不长长脑子好好想想，叶如梦和春涛通话，怂恿他请你吃饭上钩，并告诉春涛，她负责请陈远全书记等吃饭，还让陈远全请区领导参加。其实根本没邀请他们。而是直接给他干爸告状，陈远全火冒三丈。紫萱告诉我，她偷听到叶如梦和春涛通话，紫萱立马给我留言劝你，我今天幸好在医院住院，手机信号好才看到这条信息。”浅悠悠倒抽了一口凉气，幸好！“之曦，谢谢你啦！你的脚还疼吗？”“今天，好多了，你以后注意点。”沐之曦皱眉叮嘱道！春涛的电话打了过来，浅悠悠接听是春涛着急的声音。“浅书记，你在那里哇，我给你打包带了炒饭，你刚才肚子疼好点没有。”浅悠悠刚才撒谎说的。“我好多了，我在皇冠酒店对面君子药店呢！”春涛放下心，高兴地说那我们来接你……浅悠悠在等车的同时，随便在药店买了药扫了微信，付款，反正肠胃不舒服时，吃两粒，有备无患，唉！怎么二次进皇冠酒店都不顺呢！

第一百一十四章　工作陷入困境

大家上了车，浅悠悠把刚才自己为什么借口出来以及和沐之曦对话都给大家讲了。众人惊出一身冷汗。吴康道：“没有想到吃顿饭，惹来这么多麻烦事。”春涛也懊悔道：“下次在我家里吃豆花饭，不再给浅书记添麻烦。”浅悠悠：“……”

这段时间，滂沱的大雨愁坏了浅悠悠的心情，让她心更冷。有句话俗话说得好，人要是霉运来啦，喝口凉水都要噎着哽着的。昨晚上，因大风大雨梧桐村景区的小湾子公路的滑坡严重，路旁有很多大树掀翻，公路重新修培。贫困户张红家的猪圈垮了，打死了一头猪，正在村办公室吵闹不休。最要命是春涛出事了，本来风生水起的他意气风发，忽然销路出了问题，货积屯得太多和对方合作得好好的，忽然之间与春涛撕破脸。这是一家在全国有声誉实力强大的龙头企业。刚煮熟的鸭子不翼而飞，春涛工厂暂停产，菌厂二个多月的工人工资发不出去，他们聚集在一起，跑到镇上区上去闹。区压镇镇压村一级级压下来，村只有跑断自己的腿，浅悠悠和吴康急得热锅上蚂蚁……

镇政府门口站满几十个村民，他们举着还我血汗钱的标语喧哗着，派出所民警机关干部与他们对峙着，镇村干部轮番上阵做群众的工作，浅悠悠拿着手提喇叭，激情昂扬。“父老乡亲们，我知道是你们的血汗钱，现在正在想办法保证把工资发在你们手中，这样聚集闹事会触犯法律，多想以前春涛对你们的好吧！给你们的高工资不说，还家家盖起新修楼房，是谁的功劳？现在他暂时有困难，陷入困境。大家都是本村本土人，别把他往绝路上逼啊！”这时，民工刘狗儿，想起老婆霞生孩子的事。那天夜晚，霞忽然提前生产，还是难产，幸好是春涛雪中送炭把自己妻子送到城区大医院，及时救了他们母子一命；寡妇金桔，想起在春涛菌厂上班，春涛至今还资助两个孩子上大学的事……大家不禁想起春涛的好处来，陆续有人离开。领头的是民工凌尧盛气凌人，煽动着大家的情绪。他是叶如梦家的远房亲戚，闹得最凶的带头人。叫嚣道：“父老乡亲们，别听她的，难道你们的血汗钱不要了。浅悠悠，如果你工作了二个月不发工资给你，你试试看！我们走可以。”他把双手掌伸出来，阴险地怪笑着。“但必须今天之内要领钱。”凌尧今天是吃定了浅悠悠，闹得不可开交，闹得越大越好，叶如梦越满意。于是，剩下不多的民工又继续情绪高涨起来，任凭大家怎么劝解，无济于事，他们迫切要看到现钞票，浅悠悠很担忧想到只有唯一解决的办法——那就是钱！……

陈远全办公室里，他踱着方步来回走动，像头暴跳如雷的狮子，气急败坏地冲浅悠悠等人骂着吼着。春涛身心疲惫，两眼布满血丝，耷拉着脑袋，不知如何办才好。楼下的工人们还没有散去，双方对峙着，时间一分一秒过去，转眼间消纵即逝，像打一场无硝烟的战争，风云涌起，来势波涛汹汹。几次派出工人代表出来谈判未果，不付清二百万余元工资，工人不会撤离。因为，有些资金还没有回笼。春涛咬牙把城里别墅在银行做了抵押，心爱的车子只卖了个半价，现在，他又变得一无所有。还差一百万元的资金缺口外债，到哪里去借呢？浅悠悠内心嘀咕着，歉意的目光睁了眼吴康，他低头也沉默无语。以前是她怂恿下让他也入10万元的股，现在血本无归，陈远全冷漠着脸朝她咆哮道：“浅悠悠，要不是你急功近利，出什么风头，春涛没办菌厂前有多好！还一屁股欠债不说，我陈远全还被区领导严厉批评，我的脸全被你丢尽了！”

浅悠悠心情坏到极点，让她情绪失控。“陈书记，你不要把责任推得一干二净的，工作政绩就是你们的，问题来了就是我们的责任。当初菌厂红火时，财政的纳税大户是谁？是春涛啊！”“浅悠悠，你还有理了，过去有沐之曦、风云给你撑腰，现在光景大不同了，你就等着上级对你的处分吧！”陈远全冷哼道。

第一百一十五章　你不当村第一书记，自然有人当

“陈书记，其实，我们应该面对当前的局面，齐心协力的应对方案，比如召开座谈会议，商议如何解决，不是互相指责的时候！”浅悠悠一针见血劝道。陈远全有他的小久久算盘，他是借这次风波起推波助澜的效果，借机把浅悠悠的光辉形象抹杀掉，踢到财政局去，这是他和叶如梦的心愿。陈远全听到浅悠悠话里有话，有揭他伤疤的意思，陈远全恼怒道：“你是怪我没有能力吗？”浅悠悠又续道：“如果全怪在我头上，我怎地承受得起，大不了我辞职不干！”浅悠悠情绪有些激动起来。陈远全冷哼道：“好啊！不干没人逼你，但今天你必须把事情处理好再辞职，别自以为了不起，现在人才多的是，你不当村第一书记，自然有人当。还有件事，我还没有给你们算账，你们进豪华酒店大吃大喝的事举报信到区纪委了，同时也转到我这里了。3个月前的某天晚上，你们心里最清楚，你们自己看照片。当大家看到在酒店吃饭照片，大家惊讶不已。”“他娘的，这明明是沐镇长付的钱我们不怕查。”春涛和吴康几乎同时说出。陈远全脸上泛起冷笑，反问道：“你俩都是参与者谁相信你们的话，你们进豪华餐厅更是不应该的。”吴康反驳道：“我就不相信进回高级餐厅吃顿饭，就这么严重，再说我们也在学习酒店的理念，说不定我们景区以后用得上呢！”陈远全冷哼道：“吴康，你这是强

词夺理！”然后，他阴霾的眸光转向浅悠悠。“特别是你，浅悠悠，一个副局级干部更加脱不了干系。你等着组织上的处理吧！真应了你那句话！只有辞职了！”浅悠悠冷眸得瞧瞧面前那张脸，那张面色倏尔变得更加难看。浅悠悠泪水夺眶而出，想起自己呕心沥血的工作情景场面，委屈愤懑的表露出来。“造成今天的局面魁首是我？清则清，浊则浊，陈书记如你所愿……我会呈递上辞职报告的。”浅悠悠摔门而出，吴康、春涛随身跟上，身后听到陈远全的吼叫声。“浅悠悠，明天一定把辞职报告交来！”浅悠悠一路泪眸地在一处偏静的地方，给远方的吴胜利发了信息过去，把春涛的菌厂停产的原因，事情经过原委详细地讲述一遍。很快吴胜利回了电，答应帮助春涛再渡难关，暂借 200 万元流动资金给春涛，吴胜利关怀地微笑道："浅悠悠，我开出条件很简单，我们需要你，别在这里受气了，答应我，去我那里去工作！”吴胜利的语气像阳光般温暖又续道："悠悠，你是一位不可多得的人才，勤奋认真，有创新意识，更适合在企业工作。来吧！到我身边来工作吧！你多多陪伴你玉兰姨，她很寂寞的，经常在我面前提起你伤心落泪。”吴胜利没有明确地告诉她，自己是她亲爸，忆往事甜蜜点滴，浅悠悠是他们俩的开心果！浅悠悠听到这话感动不已，自从与他们夫妻有缘相识后特别对她好，外出学习锻炼一年的收获，获得更多的是不仅是吴胜利叔给了她慈父般的温暖，更给了她人生目标奋斗导航，让她心胸如大海宽广无比。当晚，玉兰深知女儿深陷困境，对一个才华横溢的人才却受到如此不公平，她非常的不服气，不能让女儿就这样离开岗位，需要讨个说法，拨通了远方大哥玉暮雪的电话……

夜幕降临，春涛的资金终于到位。民工们领了工资相续散去，大楼里又恢复了昔日的平静，浅悠悠一块石头终于落地，不禁长长松了一口气。春涛英俊的脸上有了笑脸，随之带着哭腔，含泪道："浅书记，我对不起你，让你受苦受累受委屈不说，还让你工作受了影响。”吴康怒骂道：“你这龟儿子，怎么不争气点呢？这是把悠悠往死路上逼啊！”说着吴康不好意思地摸摸自己的肚子，浅悠悠也条件反射有同感。不禁笑道：“从早上到傍晚我们都没有吃饭，现在肚子都唱空城计了，咱们走，吃饭去啰。”三人来到镇上一家豆花饭饭馆，里面的生意火爆，浅悠悠大声喊道：“老板娘，快给我们一人来一碗豆花。”说罢，三人把辣海椒拌好佐料放上桌时，人称豆腐西施女老板笑容满面地把三碗热气腾腾豆花端上桌子，豆花清香味扑鼻而来。豆花海椒拌着干饭，实在是很好吃，小镇上的朴实规矩，让你想吃豆花多少碗不另外多加钱，还是那个价钱。浅悠悠狼吞虎咽地，好像秋风扫落叶，吃得人马仰翻。最后，她悄悄地摸摸自己的肚子，吃得好胀。浅悠悠抬眸看见吴康也用纸巾抹嘴角一粒饭，最后一个放下碗。浅悠悠付款时悄悄多给 10 元，等豆腐西施反应过来，手上拿着 10 元钱，呼喊着追出来退还她时，三人已回到浅悠悠的出租房里。浅悠悠热情地招呼俩人坐下，分别给他俩递上一杯热水。面朝春涛笑道：“春总，这是怎么回事？你从没有提起过农民工工资的问题，今天忽然爆发这事件？”瞥见春涛刚吃过饭，喝过热茶，疲惫的脸色顿时红润起来。他深深地叹息，低头不敢看大家迷惑不解眼神。“吴老革命，浅书记，我只是不想让你们担心受怕。”他深邃的眸子陷入深深回忆，娓娓动听地诉说着事情的经过。

原来，春涛与黄江市张晓磊总裁在生意上是合作伙伴，好朋友。张磊有位独生女儿掌上明珠张哆，人长的美丽可爱。每次春涛去签订合同时，她总是热情似火腻歪着他。主动向春涛表达示爱，无奈他就是不开窍，视为不见。再说，张晓磊也有意撮合女儿和春涛的好事，限春涛在二个月内，答应这桩婚事。春涛没有应允下来，心中还有浅悠悠的影子，张晓磊一怒之下，撕毁双方合同，停止一切交易，迟迟不给他打款来。春涛的大生意都在这里，这么一搅和，真要了春涛的命。本以为张晓磊不会做得这么绝，欠着春涛的几百万元款一直在找借口，春涛着急得热锅上的蚂蚁，昨晚上在与张晓磊通电话时，被路过的民工凌尧无意间听见他和张总的对话。凌尧平时对春涛有钱很是眼红的，他听到此消息后，立即散布谣言，民工们一直以为春涛很有钱，欠一二个月的工资大家认为没有问题，属正常的事，但在凌尧煽动下，情绪高涨，他们跑到镇上闹，到区政府上访。

第一百一十六章　沐之曦，你怎能负我

“事情的经过就是这样的，你们惩罚我吧！”春涛说完像个认错的小孩子低下头。“你这龟儿子，这么好闺女干吗不娶啊！让浅书记受这么大的委屈。你不知道沐镇长和悠悠是相爱的一对？”吴康怒骂春涛不懂事。这时，浅悠悠的手机铃声响起。“是紫萱打来的电话。”吴涛和春涛也没有说话，仔细地聆听，以为紫萱能带来什么好消息，谁知，浅悠悠刚开始微笑地接听，随之，她的脸色惨白，大口大口地喘气，随之，她的身子蹲了下去，眼泪像断了线的珍珠，不停地往脸上流淌。拿手机的手颤抖不已，十指松开，手机也随之下滑，摔落在地上，手机里仍在响着紫萱愤慨激扬的声音，传出来的消息，让大家震撼不已。“悠悠，我才知道的坏消息，是区民政局的小姐妹枫真告诉我这件事的。就在今天上午，沐之曦和叶如梦在区民政局办理结婚手续了。沐之曦，你这个负心汉，好糊涂的混蛋！”紫萱愤愤不平骂道。春涛见此情景，气得两眼冒金星，对着电话吼道:“紫萱，你别再说了，好不好，浅书记已经伤心欲绝了！”说完迅速帮浅悠悠挂断了电话。此时，空气紧张得暂时凝固，一片沉默声。两个大男人不知所措，俩人立即把浅悠悠扶到寝室扶到床边，几番安慰一番，急忙转身离开，让她好好地静一静吧！春涛一直暗恋着浅悠悠，见她此时面色如此痛苦不堪，心中对沐之曦的爱如此深刻，不禁叹息道，不能再给浅悠悠添乱了，他决定和张哆和好如初，娶张哆为妻，下定决心把企业做大做强，这样做才能对得起浅悠悠，决不辜负她的希望。浅悠悠呆呆地坐在床上，双眸失神，嘴里自言自语道："沐之曦，你怎能负我！我们曾拜过梧桐夫妻树，曾行过夫妻礼……"她悲恸地唱起，《大出殡》主题歌词，"情悠悠，恨悠悠，几代悲欢几代愁。漫漫人生路，处处有关口，你也走，他也走，弯了腰，白了头。多少爱和恨都付水东流。"……黑夜里，天空不忍心看到浅悠悠肝肠寸断的哭泣，也忧伤地下着大雨。今晚本是十五的月亮，泪眼无限惆怅，霜露浓重冰凉。浅悠悠悲痛欲绝地跑了出去，凛冽的冷风迎面吹来，全身上下哆嗦着，刺得她心脏更加冰冷，心灰意冷的她全然不顾，像尊雕像般伫立不动，任凭风吹雨打！直到上晚课放学回来的夏桐花看见，哭喊着强行把她拽回房里，俩人抱头痛哭成泪人。后半夜，躺在床上睡觉的浅悠悠，忽然感觉后背一热一寒，时而发热时而发冷，发起高烧来。迷糊中的浅悠悠说起了糊涂话，泪流满面梦呓着。"之曦，你为什么要离开我，你曾说过要做你的新娘子的。"老神仙住在紫薇宫，伫立在乾坤镜前，看到徒儿面部表情，如此痛苦地撕心裂肺的，他捋了捋长长白胡须。叹气道："真是孽缘啊，世人皆为情所困，来也空空，去也空空，到头来皆空空，还是当神仙的好，乐逍遥。徒儿，你好自为之吧！"说完老神仙腾云驾雾去赴东海龙王家寿宴了。夏桐花从没有见过浅悠悠如此伤心哭泣过，吓得哇地大哭起来，急忙给紫萱打求救电话。"紫萱姐姐，快来啊……"紫萱急忙把浅悠悠送进凤凰镇中心医院住院。而另一个地方，紫萱说得没错，沐之曦和叶如梦刚到区民政局领了结婚证回来，他们一点没有张扬，只是很低调地秘密进行着。为什么这忽如其来的变化，反差如此大？事情有原因的。原来，沐之曦为的是不让浅悠悠知道。何川区蓝天医院里，沐之曦正痛苦万分地坐在病床上旁边，他正伤心地默默看着紫萱发来的一条短信息，浅悠悠生病了，发高烧了，这下你高兴了。此时此刻，他内心焦虑万分，双眸红肿，布满红红的血丝。沐之曦多想回到她身边看望她照顾她，但现在他很无奈。焦虑的目光投向昏迷不醒的叶如梦，刚才，他俩领了结婚证回来后，又是这个情景。叶如梦的病情不断在加剧上升，而且病情反复无常的。所以，他只好深深地叹息，使劲地捶打着自己的头部，疚心疾首道：“悠悠，我真没有用！对不起你！……”原来，叶如梦近段时间，总觉得身体不适，胸疼无力等症状，叶子陪同叶如梦在自己医院检查，母女俩的心情都是忐忑不安的。当报告单出来后，晴天霹雳的消息让叶子差点晕倒，叶如梦已经是乳腺癌中期了。作为一流专家级别的叶子，又陪女儿复查了一次，无限升起的希望瞬间被毁灭摧毁，叶如梦知道自己的病情后，心灰意冷，欲哭无泪，几天不吃不喝，拒绝一切治疗。如果不及时治疗，恐怕有生命危险了。医生焦急地警告叶子，反复叮嘱道。

叶子不禁想起自己含辛茹苦把女儿抚养大，连自己的亲生父亲是谁都不知道，她不禁悲伤起来：“梦儿，我的好女儿，你的命太苦了，平时对你关心太少了。”她不禁想起沐之曦，唯一能拯救女儿的只有他了。她跑到周祥家，跪下痛哭流涕地请求周祥。周祥哪见过这种场面，再说叶子救过自己二次，滴水之恩当涌泉相报，应允了下来，叶子利用关系把沐之曦要了回来，提前一个多月结束学习锻炼。当沐之曦瞧见叶如梦憔悴不堪的神情，以前那个趾高气扬，扬威耀武的叶如梦，早没了曾经飞扬跋扈的气势。叶如梦如一片水中的树叶，身体虚弱地告诉他，接受治疗可以，一生最大的愿望就是做他的新娘子，为了救她一命，他咬紧牙关应允下来。只是形式的夫妻而已，等她康复后，立即办理离婚手续，这是和她说好的，夜很静，外面下着大雨，沐之曦愁绪万分。

第一百一十七章　决心已定，带父母离开家乡

镇中心医院里，浅悠悠躺在病床上吊瓶输液，几瓶药水输完后，她的高烧立即退了下来，气色红润起来，但神情黯然无光，起床执意回家，紫萱见她身体康复了，很开心快乐的，立马给沐之曦发了信息过去："放心，浅悠悠并无大恙。"沐之曦顿时喜上眉梢。值夜班的医生叮叮也惊讶不已，称赞道："还是年轻人身体恢复得快啊！"叮叮开了些药之类的，叮嘱浅悠悠按时吃药的注意事项。然后，俩人离开医院，回到浅悠悠住处，夏桐花早已进入梦乡，紫萱瞧见手机上的时间，已是凌晨二点钟，叮嘱浅悠悠好好休息，明天再过来陪陪她说说话，希望她明天请假一天。浅悠悠情绪平静下来，语言不多，身体虚弱，紫萱到厨房煮了两个荷包蛋再加红糖，让浅悠悠吃了躺下，紫萱看着她入睡后离开，出门时轻轻把门带上，生怕惊醒她们睡觉。浅悠悠其实没有入睡，身体虽然康复了，但她的心千疮百孔，再巳，经不起大风大浪了。既然，沐之曦狠心舍她而去，她没有什么念想了，她想离开伤心的地方，离得远远的。她拖着虚弱的身子起床写了份第一书记辞职报告书，她打算到干妈那里去发展了。

翌日，一轮红日在东方徐徐升起，温暖阳光透过窗户，一缕缕金色光线照耀在浅悠悠身上，她内心感受不了一丝温暖，心情不爽，

没有食欲。正在入神地看着手提电脑上的字，一份辞职报告不知写了多长时间。反复修改又修改，打字键盘的手似千斤重，不争气的泪水，从双眸里像断了线的珍珠嗒吧地往下掉。孤灯把她长长影子投在墙上，显得那么孤独无助，内心在苦苦地挣扎，满怀悲伤和惆怅在煎熬着，她那失落的心情，眼前的沐之曦影子时时出现在脑海里，梦魂绕牵的恋人离她而去，望着窗外的黄葛树依然，而心中的那个他呢却让她肝肠寸断，三生石上没有了她的名字。打印出来申请书上，她握笔的手颤抖起来，使劲地咬牙在申请人签上浅悠悠的名字。

花开两枝，故事各说各的。却说吴康和春涛与浅悠悠分别后，当晚，他俩回到家中，俩人心情久久不能平静，坚决不能让浅书记走。当大家听到消息后，村两委和部分贫困户不约而同地汇集在村办公室里。吴康激情昂扬说道："今夜大家难入眠，自发来到村办公室，说明大家对浅悠悠绪多的不舍。现在，大家踊跃发表个人意见，献计献策，有什么好办法才能留住我们浅书记不走，她是我们村的恩人啊！"在场贫困户听了更是激动万分。

黄金贵首先发言："以前，我住在破旧的老房子里，婆娘跟有钱男人跑了，撇下年幼的儿子，日渐消沉，遭受众多的白眼和鄙视，破罐子破摔，是浅书记让我改变了现在模样，洗心革面。不仅吃上低保，还享受D级危房改造政策，国家补助3.5万元。我住上了新房子，村里给我安排份公益性岗位护路员工作。不愁儿子考上大学，因为有沐镇长每年资助我们，以上这些都是浅书记的功劳啊！"

吴康接过话："是国家的政策好，还让你又娶了个年轻漂亮能干的婆娘！"

黄金贵感激万分回答："就是，我们村的光棍都要感谢浅书记呢！全村有50个光棍，现在娶了老婆有40个人了，我那老婆还是浅书记牵的线！"

吴康又问道:“黄金贵，那你有什么法子呢！不要说其他的事。”

黄金贵挠了挠头:“没有想出可行的方法来。”

吴康正想冲他冒火，机灵的春涛马上接过话来。“吴老革命，我有办法了，我们不如上访镇上陈远全书记，如不答应，继续上访区……”经过大家激烈讨论，定于明天一早在陈远全上班之前去质问他。

浅悠悠手上拿着辞职报告，来到三楼办公室陈远全门口。看见吴康，春涛，黄金贵等约二十个人把陈书记门口堵得水泄不通的。

浅悠悠神色紧张地问:“吴老革命，你们这么早在干嘛呢！昨天的工人罢工闹工资的事情不是处理好了吗？”

吴康笑道:“悠悠，我们在等陈书记来上班，为你的事请愿而来，目的很简单，不要你辞职走。”“决心已定，带我父母离开家乡。你们不要这样胡闹，你们这是火上浇油，吴老革命，难道你不想当官了，与领导抬杠。”浅悠悠着急道。

吴康哈哈大笑道:“我怕啥，不当就不当，摘帽子就摘帽子。”浅悠悠更加地着急劝大家:“决心已定，带我父母离开家乡！你们别堵在门口不像话，还是回去吧，别为了我，伤了大家的前程……”浅悠悠差点哭出声了。

第一百一十八章　是不是我们的诚意感动了苍天

眼看着走廊道陆续的机关干部上班。看热闹的人更多了起来，大家见凡霞也过来看热闹，大家纷纷害怕得让路，自觉地让出道来，只见她得意忘形地扭着粗腰过来，双手叉着腰，满脸鄙视的神色："浅悠悠，没有想到你有今天，夹着尾巴做人，在基层工作混得这么差，请这么多帮手过来帮忙，我告诉你，你就是个克星，天生魅惑狐狸精。

春涛沾了你霉运，被你媚的女朋友不要。连吴康也被你媚得家不回，三十岁的老姑娘就是嫁不出去，啧……"凡霞现是党政办副主任兼职规建办主任，靠着叶如梦的关系攀上高枝，说话比叶如梦还狠毒。

浅悠悠的小脸气得通红，全身血液在膨胀，愤怒地回击道："凡霞，请你不要血口喷人，春涛，我和他只是好朋友，喊你声凡主任，我是尊重你，让着你，为何你时时针锋相对？"

凡霞冷眸道："针对，你自己心里明白，你抢叶委员的男朋友，知趣点早点离开凤凰镇最好。"因为她还不知道沐之曦和叶如梦办了结婚证，是沐之曦要求叶如梦保密的。

浅悠悠听到沐之曦的名字顿时满脸苍白，疲惫地噙着泪水："我会离开的……"

吴康在旁边早已看不下去，气得脸上青一块紫一块的。双手也握紧了拳头，举得高高的，怒目相向："凡霞，请你把嘴巴揩干净点，我都快60岁的老人了，用我几十年的人格担保，不要污蔑浅书记，否则我对你不客气。"接着，大家都举起拳头。凡霞见此情景吓得不敢再作声，灰溜溜地回办公室了。大家轻轻地叹息，陆续回办公室办公。

这时，紫萱和吕毅从人群堆里挤了过来。紫萱递上纸巾："悠悠，你别生气啦！"吕毅朝浅悠悠递眼色小声道："悠悠，为这种人生气不值得，别伤身体。"

"浅悠悠，一大早你们在闹啥子，"陈远全提着公文包傲慢地走了过来。凡霞从办公室里出来娇滴滴道："陈书记，浅悠悠一大早欺负我，她还不想辞职走呢！"陈远全听到凡霞的告状声音就恼怒了。凡霞暗恋沐之曦，嫉妒浅悠悠。所以，在陈远全耳边说了不少浅悠悠的坏话，陈远全被她吹得晕头转向，迷失人生方向了，也忘记做人的道德，让他下定决心赶走浅悠悠的决心更加坚定。这时，浅悠悠迎了上去，脸上勉强笑着："陈书记，我是来交辞职报告的。"自从，陈远全知道女儿叶如梦的重病住院后，意志日渐消沉，都是这个浅悠悠造成的，让叶如梦因为沐之曦的缘故生气得病。他冷漠的声音如雷："浅悠悠，把辞职报告交来就是，还和别人吵架！莫非赖着不想走。"陈远全随手从浅悠悠手上拿了过来，他麻利用钥匙转动锁孔开门进屋。凡霞见此情景满意离去，吴康等人随后进屋。

陈远全转身惊呆了道："你们这是干嘛！"

吴康压低声音："陈书记，我们恳求你把浅书记留下！"

陈远全举了手中的纸冷笑道："浅悠悠是自愿辞职不干的，我无法劝住她，你们再闹的话，我通知派出所的人了……"

春涛愤愤不平："我怕什么，一个纯老百姓，没有犯法，是你逼走浅书记的。"

陈远全冷哼一声，威胁道："逼走又怎样？春涛我还怀疑你是不是有偷税漏税的嫌疑？还有环保方面的问题……”

春涛不甘示弱：“查税是税务局的事，环保是环保局的问题，他们都没有说什么问题，我是本镇的税收大户，欢迎陈大书记大驾光临。”

黄金贵更加愤然：“浅书记不能走，她是扶贫英雄，大家知道。不然我去上访，找区委书记区长说理去。”陈远全冷笑道：“支持你们去啊！关键是你们能有机会见到他们吗？不过是一介草民罢了！”

狡黠的他，这时在想，如果再待在办公室毫无意义了，忽地心生一计，走为上策。“现在我有事了，你们该做什么就做什么去吧。”说完他爱搭不理的又提包说是下村去了。陈远全坐在公务车上，车上的司机开着小车，飞快地朝任彪老总家里方向驶去，陈远全美滋滋地想，吃了午饭后打麻将一圈，任彪定会把钱故意输给自己的，任彪在山上违章修建房罚款还是算了吧！这时，区委书记卓耀打来电话，严厉批评，讲话的内容让他心惊肉跳，吓得瑟瑟作抖。忽地从云里雾里惊醒过来。“陈远全，自从沐之曦借调学习走后近半年时间，你把凤凰镇搞得乌烟瘴气一团糟，领导班子不团结，有人举报你严重违纪，自私心太重，引起群众极大的不满。甚至，想把我们的下派优秀干部浅悠悠逼走。你是不是脑子进水了，到底是怎么想的！”“……”卓耀震怒地挂断电话。陈远全听完身子早已瘫软在座位上，惊得汗流浃背，完了，自己的前程彻底完了，没有想到浅悠悠这么厉害，背后有这么硬的后台。市委书记居然是她的亲舅舅，还不准出去乱说。现在，唯一能帮助他只有是浅悠悠了。许久，他回过神来，指挥司机转头快点回凤凰镇。接着又着急地给吴康打电话，请求浅悠悠留下不再为难她的诚挚话语，吴康听着脸上露出胜利者的微笑。他透过窗外，看着外面的蓝天白云，是不是我们的诚意感动了苍天。

第一百一十九章　我们相信你

刚才，浅悠悠瞥见陈远全渐行渐远，她也迅速转身离开。吴康就在此时接到陈远全打来电话，几乎带着十二分的请求诚恳，再三挽留浅悠悠留下。他搁下手机，震惊不已。眼里噙泪，兴奋对对众人道："你们都回去忙吧！放心，我们的浅书记不走了。"众人听了欢呼雀跃，心情愉快地离开了。"春涛，快走，我俩去找浅书记！"俩人急忙跑到浅悠悠宿舍门前，吴康高兴地使劲敲打门。"悠悠啊！报告你一个好消息！"笃笃笃的敲打门声，惊动了正在里面收拾衣物的浅悠悠。外面一阵接一阵激烈的敲门声，让她烦躁不安，立即拉开门，见门口伫立着吴康、春涛俩人。吴康不好意思道："浅书记，很抱歉，打搅你了。"浅悠悠见是他俩，很热情招呼道："你们请进！"然后她端凳子，沏茶。吴康一落座，接过茶杯一饮而尽，吴康神眸子透露诚挚之光，循循善诱道："悠悠，你走后，陈远全不知道发了什么神经！忽然转了360度大转弯，他求我无论如何留下你，我也趁机和他论理一番，他解释说当时是在气头上，劝你不要走。浅书记，我求你了！大家都脱了贫，正往小康路上奔。我们村哪项工作都需要你，扶贫后续工作，通组公路，美丽乡村振兴……"

浅悠悠固执道："吴老革命，干爸已经把总监的位置留给我了，我得说话算数啊！何况交了辞职报告了。"

吴康劝道："悠悠，你的事情，我们全知道，陈远全曾为了赶走你，都是受叶如梦、凡霞等人的妖言惑众，叶如梦、凡霞因为嫉恨你！为了得到沐镇长的爱，不择手段地整你，这些我们都知道！所以，你不要在乎她们说什么，风雨过后必见彩虹。”

浅悠悠蹙眉紧皱道：“不要再劝，我心累了，喜欢过简单快乐生活。”

吴康续道：“悠悠，能不能从大局出发看问题，村民需要你，村里近二年的巨大变化，大家看在眼里，乐在心里，感激王媛，为了保护梧桐树，装疯卖傻拼死拼活好不容易把梧桐树保护到现在。如今，无人不赞扬，我经历风风雨雨几十年，哪样大风大浪没有见过？闹文革时因得罪过红卫兵，打得我遍体鳞伤，昏迷不醒时，受到你婆婆的恩惠。悄悄叫另一个红卫兵救下我，服下王媛婆婆的草药活了过来，世人还是好人多！”

春涛哭泣道：“浅书记，我已经还了吴胜利总裁的一百万，我和张哆和好如初，接受了她的追求，明年“五一”劳动节结婚。我们需要你，全村人需要你，大家不要你走，我们相信你，别忘了你婆婆对你的嘱咐。”

这时，浅东打来电话劝道：“悠悠，我和你妈死也不愿意离开故乡。去远方，我们不习惯，你也不要伤心，有爸妈在，你就是那个曾经值得我们骄傲的浅悠悠。好好珍惜现在工作，总有一天你会展翅高飞的。”蔡波也打电话关心她，陈远全也打来电话，亲自向她道歉认错，劝她不要走。紫萱也打来电话，劝她不要走。电话瞬间成了热线。

“……”

浅悠悠眼泪夺眶而出，接过春涛纸巾往脸上揩了揩。记忆的闸门瞬间打开，小时候读书的情景，家里确实太穷，村里的阿姨大叔经常接济她家，有的送鸡蛋补身体，有的送书包，有的送好吃的……那时候，他们也穷啊！现在，多么盼望有人来扶持一把。为何要抛弃他们不顾呢！婆婆更是她心目中的英雄……

终于，故乡山水，人与物，情与爱，毕竟在哪里生活长大，这里是她的生长的根啊！却难忘，终于，理智战胜情感，矛盾重重的她，浅悠悠应允下来。吴康和春涛满怀高兴地告辞离开。浅悠悠把包里的衣物拿出来重新放回衣柜。

不久，陈远全被调离到其他偏远地方供水小镇，改为非领导职务。本人积极认罪退还收受红包，还好金额不大。但，因屡次对扶贫工作不力，让本镇的扶贫工作总滞后，被上级领导责问通报批评。

今天，是陈远全伤心离开的日子。清晨，他凝重把办公室的文件资料交给完毕，收拾好东西刚要离开出门，只见几个寥寥无几的人到他办公室来送行。而送别中就有浅悠悠。

陈远全眼泪长流歉然道："悠悠啊！以前是我对不住你，不讲实事求是，不讲原则。听了某些人的谗言诋毁你，你不计前嫌，让我很感动。可世上没有后悔药。只有诚心诚意，衷心地向你说声，对不起！"陈远全说着说着深深地向浅悠悠鞠了躬，浅悠悠赶紧扶他起来，宽慰道："老书记请起！真是折杀晚辈了！陈书记别记在心上，悠悠不会记仇的，请您老多多保重身体！"

陈远全看看大家。感动道："很感谢你们来相送，欢迎大家到供水镇来耍！"说完他久久凝视在场几个人，浅悠悠，紫萱，吕毅。这些平时在他眼中都是些不入眼人物，也是他不喜欢的人。偶后，他留恋视线往叶如梦的办公室望望，还是没有等到他所期盼的人。叶如梦，那个从小就很疼爱她。她的母亲叶子是他初恋情人呢？有情人难成眷属，他俩是被叶子母亲棒打鸳鸯，留下终身遗憾，叶子把叶如梦托付给陈远全，希望好好培养叶如梦茁壮成长。如今，叶如梦生重病还没有出院，她变成今天的这副模样，他如何向心爱的人叶子交道？他再也没有脸见她母女了。"叶子，我好对不起你！"陈远全心里惭愧，浑身上下又一阵哆嗦，过了许久，他叹息地弓身提着公文包，低头凄然转身离去。“再见了！同志们，后会有期！”他的嘴角上扬，小声地哼着：“大江东去，浪淘尽，千古风流人物……”大家望着陈远全苍老而蹒跚的远去背影，众人不禁一阵心酸。浅悠悠突然发现，他一夜之间，白头又增添许多。

吕毅同情地先说话：“有句话说得好！铁打的衙门流水的官，三十年何西，三十年何东。”

第一百二十章　浅悠悠，你别不识抬举

就在浅悠悠等人为陈远全送行离别时，另一栋楼上，办公室高朋满座，热闹非凡。从门外时时传来凡霞娇滴滴的声音。“白来书记，恭喜你当镇长了，祝你步步高升。”众人也随声附和着。“恭喜！恭喜！”被大家称作白来名字是政府党委副书记，50多岁，微胖的身材，中等个子，一双如鼠般的小眼睛，狡黠多变，精力充沛。社交交际手腕很厉害，他的资格在一级领导班子中最老，分管工作很多：规建，财政，组织、党建，机关事务等。近日，上级领导叫他代理镇长让他几乎翩翩然，云里雾里，运筹帷幄。终于，多年的媳妇熬成婆。他长长叹，心里一直不平衡他，终于有得放矢。以前，虽与镇长的职务平起平坐，但谁不想坐上镇长这个宝座，他呕心沥血工作了几十年，工作兢兢业业的，获得了上级主管领导及大家的好评。但他有四大嗜好，一是口蜜腹剑擅长交际。二是喜欢与女人打牌，三是喜欢拉帮结派。四是喜欢权与钱。

以前，陈远全书记被他哄得团团转，就连俩人在食堂吃饭时也要巴结他一番。白来道：“陈书记，请多吃菜多喝汤，身体才健康。”说着亲自边盛汤边夹菜给陈远全……坐在那边的浅悠悠看到此景，她的嘴角勾起一抹冷笑，让她想起电视剧中的词语。“奴家本是一副奴才。”“一脸的媚相！”白来在工作上更是鞍前马后，深得陈远全的信任，任他胡作非为，肆无忌惮。巴结一派的当然呼声很高的，

“以后，白镇长转为正式镇长，理所当然啦！”凡霞原来的靠山是叶如梦，现在不一样了，叶如梦病倒了，她去看望过一次，再也没有去过。陈远全也调走，没有什么利用的价值了，真的应了那句人走茶凉的话。现在，依附的大树是白来，于是，凡霞亲率众人随声应和。“你看八字都没有一撇呢？现在还是代理镇长呢？”凡霞会说话语调深得他的喜爱。她虽长相平平，身体肥胖但嘴甜还很懂事，还主动勾引他上床，献身于他。现在，他心中最不满意的是浅悠悠。那个故作清高的浅悠悠，白来垂涎浅悠悠美色已久。有好几次邀请她打麻将，吃饭唱歌跳舞，她总是推三阻四的，让他恨得直咬牙。回想每次邀请浅悠悠，都让白来很失望，想起来就生气。他笑吟吟道：“悠悠啊！今晚上我们共进晚餐，这家美梦酒楼刚开张，是我老乡开的，邀请我去品尝美食，菜品齐全，听说最拿手红烧排骨，特色耦炖猪蹄花汤，独一无二青椒姜片红烧鸭子……”此刻，浅悠悠正坐在电脑前，双手忙碌在电脑键盘忙打，皱眉回电话也斩钉截铁：“白镇长，不好意思，我没有空，今晚上加班录扶贫系统。”

又一次，白来又邀请她，打来急促电话：“悠悠啊！今晚上我们去新时代歌厅唱歌，头次春节搞联欢，你唱得情深深，意切切，感动得我流了泪。走，今晚上我邀请你到城里最牛的包厢练歌。”浅悠悠笑笑。“白镇长多谢了，今晚上我去贫困户给小兰补习功课，正在去梧桐村的路上呢！”多次邀请被浅悠悠拒绝后，白来恼怒成羞道：“浅悠悠，你别不识抬举，不管你是龙还是凤，在我地盘上属老子管，要想上升，必须跟领导混。”浅悠悠冷笑道：“白镇长，请你自重，我确实扶贫工作很忙，你看一大堆的事情需要处理，抽不出时间来吃饭……”白来恼火地挂断电话。

从那以后，白来再没有电话约浅悠悠出来的话了。加之，凡霞打牌时故意输了不少钱给他，凡霞天天在他耳边说浅悠悠的是非，让他更加对浅悠悠不满意了。俗话说得好，得不到的东西才是最珍贵的。白来每时每刻无不在念念不忘，这个冷艳的美人。他咽了咽清口水，使劲地往肚里吞了下去，浅悠悠，你别高高在上，等你求我的那天，我必须让你心甘情愿付出代价……

第一百二十一章　她跟浅悠悠一路货色

白来咪眼回忆昨晚情景，让他很惬意。夜幕降临，华灯初上，灯火辉煌，在一个环境优美的高档小区里白来家里。凡霞，甲芳，乙草，三个女人围绕一个大男人，四人正围着方桌码麻将彻长城忙乎着。凡霞故意放了好几次炮给白来，好几次让白来都是清一色自摸，搞得他心花怒放。凡霞嗲声道："白镇长，你手气真好，当镇长的人运气真是不一样。"白来这时候听了很开心快乐，高兴得哈哈大笑起来。"凡霞，你小嘴巴真会说话，以后多多给你引荐给上级领导多认识认识，争取提拔你进一级班子来……"

少妇甲芳醋意大发，嗔道："白镇长，我呢？"

白来道："芳美女，你才提拔当了计生办主任呢？"脑袋又转向凡霞道："说句良心话，要说能力，你不及那个浅悠悠，但我们私人关系好，年终打优秀票时，我还是投你的票！"

凡霞高兴道："谢谢白镇长！"

白来调笑道："凡霞，今晚上紫萱整夜加班，你那部下倒是个踏实人！"

凡霞冷冷接话道："这算什么，规建办的事多，特别是贫困扶贫户有很多修 D 级危房的，还有三类人群。紫萱、老罗他们加班都快一个月了。"

白来怪笑道："那你也在这里天天加班！凡霞啊！你真聪明，

会安排人做事，自己不劳而获，功劳却是你的，你真有心机！好狠毒！”

凡霞得意的哈哈大笑起来。

白来故作怜香惜玉道：“可惜了紫萱美人，论长相，可以和浅悠悠平分秋色，啧啧！可她跟浅悠悠一路货色，一样不识抬举。”

乙少妇草情绪不满，也嘀咕起来：“凡霞和甲芳都有份，我呢？连个科级副职都不是。”

白来急忙解释道：“草，你先别着急，社会事务办黄老头，下个月就退休了，到时候，你参加公平公开公正竞争上岗，我事先给评委打招呼，大家不看僧面看佛面，一定会如你所愿。”

乙少妇草立即向其投去频频秋波，嘴里甜甜道：“谢谢你！我的镇长大人。”

这时，凡霞看时间不早了，悄悄地在桌底用脚使劲踩白来一脚，白来立即心领神会。“今天我赢了美女们这么多钱，改天请大家吃饭，时间太晚，大家都回去休息吧！明天还要上班呢？”凡霞、甲芳、乙草皆向白来告辞后，同坐一个车开车回家，路途中，凡霞忽地下车，惊慌说自己的手机掉在白来屋里沙发上了，要回去拿手机。甲芳和乙草同时讪笑。少妇甲芳道：“霞，你扯谎不止一二次了，白来的老婆在异地工作，谁不知晓，平时只有白来一个人在家，陪他聊聊天解解寂寞，你算做好事帮到底！”少妇草也打趣道：“霞，你是不是又想白来那 X 巴了？”众人笑骂着。凡霞装着一本正经道：“人家没有结婚呢，还是处女！”“霞，你早不是什么处女了，早被同学安 X 过。”凡霞怒骂道：“草，芳，闭上你俩臭嘴好不好！说话不正经！我走了！”凡霞虽然长相一般，但身材肥胖丰腴，没有结婚生过娃，对于性饥渴很久的白来也是很满足的。此刻他正在屋里等得心猿意马，一阵熟悉笃笃笃敲门声，让他心花怒放，是宝贝凡霞来了。拉门果见凡霞妩媚地伫立在门前，白来立即把她拉入屋里，转身把门反锁上，淫笑着把她拥入怀中，在她身上一阵乱吻。淫笑道：“宝贝儿，你让我好等多时！”凡霞嗲嗔道：“人家不是在想办法吗？又怕她俩知道，这不折身回来了吗？”凡霞娇嗔声继而成正经脸状：“白镇长，今晚上，我输了这么多钱给你，你说咱办？我怎么还？一个月只有那么点工资。”宝贝儿，咱俩不说钱的事情，我哪要你还钱，今晚上赢的钱在兜里揣着，全给你，他说着从裤袋里拿出一叠钞票。“来，都给你，我的小宝贝。”凡霞欣喜若狂接过现钞票，想到自己不过只输了二百元，白来挺大方的，给了好几百元呢！今晚，真是赚大了。贪婪的嘴脸暴露无遗，不禁用手仔细拈着张张钞票，嘴角上扬数着，一百元二百元……

“白镇长，你对我真好！”边说边解衣裙。白来在旁早已按捺不住，抱起她急步往床上走去……

第一百二十二章　母女相认

何川区的夜晚，灯光璀璨明亮。蓝天医院里，叶如梦的病房，有了一片蓬勃生机，她的病情越来越得到控制，朝着好的方向发展。却说沐之曦下班后，径自来到医院。借调到区委办，现在的工作比以前轻松多了，压力减少许多，他更有多余的时间读书学习。他提着母亲炖的鸭汤过来，急步来到叶如梦的病房里，打开盒盖，朝叶如梦笑吟吟道："如梦，你的身子弱，快喝虫草鸭汤滋补滋补！"叶如梦听话地点点头，从他手上接过来，美滋滋地喝起汤来。"之曦，辛苦你了，这些日子让你操碎心。"叶如梦在医院里感触最深，人走茶凉，世态炎凉，没人来看望自己。而沐之曦对自己不离不弃，很是懊悔以前那样对待他。瞥见沐之曦近距离靠前，她忽地发现沐之曦神情憔悴，苍老许多，不过才几个月时间里，两鬓又增添白发。她眼泪汪汪道："之曦哥哥，我的美好愿望达到了，成为你的妻子，我知足了，也想通了……我们，还是，离婚吧！你去寻找你的幸福，浅悠悠还在等你呢！"沐之曦内心痛苦如万把尖刀割自己的肉，自己太对不住浅悠悠了，哪有资格去寻找她，再说叶如梦不能受一点刺激，否则生命可危。昨晚，同学陈天宇打来电话臭骂他，怒骂他是负心汉！紫萱告诉陈天宇的事情经过后，陈天宇骂得他无地自容。"沐之曦，我以为你很爱浅悠悠的，我以为她很幸福的，谁知你却负她而去，现在，我狠狠地打你一顿都不解恨。你听着，从今天开始，你没有资格爱她了，我要把所有的爱给她，让她一生幸福快乐！”其实，沐之曦连做梦都想着她，心中只有她。至于叶如梦的手，他从未摸过，看着都嫌弃。听到叶如梦劝他，可不容他多想。不禁苦笑对她道：“别瞎想，如梦，安心养病才是。”叶如梦凄然泪下道：“以前，我很嫉妒她，为什么大家都喜欢她，痴迷她，现在我懂了，守着你的无爱躯壳有何用。”沐之曦：“……”

另一边，浅悠悠在灯下夜读书，独孤的身影，剪影成一道美丽风景。经过这几个月在情海里煎熬挣扎，她终于挺了过来，多像窗外墙缝里长出的野草，疯狂的逆风而长。这时，玉兰发来微信，陈天宇骂沐之曦成了负心汉的事向她讲了，并转达探视表明了自己对浅悠悠的思念之情。玉兰喜极而泣，自己的女儿太苦了，该是认她的时候了。玉兰疼惜道“女儿，你在干什么？”浅悠悠愉快道："干妈，你还没睡？”玉兰犹豫万分，下定决心：“孩子，今晚上给你讲一个故事。从前，在大山里，有个少女叫玉兰，家里很穷，父母逼婚为还债，嫁给有钱人的花花公子宇，家里收了很多彩礼。就在新婚前夜晚，她和相爱的人一起逃脱出来，这个人就是吴胜利，后来吴胜利去了远方发展，她也随叶子来到凤凰镇医院悄悄地生下一个女儿，乳名叫聪慧。玉兰生娃后的几天一直忐忑不安，生怕被宇家发现，她随时给叶子做了无数次交道，如果有天她不再人世，请她好好善待她孩子。不久，她的行踪终于被宇发现，当即把她打得遍体鳞伤，只剩下半条命。过后，凶恶的宇把她卖到城里的黑社会歌乐院，当作小姐出卖肉体抵债，由于她被打得伤痕累累的，歌乐院老鸨倒是没有强迫过她。在好心人的帮助下，玉兰趁看守她的人没有注意，逃了出来，几经艰苦的颠沛流离，几年后，终于找到了吴胜利。这时候吴胜利的事业突飞猛进。夫妻两人再回凤凰镇时寻找孩子，谁知叶子早已离开了凤凰镇，不知所踪，音讯无全。宇也因此坐了牢。直到你那次救人生病住院，我在医院偶遇叶子，她也亲口承认聪慧就是，就是……”浅悠悠泪眼打断道：“你说的这个女娃就是我吧！”玉兰诧异承认道：“你咱知道！”她续而愧疚道：“孩子，我是你亲生母亲啊！曾愉愉拿你头发去鉴定过。对不起！悠悠，让你受苦了。”浅悠悠百感交集，回忆点点滴滴，怪不得与她长得这么相像，怪不得彼此交谈很和谐，怪不得她时时像母亲般地关怀着她……

她喜极而泣，以前经历了这么多事情，她也释怀了。她情不自禁地叫了声。“妈妈。”玉兰喜极而泣点头道：“悠悠，你受苦了，你舅舅也劝你好好干工作，前程无量的。”浅悠悠惊讶道：“何来舅舅？”玉兰肯定地点点头，“是的，是你的大舅舅，他名字叫玉暮雪，现在是凤州市委书记。我对不起你外公外婆，他们因为我逃婚，宇天天上门要账。逼迫他们，后来我家经济好了，把债还清了，供你大舅舅上大学直到上班。”浅悠悠惊讶道：“怪不得，我在生命关头，是舅舅救我回来的。怪不得，我工作陷入困境时，也是舅……”这一夜，母女俩亲密无间交谈着，这是浅悠悠三十年来最开心最幸福的夜晚，遥望星空，天上的一轮皎洁明月正向她微笑着……

第一百二十三章　新任镇党委书记是你

白来大约代理了镇长半年，又发生戏剧化变化，区纪委的人找他约谈，接着被双规，再后来未回单位上班是后话。

全镇机关上下又一阵恐慌，先前的镇党委书记被撤职调离，代理白来镇长又进了牢房。机关干部震感不已，议论纷纷，恐惧心笼罩着大家。有的人开始迷信起来，说法版本不一样。甲说："领导干部出事，可能是与大楼办公室风水位置不好有关。"乙说："领导干部出事，可能是撞邪了。"丁说："……"

浅悠悠刚好到镇上办事，从底楼民政办办事出来。路过，听到大家议论纷纷，她心里百感交集，要怪就怪他们自己。古曰："多行不义必毙，天空乌云暂遮太阳，黑暗是黎明前的曙光，肮脏的角落终被阳光照耀驱散，正义之剑终将指向光明！"

组织委员如柳正下楼，看见浅悠悠在走廊里，忙热情招呼上前："浅书记，明天 9 点钟参加召开机关干部和村六职大会！"

浅悠悠笑道："如委员，不是要出通知吗？这么早告诉我？是不是又要开扶贫工作会？"如柳笑道："浅书记你怎么一天想到扶贫工作哦。不是开扶贫工作，明天又调来一位新书记兼暂镇长，让大家认识呢？"

浅悠悠："他是谁呢？能告诉我吗？"

如柳眉眼弯成一条线，保养极好的身材也飘然而至。微笑道：

“浅书记，这个保密，我马上去何川区里办事了。”

浅悠悠宽慰笑道：“如委员，我不耽误你时间，那你忙去吧！”

夜晚，初夏的热气还未褪去。浅悠悠刚从紫萱办公室出来，见她确实很忙。和她说些关心体贴话。“紫萱姐，别加班晚了，早点回去休息吧！”紫萱坐在电脑前，不停在电脑健上忙打，回眸笑道：“悠悠，没事，活儿太多，必须加班才行，白天要下村，只有晚上才有空。”浅悠悠有些愤愤不平：“这太不公平了，难道这些活儿就是老实人该做的吗，凡霞呢？她不做事帮忙加班？”紫萱露出好看洁白牙齿，叹息道“算了，你不要说她，我要以你为榜样，向你学习才是。”浅悠悠觉得如果继续呆着，就会影响紫萱工作。“那我不打搅你了。”浅悠悠忙起身告辞，转身回到自己的出租房里，坐在电脑桌前认真看习近平主席打好空间战的新闻联播。看完后又伏笔疾书关于扶贫工作若干问题起草方案来，书写完毕准备递交风区长。手机在夜静人深忽地响起，看屏幕的来电姓名，是沐之曦的电话，这个让她铭心刻骨的人，这个让她肝肠寸断的人，给她带来无限希望又带来毁灭性灾难的人。是接他的电话还是不接好呢，浅悠悠犹豫半天，最终还是把手机接通，但她没有说话。

沐之曦才从医院出来，回到父母家，悄悄到书房给浅悠悠通电话呢，见她默不作声，知道她现在还在恨他。他焦虑不安道：“悠悠，对不起，我已经无颜见你。好久不见，你，你还好吗？”

浅悠悠表情冷漠，心如刀割般的疼，冷若冰霜道：“沐镇长，用不着向我道歉！往事如风，我早忘记过去了，请问有什么事，我正忙着呢？”

沐之曦见浅悠悠对自己如此冷漠，知道自己曾伤害她太深，长叹一声：“悠悠，我想征求你的建议。本来，区里领导意见，安排在审计局任局长意向，但我经过深思熟虑后，我重回凤凰镇当党委书记的好！”浅悠悠表情冷漠道：“原来新任镇党委书记是你！恭喜你，沐书记！”沐之曦黯然道：“你能不能说点别的，不要说这么陌生的话。”

浅悠悠的情绪低落，淡淡道：“在局里当官不好吗？别人削尖脑壳都要到区局去，你偏要到乡镇工作，现在基层压力这么大，所有的工作任务都压给镇（街办事处）、村（社区）两级了。”

当沐之曦听到浅悠悠说出知心话来，他顿时开心不得了。他该把事情的真相告诉浅悠悠了。他好看的剑眉上扬，微眸闪闪，微笑道：“悠悠，我的心思你还不知道啊！实话告诉你吧！我和叶如梦虽结婚但有实无名。”接着他把事情的整个经过，含泪告诉了浅悠悠，还告诉她，自己根本不爱叶如梦，只是为了救她性命，完成她的心愿。而且，他俩的婚约随时可以解除，先前说好的。现在，叶如梦已经在离婚协议上签字了。浅悠悠听完后，神情幽幽流泪道：“现在和我说这些有什么用。太晚了，你不能再伤害叶如梦了，她现在是你妻子，让她好好开心幸福地活着，这是我的命。”沐之曦失望噙着热泪道：“悠悠，这是你的真话吗？为何相爱的人互相要彼此折磨！”浅悠悠绝情地打断他的念想。冷冷回答道：“沐书记，明天开会见，过去的事就让它过去吧！不必在谈起，我也心灰意冷。”说完，浅悠悠关了手机。

沐之曦手握手机一直回拨过去急呼她，浅悠悠手机关了机，只听到自己手机回拨声。“对不起，你所拔打的电话，已关机！”沐之曦放下手机，任热泪肆意在脸上流淌。

周祥见儿子回家，直接往书房去，端了一碗八宝粥过来，听到刚才他们的对话，心里一阵辛酸，过来宽慰道:“之曦，来喝碗八宝粥，妈，亲自给你熬制！明天你才有精神，好好上班呢！”沐之曦连连摆头。“妈，我不想吃东西。”

周祥心疼道：“曦儿，你天天吃不下东西，人也瘦了，眼眶里眼珠子深陷，且眼圈发黑，浅悠悠真的……对你如此重要吗？”

沐之曦：“妈，她永远活中我的心目中，永远有她的位置！满脑子是她的身影。”

周祥叹息道：“婚姻大事不是儿戏，那叶如梦还病着呢，怎么办？你好好想想吧！不过呢！自己的幸福一定好好把握，曦儿随你吧！”

沐之曦欣喜若狂：“谢谢妈妈了！”说完端过碗大口地喝起粥来，是的，他明天要见生命中最重要的人。

第一百二十四章　新的起点

另一边，浅悠悠关掉手机时，已是泪眼朦胧。"之曦，你知道吗？我一直在等待你，你心中有我么，你不知道我是怎么熬过来么……"

翌日，浅悠悠来到会议室开会。主席台上，已经当上区委组织部长的李平正对着她微笑呢，李平宣布沐之曦就是新上任的镇党委书记时。台下，顿时欢声笑语，大家热烈鼓起掌来。浅悠悠思绪万千，忆起，第一次坐在大楼会议室里，开会的情景，同样感慨万分，曾经和沐之曦在一起工作同事的点点滴滴涌上心头。台上的沐之曦，目光灼灼，偷偷的一直注视着她，哪怕她在台下一个细微小动作，尽收他的眼底。浅悠悠确实太美丽了，她的一颦一笑，佳人百媚，生一顾一盼，倾国又倾城。比如，她时而低眉认真在笔记本上记录着。比如，她时而托腮认真思考着什么。比如，她时而……

会散后，吴康激动万分，凤凰镇有希望了，众人纷纷点头赞同。而有些人趁机想去攀附，比如凡霞、芳这类人群去巴结，浑身使出以前的媚术花招。沐之曦却冷如冰霜，置之不理。他果然不负众望，不忘初心，牢记使命，对工作积极肯干，对负有责任心的中青干部重新调整，提拔上来。为此，镇机关发生一些人事变革，沐之曦大刀阔斧击破了，白来曾经编织的关系网。凡霞被免去规建办主任兼党政办副主任职务，调到农技服务中心工作。紫萱接管凡霞规建办主任职务。芳被免去计生办主任职务，调到民政办工作……吕毅作为党政办主任被重新重用，龙鹏当任党政办副主任职务。村里人事也有微小调整，比如春涛作为村里的致富带头人，直接任命当村委副书记职务，协助吴康工作……全镇上下风清正气。

半年后，叶如梦康复出院，与沐之曦协议离婚。浅悠悠被调到何川区农委办主任兼扶贫办主任，沐之曦当选为主管农业的副区长。蔡波调往其他县任副县长职务，临走时，他叹息遗憾浅悠悠的绝尘……

当沐之曦和浅悠悠俩人同时出现在区府会议室相遇时，浅悠悠微笑道："沐区长，你好！看来我们有缘啊！我们总是并肩战斗在同一战壕的战友，不过呢！你总是我的上级领导！"沐之曦嘴角上扬。"悠悠啊！那是当然的，虽然扶贫工作已经接近尾声，完全脱贫，但我们仍然要关注。现在美丽乡村振新工作又来了，等不了几个月又要挂牌。所以，我们的工作任务仍然很重的……"浅悠悠甜甜地点头，朝旁边的椅子走去，留下长发飘逸的清香味。沐之曦痴情地发呆，内心怅思道："悠悠啊！我们是有情缘的，难道你还不懂我？你不知道，我总在那如梦细碎中度过。"回忆他俩小时候情景，坐在千年梧桐树上，明月披着白色溥纱裙，柔情似水，满天星辰照耀他俩，微风拂过，任凭紫色的粉色的白色的梧桐花随风飘落下来。浅悠悠那仙女般飘逸长发和那银铃般的笑声，巧笑倩兮花也妒，妆浅肤光如雪。人世间没有无缘无故的爱，没有无缘无故的恨，只因前世一眸，留下今生的眷恋和一丝恨意。

好几次，他在梦中惊醒，每一次他都沉浸在美好回忆之中不愿醒来。

想着，沐之曦笑容满面道："是啊！的确有缘！我们总是并肩的战友。悠悠，有时间，一起回梧桐村吗？我想去看看满山遍野的梧桐花！我想去捏个泥娃娃……"原来你心中有梧桐花，原来你也曾种过梧桐树。原来你……

浅悠悠正想回答他，脑海里老神仙出现了，捋了捋长长白胡须，乐哈哈笑道："靖瑶，你该回去了。"靖瑶哭泣道："神仙，我就是浅悠悠，不想走，我还没有答应沐之曦话呢！"老神仙笑容可掬道，拂了拂白色拂尘。"徒儿，容不得你胡闹，时间到点了，该回去了。"霎时，老神仙不见踪影。靖瑶的身子顿时又轻飘飘起来……

"医生，快来过看啊！靖瑶终于苏醒了过来了。"母亲雅贵正坐在医院里病床上，拉着女儿的手惊奇道。靖瑶渐渐清醒过来，迷惑不解道："妈，我怎么在医院里，碧春呢？"雅贵哭泣道："我的宝贝女儿，你吓死妈妈了，你和碧春到终南山旅游，下着暴雨，迷了路，晚上，好不容易找到云天涧小旅馆住下吗？你告诉我后，一夜未眠！吓得瑟瑟发抖，要知道山中经常有野兽出没，担惊受怕一整夜。凌晨，急忙和助手陈莲阿姨乘坐飞机，到了终南山当地派出所报警。调动一切关系寻找你们。甚至，出动了飞机寻找你们。哪有什么云天涧旅馆？根据你发来的地理位置。大家终于在一片森林破旧的房屋里，找到你俩。你们是被房顶梁上的柱子倒下击中头部，正陷入昏迷之中，紧急送往当地县医院治疗。刚才，碧春和你同时苏醒过来，在隔壁的病房里有陈莲阿姨陪伴她呢！幸好，你没事。如果你有什么三长两短的，我怎么向你，一直疼爱你有加的公公婆婆交代啊。你爸正在国外谈大项目生意，我还没有给他讲。在这种情况下，有惊无险，你们真是太幸运了。"说完，雅贵热泪盈眶，喜极而泣。靖瑶也泪眼婆娑，她慢慢地回忆起来，脑子清醒许多，原来如此，自己一直在医院里几天几夜昏迷。所谓的快速穿越，不过是在做梦幻影罢了，她还在担忧山中那个婆婆。蹙眉道："妈妈，婆婆呢？她平安吧！""宝贝，婆婆她在家中呢！没事的。"雅贵迷惑不解，女儿怎么问起这个问题呢？"不是的，是云天涧旅馆里的婆婆，她叫唐红，要不是她热情相助，也许那晚，我俩的生命堪忧。""孩子，哪有这人啊！也许，她早就离开了，你们是被警察叔叔救起的。”雅贵宽慰靖瑶。雅贵继而笑道：“宝贝，明天出院回家了，你和碧春同时考上公务员啦。你为家争荣光，回去回单位报到去吧！”“妈妈，这真是好消息啊！”靖瑶欣喜万分。雅贵又续道：“因打你俩电话未接通，同学区组织部部长云只好通知我。你和碧春同时被分到何川区凤凰镇上班啦！唉！听说那地方偏僻极了，听说扶贫工作快结束了。但现在的美丽乡村振新工作又来了………”靖瑶抬腕看到日历日期，2021年，惊愕得说不出话。“妈妈，这——这太巧合了吧！我不想去！“我的女儿呀，别人都羡慕我呢！你好不容易考上公务员，必须要去………”靖瑶：“………”